여름비

이야기

여름비 이야기

梅雨物語

기시 유스케

이선희 옮김

비채

차
례

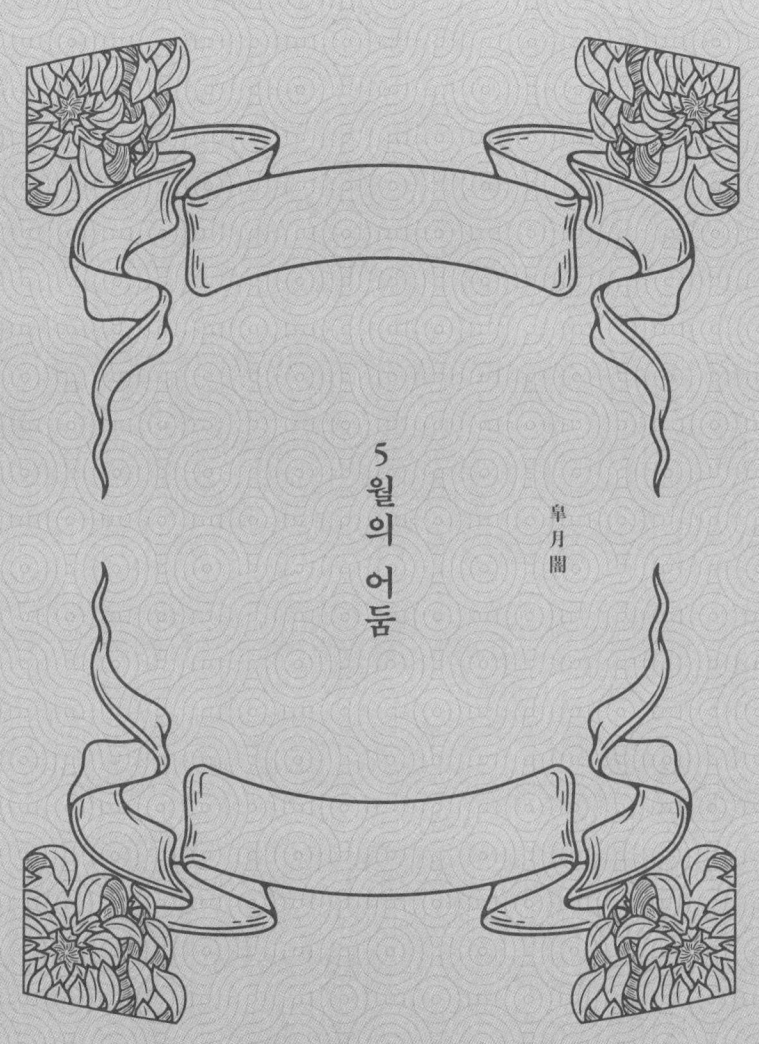

5월의 어둠

皐月闇

1

사쿠타 노부오는 《사이지키 하이쿠의 계절어를 분류, 해설하고 그 유래를 설명한 책》
에서 눈을 들고는, 노안경을 벗고 미간을 문지르며 창밖을 올려다보
았다. 옅은 먹색 하늘에서 투둑투둑 빗방울이 떨어지기 시작했다.

"장맛비인가?"

사쿠타는 나지막하게 중얼거리며 하이쿠 5, 7, 5음절로 이루어지는 일본의 정
형시를 만들 수 없는지 생각해보았다. 하지만 아무리 기다려도 머릿
속은 텅 빈 공백 상태일 뿐, 아무것도 떠오르지 않았다.

……최근에 혼잣말이 많아졌음을 스스로도 느낀다. 다른 사람과
말할 기회가 줄어들어서다. 사람을 싫어하는 경향은 환갑을 지난 무
렵부터 더욱 심해져, 밖에 나가 남들과 관계를 맺는 것이 귀찮았다.
더구나 사람들이 지켜보는 가운데 창피를 당하는 건 죽기보다 싫다.

"지금쯤 석간이 오지 않았을까?"

그는 다시 혼잣말을 중얼거리고는 산더미처럼 쌓여 있는 책들이 당장이라도 무너질 듯한 서재에서 나와 현관으로 향했다. 샌들을 신고 현관의 낡은 알루미늄 문을 열었다.

안 그래도 비로 인해 쌀쌀해져서 카디건 하나로는 불안한데, 비를 맞기까지 해서 감기라도 걸리면 큰일이다. 그렇다고 우산을 꺼내기는 귀찮아서 어깨를 움츠리고 그대로 밖으로 나왔다. 그는 욱신욱신 쑤시는 왼쪽 무릎을 신경 쓰면서 디딤돌을 지나 우편함을 열었다.

석간은 아직 오지 않았다. 남들이 보면 시간을 주체하지 못하는 한가한 노인이라고 비웃으리라.

민망한 표정을 지으며 고개를 든 순간, 조금 떨어진 곳에서 우산을 쓰고 우두커니 서 있는 젊은 여성과 눈이 마주쳤다. 베이지색 트렌치코트에 감색 스커트 차림의 여성은 핑크색 숄더백을 메고 하얀색 종이상자를 들고 있었다. 하얀 피부에 가느다란 홑꺼풀 눈. 청초한 느낌의 검은 머리칼은 눈 위에서 가지런히 잘려 있었다.

어? 누구더라? 그의 기억 속에서 무언가가 술렁거렸다. 이 동네에 저렇게 예쁜 여자가 있었던가?

여성이 그를 향해 정중하게 인사를 했다. 그도 반사적으로 가볍게 고개를 숙였다. 아는 사람임은 분명하지만 누구인지 생각나지 않았다.

여성이 그를 향해 가까이 다가왔다. 빗발이 점점 강해져서 서둘러 집에 들어가고 싶었지만, 여성이 자신에게 말을 걸고 싶어 하는 듯해서 일단 기다리는 수밖에 없었다.

"선생님, 오랜만에 찾아뵙습니다." 여성이 밝은 알토 목소리로 말했다.

말하는 사람의 교양이 느껴지고 귀에 감기는 느낌도 좋은 지적인 목소리였다. 순간, 기억의 깊은 어둠 속에서 이름 하나가 불쑥 되살아났다.

"하기와라 나오." 사쿠타는 똑똑히 기억하고 있다고 강조하기 위해 일부러 풀네임으로 말하면서 덧붙였다. "이게 얼마 만이야? 몇십 년 만 아닌가?"

"아이참, 아직 그렇게 나이가 많지 않거든요?"

나오는 살짝 당황하며 미간을 찡그리더니 하얀 치아를 보이면서 웃었다.

아아, 그렇지. 이런 얼굴이야. 그의 마음 깊은 곳에서 그리움이 솟구쳤다. 중학생 때와 조금도 다르지 않다.

"하지만 벌써 십 년이 넘었어요. ……졸업한 뒤로는 뵙지 못했으니까요."

"그래? 어쨌든 잘 왔어. 들어오게."

사쿠타는 대문을 열고 나오를 들어오게 했다.

"죄송해요. 괜히 저 때문에 선생님께서 젖으셨네요."

나오가 그에게 우산을 씌워주었다.

그는 그제야 생각이 났다. 나오는 또래 여학생 중에서는 보기 드물게 남을 배려하는 착한 소녀였다. 그가 반 학생들에게 나눠줄 프린트물을 들고 헉헉거리며 계단을 올라갔을 때, 뒤에서 말을 걸어

자기가 들고 가겠다고 해준 사람은 나오뿐이었다.

더구나 그가 지도교사를 맡았던 하이쿠부에 들어와 열심히 작품을 만드는 한편, 자질구레한 일을 도맡아 하면서 부원들을 잘 통솔하지 않았던가.

"어머나, 안녕하세요."

그때 옆집 아주머니(사쿠타와 나이 차이는 얼마 나지 않는다)가 회람판을 들고 집 밖으로 나왔다. 나오를 보고 한순간 놀란 모습을 보였지만 금세 미소를 지었다. 속세를 떠난 노인을 찾아오기에는 어울리지 않는 미인이라고 생각한 것이리라.

"안녕하세요." 나오도 웃는 얼굴로 인사했다.

그는 어정쩡하게 고개를 끄덕이면서 회람판을 받았다. 나오 덕분에 옆집 아주머니가 평소에 그에게 품었을 바람직하지 않은 이미지는 상당히 달라졌을 것이다.

옆집 아주머니는 자기 집으로 들어갈 때도 계속 그를 쳐다보았다.

사쿠타는 앞장서서 느릿느릿 걸어가 현관문을 열었다.

"지저분하지만 들어오게."

그렇게 말하고 나서, 그것이 조금도 겸손한 말이 아니라는 사실을 깨달았다. 뭐, 어쩔 수 없다. 나오도 혼자 사는 노인 집이 먼지 한 톨 없이 깨끗하리라곤 기대하지 않았을 것이다. 나오는 우산을 접어 현관문 밖에 세워두고는 고개를 숙이며 들어왔다.

"요즘 통 청소를 안 했거든. 가만있자, 슬리퍼가 어디 있을 텐데."

"괜찮아요. 가져왔어요."

나오는 호텔에 있을 법한 일회용 슬리퍼를 꺼내, 가벼운 소리를 내며 투명한 비닐봉지를 뜯었다. 요즘 사람다운 합리주의자로, 보기에 따라서는 무례한 행동이지만 딱히 화가 나지는 않았다.

"준비성이 좋군. 그런데 어떻게 하는 게 좋을까······. 손님이 오는 일이 거의 없어서 말이야. 응접실이 있기는 하지만 지저분하니까 서재로 가는 게 어떻겠나?"

응접실은 쓰레기장이나 마찬가지라서 도저히 보여줄 수 없었다. 평소에 하루의 대부분을 보내는 서재라면, 날씬한 여성이 앉을 수 있는 공간은 그럭저럭 만들 수 있으리라.

책의 감옥 같은 서재에 들어가도 나오는 주춤거리지 않고, 가져온 종이상자를 조심스럽게 내밀었다.

"이거, 딸기 조각케이크예요."

나오는 그렇게 말하고는 살피는 눈길로 사쿠타를 쳐다보았다. 당뇨병이라도 있는 게 아닐까 걱정되었을지 모른다.

"고맙네. 이런 건 오랜만이군."

그는 만면에 미소를 지으며 종이상자를 받았다. 자신이 평소와 달리 들떠 있다는 걸 알아차렸다.

"홍차가 좋을까? 평소엔 녹차만 마시지만 티백이 있을 거야."

"제가 타올게요."

나오는 숄더백을 옆에 놓고 코트를 벗어서 얌전히 접었다. 여름용 반소매 스웨터 밑에 있는 하얀 두 팔을 본 순간, 그는 저도 모르게 가슴이 두근거렸다.

"아니, 이런, 미안하군. ……그런데 어디 있는지 알까?"

"괜찮아요. 오래전이지만 하이쿠부 친구들과 같이 온 적이 있으니까요."

그랬던가. 그가 생각하는 사이에 나오는 조각케이크 종이상자를 들고 부엌 쪽으로 갔다.

그는 부엌의 상태가 어떤지 생각하려고 했지만 어떤 모습도 떠오르지 않았다. 아내인 하루코가 있었을 때는 병적일 만큼 깨끗하게 정리되어 있었지만, 집을 나간 지 팔 년이 지난 지금은 무관심 속에 방치되어 있었다. 그래도 일주일에 두 번은 가사도우미가 오고, 냉장고와 가스레인지, 전기 포트는 가끔 사용하고 있으니까 발 디딜 곳이 없지는 않을 것이다.

그는 성능이 좋지 않은 에어컨을 제습으로 돌리고, 황급히 나오가 앉을 공간을 만들었다. 그러곤 당장이라도 무너질 듯한 책의 기둥을 몇 개 옮겨서 서재 중앙에 접이식 작은 차탁을 놓았다.

"차 가져왔어요."

나오가 가느다란 김이 피어오르는 홍차 잔과 조각케이크 접시를 올린 쟁반을 들고 돌아왔다. 기분이 좋아질 만큼 상큼한 동작이다. 이렇게 빨리 가져온 걸 보면 거의 헤매지 않고 어디에 무엇이 있는지 찾은 모양이다.

"고맙네."

차탁에 솜씨 좋게 홍차와 케이크를 놓는 나오의 모습을, 그는 감동의 눈길로 바라보았다. 아무런 전조도 없이 이렇게 즐거운 날이 찾아오다니. 인생은 아직 살 만한 것일지도 모른다. 할 수만 있다면 오늘 일은 죽을 때까지 잊고 싶지 않다.

하지만 맞은편에 단정하게 앉은 나오의 침울한 표정을 보고 곧바로 현실로 돌아왔다. 나오가 중학생일 때는 저런 표정을 본 적이 한 번도 없었다. 틀림없이 뭔가 걱정거리가 있는 것이다. 애초에 오늘 찾아온 것만 해도 옛 스승에 대한 그리움 때문이라곤 할 수 없다. 어쩌면 자신에게 의논을 하기 위해서 온 게 아닐까?

눈부시게 밝은 청춘의 빛을 뿌리고 있는 그녀에게, 세상에서 은퇴한 노인이 도움이 되리라곤 여겨지지 않지만. 나오도 그의 표정이 달라졌음을 민감하게 알아차린 모양이다.

"연락도 드리지 않고 불쑥 찾아와서 죄송해요." 나오는 앉은 자세를 바로 하고 고개를 숙이면서 말했다. "전화를 드렸지만 받지 않으셔서요."

"아아, 그랬나?"

그는 벽 쪽에 있는 낡은 전화 받침대를 바라보았다. 지금은 책에 파묻혀 있지만 예전에는 검은 전화기가 놓여 있었다.

"혼자 사는 노인에겐 아무짝에도 쓸모없어서 말이야. 괜히 보이스 피싱이라도 당하면 큰일이라서 해약했네."

쌓아올린 책에 감춰져 있지만 끊어진 검은색 전화선이 지금도 벽에 남아 있을 것이다.

"자네가 올 줄은 생각도 못 해서 놀라긴 했지만 기쁜 놀라움이라고 할까. ……그런데 무슨 일이라도 있나?"

나오는 고개를 끄덕이며 말했다. "네, 그래서 왔어요. 선생님께 꼭 여쭤보고 싶은 게 있어서요. 아무리 생각해도 믿을 만한 분은 선생님밖에 안 계세요."

나오는 숄더백에서 남색의 책자 같은 걸 꺼냈다.

"그건…… 시집이군. 혹시 자네가 쓴 건가?"

슬쩍 보기만 해도 그는 무슨 책인지 알 수 있었다. 아마추어 하이진하이쿠를 짓는 사람이 자비로 출판한 시집이다. 장정도 간소하고, 최근에는 백 부 이하로도 만들 수 있어서 예전에 비해 비용이 훨씬 저렴해졌다.

"아니에요. 오빠가 지은 거예요."

오빠? 흐음, 하기와라 나오한테 오빠가 있나 보군. 물론 형제자매가 있어도 이상하지 않지만.

아니, 잠깐만. 그녀는 지금, 자신이 오빠라고 말하면 그가 금방 알 거라는 눈길로 말했다. 누구일까? 하기와라는 희귀한 성은 아니지만 그렇게 흔한 성도 아니다.

사쿠타는 홍차 잔을 들어 올려 눈을 감고 한 모금 마시면서 말했다. "……류타로 말인가?"

이번에도 절묘한 타이밍으로 어둠 속에서 이름이 떠올랐다.

"네."

나오는 살포시 미소를 지었다. 그가 기억하는 걸 보고 안도한 모양이다.

하기와라 류타로는 나오의 쌍둥이 오빠다. 유령부원이지만 일단은 하이쿠부 소속이었고, 나오와는 정반대의 이유로 그의 기억에 새겨져 있었다.

"류타로가 지금도 하이쿠를 쓰고 있을 줄은 몰랐군. 자네와 달리 하이쿠를 진심으로 사랑한다는 느낌은 없었네만."

이름은 시인처럼 보이지만 하기와라 류타로는 한마디로 말해 문제아였다. 친구들과 어울려 다른 학교 학생들과 패싸움을 하는 알기 쉬운 불량 학생이 아니라, 평소에 아무런 존재감이 없다가 징조도 없이 갑자기 폭발해 폭력을 휘두르는 다루기 힘든 학생이었다. 물론 그래서 기억이 났지만.

"오빠가 본격적으로 하이쿠를 쓰게 된 건 등교 거부를 한 다음이 에요. 제가 아니라 엄마한테 강한 영향을 받았지만요."

엄마? 이번에는 엄마인가? 이거야 원. 엄마도 내가 아는 사람인가? 그는 마음속으로 살짝 당황했다.

"엄마 이름은 하기와라 아사코예요. 아빠와 이혼한 후엔 회사를 경영하느라 정신이 없었지만, 예전부터 취미가 하이쿠였거든요. 유일하게 숨을 돌린다고 할까…… '태풍'이라는 모임의 회원이기도 하고요."

'태풍'은 그도 알고 있는 유명한 하이쿠 모임이다. 하기와라 아사코라는 이름도 들은 적이 있는 듯하다. 설마 제자의 어머니일 줄은 생각도 못 했지만.

"오빠가 문제를 일으켰을 때, 엄마는 몇 번 학교에 가서 선생님들과 담판을 지었어요. 기억 안 나세요? 특히 오빠의 담임이었던 구마다 선생님께는 매우 무례하게 대하셨던 것 같더라고요."

"응, 그랬지. 물론 기억하네."

그 말은 거짓이 아니었다. 똑똑히 기억이 났지만 그다음 말은 하지 않는 게 좋으리라. 하기와라 아사코는 모든 교직원이 두려워하던 극성 엄마였다.

"그래서? 그 시집이 무슨 문제라도 있나?"

나오는 잠시 망설이고 나서 대답했다. "오빠는 세상을 떠났어요. 지난달에…… 스스로 목숨을 끊었습니다."

"그래…….." 조각케이크를 조금 덜어 입으로 가져가던 그의 포크가 허공에서 멈추었다. "많이 힘들었겠군. 늦게나마 고인의 명복을 비네."

"자랑스러운 오빠라고 할 순 없었지만 그래도 저에겐 하나밖에 없는 오빠였죠." 나오는 눈길을 떨구며 말했다. "이 시집은 오빠의 유작이에요. 세상을 떠나기 얼마 전에 자비출판을 해서 친구와 지인에게 나눠준 것 같아요. 혹시 선생님께도 보내지 않았던가요?"

그는 고개를 갸웃거리며 말했다. "아마 보내지 않았을 거야…….. 그래, 그거 최근 일이지?"

하기와라 류타로가 뜬금없이 시집을 보냈다면 깜짝 놀라서 기억하고 있으리라. 그래도 100퍼센트라고 장담할 수 없다는 게 한심한 점이지만.

"그런가요? 이 시집은 집에 스무 권쯤 남아 있어요."

그는 묵묵히 나오의 다음 말을 기다렸다.

"실은 엄마가 삼 년 전에 유방암에 걸려서 계속 투병중이에요. 지금은 4기라서 입원해 있고요. 옛날부터 오빠를 끔찍이 사랑해서, 오빠가 세상을 떠났을 때는 큰 충격을 받았죠. 그래서 이 시집도 매우 소중하게 간직했어요. 줄곧 병상의 머리맡에 놔두었는데, 며칠 전에 저를 부르더니 전부 태워버리라고 하더라고요."

전부 태워버리라니, 보통 일이 아니다. 어머니가 봤을 때, 상당히 불쾌한 시라도 있었던 걸까.

"이유가 뭔지, 어머님께서 말씀하셨나?" 그는 다정하게 물었다.

"아니요, 몇 번을 물어도 이유를 말해주지 않았어요. 저도 시집을 다시 읽어보았지만 도저히 이유를 모르겠더라고요."

그래? 그래서 나를 찾아온 거로군. 그는 겨우 이해가 되었다.

하이쿠부의 지도교사를 했을 때는 가끔 유명한 옛날 작품을 예로 들어 해석하곤 했다. 다른 부원들은 여기서 또 수업을 듣나 하고 지긋지긋한 표정을 지었지만 나오만은 메모하면서 열심히 귀를 기울였던 게 기억났다.

"선생님의 하이쿠 해석은 매우 독특하고 설득력이 있었어요. 단어 하나하나의 의미를 신중히 생각하고 음미한 후에 배경이나 심리에까지 사고를 확대하셨죠. 그 덕분에 때로는 미스터리 작품의 명탐정 같은 추리도 들을 수 있어서 얼마나 즐거웠는지 몰라요. 그래서 이 시집을 읽고 선생님께서 어떻게 느끼시는지 꼭 듣고 싶어요."

"이런, 나를 너무 과대평가하는군."

그는 눈앞에서 손을 크게 휘저었지만 기분은 나쁘지 않았다. 유감스럽게도 어느 순간을 기점으로 하이쿠 창작은 포기할 수밖에 없었지만, 지금도 비평에는 자신이 있다.

"시집을 다시 읽어봤다고 했는데 몇 번쯤 읽었지? 안광이 지배를 철한다는 말이 있는데, 그 정도는 아니더라도 행간까지 읽었나?"

나오는 고개를 숙인 채 머리를 가로저으면서 대답했다. "딱 한 번뿐이에요. 하이쿠 해석은 서툴러서, 제대로 읽었는지 자신이 없고요. 그리고 뭐라고 할까." 나오는 잠시 말을 끊더니 홍차로 입술을 적시고 나서 덧붙였다. "느낌이 좋지 않았어요. 왜 그런지 이유는 모르겠지만, 읽고 있으면 묘하게 가슴이 술렁거린다고 할까요."

흐음······. 그렇다면 이 시집에는 정말로 비밀이 숨어 있을지도 모른다. 나오는 읽어낼 수 없었지만, 하이진인 어머니는 간파할 수 있었던 것이.

"그렇군. 사정은 대강 알았네. 일단 한번 보지."

그는 나오에게서 시집을 받았다.

표제는 《사쓰키야미皐月闇》였다.

표제를 본 순간, 그는 표현하기 힘든 꺼림칙함을 느꼈다. 계절어하이쿠에는 사계를 상징하는 단어를 넣어 그 계절을 표현한다를 제목으로 한 시집은 드물지 않지만, 왠지 손을 대기가 망설여졌다.

사쓰키는 음력 5월, 양력으로는 5월 하순부터 7월 중순에 해당하고, 사쓰키야미는 딱 이맘때쯤인 장마철에 드리우는 밤의 어둠을 가리킨다. 일설에 따르면 두터운 어둠으로 뒤덮인 낮의 어둠도 가리킨다고 한다.

하지만 하이쿠에서는 '고가쓰야미五月闇'라고 쓰는 게 일반적이다. 《사이지키》에도 그 단어밖에 실려 있지 않을 것이다. 일부러 **사쓰키야미**라고 한 데에는 특별한 이유가 있겠지만.

"류타로는 왜 이렇게 기묘한 제목을 선택했을까?" 사쿠타는 반쯤 혼잣말처럼 물었다.

나오도 모르는지 말없이 고개를 가로저었다.

요즘은 시집에 무라카미 하루키의 소설처럼 멋들어진 제목을 붙이는 게 유행이다. 이십대 젊은이가 붙인다면, 좀 더 세련되거나 날카로운 제목을 선택할 것 같은데. 책자는 매우 얇고, 한 페이지에 두 편밖에 실려 있지 않았다. 아마 전부 백 편이 실려 있으리라.

그는 순서대로 하이쿠를 읽어나갔다. 아마추어의 시집인 만큼 대단한 시는 없었다. 대부분 평범했고, 몇 편에서는 실소가 새어나올 정도였다.

그런데 마지막 부분에 다가갔을 때, 페이지를 넘기는 손이 멈추었다. 어찌 된 일인지, 갑자기 리얼리티가 강해진 듯한 느낌이 들었다. 각 장면의 상황이 머릿속에서 선명한 이미지를 맺은 것이다.

감탄을 자아내게 만드는 시는 한 편도 없었다. 그럼에도 이토록 마음 깊은 곳이 흔들리는 데에는 뭔가 이유가 있을 텐데.

잠깐, 이건……. 심장의 고동이 빨라지는 게 느껴졌다. 이건 예삿일이 아니다. 아니, 그렇게 생각하는 건 너무 이를지도 모른다. 하지만 한 편씩이라면 몰라도, 이 순서로 살펴보면 일반적인 해석과는 다르게 해석할 수도 있지 않을까.

나오는 생각에 잠긴 그를 보고는 조용히 일어섰다. 소리를 내지 않고 찻잔과 접시를 정리한 뒤, 쟁반에 올려서 가져갔다. 그는 그냥 놔두라고 말하려고 했지만, 시집에 몰두한 채 결국 말로 하지는 않았다.

부엌 쪽에서는 물 흐르는 소리에 이어서 커피콩 가는 소리가 들렸다. 생각에 집중할 때 커피를 마시는 그의 습관을 기억하는 모양이었다. 그는 멍한 머리로 생각했다. 집에 커피콩이 있었던가.

오래된 에어컨이 겨우 메마른 바람을 조금씩 토해내기 시작했다.

그는 《사쓰키야미》를 내려놓았다.

모자 관계. 그건 그가 대학에서 심리학을 배우기 시작했을 때부터 탐구해온 테마였는데, 그곳에 류타로가 껴안고 있던 문제의 뿌리가 있는 듯했다.

그는 요의를 느끼고 벌떡 일어섰다. 나이 탓인지 최근에는 화장실에 자주 간다. 홍차 한 잔에 이런 꼴이라니, 아무리 생각해도 한심하기 짝이 없다.

그는 조용히 서재를 나와 화장실에 가서 볼일을 보고 몸을 떨었다. 안도의 숨을 내쉰 순간, 기억이 조금 되살아났다.

중학교의 1층 복도. 회색 정장을 입은 체구가 작고 가녀린 여성의 뒷모습이 보인다.

"실례지만 무슨 일로 오셨습니까?"

사쿠타의 말에 여성이 돌아보았다. 삼십대 후반 정도일까? 턱이

뾰족하고 좁다란 얼굴. 강인한 빛을 내뿜는 까맣고 커다란 눈. 그것이 하기와라 아사코의 첫인상이었다.

"교장실은 어디 있죠?"

톤은 여성스러웠지만, 목소리에는 강한 의지가 담겨 있었다.

그는 그녀의 목적을 확인하고 교장실로 안내했다. 가는 도중에 최대한 무난한 대화를 했다고 생각했는데, 무언가가 그녀의 기분을 상하게 한 모양이다. 헤어질 때 자신을 바라보는 차가운 눈길이 마음에 걸렸다. 마치 더러운 것을 보는 듯한 시선이었다.

첫 만남부터 주눅이 들었지만 직접 담판을 짓는 자리에 있지는 않아서, 실제로 얼마나 극성 엄마였는지는 모른다. 무섭기로 소문난 구마다 교감이 그렇게까지 전전긍긍한 걸 보면 예상보다 더 대단했겠지만.

서재로 돌아왔을 때 문득 생각이 나서 그는 하이쿠 잡지가 높다랗게 쌓여 있는 책장으로 다가갔다. 어딘가에 하기와라 아사코의 하이쿠가 실려 있을 것이다. 몇 권을 빼서 대충 넘겨보았지만, 물론 쉽게 찾을 수 있을 리는 없었다. 스마트폰도 컴퓨터도 가지고 있지 않아서, 검색할 방법도 없고.

아니, 그렇지 않다.

찾아야 할 건 모임에서 발간한 잡지가 아닌가. 하기와라 아사코는 '태풍'의 회원이었다고 하니까 어딘가에 그녀의 시가 실려 있을 것이다. 암에 걸린 게 삼 년 전이라면 시를 자주 발표한 건 그 이전일지도 모른다. 어쩌면 암 선고에 대한 충격으로 이전보다 더 활발히 시를 지었을 가능성도 있다.

그는 바닥에 쌓인 책과 잡지를 옆으로 밀고, 〈태풍〉을 찾았다.

그때 벽에 있는 작은 벽장문이 눈에 들어왔다. 옛날 주택에 흔히 있는, 청소기 같은 걸 넣어두는 수납공간이다. 그는 문에 손을 내밀다가 도중에 멈추었다. 그만두자. 여기에 쑤셔 넣어둔 건 어차피 오래된 수첩이나 일기장 같은 것들뿐이다.

그는 기둥처럼 쌓인 책을 밀어서 원래대로 해놓으려고 했지만, 아무렇게나 쌓아올린 탓에 결국 무너져서 몇 권이 바닥에 흩어지고 말았다. 그중에서 얇은 책을 발견하고 그는 멍하니 입을 벌렸다. 그 책을 들고 한참을 바라본 뒤, 아까 놓아둔 《사쓰키야미》와 비교해보았다.

틀림없다. 똑같다. 그렇다는 건, 이건 하기와라 류타로한테 받은 걸까.

그는 잠시 망설인 끝에 지금 발견한 《사쓰키야미》를 산더미처럼 쌓인 책의 안쪽에 쑤셔 넣었다. 아까 나오한테 받지 않았다고 단언하지 않았던가. 단순한 허세지만 나오한테만큼은 치매 노인 취급을 받고 싶지 않았다. 이건 보지 않은 걸로 하자.

……어라? 지금 내가 뭘 찾고 있었더라?

손으로 떠낸 미세한 모래처럼 기억이 손가락 사이로 스르륵 빠져나갔다. 마치 잠에서 깬 직후의 꿈 같았다. 아무리 기를 쓰고 떠올리려고 해도 남은 건 어렴풋한 분위기뿐이다.

털썩 주저앉을 뻔했지만, 다운되기 직전의 권투선수가 경이로운 힘을 발휘해 다시 숨을 되찾은 것처럼 별안간 기억이 되살아났다.

……그렇다. 하기와라 아사코의 시가 실린 잡지다.

사쿠타는 다시 기운을 내서 산더미 같은 책과 마주했다.

있다. 어디서 났는지는 기억나지 않지만 '태풍'이라는 제목의 책자 몇 권이 눈에 들어왔다. 하기와라 아사코의 시는 곳곳에서 쉽게 발견할 수 있었다. 그중에서도 봄의 시와 겨울의 시가 한 편씩 인상에 남았다.

입춘이여, 파리玻璃 천장을 때려 부순다

차가운 비수, 가슴에는 이사회

시로서의 완성도는 둘째치고 이 사람은 상당한 여걸, 아니, 맹렬한 여성임이 틀림없다. 자신의 아내인 하루코는 그녀의 발끝에도 미치지 못하리라.

입춘의 시는 잡귀를 쫓아내는 콩으로 **파리 천장**, 즉 남성 사회의 상징인 '유리 천장'을 때려 부순다는 뜻이다. 한자에서 느껴지는 완고함도 그렇지만, 산산조각 난 유리 조각이 쏟아지는 광경을 상상하니 등골이 오싹해진다. 다른 한 편도 본인을 잠깐 본 느낌에 근거해 말하면, 품속에 **비수**를 넣고 이사회에 참석하는 기이한 행동조차 단순한 비유나 상상이 아닌 듯했다.

설마 학교에 들이닥쳤을 때도, 여차하면 상대를 찌르려고 했던 건 아니겠지.

그는 의자에 앉아서 하기와라 아사코란 인물을 떠올려보았다. 그때 나오가 커피잔을 올린 쟁반을 들고 조용히 들어와서 그의 앞에 조심스럽게 내려놓았다. 그윽한 향기가 서재에 퍼져나갔다.

"고맙군. 이 커피는 어디서 났나?"

"케이크 가게 옆에서 원두를 팔고 있길래 사왔어요. 음료가 없을 수도 있을 것 같아서요."

"그래? 음, 정말 맛있군."

오랜만에 신선한 커피가 목구멍을 타고 내려간 순간, 그는 잠들어 있던 뇌세포가 부활하는 감각을 맛보았다. 여느 때와 달리 사고가 깨끗해지는 것 같았다.

"어머나, 이건……."

나오는 사쿠타가 읽고 있던 〈태풍〉을 보고 미간에 주름을 잡았다.

"우연히 찾았는데, 어머니 시도 실려 있더군." 그는 〈태풍〉을 나오한테 주면서 말했다. "여기에 있는 시는 알고 있나?"

"아니요." 나오는 슬쩍 보고 고개를 가로저으면서 말했다. "하지만 엄마가 지은 시 중에는 이런 느낌의 시가 많아요. 여자 혼자서 교활한 남자를 상대하려면, 때로는 아수라가 되어야 한다는 게 엄마의 입버릇이었거든요."

그는 마음속으로 혀를 내둘렀다. 눈앞에 있는 나오를 보면, 어머니가 그런 사람이라는 게 상상이 되지 않는다. 모녀가 이토록 다르단 말인가. 뭐, 아사코가 처한 상황을 생각하면 강해져야 할 필요가 있었을지도 모르지만.

"선생님, 엄마의 시가 참고가 되요?" 나오는 약간 의아한 표정을 지으며 물었다.

"류타로가 안고 있던 문제는 어머니한테서 기인했을 수도 있으니까. 개인적인 질문을 해도 되겠나?"

"네." 나오는 잠시의 망설임도 없이 대답했다.

"아까 그랬지? 어머니가 옛날부터 류타로를 끔찍이 사랑했다고. 자네보다 더 사랑했다는 뜻인가?"

나오는 곧바로 대답했다. "물론이에요. 그렇다고 엄마가 저를 사랑하지 않은 건 아니에요. 예의범절을 가르칠 땐 엄격했지만, 마음은 항상 통했거든요. 하지만 오빠를 향한 사랑은 맹목적이었다고 할까요?"

나오의 대답은 막힘이 없었다.

"그렇군. 그러면 류타로는 어땠지? 어머니를 어떻게 생각했나?"

"사랑했⋯⋯어요. 아니, 의존했다고 하는 편이 맞을지 모르겠네요."

"어머니는 류타로를 사랑했을 뿐만 아니라 지배하려고 하지는 않았나?"

"그랬을지도 모르지만 엄마는 누구에게나 지배적인 사람이었으니까요."

"류타로가 집 안에 틀어박힌 이후, 어머니가 자립을 방해하진 않았나?"

그렇게 물으면서도 그는 자신이 너무 성급하게 결론을 내린 게 아닐까 하는 생각이 들었다.

"그런 면이 있었을지도 몰라요." 나오는 약간 눈썹을 모으고 그를 보면서 물었다. "그런데 왜 그렇게 생각하셨어요?"

그는 탁자에 있는 《사쓰키야미》를 가리키면서 말했다. "이 안에는 강한 마더 콤플렉스를 느끼게 하는 시가 있더군."

"정말요? 저는 전혀 몰랐어요." 나오는 반신반의하는 표정으로 덧붙였다. "그렇다면 원인은 엄마한테 있다는 건가요? 시집을 태워버리라고 한 것도, 어쩌면 오빠가 생을 마감한 것도……."

그는 커피를 입으로 가져가면서 말했다. "그렇게 결론짓는 건 아직 시기상조이겠지만. 일단 한 편, 한 편을 제대로 검증해야겠지. 정확하게 분석하기 위해선 자네가 배경을 말해줘야 하네."

나오는 고개를 끄덕였다. "그럴게요. 하지만 백 편을 순서대로 도마에 올려서 분석하긴 힘들지 않을까요?"

그는 나오에게 용기를 주듯이 미소를 지었다. "그렇지도 않아. 중요한 건 이 중에서 열세 편이네. 나머지는 아무래도 상관없어."

나오는 눈을 크게 뜨며 말했다. "선생님께선 단시간에 그렇게까지 파악하셨군요!"

그는 머리를 가로저었다. "아니, 그리 확실하게 파악한 건 아니야."

그런 초인적인 통찰력이 있었다면 지금쯤 이 모양 이 꼴로 있지는 않았으리라. 하지만 그는 무의식중에 폼을 잡으며 브루스 리처럼 말했다.

"중요한 건 머리로 생각하기보다 일단 느끼는 걸세."

"예술적 감성이라는 건가요?"

"아니, 단지 마음을 비우고 문자가 표현하는 세계를 받아들이는 거야. 하이쿠는 불과 열일곱 자로 우주를 노래하고 깊은 마음을 전할 수 있지. 반면에 감추고 싶었던 걸 잔혹하게 드러내는 일도 있다네."

그는 그렇게 생각하게 된 자신의 시를 읊으려고 했지만, 안타깝게도 한 편도 떠오르지 않았다.

"내가 말한 열세 편은 이걸세. 이 한 편과……." 그는 빨간색 마커를 들고 후반부에 있는 한 편에 동그라미 표시를 하면서 덧붙였다. "마지막 열두 편이지."

그렇게 말하면서 세로선과, 그 이후임을 나타내기 위한 화살표를 그렸다. 나오는 탁자의 반대편에서 뚫어지게 시집을 들여다보았다.

"제가 한 권 더 가져왔어요. 보면서 여쭤봐도 될까요?"

나오는 숄더백 안에서 《사쓰키야미》를 한 권 꺼내서, 교과서처럼 똑같은 페이지를 펼쳤다. 사쿠타도 시집을 들어서 문제의 열세 편을 훑어보았다.

나오와 마주 앉아 같은 텍스트를 보고 있자니 마치 십 년 전으로 이동을 해서, 다시 교사와 학생이 된 듯한 아련한 마음이 들었다.

여름은하 우루마 섬의 그림자 검게

미즈와리를 들이켜는 출창의 밤바람인가

바람이 죽고 풍경처럼 글라스 울다

요바히별 반짝거리다 지나가는 한밤중의 여름

여름어둠에 녹아들어 어슴푸레한 방갈로

가주마루 뿌리의 그림자와 불나방의 그림자

칠흑 색깔의 바닷가에 얇은 옷은 희미하게

파도 술렁이는 초하룻날 밤에 땀을 닦노라

습풍에 옛날 상처가 쑤시는 물가인가

우렛소리여 암흑의 현기증을 해방하고

스콜에 하얀 목련은 흠뻑 젖노라

하이진이 되어서 후회의 붓꽃

대답 없는 무명의 어둠이여 5월

2

"우선 이 시부터 시작할까?"

사쿠타는 노안경을 쓰고 활자에 눈을 떨구었다.

　　　여름은하 우루마 섬의 그림자 검게

"배에서 봤다고도 생각할 수 있겠지만, 아마 비행기 창문에서 본 경치일 걸세. **우루마 섬**은 산호섬이란 뜻으로 오키나와의 옛날 명칭이지. 밤 비행기를 타고 오키나와에 가서 지었을 거네."

그는 눈을 감고 상상해보았다. 어두운 바다 위에, 그보다 더 새카만 섬의 그림자가 점점이 흩어져 있는 광경을. 같은 육지라도 눈부시게 빛나는 도시의 항구와는 상황이 완전히 다르다.

"이다음에 이어지는 시도 전부 오키나와에서 읊은 것 같군. 류타로는 언제 오키나와로 여행을 갔지?"

"이 년 전 여름이었어요. 7월 중순경에 혼전여행을 갔죠." 나오는 자기 일인 것처럼 부끄러운 표정으로 말했다. "상대는 사카네 히토미였어요. 선생님, 기억하시죠?"

사카네 히토미……? 기억 속에서 뭔가가 삐걱거리는 소리를 내며 불협화음을 냈다.

금방 떠오를 것 같은데, 아무리 애를 써도 떠오르지 않았다. 막연한 느낌으로는 나이보다 어른스럽고 눈에 띄는 존재였던 듯하다.

아아, 이 치매만 없었다면.

"나이 탓인지, 금방 떠오르지 않는군."

"저랑 같은 반이었고, 하이쿠부에서도 계속 같이 있었던 히토미 말이에요."

그가 기억하지 못하는 걸 보고 나오는 불만스러운 표정을 지었다.

"그래. 음, 지금 생각났네. 그 사카네 말이군."

실제로 그런 아이가 있었던 건 기억이 났다. 하이쿠부에서 항상 나오와 같이 있었던 것 같다. 활기찬 목소리만이 불현듯 귓가에 되살아났다.

"야호, 숨 쉬고 있어?" "여기에 있어" "완전 캄캄해"……

하지만 핀트가 맞지 않은 것처럼 얼굴은 여전히 흐릿했다. 눈빛만은 어렴풋이 떠올랐지만 얼굴까지는 확실하게 기억나지 않았다.

"오빠는 히토미를 계속 짝사랑했어요. 하이쿠부에 들어간 것도 그것 때문이었죠. 등교 거부를 하고 나서는 포기한 것 같았는데, 삼년 전에 우연히 길거리에서 만나 열심히 따라다닌 끝에 겨우 노력이 결실을 맺었죠."

"흐음, 류타로는 일을 하고 있었나?"

나오는 다시 고개를 숙이며 대답했다. "아니요. 엄마 회사의 홈페이지 제작을 도와주는 것 정도였고, 제대로 된 일을 하진 않았어요."

"그런데도 사카네가 넘어갔군."

사쿠타는 품위 없는 표현을 사용한 걸 후회했지만, 나오는 신경 쓰지 않았다.

"엄마가 돌아가시면 오빠가 재산을 많이 물려받으니까요."

한마디로, 목적은 돈인가. 경제적인 안정을 첫째로 생각하는 건 요즘 세상에 당연한 일일지도 모르지만.

"그렇군."

"하지만 몇 번이나 다시 읽어도 이해가 되지 않아요." 나오는 고개를 갸웃거리면서 말했다. "이 시가 중요한 건 여기서 오키나와 여행이 시작되었기 때문인가요?"

"그것만이 아니야. 이 시는 그 이후에 일어날 일을 농밀하게 예감케 하고 있지."

"예감……이요?"

나오는 무슨 말인지 이해되지 않는 듯했다.

"여기에서 거론한 열세 편 중에 최초의 한 편을 제외한 열두 편은 하나로 이어져 있네. 아주 짧은 시간, 아마 하룻밤 사이에 일어난 사건을 순서대로 읊었을 거야. 어쩌면 나중에 기억을 떠올리면서 차례대로 읊은 게 아닐까?"

나오는 고개를 끄덕였다.

"그때 무슨 일이 일어났는지 전부 알고 있는 사람은 작가가 아니겠나. 그러니 마치 예지하듯이 그때의 상황을 차례대로 읊을 수 있었겠지."

"그렇군요." 나오는 감탄한 얼굴로 맞장구를 쳤다.

"이 시도 마찬가지야. 비행기가 도착한 순간, 오키나와에서 앞으로 무슨 일이 일어날지 아는 이는 오직 신뿐이겠지. 하지만 작가는 이미 앞일을 알고 있네."

나오는 미간에 주름을 잡고 시집을 들여다보면서 물었다. "어느 부분을 보고 그렇게 생각하셨어요?"

"일단 **그림자 검게**일세. 문장을 끝내려면 '그림자 검다'로 해야 하는데, 일부러 부사형으로 끝냈네. 여운을 주기 위해서지만, 통속적인 표현이라고 싫어하는 하이진도 많지."

그는 예전에 배운 문법을 활용해서 설명했다.

"그리고 전체의 분위기를 살펴보게. 밤하늘에 빛나는 여름은하는 아름답지만, 별이 반짝이는 하늘에서 서서히 어두운 바다와 섬으로 떨어진 시선에는 어딘지 모르게 불길한 예감이 깃들어 있는 것 같지 않나?"

"그런가요?" 나오는 생각에 잠긴 표정으로 말했다. "듣고 보니 그런 것 같기도 하네요. 지나치게 꿰맞춘 것 같기도 하지만요."

나오는 그렇게까지 느끼지 못할지도 모르겠군, 하고 그는 생각했다. 하지만 자신의 감각을 믿는다면 이 구에는 예감이 짙게 그림자를 드리우고 있다. 그것은 처음에 보자마자 번개처럼 뇌리를 가로지른 직감이었다.

"불길한 예감이라고 하셨는데, 그 후에 무슨 일이 일어났는지 선생님께선 아세요?" 나오는 약간 긴장한 눈길로 물었다.

"아니, 다음 구를 보면 좋지 않은 일이 일어난 것 같긴 하지만."

"그래요?" 나오는 시선을 떨구며 말했다. "실은 이다음에 바로 히토미가 사라졌거든요."

그는 등줄기가 서늘해짐을 느꼈다.

"사라졌다고? 그거 보통 일이 아니군. 그래서 무사히 찾았나?"

"아니요." 나오는 굳은 표정으로 머리를 옆으로 흔들었다.

이런이런. 잠깐만. 그럼 이 시집이 미해결 사건의 열쇠를 쥐고 있다는 건가.

그는 커피를 한 모금 마셨다. 혼전여행에서 약혼자가 실종됐다면 당연히 의혹은 류타로한테 쏠릴 텐데. 역시 《사쓰키야미》의 몇몇 시에서 받은 느낌이 정확했던 걸까. 그렇다면 그 후에 자살을 선택한 것도, 하기와라 아사코가 시집을 불태워버리라고 한 것도 이해가 되지만.

파고 들어갈 듯이 시를 바라보던 나오가 얼굴을 들고 한숨을 쉬면서 말했다. "……전 아무리 봐도 뭐가 뭔지 모르겠어요. 하이쿠부에서도 오키나와로 합숙을 간 적이 한 번 있었잖아요? 그때 지은 시라고 해도, 그대로 믿을지 몰라요."

아는 척을 하지 않고 솔직히 말해주는 건 다행이라고 그는 생각했다. 그러는 편이 앞으로 해석하기 편해진다. 그래서 그도 솔직해지기로 했다.

"나도 아직 이해하지 못한 부분이 몇 군데 있네. 예를 들면 말이야, 이 시에선 불길한 그림자가 짙게 느껴지지만, 그 뒤에 이어지는 시에선 분위기가 완전히 달라져서 느긋해지지."

그리고 조금 전에 선택한 나머지 열두 편에 이르면, 분위기는 다시 180도 달라진다.

그는 페이지를 넘기면서 말했다. "이 시를 다시 한번 읽어보게."

나오도 사쿠타가 보고 있는 페이지를 펼쳤다.

추라 섬 '아름다운 섬'이란 뜻으로. 오키나와를 가리킴에 붉은 데이고 꽃 오키나와의 대표적인 꽃이 피다

"이건 그대로 해석하면 되죠?"

그렇다. 나오가 말한 대로다. 헛웃음이 나올 만큼 비유도, 은유도 아무것도 없다.

거대 물고기도 사람도 입이 크다 여름휴가

"**거대 물고기**는 고래상어를 말하는 거겠지. 오키나와에서 지었다면 추라우미 수족관에 갔을 거야. 크릴새우를 먹으려고 입을 크게 벌리는 고래상어와, 멍하니 입을 벌리고 쳐다보는 관광객을 보고 지은 게 아닐까? 유머러스한 광경이지만, 맨 끝에 '여름휴가'를 억지로 갖다 붙인 것 같아서 좀 어색하군."

무더운 여름에 팔백 년의 성인가?

"이건 추라우미 수족관에서 가까운, 나키진손의 성터를 보러 갔을 때 지은 거겠지."

그 말 이외에는 특별히 덧붙일 게 없었다.

산신이여 복나무 가로수의 여름의 해 질 녘

"마찬가지로 이건 비세 지역의 복나무 가로수를 노래한 시야."

미로 같은 가로수길이 끝없이 이어지고, 어디선가 산신오키나와 전통 악기 소리가 들려온다. 지브리의 세계를 떠올리게 하는, 신비한 분위기가 떠다니는 곳이었으리라.

마파람이여 하트록 바위에서 그대 생각해

"하트록은 고우리 섬 티누 해변 옆에 있는 바위를 말하는 거지? 바위 두 개를 겹쳐서 보면, 하트 모양으로 보이지 않았던가?"

이런 식으로 기억이 순순히 떠오르는 것 자체를 믿을 수 없었다.

"네, 한때 일본항공의 광고로 유명해졌지요. 아라시일본의 유명 남성 아이돌가 모델이었던." 나오는 사쿠타의 얼굴을 똑바로 보면서 말을 이었다. "그런데 이건 아무리 봐도 사랑을 읊은 시가 아닌가요?"

"그렇겠지. 하트 모양의 바위를 보고 '그대 생각해'라고 말하고 있으니까."

하지만 약간 위화감도 있었다. 그 문제아가 지은 시치고는 너무나 로맨틱하지 않은가.

"어쨌든 자네가 본 대로야. 전부 오키나와의 여름 풍경을 노래했지만, 단지 음률을 맞췄을 뿐 초등학생 수준의 자연을 노래한 시지."
그는 단칼에 일축했다.

"아무리 그래도 초등학생은 이렇게 지을 수 없을 거예요. 전 오빠한테도 이렇게 순수한 면이 있었구나, 하고 새삼 감탄했어요."

나오의 간절한 말투를 듣고 그의 입가에 미소가 감돌았다.

"왜 그러세요?" 나오가 고개를 들고 물었다.

"아니, 미안하네. 그러고 보니 옛날 자네의 시도 매우 솔직했구나, 하는 생각이 들어서. 정확하게 기억나진 않지만."

막연하나마 이미지가 떠오른 것도 요즘에는 좀처럼 없는 일이다. 정신을 집중하면 더 확실히 떠올릴 수 있을지 모른다.

다음 순간, 믿을 수 없는 일이 벌어졌다. 나오가 지은 시들이 제각각 머릿속에 떠오른 것이다. 그는 깜짝 놀랐다. 이건 뭐지? 마치 심해의 밑바닥에서 침몰선의 파편이 떠오르는 것 같지 않은가.

"그래, **여름 아침에 작은 새가 노래한다**였던가? 그리고 **황금색**⋯⋯ 뭐였더라?"

놀릴 생각은 없었지만 나오는 입술을 삐죽거렸다.

"제 시는 됐어요."

"아니, 쓸데없는 작위성이 없다고 칭찬하는 거야."

"선생님께서 그 시를 칭찬해주신 기억은 없는데요."

나오는 중학생으로 돌아간 것처럼 부루퉁한 표정을 지었다. 젊고 아름다운 여성이 이런 표정을 지으면 오히려 매력적으로 보이는 게 신기했다. 월나라의 절세 미녀 '서시'가 얼굴을 찌푸리자 다른 여자들이 흉내 냈다는, 동시효빈의 고사 속 찡그린 얼굴은 이런 얼굴을 말하는 걸지도 모르겠다.

"그건 하이쿠부에서 합숙할 때, 자연을 관찰하고 지은 시였지? 장소는 어디였더라? 다카오 산은 아니고."

"제 시는 됐다니까요." 나오는 갑자기 조바심 나는 표정을 지으며 말했다.

"그래그래. 그럼 다음 시를 보지." 그는 다정한 목소리로 나오를 달랬다.

미즈와리를 들이켜는 출창의 밤바람인가

"평범하기 짝이 없는 시야. 출창에 걸터앉아 미즈와리물을 타서 희석한 술을 마시고 있을 때, 밤바람이 불어왔다는 것뿐이지." 그는 혹평을 하면서 덧붙였다. "기껏 오키나와에 와서 시를 짓고 있는데, 이래선 도쿄의 열대야와 뭐가 다르지? 비슷한 생각과 비슷한 시는 일일이 손꼽을 수 없을 만큼 많아. 기시감 덩어리라고 할 수 있지."

"**미즈와리**와 **밤바람**이란 단어를 써서 덥다고 말하지 않고도 더위를 표현한 점은 어느 정도 머리를 쓴 게 아닐까요?" 나오는 조심스럽게 말했다.

오빠가 지은 시라서 옹호하고 싶어진 모양이다.

"그런 점도 문제야. **미즈와리**를 계절어라고 착각하는 사람도 있겠지만, 이 시에는 계절어가 없네. 그래서 여름의 정경을 노래하려고 했는데, 계절어가 없는 시가 되어버렸지."

하이쿠에는 계절어가 필요 없다고 주장하는 사람이 많지만, 이 시는 적어도 그런 종류는 아니다.

"그래도 이 시부터 마지막 시까지 검증하는 데에는 이유가 있네. 하나는, 이 시가 지금부터 이어지는 에피소드의 출발점이라서야."

나오는 진지한 얼굴로 고개를 끄덕였다.

"또 하나는 이 시에서 그리지 않은 인물에 착목해서고."

나오는 당황한 표정을 지으며 물었다. "그리지 않았다면, 아무도 없는 게 아닌가요?"

"아니, 있다는 건 이미 알고 있네. 아까 자네 입으로 그랬잖나? 이 시는 류타로가 혼전여행에서 지은 시라고 말이야."

나오는 흠칫 숨을 들이마시며 말했다. "히토미 말인가요?"

"그래. 이 시를 보면, 히토미는 지금 류타로 곁에 없다는 걸 확실히 알 수 있지."

나오는 다시 한번 신중하게 시를 읽고는 말했다. "그렇군요. 작가는 이때 혼자 있는 것 같아요. 그런데 왜 그렇게 느껴지는 걸까요?"

"**들이켜다**라는 단어 때문이지. 남자가 술을 들이켜는 건 혼자 마실 때나 동성 친구들과 분노에 휩싸여 있을 때야. 애인과 둘이 있을 때 그러는 건 상상하기 어렵네."

나오는 고개를 끄덕이면서 그의 말에 귀를 기울였다.

"또한 **들이켜다**란 건 위쪽을 바라보며 단숨에 마시는 거야. 더워서 그럴 수도 있지만 누군가에게 분노하거나, 분노가 지나쳐서 자포

자기한 심정이 됐을 때 그렇게 하는 경우가 많지."

나오는 깜짝 놀란 것처럼 두 손으로 입을 가리며 말했다. "혹시 둘이 싸운 걸까요?"

"나도 그렇게 생각했네." 그는 빙긋이 웃곤 식은 커피를 한 모금 마시고 나서 말을 이었다. "거기까지 생각하면 이 시에 계절어가 없는 이유도 알 수 있지. 열대야라서가 아니야. 지금 뜨거운 건 류타로 자신이라고 말하고 싶은 거네."

나오는 잠시 침묵하고 나서 혼잣말처럼 중얼거렸다. "오빠는 술버릇이 좋지 않았어요."

뜻밖의 이야기는 아니었다.

"맨정신일 때는 웬만한 일에는 싸우지 않고, 오히려 자신을 죽이는 느낌이었어요. 중학생 때도 나름대로 많은 걸 참았을 거예요. 그런데 술만 들어가면 180도 달라지는 일이 종종 있었죠."

"그렇군. 평소에 스스로를 억눌렀던 만큼, 억제력이 사라졌을 때는 그 반동으로 크게 폭발하는 법이지. 흔히 있는 일이네."

하지만 그는 '술에 취해' 폭력 사태로 내달리는 사람을 이해할 수 없었다.

"나한테 술은 진정제나 마찬가지거든. 기분이 어떻든 술을 마시면 오히려 마음이 차분해지니까. 술은 조용히 마시는 게 최고지."

그러고 보니 술을 마신 지 꽤 됐다. 갑자기 격분하거나 충동에 사로잡히는 일도 없어졌다. 세상을 버린 사람처럼 살고 있어서, 정신적 에너지가 이미 고갈되었는지도 모른다.

"그 사람도 술에는 흥분과 진정 작용이 있다고 말했어요." 나오가 혼잣말처럼 툭 말했다.

"뭐?"

류타로가 그렇게 말했다는 건가? 그는 멍하니 입을 벌렸다.

"사귀는 사람이 있거든요. 그 사람은 정신과 의사인데……."

"그렇군."

사쿠타는 어떻게든 미소를 지으려고 했지만, 표정은 어색하게 굳었을 것이다. 하긴 이렇게 매력적인 데다 나오의 나이라면 애인 한두 명쯤 있어도 이상할 게 없다. 애초에 뭘 그렇게 낙담하는가, 하고 그는 스스로를 다그쳤다. 한심한 일이다. 나에게 이 여자는 몇 살이 되어도 중학생 때와 다름없는 제자일 뿐인데.

"그 사람과는 작년에 어느 모임에서 알게 됐어요. 저보다 나이는 조금 많지만 마음이 젊다고 할까, 대화를 하면 어색한 느낌이 없더라고요."

그는 다시 조바심이 났다. 왜 묻지도 않은 말을 하지? 왜 끈질기게 애인 이야기를 하는 거야?

그는 저도 모르게 이상한 추측을 하게 되었다. 혹시 자신에게는 애인이 있으니까 딴마음을 먹지 말라는 것인가? 외로운 노인이 추잡한 욕정에 휩싸일까 경계하는 걸까? 그런 천박한 상상은 당장이라도 그만둬라. 옛날 제자라서 의논 상대가 돼주는 것뿐이니까.

"어쩌면 선생님께서도 이름 정도는 들으신 적이 있을지도 몰라요. 나카타니 히데토란 사람이거든요." 나오는 순수할 만큼 둔감한 모습으로 말했다.

"아아, 하아아." 그의 입에서 얼빠진 소리가 흘러나왔다.

정신과 의사 나카타니 히데토라면 아마 그 남자이리라. 평소에 TV는 보지 않지만 신문의 신간 광고에서 가끔 보았다. 일부러 '나쁜 남자' 콘셉트로 사진을 찍었는지, 화려한 양복 차림에 선글라스를 쓴 눈꼴 사나운 모습이 가소롭고 신경에 거슬렸다. 숱이 줄어든 머리칼이나 입가의 주름, 기름기로 번들번들한 피부를 보면 '나오보다 나이가 조금 많은' 정도가 아닐 것이다.

애인이 또래의 젊은 남성이라 해도 유쾌하지는 않았겠지만, 왜 하필 그렇게 눈꼴 사나운 중년 남자를 선택했을까.

"축하하네." 그는 감정이 담기지 않는 목소리로 말했다.

"아니, 아직 결혼하는 건 아니에요." 나오는 수줍은 듯이 미소를 지었다.

나카타니를 질투하는 건 아니지만 그는 무턱대고 화가 났다.

잠깐만. 기묘한 의혹이 검은 구름처럼 뭉게뭉게 솟구쳤다. 애인이 나카타니 히데토라면 왜 그와 상의하지 않았을까. 그는 어느 하이쿠 모임의 회원으로, 하이쿠 치료법을 내세워 환자한테 하이쿠를 짓게 하고 있었다. 정신과 의사인 만큼 글이나 심리 표현을 분석하는 능력은 누구에게도 뒤지지 않을 것이다.

하지만 조금 생각해보면 대답은 명백했다. 이 시집의 수수께끼가 풀렸을 때, 하기와라 집안의 비밀이 애인에게 알려지는 걸 피하고 싶었던 게 아닐까? 그 점에서 옛 스승이라면 비밀을 지켜줄 것이라고 생각했으리라.

"선생님? 왜 그러세요?" 나오가 의아한 표정으로 사쿠타의 얼굴을 들여다보았다.

이런이런, 내가 왜 이럴까? 그녀의 맑은 눈동자를 보고 사쿠타는 스스로가 부끄러워졌다.

"아니, 다음 시를 생각하고 있었네. 조금 전의 시와 직결되는 내용이라서 말이야." 그는 헛기침을 하고 시집을 들었다.

바람이 죽고 풍경처럼 글라스 울다

"이건 조금 전의 시에 비하면 꽤 재미있군."

그는 일단 하이쿠의 해석에 집중하기로 했다.

"계절어는 **바람이 죽고**야. 이건 일반적으로 낮에 바람이 그쳤을 때의 더위를 가리키는 말이니까, 이 시만 보면 낮이라고 해석하는 게 보통이겠지. 하지만 조금 전의 시와 이어진다는 걸 알고 있으면 파도가 잠잠해진 밤이란 것도 알 수 있네. 살랑살랑 불던 밤바람도 완전히 그친 것 같군."

사쿠타는 무심코 커피잔에 손을 댔지만 어느새 텅 비어 있었다.

"한 잔 더 드릴까요?"

나오는 곧바로 일어섰다. 정말로 센스 있는 여자다.

"그래. 아니, 잠깐만. 그보다 부탁할 게 있는데." 그는 나오를 올려다보며 말했다. "부엌 선반에 온더록스 유리잔이 있을 거야. 얼음과

물을 넣어서 가져와주겠나?"

나오는 한순간 의아한 표정을 지었지만 이내 알아차렸는지 "네"라고 대답했다.

나오를 기다리는 동안 그는 다시 한번 열세 편을 읽어보았다. 하이쿠는 본래 한 편 한 편이 독립되어 있는데, 수수께끼를 풀기 위해서는 열세 편을 한 연連으로 해석할 필요가 있다. 멋대로 해석해서 스토리를 날조하지 않도록 조심해야 하지만, 작가의 심정은 연속해 있으므로 그 흐름과 변화에 주목해서 각각의 시를 이해해야 하리라.

류타로는 어떤 심정으로 이 시를 썼을까? 사쿠타는 되도록 그때의 마음을 상상해서 류타로가 되어보았다. 그것은 작가의 마음속으로 파고 들어가는 듯한 스릴 넘치는 감각이었다.

······그런가. 역시 그런 것인가.

중간에 있는 시의 해석은 다소 의견이 엇갈릴지도 모른다. 하지만 마지막 다섯 편, 그중에서도 특히 작가의 의도가 뚜렷해 보이는 열한 번째와 열두 번째 시에 관한 한 거의 의문의 여지가 없으리라.

과연 류타로는 그곳에서 무엇을 한 걸까.

그때 나오가 쟁반에 유리잔을 올려서 가져왔다.

"오래 기다리셨죠?"

나오는 사쿠타 앞에 조심스럽게 유리잔을 내려놓았다. 그가 말한 대로 얼음과 액체가 찰랑찰랑 들어 있었지만, 색깔은 무색투명하지 않고 호박색을 띠었다.

"어, 이건······?"

"유리잔 옆에 위스키가 있어서 제 마음대로 넣었어요. 죄송해요."

나오는 순순히 사과했다. 아껴 먹으려고 소중히 보관해둔 시바스리갈이지만 그녀의 얼굴을 보니 화낼 마음이 들지 않았다.

"리얼리티를 추구하기 위해서인가? 음, 고맙네." 그는 유리잔을 들고 말했다. "이 시의 재미는 왜 글라스가 울리는지, 한순간 생각하게 만드는 점이지. 바람이 그쳤는데 글라스에서 소리가 나는 건 풍경風磬과는 반대고 말이야."

물론 아무리 바람이 불어도 글라스에서는 소리가 나지 않지만.

"앞의 시를 볼 때, 여기에서 말하는 글라스는 미즈와리 글라스야. 딱 이 유리잔 느낌이지. 즉, 소리가 나는 건 얼음이네."

그는 유리잔을 들어 올려서 나오에게 보여주었다.

"혹시 그거 아닌가요? 미즈와리에 있는 얼음이 녹을 때, 이리저리 움직이다가 글라스에 닿아서 소리가 나는 일이 있잖아요?" 나오가 진지한 표정으로 물었다.

그렇게 세밀한 것은 아무래도 상관없다고 여기지 않는 듯했다. 그의 추리를 열심히 따라오려고 하는 모습이 사랑스러웠다.

그나저나 그런 소리를 금세 떠올리는 걸 보면 나오는 호텔 라운지 같은 곳에서 아르바이트라도 한 게 아닐까. 아니면 보기와 달리 술꾼일까. 설마 중학생 때부터 술을 마신 건 아니겠지.

문득 추하이희석식 소주에 탄산수와 과즙을 섞은 술 캔을 손에 든 소녀의 모습이 머릿속에 떠올랐다. 그런 일도 있었지, 하고 애절한 마음이 들었다.

어울리지 않게 선도부 선생님처럼 밤에 유흥가를 순찰했을 때의 기억이 떠오른 것일지도 모른다. 술에 취한 학생을 상대해야 하는 교사만큼 한심한 존재는 없다. 안 그래도 상대는 말이 통하지 않는 어린애인데, 술까지 마셔서 무슨 말인지 구별조차 하지 못하는 상태니까. 소녀는 등을 돌리고 그를 무시하려고 했다. 더구나 태어나서 한 번도 들어보지 못한 막말을 쏟아냈다.

"으아, 소름 끼쳐! 오지 마! 쉭, 쉭! 이 멍청한 녀석, 저쪽으로 가!"

술 취한 소녀는 보기 괴로울 뿐만 아니라 손을 댈 수도 없다. 소녀는 결국 뒤를 돌아보자마자 그를 향해 아직 내용물이 남아 있는 캔을 던졌다. 그 광경은 지금도 트라우마처럼 기억에 남아 있다.

"……그래, 그건 시의 소재가 될 만한 소리군. 하지만 내 경험으론 그때의 소리는 한순간이고, 더구나 아주 작네. **풍경처럼**이라고 하기엔 무리가 있지 않을까?"

그는 원을 그리듯 유리잔을 흔들어 투명한 소리를 냈다.

"이런 식으로 소리를 확실하게 내는 편이 더 풍경 같고, **바람이 죽고**와의 대비가 재미있겠지."

"오빠는 그런 식으로 글라스를 흔들었을까요?"

"그럴 가능성이 있어. 다만, **글라스 울다**라는 표현에서는 자신의 의지를 느낄 수 없네. 저절로, 또는 작가의 뜻에 반해서 소리 나는 느낌이 드는군."

그는 이번에는 유리잔을 작게 흔들었다. 마치 손에 경련이 나는 것처럼. 그러자 얼음은 조금 전보다 천천히 유리잔에 닿아서 계속 높은 소리를 냈다.

"내 생각은 이렇네. 류타로의 손은 작게 떨리고 있었을 거야. 그게 바로 글라스가 풍경 같은 소리를 낸 원인이지."

"왜 손을 떨고 있었을까요?" 나오는 목소리를 낮추어서 물었다.

"아마 분노가 서서히 강해졌기 때문이 아닐까?"

나오는 눈을 감고 살며시 머리를 가로저었다.

"아까 그랬지? 류타로는 평소에 자신을 죽이고 있었다고. 그러다 술을 마시면 180도 달라진다고. 갑자기 격앙하는 일도 있었나?"

"네에. 하지만 그렇게 될 때까지는 꽤 시간이 걸렸어요. 도화선이 길다고 할까요?" 나오는 한숨을 쉬면서 말했다. "다른 사람이 비아 냥거려도, 그 자리에서 폭발하는 일은 거의 없었어요. 잠시 곱씹어 보는 사이에 서서히 분노가 증폭되는 타입이라고 할까요?"

"슬로 번Slow Burn이군."

옛날에 그런 제목의 노래가 있었던 것 같긴 하다. 데이비드 보위 였던가. ……그나저나 이렇게 기억이 선명하게 떠오르는 건 얼마 만 일까.

"분노가 서서히 고조되는 타입이군. 그 자리에서 폭발하는 타입 은 꼬리를 길게 끌지 않지만, 마음속에 쌓인 감정이 안에서 터지면 엄청난 사건을 일으키게 되지. 밀폐된 공간에서 터지면 폭발이 커지 는 것처럼 말이야."

류타로가 학교에서 일으킨 폭력 사건 또한 비슷한 상황이었던 듯하다.

그는 다시 유리잔을 작게 흔들었다. 가볍고 서늘한 소리에 귀를 기울인 뒤, 모처럼 나오가 만들어준 술을 한 모금 마셨다. 그러자 마음이 차분해지는 듯했다. 알코올은 몸을 차갑게 해주고, 뜨거워진 머리도 차갑게 식혀준다.

"다음 시로 넘어갈까? 이것도 앞의 두 편과 같은 장면에서 읊은 것 같군."

요바히별 반짝거리다 지나가는 한밤중의 여름

"요바히별婚ひ星이란 말은 인터넷으로 검색해서 읽는 방법을 알았어요."

처음에는 어떻게 읽는지도 몰랐던 것이리라. 그건 상관없지만 기왕에 찾을 바에는 스마트폰보다 사전이나《사이지키》를 찾아보면 좋을 텐데, 라고 사쿠타는 생각했다.

"**요바히별**은 유성이라는 뜻이지.《마쿠라노소시헤이안시대의 궁녀 세이 쇼나곤이 지은 일본에서 가장 오래된 수필문학》에 '요바히별도 약간 풍취가 있군' 하는 구절이 있네. '꼬리를 길게 끌지 않았다면 더 좋았을 텐데'라고 쓰여 있는 걸 보면 혜성이 아닐까 하는 설도 있지만. 그나저나 류타로는 용케 이런 말을 알고 있었군."

하이쿠에 푹 빠져서 열심히 공부했을지도 모르지만, 아마 이 시를 짓기 위해 《사이키키》를 보고 단어를 선택한 것이리라.

"**한밤중의 여름**은 저도 모르게 밤을 새워서 짧아진 여름밤을 말하지. 여름의 짧은 밤에 유성이 반짝거리다 지나간 거야. 단순한 시지만 **반짝거리다 지나가는**이라는 표현에는 주의할 필요가 있네. 동사를 겹쳐 써서 유성을 의인화했다는 느낌이 드는군. 또한 **지나가는**은 **한밤중의 여름**이라는 말에 걸려 있어. 따라서 **요바히별 반짝거리다**와 **지나가는 한밤중의 여름**이라는 두 문장으로 나뉘어 있다고 할 수 있지."

"그렇군요. 특히 의인화는 상상도 못 했어요." 나오는 눈을 깜빡이며 말했다.

"그런데 이 시에는 근본적인 문제가 하나 있네. 계절어야." 사쿠타는 손가락으로 시집을 두드리면서 말을 이었다. "**요바히별**은 '유성'과 마찬가지로 가을의 계절어지. 그런데 **한밤중의 여름**이라고 한 걸 보면 이 시를 지은 계절은 여름이야. 즉, 계절이 겹치는 게 아니라 완전히 다른 거네."

나오는 고개를 갸우뚱거리며 말했다. "하지만 여름에 유성을 보는 일은 흔하잖아요?"

"그렇다면 최소한 '유성'이나 '별똥별'로 했어야지. 일부러 이렇게 자기주장이 강한 계절어를 사용할 필요는 없네."

"깜빡한 게 아닐까요?"

"그건 아닐 거야." 그는 시집의 페이지를 넘기며 말했다. "첫 번째 구를 떠올려보게. 거기서 주목해야 할 건 **여름은하**란 단어일세. 보통이라면 **은하수**란 단어를 쓰는데, 공교롭게도 '은하수'나 '은하'는 가을의 계절어지. 그래서 여름의 계절어인 **여름은하**로 바꾼 거네."

나오의 얼굴에 그제야 이해가 된다는 표정이 떠올랐다.

"즉, 여기에서는 일부러 가을의 계절어를 피했는데, **요바히별**처럼 눈에 띄는 단어가 계절에 맞지 않게 내던져져 있어. 이건 단순한 부주의라고는 생각하기 힘들지."

"그렇다면 어떤 의도가 있었던 걸까요?"

"**요바히별**이 진짜 유성이 아니라 일종의 비유였다고 가정하세. 그러면 계절어로서의 존재감이 희미해지니까 계절을 착각한 것에는 해당되지 않는다고 주장할 수 있지. 괴로운 주장이긴 하지만 말이야." 그는 손을 이마에 대고 생각을 정리하면서 말을 이었다. "**요바히**라는 말은 원래 '부른다'라는 뜻의 '요바우', 즉 남성이 여성한테 구애한다는 뜻이지. 그래서 **혼인할 혼**婚 자를 쓰는 거네. 한편 유성의 '**흐를 유**流' 자에는 죽는다, 끝난다는 뜻도 담겨 있으니까, 류타로는 여기에 혼인이나 남녀 관계의 파탄이라는 이미지를 담고 싶었던 게 아닐까?"

하나의 단어에 두 가지 이미지를 담았다는 건 너무 비약적인 해석일지도 모르지만, 하고 그는 마음속으로 덧붙였다.

"그럼 **요바히별 반짝거리다**라는 건 구체적으로 어떤 비유일까요?" 나오는 아직 이해하지 못한 듯했다.

그는 빙긋이 웃으면서 대답했다. "좋은 질문이네. 이 시를 **미즈와리** 시와 같은 장면에서 지었다고 생각해보게."

"같은 장면에서요? 아!" 나오도 겨우 이해한 모양이었다. "출창인가요?"

"그래. 출창은 1층에도 있지만 내가 떠올린 건 2층이네. 그것도 서양식 저택이 아니라 일본식 저택의 팔걸이 창문 같은 느낌이랄까. 류타로는 방의 불을 끄고 그곳에 앉아 있었겠지. 그래서 볼 수 있었던 걸세." 사쿠타는 눈을 감고 그때의 정경을 상상하면서 말했다. "물론 유성도 봤겠지. 하지만 계절어 문제와 **요바히별**이라는 표현을 생각하면 뭔가 다른 걸 목격하고, 그것을 유성에 비유했다고 봐야 하지 않을까?"

"다른 거요?"

"류타로의 애인, 사카네 히토미의 모습 말이야."

3

나오는 잠시 입을 다물고 시집에 시선을 떨구었다가 나지막하게 중얼거렸다. "어떤 상황인지 알 것 같아요."

"그래? 어느 부분에서 알 것 같은 생각이 들었지?"

"히토미는 그때 반짝이가 있는 얇은 블라우스를 입고 있었어요."

뭐? 무슨 말이지? 그런 걸 나오가 어떻게 알고 있지? 사쿠타는 혼란스러웠다.

"히토미가 좋아하던 옷이었어요. 반짝이나 스팽글 같은, 반짝반짝 빛나는 걸 좋아했거든요." 나오는 옛 친구의 모습을 그리워하듯이 말했다.

"그러고 보니 나도 예전에 본 적이 있는 것 같군."

그의 뇌리에 투명에 가까운 파란색 블라우스를 입은 소녀가 떠올랐다. 블라우스에는 온통 반짝이가 박혀 있어서 반짝반짝 빛났다. 언뜻 보기에도 선정적이고 나이 어린 소녀에게 어울리는 옷이 아니라서, 교사로서는 얼굴을 찡그릴 수밖에 없었다.

하지만 그런 옷이라면 **요바히별**, 즉 '유성'이라고 표현한 것도 이해가 된다.

"류타로는 사카네가 혼자 방갈로에서 나가는 걸 봤나 보군."

나오는 고개를 끄덕이며 대답했다. "그때 현관 불빛 같은 것에 반사돼서 블라우스가 **요바히별**처럼 반짝였나 봐요."

일반적인 하이쿠 해석과는 동떨어진, 매우 비약적인 추리지만.

나오는 시집에 시선을 떨군 채 말했다. "이 시를 쓴 작가의 마음이 몹시 흔들리는 것 같아요."

"무슨 뜻이지?"

"바로 전의 시에서는 작가가 격노하는 바람에, 글라스가 풍경처럼 소리를 냈잖아요?"

나오는 대상과 거리를 두려고 하는지, 일부러 오빠가 아니라 작가라고 말했다.

"그래. 그게 왜?"

"전 이 시를 읽고 오히려 작가가 흥분한 것 같다는 느낌이 들었어요." 나오가 생각지도 못한 말을 꺼냈다.

"어느 부분에서 그런 느낌을 받았지?"

"**반짝거리다**라는 단어 때문이에요. 화를 내는 상대한테는 보통 이런 표현을 쓰지 않잖아요?"

"뭐, 그런 감각은 모르는 것도 아니지만."

그는 당혹스러웠지만 나오는 아랑곳하지 않고 말을 이었다.

"그렇게 생각하면 '유성'이 아니라 **요바히별**이라는 단어를 사용한 것도 이해할 수 있어요. '요바히'란 말을 들으면 누구라도 한밤중에 몰래 애인 침실에 들어가는 '요바이夜這い'란 단어를 떠올릴 거예요. 이 시에는 작가의 성적 판타지나 에로틱한 이미지가 담겨 있는 게 아닐까요?"

나오는 사쿠타를 똑바로 바라보았다. 그는 마음의 동요를 억누르려는 듯 미즈와리를 한 모금 마셨다. 이 여자가 이렇게 노골적으로 말할 줄은 상상도 못 했다. 이제 중학생이 아니니까 놀랄 필요는 없겠지만.

"작가는 히토미의 모습을 발견한 순간, 그때까지의 우울함을 잊은 것처럼 흥분을 느꼈어요. 그래서 뒤를 쫓아간 게 아닐까요?" 나오는 억누른 목소리로 다시 핵심을 찔렀다.

"쫓아갔다는 건 다음 시를 보고 한 말이지?"

여름어둠에 녹아들어 어슴푸레한 방갈로

"여기서 말하는 방갈로는 두 사람이 숙박한 곳이겠지. 작가는 밖에서 그곳을 바라보며 묘사하고 있네. 다시 말해 이 시를 보면 류타로도 방갈로 밖에 있다는 걸 알 수 있지." 사쿠타는 조용히 눈을 감고 이미지를 팽창시키며 말을 이었다. "**어슴푸레한**이라는 표현에서는 사람의 기척을 느낄 수 없지. 밤이 깊어서 모두 잠들었다고 여길 수도 있지만, 앞의 시에 이어서 생각해보면 아마 아무도 없을 거야."

"작가는 히토미를 쫓아서 방갈로에서 나간 거군요."

그는 팔짱을 끼고 대답했다. "흐름으로 보면 그렇게 되겠지. 여기에서 류타로의 관심은 오직 방갈로에서 나간 사카네를 향하고 있을 거야. 그런데 왜 일부러 돌아보고 방갈로를 묘사했을까?"

나오는 이해가 되지 않는지 고개를 약간 갸웃거렸다.

"발길을 멈추고 돌아보는 행위 자체를 주목해보게. 별 생각 없이 한 행동은 종종 심리적으로 의미가 있는 법이지. 여기에서는 관조, 즉 자기 자신을 돌아보는 걸 거야. 이건 류타로가 마지막으로 자신을 객관적으로 볼 수 있었던 귀중한 순간이 아니었을까?"

나오는 진지한 얼굴로 사쿠타의 말에 귀를 기울였다.

"여행지라곤 하지만 이 방갈로는 사랑의 보금자리지. 그런데 이곳은 마을에서 떨어진 데 오도카니 자리 잡은 외딴집 같은 쓸쓸한 느낌이 감돌고 있네. 마치 귀신의 집처럼 쓸쓸하게 그린 건 무엇 때문일까?"

나오는 말없이 머리를 가로저었다.

"류타로는 여기서 겨우, 두 사람의 사랑에는 실체가 없다는 걸, 현실에서 동떨어진 동상이몽의 달콤한 환상에 불과하다는 걸 깨닫지 않았을까?"

나오는 여전히 생각에 잠긴 표정을 짓고 있었다.

"뭐, 내 추측에 불과하지만 말이네. 자네가 추리한 것처럼, 그 후 류타로는 사카네의 뒤를 쫓아갔겠지. 내가 강한 마더 콤플렉스를 볼 수 있다고 말한 건 다음 시일세."

가주마루 아열대에 분포하는 뽕나무의 일종 뿌리의 그림자와 불나방의 그 림자

"왜 이 시에서 강한 마더 콤플렉스를 느끼셨나요?" 나오는 이해 할 수 없다는 표정을 지었다.

"한번 상상해보게. 이곳은 그야말로 대자연 속으로, 가로등 같은 건 하나도 없네. 더구나 뒤의 시에서 알 수 있듯이 이때는 초하룻날 밤이야. 아마 도시에서는 상상도 할 수 없을 만큼 캄캄했을 걸세."

"손전등은 가지고 있지 않았을까요?"

"물론 가지고 있었겠지. 손전등이 없으면 숲속을 걸어갈 수 없었 을 테니까."

사쿠타의 뇌리에는 그 광경이 생생하게 떠올랐다.

"그래도 손전등이 밝게 비추는 건 일그러진 타원형의 빛 안쪽뿐 이고, 그것 말고는 칠흑 같은 어둠이야. 밝은 부분을 계속 바라보고 있으면 점점 어두운 바깥쪽은 보이지 않고, 감각을 차단당하면 사람 은 명상 상태로 들어가게 되지. 의식과 무의식의 경계가 모호해지는

거네."

그는 자신이 실제 겪은 경험을 근거로 설명했다. 의식의 검열이 약해지면 그때까지 마음의 밑바닥에 숨어 있던 콤플렉스나 억압된 감정의 단편이 나타나는 법이다. 실제로 그도 암흑 속을 걷다가 몇 번 기묘한 환영을 본 적이 있다.

"오키나와의 가주마루는 키가 꽤 크지. 손전등 빛을 받고 떠오른 수많은 뿌리의 그림자를 본 순간, 등골이 오싹했을 걸세. 그 빛에 이끌려 불나방의 그림자가 어지러이 춤을 추고 있어. 계절어는 **나방**蛾 으로 여름을 가리키고, **불나방**燈蛾은 '히토리가'나 '도가'로도 읽지만 여기서는 '히가'로 읽겠지. 마치 흑백의 그림자 그림처럼 환상적이고 음침한 인상을 주는 시야."

나오는 고개를 끄덕이며 말했다. "그렇군요. 그런데 마더 콤플렉스라는 말씀이 아직도 이해가 되지 않아요."

"여기부터는 융 심리학의 지식이 필요하지."

융 심리학은 매우 독특해서 문외한에게는 설명하기 힘들다. 그는 단어를 선택하면서 최대한 이해하기 쉽게 설명했다.

"나무는 생명의 상징이야. 하지만 융 심리학에서는 종종 부정적인 이미지로 사용하지. 대지에 단단히 뿌리를 내린 거목은 강한 마더 콤플렉스를 상징하거든."

어디까지 이해하는지 모르겠지만 나오는 눈을 반짝이며 귀를 기울였다.

"예를 들면《어린 왕자》에는 작은 행성을 먹어치우는 바오바브나무가 나오는데, 이것은 작가인 생텍쥐페리의 마더 콤플렉스를 보여 주는 거라는 해석이 있지. 이 시에서도 괴물 같은 가주마루의 비주얼은 부정적인 어머니의 모습일 걸세."

나오는 생각에 잠긴 표정으로 말했다. "우리 엄마는 지나칠 만큼 강한 사람이었지만, 거목 같은 느낌을 받은 적은 없어요."

"그건 자네가 오빠만큼 마더 콤플렉스에 사로잡히지 않았다는 증거지." 그는 자신만만하게 단언하고 나서 덧붙였다. "내가 말한 적이 없었던가? 내 전공은 국문학이 아니라 융 심리학이지. 그리고 마더 콤플렉스는 내 오랜 연구 테마였고."

나오는 그래도 받아들일 수 없는지 고개를 갸웃거렸다. "자식한테 상처를 주는 나쁜 엄마 같은 건가요?"

"어머니가 나쁘다, 어머니가 잘못했다는 딱지를 붙이는 건 좀 그렇지만. 어쨌든 어머니에겐 일반적으로 자식을 지배하고 삼키려는 무의식적인 원망願望이 있지."

"그럼 이 시에서 **불나방**이 자식이라는 건가요?"

"그래. 불빛에 이끌리는 나방을 '불나방'이라고 하지. 스스로 불로 뛰어드는 여름벌레네. 자유롭게 날갯짓할 수 있는데, 하필이면 자신을 지배하는 위험한 상대한테 끌려가는 건 마더 콤플렉스에 사로잡힌 남자의 숙명이야. 이 시는 잠재의식의 발로이고, 작가는 **불나방**이 자기 자신임을 알아차리지 못하는 게 아닐까 싶네. 작은 **불나방의 그림자**가 큰 **뿌리의 그림자**에 다가가서, 이윽고 삼켜진다는 묘사가 비극적 운명의 전조라는 것도."

류타로는 아사코라는 강한 어머니로 인해 콤플렉스 덩어리가 되었고, 결국 자립하지 못한 것이리라.

그는 잠시 고개를 들고 깊은 한숨을 내쉬었다.

눈앞을 가로막은 거대한 어머니의 모습이 머릿속에 떠올랐다. 어린아이 쪽에서 보면 저항이 허락되지 않는 존재이자 생사여탈권을 쥐고 있는 독재자다. 어떤 어머니라도 결국 좋은 독재자냐 나쁜 독재자냐의 차이에 불과하다. 그리고 후자 밑에서 태어난 자식에게 가정은 강제수용소보다 조금 나은 장소에 지나지 않는다.

반항으로 이어지는 모든 자립심의 싹이 꺾이고, 어머니 뜻에 조금이라도 반하는 행동을 하면 비참한 결말이 기다리고 있다는 가르침이 조건반사가 될 때까지 주입된다. 가차 없는 폭력과 함께 자존심을 뿌리째 뽑는 폭언, 교묘하게 약점을 찌르는 협박, 죄책감을 파고드는 눈물의 애원 등 생각할 수 있는 모든 수단을 동원해서.

아무리 머리가 좋은 아이라도 태어나자마자 시작되는 마인드 컨트롤에는 저항할 도리가 없다. 정신적으로 거세되어 적극적인 삶의 에너지를 완전히 빼앗겨버린 자식은 제대로 된 친구 관계도, 연애 관계도 쌓지 못한 채 허무하게 청춘 시절을 보내게 된다.

고민에 잠긴 아이는 심리학에 빠진다. 나는 왜 항상 비참하고 항상 마음이 꺾이는가. 그 이유를 알고 싶기 때문이다. 하지만 사실을 객관적으로 볼 수 있게 되었을 때, 모든 원흉인 상대는 이미 도망쳐서 이 세상에 없다. ……아무리 **그 마녀**를 목 졸라 죽이고 싶어도 이미 때가 늦은 것이다.

"선생님, 왜 그러세요?"

정신을 차렸을 때는 걱정스러운 표정으로 들여다보는 나오의 얼굴이 눈앞에 있었다. 나잇값도 못하고 심장이 두근거려서 그는 쓴웃음을 지었다.

"이거 실례했군. 무심코 이런저런 생각을 하다 보니."

마음의 동요를 감추려고 하니 그는 말이 많아졌다.

"이 시의 모티프가 된 가주마루는 심리학적으로도 흥미로운 존재지. 오키나와 사람들은 가주마루에 기지무나라는 정령이 깃들어 있다고 여겼는데, 기지무나는 어린애 같은 모습을 하고 있네. 다시 말해 오키나와에서는 가주마루라는 나무 자체가 어머니의 상징일지도 모르지." 그는 머릿속에 떠오르는 대로 계속 혼잣말처럼 중얼거렸다. "그것만이 아닐세. 가주마루는 아시아에서 뱅골보리수, 하와이에서 반얀트리라고 하는 나무와 똑같고, 부처님이 깨달음을 얻은 인도보리수와도 가까운 종류지. 이런 나무들에게는 공통적인 이명異名이 있었는데……."

그는 기세 좋게 말하다가 돌연 할 말을 잊어버렸다.

가만있자. 지금 무슨 말을 하려고 했더라?

가주마루. 반얀트리. 뱅골보리수. 인도보리수.

그것 말고 다른 이름, 뭔가 무서운 이름이 있었는데.

생각을 정리하려 할수록 머릿속이 새하얘졌다. 잠시 어금니를 악물고 사고를 정리하려 애썼지만 절망감으로 인해 분노가 솟구쳤다.

"젠장! 왜 생각나지 않는 거야!" 그는 주먹으로 무릎을 때리며 토해내듯 소리쳤다.

흠칫 정신을 차리니, 나오가 다시 물끄러미 쳐다보고 있었다.

이런. 지금 내 행동을 보고 겁먹은 걸까. 윤기가 감도는 앞머리 밑의 미간에는 조금 전보다 더 깊은 주름이 새겨져 있었다.

그는 한숨과 함께 목소리를 짜내며 말했다. "미안하군. 한심한 추태를 보이고 말았네."

나오는 고개를 가로저으며 대답했다. "아뇨, 그렇지 않아요."

"괜찮아. 이제 와서 뭘 속이겠나? 자네도 이미 눈치챘겠지만 난 치매라네."

아아, 결국 말해버렸다. 이 여자에게만은 절대로 알리고 싶지 않았는데.

"한심하게도 지금은 내가 지은 시조차 거의 기억할 수 없는 지경이지."

나오는 단어를 선택하면서 신중하게 말했다. "아니에요. 나이를 먹으면 누구나 그렇게 될 수 있다고 생각해요."

"누구나 그렇게 되는 건 아니네. 난 아직 육십대야. 그런데 잘난 척하면서 하이쿠를 해석하는 도중에 내가 한 말을 잊어버리다니. 아까 자네 어머니 시가 실린 잡지를 찾고 있었을 때도, 도중에 내가 무엇을 하는지 잊어버렸다네." 그는 나오를 향해 쓸쓸하게 웃으며 말했다. "자네에게는 이 세상이 밝은 낮이겠지. 하지만 난 캄캄한 어둠 속을, 손전등 하나만 들고 걷고 있는 거나 마찬가지라네. 이 시의 작가와 똑같지. 오늘은 자네가 와준 덕분에 기적이라 생각될 정도로 상태가 좋았는데, 결국 마각을 드러내고 말았군."

"선생님……."

나오는 나지막하게 중얼거렸지만 어떻게 말해야 좋을지 모르는 것 같았다.

그는 좌식의자 위에서 자세를 바로 했다. "유감스럽지만 이 이상 해석하는 건 무리야. 자네도 치매 노인의 헛소리를 듣고 있어봤자 뭐하겠나? 여기까지 하는 게 어떤가?"

나오는 잠시 입을 다물었지만, 단정하게 앉은 채 깊숙이 고개를 숙이며 말했다. "선생님, 부탁드릴게요. 계속 해석해주세요."

"아니, 그러지 말고 나 좀 봐주게."

"여기까지 들려주신 선생님의 해석은 매우 독창적이고 설득력이 있었어요. 어느 누구도 이렇게 할 수 없을 거예요. 여기서 그만두시면 전 어떻게 해야 하죠? 부디 마지막까지 해석해주세요. 전 진실을 알고 싶어요." 나오의 목소리는 촉촉하게 젖어 있었다.

"하지만 난 이제……."

"가끔 기억이 나지 않으면 뭐 어때요. 필요하면 제가 옆에서 도와드릴게요."

"나오……."

사쿠타는 감동해서 할 말을 잃었다. 역시 자신에게 나오는 특별한 존재다. 지금 생각하니 옛날부터 그랬던 것 같다. 또래의 다른 여학생들과는 결정적으로 무언가 달랐다. 그것이 무엇인지는 계속 마음에 걸렸지만, 아마 그녀의 하이쿠를 봤을 때 알았을 것이다. 그녀는 분명…… 무엇이었을까?

나오는 비밀이라도 털어놓듯 목소리를 낮추었다. "실은 알고 있었어요. 오늘 여기 오기 전부터."

"뭐?"

순간, 사쿠타는 나오가 무슨 말을 하는지 알 수 없었다.

"예전에 동창회에 갔을 때, 소문을 들었거든요. 선생님께 치매 징후가 있다고."

그는 말문이 막혔다.

동창회? 내 증세가 어떻게 그곳에 알려진 걸까? 학교를 그만둔 뒤 누구와도 만나지 않았고 연하장마저 완전히 끊어졌는데.

잠깐만. 그러고 보니 누가 한 번 찾아온 적이 있었던 것 같기도 하고. 누구였더라? 명부가 어쩌고저쩌고 한 것 같은데. 이야기가 몹시 길어서 알아듣기 힘든 데다 무례하고 몰상식하기 짝이 없는 말을 듣고는 나도 모르게 격앙했던 듯하다. 무슨 말을 들었는지는 기억나지 않지만. 그 이후 단숨에 소문이 퍼진 걸까.

"그러니까 이제 그건 신경 쓰지 마세요."

나오의 목소리에는 동정심이 깃들어 있었다.

하지만 그의 머릿속에서는 조금 전에 느낀 검은 구름 같은 의혹이 다시 퍼지기 시작했다. 치매라는 걸 알고 있었으면서 나오는 왜 애인인 나카타니 히데토가 아니라 나에게 의논하러 왔을까?

나라면 제자를 배려하는 마음으로 가족의 비밀을 지켜줄 것이다…… 조금 전까지는 그렇게 생각했다. 물론 그런 점도 작용했으리

라. 하지만 치매 노인이라면, 가족의 비밀을 안다고 해도 어차피 금세 잊어버릴 거라는 냉혹한 계산이 깔려 있었던 게 아닐까?

"음, 자네 마음은 알았네. 일단 할 수 있는 곳까지 해보지." 그는 차갑게 식은 마음을 들키지 않도록 억지로 밝은 목소리로 말했다.

"고맙습니다." 나오는 생긋 웃었다.

이 웃는 얼굴은 어디까지 믿을 수 있을까. 그의 마음속에서 의혹이 머리를 치켜들었다. 생각 탓인지도 모르겠지만, 조금 전까지 느꼈던 천사 같은 웃음과는 다른 어두운 그림자가 보이는 듯했다.

"그러면 다음 시를 볼까? 분위기가 180도 달라진 게 보이나? 류타로는 어두운 숲속을 빠져나가 앞쪽에서 희미한 빛을 발견한 것 같군."

칠흑 색깔의 바닷가에 얇은 옷은 희미하게

"계절어는 얇은 옷을 뜻하는 **사**紗. 역시 얇은 옷을 뜻하는 '우스모노羅'에 속한 여름의 계절어지. 글자 수와 **바다**와의 운까지 고려하면 여기서는 아마 **우스기누**라고 읽을 거야."

"이것도 히토미가 입고 있던 블라우스를 가리키는 걸까요?"

"그래. **요바히별** 같은 완곡한 비유보다는 이해하기 쉽겠지. 류타로는 숲을 빠져나가 밤의 바닷가로 나갔네. **칠흑**이란 말도 그렇고 다음 시로 판단할 때, 초승달이 뜬 밤이었을 거야. 또한 다음 시에 있는 **파도 술렁이는**이란 말을 봐도 바다란 건 금방 알 수 있겠지."

눈을 감자 그의 머릿속에서는 그때의 광경이나 소리, 냄새까지 생생하게 펼쳐졌다.

"그곳에서 사카네의 블라우스가 빛나게 보였을 거야. **희미하게**라고 되어 있는 걸 보면 손전등의 강한 빛으로 비춘 게 아니네. 희미한 달빛에 반사한 거지."

실크 같은 천에는 독특한 광택이 있어서 빛의 반사나 투과로 빛나게 보이지만, 별빛처럼 약한 빛에 반짝인 걸 보면 반짝이나 스팽글 같은 것이 붙어 있었으리라. 이 시에는 사카네 히토미의 모습은 그려져 있지 않지만 기가 세고 화려한 것을 좋아하는 성격임을 엿볼 수 있다.

"이 시에서도 약간 흥분한 것 같은 느낌이 들어요. 왜일까요?" 나오는 순수한 표정으로 고개를 갸웃거렸다.

"**칠흑**이란 단어는 칠기처럼 아름다운 광택이 있는 검은색을 가리키고, **희미하게**는 희미하게 향기가 나거나 희미하게 들리는 게 아니라 희미하게 빛났다고 생각할 수 있네. 즉 빛을 암시하고 있기 때문이겠지. 그다음은 시의 리듬이야."

"리듬이요? 운율을 깨뜨렸다는 건가요?"

"전부 열일곱 자이지만, 이번에는 아홉 자와 여덟 자야. 더구나 5, 4, 4, 4로 앞에 중점을 둔 리듬은 감정의 격앙과 쿵쾅거리는 심장의 고동, 빨라지는 발걸음과도 이어지는 것 같군. 그와 더불어 '-에-게'라는 말은 밀려왔다가 밀려가는 파도를 연상하게 만들고."

나오는 감탄한 얼굴로 고개를 끄덕였다.

"작가가 어두운 바닷가에서 히토미의 반짝이는 블라우스를 발견했을 때의 떨림이라든지, 설레는 마음이 전해져요. 다만⋯⋯." 나오는 잠시 말을 머뭇거렸다.

"뭐지?"

"드디어 발견했다는 안도감보다는 왠지 흥분이 앞서는 것처럼 느껴져요. 판타직하다고 할까, 섹슈얼하다고 할까."

왜 또 그런 이야기가 되는가. 그는 미간에 주름을 잡았다.

"판타직이란 말은 없어. 판타지의 형용사는 판타스틱이지. 그건 그렇고 왜 그렇게 생각하지?"

"이 시의 중심은 누가 봐도 계절어인 **사**라고 생각해요. 하지만 같은 글자 수에 **바다**와 운을 맞추려면 '라羅'도 괜찮지 않았을까요? '라'에 없고 **사**에 있는 건 에로틱함이 아닐까요?"

그는 몹시 곤혹스러웠다. 그녀는 **요바히별** 시에서도 매우 성적인 해석에 집착했다. 도대체 무슨 말을 하고 싶은 걸까.

"뭐, 애인 사이였다면 그런 마음이 있었을지도 모르지. 하지만 다음 시에서는 다시 분위기가 완전히 바뀌네."

　　　파도 술렁이는 초하룻날 밤에 땀을 닦노라

"**파도 술렁이는**은 **파도 소리**처럼 여름의 계절어지. **초하룻날**은 새로운 달의 1일이라는 뜻이지만, 월령초승달이 또는 때를 0으로 하여 헤아리는 날짜의 첫날로 초승달과 거의 같은 뜻이네. 초승달이 있는 어둠 속에서 그는 솟구친 땀을 닦은 거야. 풍경은 단순하지만 그때의 심정이 해석의 핵심이지."

"하지만 **땀을 닦노라**도 여름의 계절어니까 이건 계절어의 중첩이 아닌가요?" 나오가 그럴듯한 의문을 제기했다.

"그렇지. 하지만 속뜻을 알면 그것 또한 류타로의 계산이었을 수 있네."

"그게 무슨 뜻이죠?"

"류타로는 **요바히별** 때와 마찬가지로 **땀을 닦노라**는 계절어가 아니라고 말하고 있어. 즉 이때의 **땀**은 더위 때문이 아니라 정신적 작용으로 흘린 땀이네."

나오는 얼굴을 찡그리며 물었다. "정신적인 땀이라면 긴장이나 공포 때문인가요?"

"정신 상태로 인해 땀이 나는 건 주로 교감신경의 항진 때문이니까 이 경우에는 강한 스트레스가 원인이겠지."

"왜 그토록 강한 스트레스를 느꼈을까요?"

"그건 나도 모르지. 쓰여 있지 않으니까. 하지만 상상할 수는 있네." 그는 조용히 눈을 감고 말했다. "앞에서 류타로는 어두운 해안에 우두커니 서 있는 사카네를 발견했지. 그래서 설레는 마음을 안고 종종걸음으로 다가갔네. 그리고 말을 걸었어."

히토미는 돌아보았지만 곧바로 겁을 먹고 도망치려고 했다. 어두워서 상대의 얼굴이 잘 보이지 않으니까 어쩌면 당연한 행동일지도 모른다. 하지만 목소리를 듣고 누구인지 알고 나서도, 말을 들으려고 하지 않았다. 오히려 화를 내며 격렬하게 비난하기 시작한다.

"좀 전의 시에서 느꼈던 달콤한 분위기는 이내 흔적도 없이 사라졌네. 로맨틱한 기대감은 실망으로 바뀌고 서서히 분노로 변했지."

듣고 있던 나오의 표정도 다소 굳어졌다.

"이 시에서 주목해야 할 건 감각의 교대야. 앞의 시에서 희망의 상징이었던 희미한 빛은 배경으로 물러나고, 그 대신 소리와 피부감각이 전면에 등장했지."

"파도 소리와 땀의 감촉 말인가요?"

"그래. 중요한 건 특히 소리네. 초하룻날 전후에는 밀물이 가장 높은 대조大潮가 있으니까 파도 소리가 클지도 모르지."

그의 과학 지식은 하이쿠에 관한 것뿐이라서 별로 자신은 없었다.

"류타로는 지금 어두운 해변에 우두커니 서 있네. 귀를 때리는 건 파도 소리뿐이지. 그곳에 사카네가 류타로를 비난하는 소리가 더해졌을지도 몰라. 듣고 싶지 않다, 귀를 막고 싶다는 말은 의식 속에서 의미를 잃고 단순한 잡음으로밖에 느낄 수 없게 됐을 걸세."

빈정거림과 비아냥거림. 격렬한 비난과 매도. 예전에 하루코에게 들었던 폭언들이 되살아났다. 자세한 말은 기억나지 않지만, 전부 언어폭력이라고 할 수 있는 말임은 분명했다.

"청각이 시각과 가장 다른 점은 소리가 가지는 압도적인 폭력성이지."

아무리 듣고 싶지 않아도 눈을 감는 것처럼 귀를 닫는 방법은 없다. 그렇다고 눈앞에서 귀를 막는 행동은 상대를 더욱 화나게 만들

따름이다.

"**파도 술렁이는**은 뒤의 명사를 수식하지만 **땀을 닦노라**와 마찬가지로 현재의 사건임을 강조하고 있네. 지금 이 순간에 벌어진 일 말고는 생각할 수 없는 상태일 거야."

격심한 스트레스는 의식의 범위를 좁혀서 판단력을 떨어뜨린다. 수많은 폭력 범죄는 그런 상태에서 발생하는 것이다.

"그렇게 생각하면 **파도 술렁이는**은 파도 소리가 아니라 백색소음이 넘치는 혼란스러운 마음을 상징하는 것일지도 모르겠군." 사쿠타는 검지로 시집을 두드리며 말을 이었다. "소음을 견딜 수 없어서 류타로는 바깥 세계로 향하는 의식을 닫았네. 그리고 땀이 흐르는 불쾌한 감촉을 느끼고 얼굴을 닦았지. 그다음에 찾아온 게 둔한 통증일세."

습풍에 옛날 상처가 쑤시는 물가인가

"계절어는 **습풍**. 여름에 부는 습한 바람을 가리키네. 원래는 '온풍溫風'이란 한자의 오자誤字에서 태어난 계절어라고 하는데, 축축한 바람이라고 한 걸 보면 비가 올 것임을 암시하고 있지." 사쿠타는 노안경 너머로 나오를 보면서 말했다. "여기에 쓰인 **옛날 상처** 말인데, 류타로는 과거에 중상을 입은 적이 있었나?"

나오는 단호하게 머리를 옆으로 흔들었다. "그런 일은 없었어요. **옛날 상처**라면 어린 시절에 입은 상처일 텐데, 최근에도 아프다는 걸 보면 상당히 큰 상처잖아요? 그런 사고나 사건이 있었다면 제가 기억하고 있겠죠."

"그래? 그 말을 들으니 내 해석에 자신이 생기는군."

그의 말을 듣고 나오는 깜짝 놀란 표정을 지었다.

"그럼 이건 거짓말인가요?"

"아니야." 그는 자신만만하게 말했다. "이건 신체적인 외상이 아니라 과거에 받은 마음의 상처일 걸세."

나오는 이해할 수 없다는 표정을 지었다. "하지만 **습풍에, 쑤시는**이라고 한 걸 보면 진짜로 **옛날 상처** 같은데요?"

"잘못 해석하도록 유도한 걸세."

"왜 하이쿠에서 잘못 해석하도록 유도할 필요가 있죠?" 나오는 입을 삐죽거리며 당연한 의문을 제기했다.

그는 신랄하게 비판했다. "솔직히 말하지. 여기에 있는 시들은 전부 하이쿠라고 부를 수 없는 것뿐이네. 일단 하이쿠의 형식을 갖추고 있지만 말이야. 기묘하리만큼 어색하고 딱딱할 뿐만 아니라 계절어의 사용도 엉망이지."

"그런가요?"

나오는 시집에 시선을 떨구었다. 세상을 떠난 오빠의 작품이기는 하지만, 사쿠타에게는 그것을 배려할 마음이 없었다.

그는 다시 비판에 박차를 가했다. "또한 치명적인 단점이 있는데, 각각의 시가 자립하지 못했다는 거네. 앞뒤의 시를 보고 상황을 추측하면 가까스로 의미를 짐작할 수 있지만, 한 수만 오도카니 놓여 있으면 의미를 알 수 없는 작품도 많잖나?"

"역시 오빠한테는 하이쿠의 재능이 없었군요." 나오는 풀 죽은 모습으로 말했다.

그는 안쓰러운 마음이 들었다. "아니, 반드시 그렇다곤 할 수 없어. 류타로는 이 시집에서 자신의 마음을 고백하고 있네. 아마 스스로도 억제할 수 없는 충동 때문이었을 거야. 하지만 사정이 있어서 누가 봐도 금방 이해할 수 있도록 명확하게 쓸 수는 없었지. 그로 인해 하이쿠로는 어정쩡한, 수수께끼 같은 시가 됐을 거네."

"사정이라니, 그게 뭐죠?"

"남들에게는 밝힐 수 없는 사정이라고밖에 말할 수 없어. 어쩌면 형사 처분을 받을 만한 일이 있었음을 암시하고 있을지도 모르지."

나오는 잠시 침묵했다. 오빠의 비밀을 알고 싶다는 욕구와, 진실을 알기가 두렵다는 마음이 치열하게 싸우는 듯이 보였다.

"다시 정식으로 묻겠네. 류타로한테 과거에 트라우마가 될 만한 사건이 없었나? 혹시 짐작 가는 게 있으면 말해주게."

나오는 망설이면서 조심스레 입을 열었다. "그렇게 거창한 건 아니지만, 한 번 엄청난 실연을 겪은 적이 있어요. 연애를 시작할 때는 매일 기뻐서 어쩔 줄 모르더니, 차인 다음에는 깊은 나락에 떨어진 것처럼 절망하더라고요. 차인 것도 그렇지만 이유가 충격적이었는지, 옆에서 보고 있자니 저러다 죽는 게 아닐까 걱정될 정도였죠. 한동안은 저하고도 말을 하지 않았어요."

"그렇군. 절망했나⋯⋯." 그는 고개를 끄덕이며 말했다. "**파도 술**

렁이는의 깊은 실망이 **습풍에**에서는 완전히 절망에 이르렀나 보군."

"히토미한테 거절당하고 옛날의 트라우마가 되살아난 걸까요?"

"아마 그랬겠지. 지금 류타로가 서 있는 곳이 **물가**라는 점을 주목해주게." 그는 시집에서 '물가'라는 글자를 가리키며 말했다. "**물가**는 바닷가가 아니라 그야말로 물가이고, 두 세계의 경계선이지. 이건 삶과 죽음의 틈새를 상징하는 게 아닐까?"

지나친 생각이 아닐까요, 라는 반응을 예상했지만 나오는 진지한 표정으로 생각에 잠겼다.

"그럼 육지가 삶이고 바다가 죽음이라는 건가요?"

"이 경우에는 그렇네. 바다에는 생명의 모태라는 이미지도 있지만, 실연을 겪고 육지와 바다의 경계에 서 있다고 하면 가장 먼저 떠오르는 건 투신자살이란 단어지."

나오는 이해가 되지 않는지 고개를 갸웃거렸다. 지금까지 자살하고 싶었던 경험이 없었던 거겠지, 라고 그는 생각했다.

"잠깐만 기다려주겠나?"

그가 몸을 일으키자 나오가 의아한 얼굴로 올려다봤다.

"화장실에 다녀오려고. 요즘 들어 자주 가거든."

그는 하지 않아도 되는 변명을 하면서 서재를 나왔다. 잠시 앉았다 일어났다고 해서 비틀거리는 자신이 한심했다. 아픈 왼쪽 무릎을 감싸면서 천천히 복도를 걸어가자 오래된 바닥이 삐걱거리고 군데군데가 크게 휘어졌다. 이제는 야윈 노인의 체중조차 지탱할 수 없는 걸까. 결혼할 때 산 이 집도 이미 늙어버렸다. 보수를 하지 않으면 앞으로 몇 년이나 견딜지 모른다. 흰개미가 갉아 먹지 않으면 좋으련만.

화장실에 들어가니 창밖에는 가랑비가 내리고 있었다.

"장마군."

시를 한 수 읊으려고 했지만, 머릿속이 텅 비어서 아무것도 떠오르지 않았다.

그는 볼일을 보고 단말마의 순간처럼 몸을 떨었다.

다음 순간, 오래된 영상이 불쑥 되살아났다.

숲속에 나오가 우두커니 서 있다. 진지한 눈길로 무언가를 응시하고 있다. 그러다 사쿠타를 발견하고 생긋 웃었다. 그는 나오가 내민 수첩을 받고, 지금 막 지은 시를 확인했다.

여름 아침과 작은 새를 노래한 시 같지만, 맨 끝의 다섯 글자가 무슨 뜻인지 알 수 없었다. 그러자 나오가 앞쪽을 가리켰다.

사쿠타는 손을 씻으면서 깊은 한숨을 쉬었다.

지금 떠오른 영상은 무엇이었을까. 하이쿠부에서 갔던 합숙의 한 장면 같았다. 오키나와 합숙이 아니었을까?

나오는 그 무렵부터 제자들 중에서 특별한 존재였다. 인생의 황혼을 맞이한 지금에라도 그녀에게 도움이 될 수 있다면 그보다 기쁜 일은 없으리라.

발을 끌면서 걸어 복도를 돌아왔다. 바닥판이 단단한 곳을 골라

디디니 삐걱거리는 소리도 나지 않았다.

서재 앞에 왔을 때, 안에서 새어나오는 소리가 들렸다.

"괜찮다니까. 걱정하지 마. ……응, 그때는 그렇게 할게. 하지만 그 이후엔 아무 문제도 없었잖아? 지금은 이미 루틴이 됐으니까."

나오가 누군가와 통화하는 것 같다. 방해가 되지 않도록 잠시 기다릴까. 하지만 그렇게까지 신경 쓸 필요는 없으리라. 그는 마음을 고쳐먹고 서재 문을 열었다.

나오가 허를 찔렸는지 당황스러운 표정을 지었다. "그럼 그만 끊을게."

통화를 마친 그녀는 그를 향해 꾸벅 고개를 숙였다.

"이런, 괜히 기다리게 했군."

그는 서랍장과 책장의 모서리를 잡으면서 가까스로 제자리로 돌아갔다. 묻지 않으려고 하다가 오히려 부자연스러울 것 같아서 넌지시 물었다.

"누구와 통화했지?"

"직장 동료예요." 나오는 곧바로 대답했다.

"토요일인데도 일 얘기인가? 힘들겠군."

"제가 신입을 가르치는 일도 하거든요."

성장한 제자의 웃는 얼굴이 눈부시게 느껴졌다.

"지금 무슨 일을 하고 있지? 내가 이미 물었던가?"

나오는 미소를 지으며 대답했다. "아뇨, 엄마 회사에서 경리 공부를 하고 있어요. 아직은 수습이지만 언젠가는 경영을 해야 하니까요."

"그래? 어머님께서 아프시다고 했지?" 그는 고개를 끄덕이면서 말했다. "어떤가? 역시 이쯤에서 해석을 중단하는 게."

"왜죠?" 나오가 불만스러운 표정을 지으며 말했다.

"어머님께선 자네를 생각해서 시집을 태워버리라고 하셨을 걸세. 지금은 병상에 계신 어머님 말씀을 따르는 게 좋을 것 같군."

나오는 세차게 고개를 가로저으며 말했다. "아니에요. 아까도 말씀드린 것처럼 그래선 도저히 받아들일 수 없어요."

"하지만 세상에는 모르는 편이 행복한 일도 있다네. 다음에 일어난 일을 알게 되면 오히려 괴로울지도 몰라."

"전 어떻게 되든 상관없어요. 반드시 진실을 알고 싶어요." 나오는 고집을 부렸다.

"그럼 할 수 없지."

그는 어쩔 수 없이 다음 시로 나아갔다.

우렛소리여 암흑의 현기증을 해방하고

"돌연 하늘에서 격렬한 우렛소리가 울려 퍼졌군."

캄캄한 하늘에 번개가 내달리고, 온몸이 움츠러들 정도의 굉음이 울려 퍼진다. 그 소리가 그의 귓가에서 되살아나는 듯했다.

"앞 시에서 **습풍**이 불고 다음 시에서 **스콜**이 내린 걸 보면, **우렛소리**는 비유가 아닐 거야. 하지만 표현이 너무 추상적이라서 무슨 일이 있었는지는 상상하는 수밖에 없겠군." 그는 노안경을 벗고 미간을 매만지며 말했다. "하지만 갑자기 이토록 격렬해지고 불안해지다니, 보통 상황은 아닌 것 같네."

"제 생각도 그래요. 이다음에 무슨 일이 일어난 것 같아요."

나오도 집중할 때의 습관인지 미간에 주름을 잡았다.

"문장이 서술형인 '해방하다'가 아니라 '해방하고'로 끝나서일 거야." 그는 다시 문법을 떠올렸다. "이런 식으로 끝나는 건 아까 **우루마 섬**의 시에서 설명한 대로네. 이다음에는 뭔가 다른 동사가 올 거다…… 독자가 그렇게 예상하도록 만드는 게 목적이지."

설명하는 말이 술술 나왔지만, 마음의 밑바닥에는 서늘한 감각이 자리했다. 이 이상 앞으로 나아가서는 안 된다, 무언가가 그렇게 경고하는 듯한.

"이 시에서는 **우렛소리**가 **암흑의 현기증을 해방하고**, 그다음에 무슨 일이 일어났음을 암시하고 있네만." 사쿠타는 그곳에서 일단 말을 끊었다.

"선생님, **암흑의 현기증**이란 게 뭐죠?" 나오가 시에 집중하는 모습으로 물었다.

"음, 이건 어디까지나 내 상상이니까 그걸 감안하고 들어주게."

그는 입술을 적시기 위해 얼음이 완전히 녹은 미즈와리를 입으로 가져갔다.

"창가에서 위스키를 마실 때, 류타로를 지배한 감정은 분노였을 걸세. 하지만 사카네가 방갈로에서 나가는 걸 보고 걱정이 돼서 뒤를 쫓아갔지. 숲속에서는 무의식을 지배하는 마더 콤플렉스의 그림자에 짓눌렸지만, 어두운 해변에서 그녀의 모습을 발견하고 깊은 안도와 기쁨에 휩싸였네. 이때 처음에 느꼈던 분노는 완전히 사라졌을 걸세."

나오는 진지한 얼굴로 한마디 한마디에 귀를 기울였다.

"하지만 류타로가 기대했던 화해의 장면은 현실이 되지 않았지. 가시 돋친 말과 비난, 매도. 기대가 무너져서 상처 입은 그의 마음속에서는 조용히 가라앉아 불씨로 변해 있던 분노가 다시 격렬하게 타올랐을 거야."

나오는 눈을 크게 떴다.

"그리고 하늘의 우렛소리에 호응하듯 감정이 폭발하면서 억제심이 날아갔지." 그는 한 박자 멈추었다가 말을 이었다. "**현기증**이란 건 어지러워서 자신을 잊어버릴 만큼 강렬한 뇌 안의 전기신호, 즉 분노의 폭발이네. 다시 말해, 뇌 안의 번개니까 하늘의 **우렛소리**와 서로 어울려서 크게 울려 퍼졌을 거야."

"여기서 **암흑**은 어떤 뜻인가요?"

"**암흑**은 일반적으로 사용하는 '어두운'보다 더 어두운 것, 물리적인 어둠과 달리 마지막 시에 있는 **무명**과도 밑바닥에서 통하는 무지몽매한 정신의 어둠을 가리키는 걸세."

"무슨 말씀인지 잘 모르겠어요. 쉽게 말하면 무슨 뜻이죠?"

"인간의 고질병인 동족에 대한 공격 충동이지."

나오는 잠시 침묵했지만, 이해할 수 없다는 표정이었다.

"그렇지만 이 시만 보면 실제로 사건이 일어났는지까지는 알 수 없죠?"

"그래, 그건 그렇지." 그는 주름진 손가락으로 시집을 천천히 쓸었다. "하지만 다음 시를 읽어보니, 그곳에서 실제로 중대한 사태로 발전한 게 아닐까 하는 의구심을 품을 수밖에 없더군."

　　　스콜에 하얀 목련은 흠뻑 젖노라

"**스콜**은 여름의 계절어야. 앞 시의 **우렛소리**를 전조로 해서 스콜이 내린 거네. '소나기'가 아니라 **스콜**이라고 한 건 이곳이 아열대 기후인 오키나와라는 것, 그리고 비가 격렬하게 내렸다는 것을 표현하기 위해서지. 빗방울이 하얀 꽃에 튕겨서 물보라가 되고, 꽃이나 나뭇가지에서는 톡톡톡 물방울이 떨어지고 있네. 그런 모습이 눈앞에 떠오르지 않나?" 그는 조용히 눈을 감고 말했다. "앞 시에서 류타로는 마침내 감정을 폭발시켰어. 그리고 무슨 일이 벌어진 거야. 이 시는 그로부터 잠시 시간이 지난 후의 상황을 노래한 거네."

사쿠타는 절반쯤 시험하는 기분으로 제자를 바라보았다.

"이 시의 밑바탕에 깔려 있는 감정은 뭐라고 생각하나?"

"슬픔, 인가요?"

"비를 눈물에 비유하는 건 유행가만큼 진부한 표현이지만 말이야. 스콜처럼 격렬한 비는 하염없이 흘러내리는 눈물이고, 격렬한 슬픔을 표현하고 있지."

나오는 희미하게 고개를 끄덕였다.

"한편, **하얀 목련**은 스콜을 맞고 흠뻑 젖어 있네. 지금 비를 맞고 고개를 떨구고 있는 건 류타로 자신의 모습이겠지."

"오빠가 뭔가를 몹시 후회하고 있다는 건 알겠어요." 나오는 눈길을 들고 호소하듯 말했다. "그런데 이 시의 어느 부분이 선생님께서 말씀하신 큰 사건을 암시하는 걸까요?"

그는 말없이 고개를 끄덕이더니 산더미처럼 쌓인 책 안에서 식물도감을 빼냈다. 그러곤 손가락에 침을 묻혀 페이지를 넘겼다.

"우선 이 시의 가장 큰 모순점을 말해주지. 애초에 계절이 엉망이네. **목련**은 음력 2월의 계절어니까 일단 계절이 틀렸고, 이 도감을 보면 실제로 꽃이 피는 것도 3, 4월로 되어 있어. 류타로와 사카네가 오키나와로 여행을 간 7월경에는 피었을 리 없네."

"오키나와에선 약간 계절이 어긋나는 일이 없을까요?"

"오히려 반대야. 따뜻한 오키나와라면 본토보다 훨씬 일찍 필 걸세." 그는 나오의 착각을 정정해주었다.

"그럼 이 시는 완전히 엉터리란 건가요?"

사쿠타는 빙긋 웃었다. "아니, 꼭 그렇다고 할 순 없네. 계절이 틀린 건 분명하지만 일부러 알기 쉬운 계절어를 사용한 걸 보면 확신범이라고 생각할 수밖에 없겠지."

"일부러 그렇게 했다는 건가요? 왜죠?"

"류타로는 또다시 이 두 개의 계절어 중 하나는 계절어가 아니라는 걸 암시하고 있네." 그는 이마에 손을 대고 생각을 정리하면서 말했다. "그러면 어느 쪽이 진짜 계절어일까. **스콜**이라면 **하얀 목련**은 류타로가 보고 있는 환영에 불과하다고 해석할 수 있지."

나오는 멍한 표정을 지었다.

"그곳에는 **하얀 목련** 같은 건 존재하지 않았네. 하지만 류타로의 눈에는 그 모습이 보였지. **하얀 목련**은 사카네와의 소중한 추억과 깊은 관계가 있든지, 아니면 사카네의 상징이 아닐까?"

"그런데 하이쿠에서 환영 같은 걸 써도 되나요?" 나오는 이해할 수 없다는 얼굴로 물었다.

"써도 되는지 안 되는지로 말한다면, 안 되네. 하지만 이 해석에는 한 가지 유리한 점이 있어." 그는 눈을 가늘게 뜨고 사고에 집중하면서 말했다. "**하얀 목련**이 실제로 그곳에 있었다고 가정하세. 그러면 이해할 수 없는 문제가 발생하네. 그래, 일단 시간의 경과부터 생각해보지."

"시간의 경과요?"

나오는 이해가 되지 않는다는 목소리로 사쿠타의 말을 따라 했다.

"처음에 한 번 읽었을 때는 아침이 되었다고 생각했네. 그런데 앞 시의 **우렛소리**를 보고 **스콜**은 그 직후에 있었던 게 아닐까 생각을 바꿨지. 그렇다면 아직 날이 밝지 않은 걸세."

심각한 사건에 대해 고찰하면서 사쿠타는 아이러니하게도 다시 살아난 듯한 기분이 들었다. 평소에 짙은 안개가 낀 것 같던 사고가 신기할 정도로 계속 이어졌다.

"하지만 생각해보게. 이날은 초하룻날이라서 달도 거의 없었어. 날이 밝지 않았다면 아무리 하얀 꽃이라고 해도 확실히 보이지 않았을 걸세."

"앞의 **얇은 옷** 때처럼 별빛을 받고 희미하게 보인 게 아닐까요?"

"**스콜**이 내렸잖나? 이때 하늘은 구름으로 뒤덮여서 별빛조차 보이지 않았을 거야. 더구나 **하얀 목련**이 **흠뻑 젖어** 있는 모습이 보일 리 없네."

"손전등으로 비췄다든지."

그는 순순히 인정했다. "뭐, 그럴 가능성도 없지는 않겠지. 한데 사진을 찍어본 사람이라면 알겠지만, 하얀 꽃에 강한 빛을 쪼이면 희뿌예서 세세한 부분은 보이지 않네. 도저히 하이쿠를 지을 만한 정취가 아니야."

나오도 겨우 무슨 뜻인지 이해하게 된 듯했다.

"그렇다면, 환영의 꽃이었기에 캄캄한 어둠 속에서도 확실하게 하얗다고 말할 수 있었다는 거군요?"

"그렇지. 하지만 이 해석은 너무 억지스러워. **하얀 목련**이 환영이라고 밝힌 부분은 어디에도 없으니까."

그는 자신의 해석을 순순히 취소했다.

"두 개의 계절어를 저울에 올려놓고 보면 달리 해석할 수 있지. 오키나와에서 **스콜**은 여름에 많지만 일 년 내내 발생하고 있네. 한편 **목련**이 피는 계절은 음력 2월뿐이야. 그렇다면 당연히 **목련**이 우선되어야 하겠지." 그는 자산만만하게 강의를 시작했다. "이건 계절어라는 규칙이 내포한 문제점이라고 할 수도 있네. 일 년 내내 볼 수 있는 거라도 일단 계절어로 《사이지키》에 실리면 다른 계절에 사용할 수 없게 되니까. 하지만 실제로 초봄에 **하얀 목련**이 스콜을 맞고 있는 광경은 흔히 볼 수 있네. 그걸 그대로 노래했다고 생각할 수밖에 없겠지."

나오는 더욱 혼란에 빠진 듯했다.

"**목련**이 계절어로서 우선되면 어떻게 되나요?"

"중대한 차이가 생기게 되지. 계절이 봄이라면 이 시를 지은 건 앞의 시를 지은 여름이 아니라 반년 넘게 지난 이듬해 봄이나, 그보다 더 나중이 될 테니까."

나오는 입을 다물지 못했다.

"류타로는 시간이 한참 지나고 나서 현장을 찾아갔네. 당연히 이미 비바람이 치던 초하룻날 밤이 아니지. **하얀 목련**도 잘 보였을 거야. 문제는 왜 다시 찾아갔느냐는 점일세."

그는 바싹 말라서 잇몸에 달라붙은 입술에 침을 묻혔다.

"한 가지 확인해두고 싶은 게 있는데, 사카네는 이 여행 이후에 사라졌다고 했지? 그 후의 소재는 모르나?"

나오의 표정이 딱딱하게 굳었다.

"그건…… 꼭 말씀드려야 하나요?"

"가능하면."

도대체 무슨 일이 있었던 걸까. 아무래도 더 일찍 물어봐야 했던 모양이다.

"히토미가 실종되고 나서 며칠 후에 시신이 발견됐어요." 나오는 비통한 목소리로 중얼거렸다.

"어디에서?" 그는 숨을 들이마시고 물었다.

"오키나와 본섬의 해안에서요. 유감스럽게도 사인은 알 수 없었어요. 경찰에선 여행 간 섬에서 밤에 수영을 하다가 파도에 휩쓸렸다고 결론을 내렸지만요."

마침내 심각한 이야기가 등장했다. 그 순간, "계속 여기에 있어"라는 목소리가 그의 귓가에서 되살아났다.

"그렇다면 이 시에 숨겨진 메시지는 진짜일지도 모르겠군."

"메시지라니, 그게 무슨 말씀이세요?" 나오가 깜짝 놀란 얼굴로 물었다.

"아무래도 이건 오리쿠하나의 문장이나 시 안에 다른 의미를 가진 말을 집어넣는 언어유희의 일종 같네."

그렇게 말해도 나오는 이해할 수 없다는 표정을 지었다. 그 모습을 보고 사쿠타는 예를 들어 설명해주었다.

"아리와라노 나리히라의 〈제비붓꽃〉이란 와카일본의 전통적인 정형시를 기억하지? 아마 수업 시간에 배웠을 거야. '중국옷처럼 익숙한 아내가 도읍지에 있고, 아내를 그대로 남겨둔 채 멀리 와버려서, 쓸쓸함으로 간절히 그리워하노라.'"

"대충 기억이 나요. 어렴풋하지만요." 나오는 자신 없는 목소리로 대답했다.

"나리히라가 도읍지에서 고향으로 내려갈 때, 교토에 남겨두고 온 아내를 그리워하며 읊은 노래지. 각 행의 머리글자를 따면 '제비붓꽃かきつばた'이라는 꽃 이름이 되네."

"그렇다면 이 시에서도 각각의 머리글자를 세로로…… 읽는 게 아니라 가로로 읽으면 되나요?"

나오는 시집을 노려보았다.

"스, 시, 누?"

"약간 억지일지도 모르지만, '스' 자를 알파벳으로 해보게."

"S, 시, 누." 나오는 섬뜩한 표정을 지으며 말했다. "S, 죽다."

사쿠타는 한숨을 섞어서 말했다. "S는 사카네 히토미를 가리키는 거겠지."

4

"선생님, 그날 밤에 무슨 일이 있었던 걸까요?" 나오의 목소리는 몹시 어두웠다.

사쿠타는 일부러 내치듯이 말했다. "실제로 어떤 일이 일어났는지 정확히 알 방법은 없겠지. 현장에 있었던 건 두 사람뿐이지만, 둘 다 이미 이 세상 사람이 아니니까. 단서는 류타로가 남긴 하이쿠뿐이네."

"그것 말인데요." 나오는 침울한 얼굴로 말했다. "지금까지 하신 해석은 하이쿠의 내용이 전부 사실이라는 게 전제잖아요? 그런데 그중에는 거짓이나 엉터리가 포함돼 있을 수도 있잖아요. 어쩌면 처음부터 끝까지 전부 픽션일 수도……."

그는 노안경을 벗고 낡은 안경닦이로 흐린 렌즈를 닦으며 말했다. "그렇지 않다는 건 누구도 증명할 수 없어. 하지만 나는, 이 시는 사실을 말하고 있다고 확신하네."

"전 모르겠어요. 어떻게 그렇게 확신하실 수 있죠?"

"이 시집을 읽은 순간, 류타로는 고백하고 싶었다는 것이 강하게 느껴졌네. 비록 숨김이나 은폐는 있을지라도 완전한 거짓은 아닐 걸세. 그렇다면 애초에 고백할 필요가 없을 테니까."

"왜 일부러 하이쿠를 통해 고백한 걸까요? 선생님께선 아까 어찌할 수 없는 충동이었다고 하셨는데, 너무나 에둘러 말씀하셨다고 할까, 전 그 마음을 도저히 상상할 수가 없어요."

그렇겠지. 그는 나오의 진지한 눈길을 보고 절실하게 생각했다.

자네는 그런 경험을 한 적이 아직 한 번도 없을 거야. 난 지금까지 그런 미칠 듯한 심정에 수도 없이 휩싸였다네. 마음 깊은 곳에 거무칙칙하게 쌓여 있는 감정의 응어리를 하이쿠라는 형태로 토해내지 않았다면 제정신을 유지할 수 없었을 거야.

"이건 하이진의 숙명이라고 할 수 있겠지. 무언가에 의해 감정이 세차게 뒤흔들렸을 때, 하이진은 하이쿠를 읊고, 가인歌人은 단가短歌를 읊지 않고는 견딜 수 없는 법이지."

그는 자신의 경험을 예로 들고 싶었지만, 유감스럽게도 하나도 떠오르지 않았다.

"한신 아와지 대지진이나 동일본 대지진의 직후를 생각해보게. 하이쿠나 단가를 읊은 사람이 얼마나 많았는지!"

나오는 입을 다물었다. 지금도 믿고 싶지 않다는 마음과 진실을 알고 싶다는 욕망이 치열하게 싸우는 듯했다.

"나에겐, 아마 이러지 않았을까, 하고 상상하는 게 있네." 그는 그녀의 등을 토닥이며 위로하는 마음으로 말했다.

"말씀해주세요." 나오가 속삭이듯 대답했다.

"몇 번을 말하지만 이건 그저 내 상상일 뿐이네." 그는 일단 운을 떼고 나서 말했다. "류타로는 캄캄한 해안에서 반짝이는 옷을 발견하고, 쿵쾅거리는 심장 소리와 함께 걸어갔지. 아마 사과하려고 했을 걸세. '사카네한테 용서받을 수 있다면 계속 즐겁게 여행할 수 있다. 그녀의 기분만 풀어진다면 어떤 선물이든 해도 좋다.' 그런 생각을 하는 사이에 저절로 발걸음이 빨라졌을 거야."

나오는 조용히 입을 다물고 그의 말을 들었다.

"하지만 류타로의 달콤한 기대는 철저하게 배신당했네. 말을 걸었을 때 사카네의 반응은 차갑기 그지없었지. 말 붙일 엄두도 나지 않을 만큼 그녀는 계속 불쾌한 표정을 지었을 걸세. 류타로는 처음에 어떻게든 그녀를 달래려고 했겠지. 그런데 무슨 말을 해도 돌아오는 건 가시 돋친 말과 비난뿐이었어. 결국 류타로의 분노가 폭발하고 말았네."

나오는 입술을 삐죽거리며 말했다. "그건 아까 말씀하셨어요."

"그래, 조금만 더 참고 들어주게." 그는 다시 노안경을 쓰고 말했다. "류타로는 사카네한테 손찌검을 했을 거야. 가볍게 뺨을 때리는, 별로 아프지 않은 것이었을지도 모르지. 하지만 맞은 여성 쪽에서는 큰 충격이었을 걸세. 사카네는 류타로한테서 도망치기 위해 바다로 들어갔지."

그는 잠시 말을 끊고는 나오를 보면서 물었다. "사카네는 수영을 잘했나?"

나오는 고개를 끄덕이며 대답했다. "초등학교 때 수영교실에 다녀서 접영도 할 수 있다고 자랑했어요."

"그래? 류타로는?"

"자유형으로 10미터 정도는 헤엄칠 수 있지만 그 이상은……."

역시 그의 예상이 맞았다.

"사카네는 류타로가 쫓아올 수 없는 곳에서 입영을 하고 있었지. 류타로가 아무리 돌아오라고 애원해도 말을 듣지 않았네. 입씨름에 지친 류타로는 마음대로 하라면서 그 자리를 떠났지만, 사카네가 아무리 수영을 잘한다고 해도 초승달밖에 없는 캄캄한 바다야. 역시 걱정이 되어 다시 그 자리로 돌아왔지. ……그런데 그녀의 모습은 어디에도 없었다네."

나오는 숨을 들이마시며 손으로 입을 덮었다.

"그 이후, 류타로의 심정을 생각하니 가슴이 찢어지는 것 같군. 사카네의 시신이 발견되고 사고로 결론이 나면서 그가 기소되는 일은 없었네. 그는 경찰한테 사실대로 말하지 않았을 걸세. 입씨름을 했다는 건 몰라도, 적어도 폭행에 대해선."

나오는 고개를 떨군 채 몇 번 고개를 가로저었다.

"이듬해 봄에 류타로는 그 바닷가에 갔네. 한 손에는 사카네한테

바칠 꽃을 들고. 그때 하필 스콜이 내리기 시작해서 바닷가에 있던 목련에 떨어졌지. 이건 그때의 모습을 읊은 시네."

나오는 눈길을 들었다. 가느다란 눈이 그를 날카롭게 노려보는 것 같았다.

"지금 하신 말씀은 단지 상상이라고 하셨죠? 그렇다면 실제로 일어난 일은 전혀 달랐을 수도 있지 않을까요?"

"그렇겠지. 하지만 다음 시에서 류타로는 참회하고 있어."

하이진이 되어서 후회의 붓꽃

"계절어인 **붓꽃**을 사용한 걸 보면 한여름이네. 여기에도 큰 문제가 숨어 있지만, 그건 일단 뒤로 돌리지."

그는 연달아 거침없이 하이쿠를 해석했다. 메모도 하지 않고 어떻게 술술 말하는 거지? 그는 그런 자신을 믿을 수 없었다.

"이 시를 보면 작가의 의식이 그곳에서 떠났다는 걸 알 수 있네. 여기까지 쓴 열 편은 일련의 사건을 순서대로 읊었지. 하지만 여기에 와서 류타로는 한 걸음 물러난 곳에서 상황을 내려다보고 있는 것 같네. 마치 현실에서 도피하는 것처럼."

나오는 혼잣말처럼 중얼거렸다. "제 눈에도 조용한 시로 보여요. 조금 전까지의 격정은 어디로 갔을까 생각될 정도로. 그런데 이게 왜 참회의 시인가요?"

"일단 계절어인 **붓꽃**하나아야메부터 해석해보지. 아야메가 무엇인지는 자네도 알지? **아야메**라는 단어는 일찍이 창포를 가리켰네. 그것과 구별하기 위해 붓꽃을 **하나아야메**라고 했지. 이윽고 붓꽃과 비슷한 꽃인 꽃창포나 제비붓꽃도 모두 붓꽃이라고 불리게 됐네. 그건 그러니까……."

그 꽃의 이름은 무엇이었을까? 그는 조금 전의 식물도감을 집어들어서 휘리릭 넘겼다.

"그래, 아이리스 오크로류카야!"

그의 뇌리에 도감의 사진보다 선명하게 오크로류카ochroleuca라는 보라색 꽃의 영상이 떠올랐다. 무슨 이유인지, 아름답게 포장된 꽃다발이다. 혹시 누구한테 선물하려는 걸까?

나오에게 시선을 돌리자 처음 들은 이름인지 멍한 표정을 지었다.

"오키나와에 자생하는 붓꽃과의 꽃이지. 실제로 붓꽃과 상당히 비슷하게 생겼네. 오키나와에는 본토와 똑같은 붓꽃은 없을 걸세." 그는 가까스로 희미한 기억을 떠올리며 말했다. "하지만 지금까지 붓꽃은 붓꽃과 꽃의 총칭으로 사용해왔으니까, 오키나와에서 아이리스 오크로류카를 붓꽃이라고 하며 하이쿠를 읊었다고 해도 아무런 문제는 없네. 그런데 이 시의 경우에 그랬다고 하면 다른 문제가 생기지."

나오는 미간에 주름을 잡았다. 또 시작인가, 라는 느낌이었다.

"아이리스 오크로류카가 꽃을 피우는 건…… 그래, 3월 하순부터 4월 하순이야. 역시 오키나와 여행 시기와는 맞지 않네."

"그럼 **붓꽃**은 아이리스 뭐라는 게 아닌가요?"

"이건 오히려 상징이라고 봐야겠지. 붓꽃속 꽃은 전부 아이리스라는 학명이 붙는데, 영어로 아이리스가 무슨 뜻인지 아나?"

"글쎄요. 아이리스 오야마라는 가구회사도 있고, 안약에도 아이리스가 붙은 게 있긴 하지만……."

영어는 잘 못하는지, 나오의 입에선 기업명이나 상품명밖에 나오지 않았다.

"아이리스에는 '눈의 홍채'라는 뜻이 있네."

나오는 이마를 찡그리며 말했다. "설마 히토미눈동자라는 뜻라는 말씀인가요?"

그는 고개를 끄덕였다. "그렇게 생각하는 게 타당하겠지. **붓꽃**은 사카네 히토미를 가리키는 걸세."

나오는 시집을 들고 뚫어지게 쳐다보면서 말했다. "그렇다고 해도, 역시 무슨 뜻인지 모르겠어요."

"일단 붓꽃 앞에 있는 단어를 보게. 히라가나로 쓴 **후회**가이고는 한자로는 '悔悟가이고'일 거고, 깊이 후회한다는 뜻이네. 류타로는 사카네에 관해서 깊이 후회할 일이 있었던 거지."

나오는 고개를 갸웃거리며 말했다. "그래도 이상한 시라는 느낌에는 변함이 없어요. 애초에 **하이진이 되어서**라니, 왜 여기서 그렇게 말할 필요가 있을까요?"

"이건 옛날부터 있는 해학이지." 그는 자조하듯 입술을 일그러뜨리며 덧붙였다. "**하이진**俳人의 한자를 분석하면 '인비인人非人'이 되지. 사람이자 사람이 아니다…… 류타로는 자신이 인비인이 되었다고 참회하는 걸세."

나오는 큰 충격을 받은 듯했다. "히토미한테 심한 짓을 했고, 그걸 후회한다는 건가요?"

"붓꽃의 꽃말은 이 도감을 보면 희망과 사랑, 좋은 소식, 메시지, 당신을 소중하게 여깁니다, 라는 뜻이지. 류타로는 사카네를 소중하게 여기기는커녕 폭력을 휘둘러서, 그 결과 죽음에 이르게 한 자신을 용서할 수 없었을 걸세."

나오는 잠시 영혼이 빠져나간 것처럼 멍하니 있다가 혼잣말처럼 중얼거렸다. "한 가지 이해할 수 없는 게 있는데요."

"뭐지? 말해보게."

"왜 후회한다는 뜻의 '가이고'를 한자가 아니라 히라가나로 썼을까요?"

그 순간, 그의 등줄기에 오한이 내달렸다.

"좋은 질문이야. 이 시를 처음 보았을 때, 히라가나가 너무 많다고 생각하지 않았나?"

"네. 한자는 **하이진**俳人과 꽃花의 두 개뿐이었어요. 아! 그런 건가요?"

그는 눈치가 빠른 제자를 향해 미소를 지었다. "그래, 그런 거네. 류타로는 이 시에서 두 사람만을 돋보이게 하고 싶었겠지. 인비인이 된 자기 자신, 그리고 꽃처럼 아름다웠던 사카네를."

다시 침묵이 찾아왔다.

서재 안에서 들리는 건 에어컨이 돌아가는 소리뿐이었지만, 문밖에서는 여전히 비가 내리고 있었다. 빗방울은 낡은 지붕을 때리고,

창문과 새시를 두들기고 있는 것 같았다. 마치 누군가에게 벌을 내리는 것처럼.

"오빠가 한 일은 정말 그것뿐이었을까요?"

몹시 어려운 질문이었다.

"**붓꽃**은 분명히 사카네를 가리키는 거겠지. 그리고 류타로는 그녀를, 흔히 말하는 것처럼 꺾어버린 걸세. 정확한 의미는 그 시만으론 확실하지 않지만."

아마 뺨을 때린 것보다 더 심한 짓을 했겠지, 라고 사쿠타는 생각했다.

"두 사람 사이에 무슨 일이 있었든, 서로 상대의 말에 귀를 기울이고 서로의 마음을 헤아렸다면 이런 결말에 이르지 않았을지도 모르지. 뭐, 치기 때문이었다고 할 수도 있지만."

그는 하루코를 떠올렸다. 심한 말다툼 끝에 관계를 회복하지 못하고, 아내는 결국 집을 나가버렸다. 눈물을 흘리며 그를 비난하는 하루코의 말이 들리지 않는다. 머리에 떠오르는 건 격렬하게 비난하는 립싱크 같은 영상뿐이다. 그때 아내는 뭐라고 말했을까?

"그러면 드디어 마지막 시야. 이미 결론은 나왔지만 일단 한번 살펴볼까? 솔직히 말하면, 이 시에서는 이해되지 않는 부분도 있네."

　　　대답 없는 무명의 어둠闇이여 5월卓

"**무명의 어둠**이란 건 불교 용어지. 밝지 않은 어둠이라는 동의어

반복이 아니라, 부처의 예지와 구원에서 동떨어진, 무지몽매한 중생의 마음을 뜻하는 말이네."

"그렇다면 오빠는 정말로 '흑화'해버렸군요." 나오는 풀 죽은 목소리로 말했다.

"그런 표현이 맞는지는 잘 모르겠군. 하지만 류타로가 혼란스러운 어둠 속을 방황했던 건 확실한 것 같네."

나오는 슬픈 표정을 지으며 머리를 좌우로 흔들었다. "이 시는 시집의 마지막을 장식하고 있고, 왠지 제목인 '5월의 어둠'과도 관계가 있는 것 같아요."

그녀의 지적은 이번에도 급소를 정확히 찔렀다.

"그래. 문제는 역시 마지막 한 글자네. 이걸 어떻게 읽느냐 하는 거지만." 그는 '皐' 자를 가리키며 말했다. "'사쓰키'라고 읽게 하려고 했다면, 맨 끝이 다섯 글자가 아니라 세 글자니까 도중에 끊긴 듯한 어정쩡한 느낌이 드는군. 어쩌면 '어두울 암闇'을 '구라야미'나 '구라가리'로 읽게 하려고 했을지도 모르지만."

그렇다면 리듬이 깨지긴 해도 일단 열일곱 음 안에 들어간다.

"더구나 영산홍을 가리키는 '사쓰키'라면, 대부분 한자로 '皐月' 또는 '杜鵑花', 히라가나로 'さつき'라고 쓰고, '皐' 한 글자만 쓰는 건 드문 일이지." 그는 탁상에 있던 종이에 한자를 쓰면서 설명했다.

"사쓰키는 오키나와에서 자라나요?" 나오가 고개를 들고 물었다.

붓꽃 사례가 있어서 문득 생각난 모양이다. 그는 식물도감을 찾아볼까 하다가, 그럴 필요가 없다고 생각을 고쳤다.

"그건 모르겠지만 오키나와에서 자란다고 해도 문제는 꽃이 피는 시기네. 사쓰키는 여름의 계절어인데, 류타로와 사카네가 오키나와 여행을 갔을 때 피었을지는 의문이군."

"그렇다면 식물이 아니라 5월을 가리키는 게 아닌가요?"

그는 곧바로 반박했다. "오키나와 여행은 5월이 아니었고, 만약 5월을 가리키고 싶었다면 '달 월' 자를 넣어서 '고월皐月'이라고 하지 않았을까?"

순간, 사쿠타의 머릿속에서 **고皐**라는 한자에 뭔가 다른 뜻이 있었을 것이라는 확신이 솟구쳤다.

하얀빛이 넘치는 광활한 대지…… 어슴푸레한 기억이지만 그런 뜻이 아니었을까? 그의 뇌리에 CG로 만든 듯한 장대한 이미지가 펼쳐졌다. 아니, 또 하나, 완전히 다른 뜻이 있었으리라. 그것은…….

나오가 갑자기 물었다. "앞부분의 **대답 없는**이라헤나키은 무슨 뜻일까요?"

"'이라헤'는 대답이니까, 대답이 없다는 거지."

"그 정도는 저도 알아요. 그런데 부르고 있는 건 작가이겠지만, 대답하지 않는 건 누구일까요?"

"그건 사카네 말고는 없지 않을까?" 그는 생각하면서 대답했다. "류타로는 어둠을 향해 허무하게 계속 부르지만 대답은 돌아오지 않네."

"히토미의 모습이 사라졌기 때문인가요?"

"그렇게 생각할 수밖에 없겠지." 그는 한숨을 섞어서 말하고 정리에 들어갔다. "내가 도와줄 수 있는 건 여기까지네. 그다음은 자네가 판단해야 해. 어머님 말처럼 이 시집을 태워버려야 하지 않겠나?"

하지만 나오는 순순히 받아들이는 모습을 보이지 않았다.

"선생님, 방금 알아차렸는데요."

"음?"

"이 마지막 시는 옛날 표기법으로 썼잖아요? 이것 말고는 문어체 시라도 현대어로 썼는데, 왜 이 시만 옛날 표기법으로 썼을까요? 뭔가 특별한 이유가 있을까요?"

그랬던가? 그는 황급히 열세 편을 다시 살펴보았다.

"**요바히별**의 **히**도 일단은 옛날 표기법이잖아? **이라헤**에서는 **헤**만 옛날 표기법이고……. 현대 표기법인 **이라에나키**보다 시각적인 느낌이 좋아서 선택한 게 아닐까?" 그는 그렇게 말한 뒤, 너무 대충 대답했다고 반성하면서 덧붙였다. "하이쿠에서 옛날 표기법을 사용하느냐 마느냐는 참 어려운 문제야. 결국 읽는 사람의 감성에 맡긴다고 할까, 기분에 달렸다고 할 수 있겠지. 나도 옛날 표기법으로 쓰기도 하고 현대어로 쓰기도 하는 등, 하나로 정하진 않았다네."

"그러세요?" 나오는 눈에 띄게 낙담한 것처럼 보였다.

그는 잠시 그녀의 모습을 지켜보았다. 덥지는 않지만 습기가 많아서 그런지 촉촉이 땀이 배어나왔다. 기묘하리만큼 마음이 안정되지 않아서, 얼음이 녹아 물방울이 맺힌 유리잔에 손을 내밀었다.

그때 나오가 툭하니 말했다. "이 시집에는 후기가 없어요."

"응? 그렇군."

"이 시가 정말로 마지막이고, 그다음은 아무런 메시지도 없죠. 히토미가 실종되고 이 년 후에 오빠는 스스로 열차에 뛰어들어 죽음을 선택했어요. 그러니까 이 시가 후기이자 오빠가 마지막으로 남긴 시예요."

"그래, 자네도 참 괴로웠겠군." 그는 진심으로 연민을 담아서 말했다.

어깨를 떨구고 있는 나오의 모습이 소녀 시절로 돌아간 듯 가냘프고 가련해 보였다. 오빠의 자살에 깊은 상처를 받은 것이리라.

"아무리 괴로워도 마음을 강하게 갖게. ……자네는 혼자가 아니니까." 그는 나오의 어깨에 가볍게 손을 얹었다.

다음 순간, 나오는 생각지도 못할 만큼 격렬한 반응을 보였다. 바닥에 앉은 채 감전이라도 된 것처럼 펄쩍 뛰며 뒤로 물러선 것이다.

그는 큰 충격을 받았다. 음흉한 마음으로 손을 댄 게 아니라는 건 그녀도 알고 있을 것이다. 왜 그런 식으로 반응했는지 당최 이해할 수가 없었다. 이 나이에 그런 오해를 받을 줄은 상상도 못 했다. 그는 슬픔에 휩싸여 한숨을 쉬었지만 손바닥에는 아직 보드라운 어깨의 감촉이 남아 있었다.

나오는 조금 떨어진 곳에서 눈을 치켜뜨고 그를 힐끔 쳐다보았다. 자신의 무례한 행동을 반성하고 있는 걸까. 그렇다면 나무랄 생각은 털끝만큼도 없었다. 물론 다른 생각을 하다가 반사적으로 한 행동에 불과하겠지만.

나오는 조금 지나서 입을 열었지만, 그녀의 입에서 나온 건 사과의 말이 아니었다.

"선생님, 기억하세요? 하이쿠부의 합숙 날 밤, 선생님은 하이쿠의 본질이 무엇인지, 처음 가르쳐주셨죠. 그때 하신 말씀은 마음 깊이 스며들어서 지금도 생생하게 기억하고 있어요."

옛날을 그리워하는 듯한 애절한 목소리였다.

"그랬던가? 어렴풋이 기억이 나는 것 같군."

다카오 산의 합숙에서 말했던가. 지금 생각하면 가장 순수하게 하이쿠를 즐긴 시절이었다.

"그때 선생님께선 이렇게 말씀하셨죠. 만약 인간이 불사의 존재였다면 하이쿠를 읊는 일은 없었을 거라고."

그래, 그렇다. 그는 감격했다. 머나먼 옛날에 딱 한 번 한 말이 제자의 가슴속에 깊숙이 뿌리를 내렸을 줄이야. 이것이야말로 교사의 가장 큰 보람이 아닐까.

"그 이유도 기억하고 있나?"

"물론이에요."

나오의 얼굴에 웃음이 돌아왔다. 다행이다. 그는 마음속으로 안도의 한숨을 내쉬었다. 조금 전의 행동은 역시 우발적인 과잉 반응이었을 뿐이다.

"그때 선생님께서 그러셨어요. '모든 하이쿠는 이 행성 위에서 지내는 짧은 인생의 한 조각에 대한, 한없는 사랑의 마음에서 태어난다. 따라서 사소한 정경이나 계절의 묘사가 너무도 귀하고, 무엇과도 바꿀 수 없는 시간임을 떠올리게 해서 진심으로 감동할 수밖에 없다'라고요."

그는 크게 고개를 끄덕였다. 가슴이 뜨거워졌다.

"그래, 그랬지. 마지막 시는 본래 대단원의 마지막을 장식해야 하는데, 죽음이 코앞으로 다가온 사람은 허심탄회하게 시를 읊을 수 없지. 그저 황급히 작별 인사를 할 뿐이라네. 내가 절필하면서 지은 시만이 아니야. 인생에서 읊는 모든 하이쿠의 본질은 소위 말하는 마지막 시지."

그때 빙 둘러앉아서 듣고 있었던 부원들은 다들 멍한 표정을 지었다. 그중에서 유일하게 나오만이 눈을 반짝이며 들었던 것이 떠올랐다.

"전 그때 선생님의 말씀에 진심으로 공감했어요. ……하지만 세상에는 그것과는 정반대에 있는 사람도 존재하잖아요?" 나오는 돌연 딴사람이 된 것처럼 어둡고 엄격한 목소리로 말했다. "남의 생명을 빼앗는 큰 죄를 저지른 사람의 세계는 영원히 무명의 어둠에 감싸이죠. 그들은 두 번 다시 인생의 순간을 사랑하는 시간으로 돌아갈 수 없어요."

"응? 그건……."

"살인자의 하이쿠는 공허하고 삭막하며 오직 무서울 따름이에요. 여기에 있는 건 전부 그런 시들뿐이죠. 형식은 하이쿠지만 옛날 상처를 건드리는 것처럼 자신의 범죄 행위를 재현하는, 추악한 자기만족에 넘친 저주의 말에 불과해요."

"아무리 그래도 그렇게까지 말할 건 없잖나?"

그는 당황할 수밖에 없었다. 오빠에게 이런저런 복잡한 마음이 있기야 하겠지만, 아무리 그래도 이렇게까지 말할 필요는 없지 않을까.

"이 시에 대한 선생님의 해석은 매우 재미있었고 설득력도 있었어요. 하지만 도저히 받아들일 수 없는 위화감이 있어요. 저도 나름대로 생각한 게 있으니까, 이번엔 제 해석을 들어주시겠어요?" 나오는 그의 눈을 뚫어지게 처다보면서 말했다. "이 시에는 작가를 궁지로 몰아넣었던 동기가 숨어 있는 것 같아요. 그건 정말로 분노였을까요?"

5

사쿠타는 머쓱해졌다. 나오는 지금 자신이 여태껏 주장해온 해석을 정면으로 부정하는 게 아닌가.

"물론 확실한 건 누구도 말할 수 없겠지. 그래서 처음에 어디까지나 내 해석이라고 말하지 않았나?"

"네, 저도 선생님의 해석을 부정할 근거는 없어요. 지금부터 말씀드리는 건 어디까지나 제 해석이에요."

나오는 시집의 페이지를 넘기고, 그가 분석한 제일 처음의 시로 돌아갔다.

여름은하 우루마 섬의 그림자 검게

"이건 정말로 혼전여행 때 지은 시일까요?"

"무슨 말이지? 자네가 그렇게 말했잖아?"

그는 어안이 벙벙한 표정을 지었다.

"저는 단지 이 년 전에 오빠랑 히토미가 오키나와로 여행 갔다고 말했을 뿐이에요. 오빠가 그때 이 시를 지었는지는 오빠한테 직접 듣지 않아서 몰라요." 나오는 귀를 의심할 만한 말을 했다.

"그렇다면 난 더더욱 모르지. 오키나와로 여행 갔을 때가 아니면 언제 지은 시라는 건가?"

"어쩌면 하이쿠부에서 오키나와로 합숙을 갔을 때 지은 시가 아닐까요?"

"뭐야?" 사쿠타는 적잖이 당황했다. "하지만 이 이후의 시는 전부 오키나와 여행에서 지은 거잖나? 이것만 다르다는 건 부자연스럽지 않나?"

"그건 그래요. 하지만 어쩌면 이 이후의 시도 전부 오키나와 합숙 때 지은 걸지도 모르죠." 나오는 태연하게 연달아 폭탄 발언을 했다. "그리고 선생님께서 말씀하신 대로, 이 시에는 그 이후에 일어난 무서운 사건에 대한 예감이 담겨 있는 게 아닐까요?"

"무서운 사건이라니, 그게 무슨 말이지? 오키나와 합숙에선 아무 일도 없었을 텐데."

그의 마음속에 공포가 싹트기 시작했다. 지금 당장이라도 현실이 와르르 무너질 것 같은.

"정말 기억나지 않으세요?" 나오는 조용한 눈으로 사쿠타를 똑바로 보면서 말했다.

"그게 무슨……. 물론 잊어버린 게 많겠지. 아까도 말했듯이 난 치매에 걸렸으니까."

"네, 그건 진심으로 안타깝게 생각해요. 나이가 드신 것도, 인지기능이 쇠약해지신 것도, 인간의 힘으론 어쩔 수 없으니까요." 나오는 동정하듯 눈을 내리깔면서 말했다. "지금 말씀드린 건 신경 쓰지 마세요. 제 지나친 생각일 거예요. 그러면 다음 시로 넘어갈까요? 아직 열두 편이나 남았으니까요."

미즈와리를 들이켜는 출창의 밤바람인가

"일부러 계절어를 넣지 않은 건 선생님 말씀처럼 여름의 더위가 아니라 작가의 마음속에 깃든 열기를 표현하고 싶어서였겠죠."

나오의 말투에선 듣는 쪽이었을 때와 달리 강력한 힘이 느껴졌다.

"하지만 그 정체는 선생님께서 말씀하신 것처럼 분노는 아니었을 거예요."

"분노가 아니라면 뭐지?" 그는 발끈해서 물었다.

나오는 그의 질문을 무시하고 말을 이었다. "미즈와리를 들이켠 건 술의 진정 작용에 의해, 어떻게든 **그것**을 억제하려고 한 게 아닐까요? 그건 다음 시를 봐도 명백해요."

바람이 죽고 풍경처럼 글라스 울다

"왜 글라스에서 소리가 났을까요? 이것도 선생님께서 말씀하신 것처럼 절반은 무의식적으로 글라스를 흔들었기 때문이겠지요." 나오는 담담하게 말했다. "하지만 그렇게 하게 만든 건 분노가 아니라 욕망이라고 생각해요."

그는 숨이 막히는 느낌이 들었다.

"욕망? 아니, 하지만 그런 해석은……."

그는 무의식중에 유리잔을 들고 입으로 가져갔지만 거의 물맛밖에 나지 않았다.

"욕망의 대상은 히토미예요. 히토미가 같은 방갈로에 있다는 것만으로 작가의 마음속에서는 저항하기 힘든 흥분이 솟구친 거예요. 그로 인해 글라스가 달그락달그락 울었던 거고요."

"하지만 류타로와 사카네는 혼전여행을 간 거잖나?"

이야기가 이상하다고 생각해서 그는 다시 확인했다.

"네, 오빠는 히토미를 몹시 사랑했죠. 하지만 히토미는 그 정도는 아닌 것 같았어요. 짝사랑하는 상대와 여행을 간 거니까 그렇게 이상한 일은 아니에요." 나오는 말을 돌리듯 어색한 미소를 지었다. "다시 시집으로 돌아갈까요? 창가에 있었던 작가는 우연히 방갈로에서 나가는 히토미의 모습을 봤어요."

요바히별 반짝거리다 지나가는 한밤중의 여름

"이 시에 떠다니는 기묘한 선정성은 역시 작가의 성적 판타지 때문인 것 같아요. 도저히 두 사람이 싸운 직후의 시선이라곤 생각할 수 없어요."

"무슨 말을 하고 싶은지는 알겠네. 역시 **요바히별**이라는 말에 끌리는 것 같군." 이야기가 너무 빗나가지 않도록 그는 부드럽게 못을 박았다.

"그런가요?" 나오는 고개를 갸웃거리며 말했다. "저는 이 시와 **얇은 옷은 희미하게** 시를 보고 에로틱할 뿐만 아니라, 어디까지나 자기중심적이고 중2병적인 사고방식을 느꼈어요. 프로이트 이론으로 말한다면 구순기_{구순의 자극에서 성적 쾌감을 얻는 시기}적이라고 할까요?"

"구순기의 해석은 속설 이외에 아무것도 아니네."

설마 프로이트를 들먹이리라곤 생각지도 못해서 그는 쓴웃음을 지었다.

"죄송해요. 제 지식이 그렇게 깊지 못해서요." 나오는 순순히 고개를 숙였다. "어쨌든 작가는 히토미를 뒤쫓아서 나왔어요. 그리고 방갈로를 되돌아봤죠."

여름어둠에 녹아들어 어슴푸레한 방갈로

그는 고개를 끄덕이며 말했다. "그래. 나도 조금 전에 그렇게 추리했네."

"문제는 작가가 되돌아본 이유예요. 선생님께서 말씀하신 것처럼 문득 자신을 되돌아본 것뿐일지도 몰라요. 하지만 히토미의 뒤를 쫓아가려고 서두르는 와중에, 그런 여유가 있을까요?"

그는 순간 말문이 막혔다.

"글쎄, 팽팽한 긴장 속에서 돌연 마음이 조용해지는 일도 있지 않을까?" 그런 곳에서 나오가 반론을 제기하리라곤 예상치 못했다. "나는 마지막에 한순간이라도 류타로에게 냉정해질 기회가 있었으면, 했을 뿐이네. 다분히 내 바람이 깃들어 있는 상상이지만."

"가설로서는 전부 부정할 순 없을지도 몰라요. 하지만 현실적으로 볼 때 인간은 그렇게 바쁜 와중에 제정신이 들거나 반성하지는 않는 것 같더라고요."

"그렇다면 류타로가 왜 돌아봤다는 거지?" 그는 결국 정색하고 물었다.

"지금부터 사냥감을 쫓아가려고 할 때 뒤를 돌아봤다면 이유는 한 가지밖에 없어요. 뒤쪽에서 지켜보는 사람이 없나 확인하기 위해서겠죠."

그는 할 말을 잃었다. 그러곤 혼란에 빠져서 저도 모르게 약한 소리를 내뱉었다.

"잠깐만 기다리게. 치매 탓인지, 무슨 말인지 모르겠군. 류타로와 사카네는 둘이서만 혼전여행을 간 게 아니었나?"

"혼전여행은 둘만 갔다고 들었어요."

"그렇다면 주변을 경계해서 방갈로를 돌아보는 행위는 아무리 생각해도 무의미하잖나? 그곳에는 아무도 없을 텐데."

당연한 반론이라고 여겼지만 나오는 동요하지 않았다.

"그건 그렇죠. 그런데 이 시를 보니, 이때 방갈로에 누군가가 있었을 것 같다는 생각이 들더라고요."

"그럴 리가. 누가 있었다는 건가?"

"그건 잘 모르겠어요." 나오는 수수께끼 같은 미소를 지으며 말했다. "어쨌든 작가는 누구도 보지 않는다는 걸 확인하고 숲속에서 히토미의 뒤를 쫓아가기 시작했어요."

그의 의문은 내버려둔 채, 나오는 다음 시로 넘어갔다.

가주마루 뿌리의 그림자와 불나방의 그림자

"이 시에 대한 선생님의 심리학적 분석은 매우 흥미롭더군요. 남성에게 마더 콤플렉스가 그렇게까지 심각한 문제인지 몰랐어요."

그는 말없이 고개를 끄덕였다.

"그런데 가주마루 나무에는 어쩌면 다른 뜻이 숨어 있는 게 아닐까요?"

이번에는 무슨 말을 할 생각일까? 그는 잠자코 다음 이야기를 기다렸다.

"그렇게 생각하는 이유는 두 가지예요. 하나는 선생님께서 말씀하신 것처럼, 작가는 이날 밤에 일어난 사건의 결말을 알고 나서 이 시를 썼다는 거예요."

나오의 말투는 조금 전과 180도 달라져서, 확신을 가지고 말하는 듯했다.

"작가는 히토미를 쫓아가는 도중에 가주마루가 있는 걸 봤어요. 즉 히토미를 뒤쫓아 숲으로 들어갔을 때, 우연히 본 광경을 읊은 거죠. 그런데 정말로 그것뿐이었을까요? 실은 가주마루에는 앞으로 일어날 사건에 대한 예감이 투영돼 있고, 그래서 일부러 이런 시를 읊은 게 아닐까요?"

"그야 뭐, 그럴 수도 있지만."

도대체 무엇이 어떻게 투영되어 있다는 것인가.

"또 하나는 가주마루와 벵골보리수, 인도보리수, 반얀트리에 공통적으로 있는 이명이에요. 선생님도 조금만 더 생각하셨으면 떠올릴 수 있지 않았을까요? 지금 막 발견했는데, 이 책의 칼럼에 쓰여 있더라고요."

나오는 식물도감을 들췄다.

"아, 그건."

그는 바보처럼 멍하니 입을 벌렸다. 생각나지 않는 것에 조바심이 났지만, 그 이상으로 생각나면 어쩌나 하는 공포가 밀려왔다.

"열대 무화과속 나무나 덩굴식물 중에는 새들이 종자를 다른 나무로 옮기는 바람에 그대로 기생해서 땅에 뿌리를 내리고, 숙주가 된 수관을 뒤덮으면서 성장하는 게 있어요." 나오는 난감해하는 그의 얼굴이 눈에 들어오지 않는지, 식물도감을 보면서 담담하게 말했다. "햇빛이 가로막힌 나무는 말라죽고, 기생한 나무가 원래 나무를 대신해서 우뚝 솟구치죠. 그런 나무들을 **목 졸라 죽이는 나무**Strangler Tree라고 한다더라고요."

그는 입을 벌렸지만 말은 나오지 않았다.

나오도 잠시 입을 다물었지만, 무슨 이유인지 이 불길한 이름에 대해서는 그 이상 언급하지 않았다.

"다음 시에도 이해할 수 없는 점이 있어요."

칠흑 색깔의 바닷가에 얇은 옷은 희미하게

"캄캄한 해변에서 히토미의 블라우스가 빛나게 보였다……. 저도 그 해석이 맞는다고 생각해요. 선생님께선 '희미하게'로 되어 있는 걸 보면 손전등의 강한 빛으로 비춘 게 아니라 희미한 별빛을 반사한 거라고 말씀하셨죠."

"뭐, 그렇게 생각하는 게 타당하지 않을까?"

그의 목소리는 스스로도 놀랄 만큼 잠겨 있었다.

"그렇다면 한 가지 의문이 생겨요." 나오는 부드러운 목소리로 날카로운 질문을 했다. "작가는 언제, 그리고 왜 손전등을 껐을까요?"

그는 당황한 표정으로 대답했다. "그건 잘 모르겠군. 그런 게 왜 문제가 되지?"

"만약 없어진 히토미를 찾으러 나왔다면 손전등으로 주변을 비추면서 계속 찾았을 텐데, 작가는 아마 해안으로 나오기 직전에 손전등을 껐을 거예요. 그래서 어둠에 눈이 익숙해질 때까지 시간적 여유가 있어서, 별빛을 반사한 **얇은 옷**의 반짝임을 멀리서 볼 수 있었던 거죠."

그는 팔짱을 끼면서 말했다. "그렇다면 자네 추리를 듣고 싶군. 류타로는 왜 해안을 눈앞에 두고 손전등을 껐지?"

"이 질문에도 현실적인 대답은 하나밖에 없어요. 작가는 히토미를 찾으려고 했어요. 하지만 히토미는 상대에게 들키고 싶지 않았죠."

그는 저도 모르게 말을 더듬었다. "하, 하지만 그건 말이야, 딱히 이상한 일은 아니잖나? 두 사람은 싸웠으니까, 손전등 불빛을 보면 사카네가 도망칠지도 모른다고 생각했겠지. 류타로는 사카네의 옆까지 다가가서 말을 걸려고 한 게 아닐까?"

"그럴지도 모르죠." 나오는 잠시 말을 끊고는 고개를 갸웃거리며 덧붙였다. "작가에게 다른 의도가 있었을지도 모르고요."

그는 흠칫 놀랐다. "자네는 아까 류타로가 '사냥감을 쫓아가려고 한다'라고 말했지? 설마 그렇진 않겠지만 그를 상습범이라고 의심하고 있나?"

나오는 미소를 지으며 말했다. "그 대답은 마지막까지 가면 아실 수 있을 거예요."

　　파도 술렁이는 초하룻날 밤에 땀을 닦노라

"이 시에서 그리는 풍경은 단순하지만 작가의 심정이 해석의 핵심이다……. 저도 그렇게 생각해요." 나오는 하이쿠에 시선을 떨구면서 검사檢事처럼 냉정하게 말했다. "그리고 이 **땀**이 정신적인 땀이라는 것도 선생님 말씀이 맞는다고 생각해요. 그런데 과연 그 원인을 스트레스에서 찾는 게 맞을까요?"

"다른 원인이 있다는 건가?"

그는 노안경 너머로 나오를 바라보았다. 이번에는 또 무슨 말을 하려는 걸까? 그토록 아끼던 학생이 느닷없이 자신을 향해 반기를 든 것 같은 기분이 들었다.

"**파도 술렁이는**, 즉 **파도 소리**라는 말엔 미시마 유키오일본의 소설가이자 사상가가 쓴 동명의 소설로 인해 성적인 분위기가 달라붙어 있죠."

나오는 의외의 부분에서 날카롭게 파고들었다.

"그것도 천진무구하고 어린 여성에 대한 욕망이에요. 미시마 작품에서는 폭풍우가 치는 밤이었지만, 어두운 해안에서 듣는 파도 소리라면 상황이 비슷하지 않나요? 피가 술렁이고 심장이 술렁여요. 작가는 끓어오른 성적인 흥분으로 **땀**을 닦은 게 아닐까요?"

"과연 그럴까?" 그는 입술을 일그러뜨려 찬성할 수 없다는 마음을 표현했다. "재미있는 해석이군. 근데 그 근거가 앞부분의 문장이 소설 제목을 연상시키기 때문이라는 건 지나친 비약이 아닐까?"

나오의 표정에는 흔들림이 없었다. "아니에요. 한 가지가 더 있어요. **초하룻날**이에요. 남성은 월령에 관심이 없지만, 우리 여성은 태고부터 내려오는 리듬에 얽매여 있어서 민감하거든요. 초승달과 보름달이 뜬 날에 출산이 늘어나는 건 통계적으로도 확인된 사실이고요. 또한 초승달은 여성의 배란일과도 관계가 있어요. 그렇다면 남성의 리비도성적 욕구도 높아지는 날이 아닐까요?"

그는 어떻게 대답해야 좋을지 몰라서 난감했다. 순수하고 청초한 제자에게서 이렇게 생생한 성적 이야기는 듣고 싶지 않았다.

"그건 지나친 생각이 아닐까? 그날 밤이 초하룻날이었던 건 우연일 뿐이잖아? 더구나 류타로는 자네가 말하는 월령에 관심이 없는 남성이야. **초하룻날**에 그렇게까지 깊은 의미를 담았다곤 생각하기 힘드네만."

"그런가요? 그러면 그 후의 전개를 살펴보죠."

나오는 반론하지 않고 다음 시로 나아갔다.

> 습풍에 옛날 상처가 쑤시는 물가인가

"저는 **옛날 상처**는 트라우마가 아니라 문자 그대로 오래된 상처라고 생각했어요."

"왜 그렇게 생각했지?"

나오는 리허설이라도 하는 듯 거침없이 설명했다. "여기에서는 **습풍**이 불고 **우렛소리**가 울려 퍼지며 **스콜**이 내려요. 즉 현장에 저기압이 가까이 다가오고 있었어요. 이건 흔히 말하는 '날씨통' 아닐까요? 기압이 낮아지면 교감신경이 자극을 받아 아프기 시작하는 거요."

"그래, 오래된 상처는 기압에 좌우되는 것 같더군. 나도 교통사고로 무릎을 다친 적이 있는데, 오늘 같은 날에는 견딜 수 없을 만큼 쑤시지." 그는 지금도 쿡쿡 쑤시는 왼 무릎을 문지르며 말을 이었다. "하지만 류타로는 과거에 그렇게 큰 부상을 입은 적이 없었잖아?"

나오는 모호한 미소를 지었을 뿐, 그 질문에는 대답하지 않았다.

"오래된 상처의 통증은 참 괴로운 법이죠. 그런데 여기에서는 작가의 기분이 고양되어서 그것조차 쾌감으로 변하고 있는 게 아닐까해요."

그는 벌린 입을 다물지 못했다.

"선생님은 앞 시가 실망을, 이 시는 절망을 나타낸다고 말씀하셨어요. 하지만 전 그렇게 생각하지 않아요."

그는 반론하고 싶었지만 말이 나오지 않았다.

"이때 작가의 마음을 차지하고 있던 건 희망도, 실망도, 절망도 아니었어요. 온몸이 얼얼할 만큼 강렬한, 히토미에 대한 욕망이었죠."

이 여자는 지금 무슨 말을 하고 있는 건가. 그는 기묘한 생물이라도 보는 심정으로 나오를 바라보았다.

"파도가 밀려오는 물가에서 오래된 상처의 통증을 참고 있는 작가를 향해, 바다에서 습하고 뜨뜻미지근한 바람이 불어와요. **물가**는육지와 바다의 경계지만, 여기에서는 남자와 여자의 경계선도 가리키고 있어요. 작가는 지금 선을 뛰어넘으려고 하는 거예요."

"말도 안 돼. 거기까지 가면 지나친 생각이 아니라 단순한 망상에불과하네."

그는 일소에 붙이려고 했지만 웃을 수 없었다.

"그리고 마침내 그 순간이 찾아왔어요."

　　우렛소리여 암흑의 현기증을 해방하고

"그때 하늘에서 격렬한 **우렛소리**가 들렸어요. 그걸 계기로 **암흑의 현기증**이 해방되는 거예요."

"음, 그렇군."

"하지만 그건 단순한 분노라든지 폭력적인 충동 같은 게 아니에요. 여기서 말하는 **현기증**은 이성을 벗어던지고 욕망에 몸을 맡기려는 순간, 마음속을 내달리는 격렬한 지진을 의미하고 있어요."

아니다, 그렇지 않다. 그는 힘없이 머리를 가로저었다.

"남성의 성 충동은 남성 호르몬인 테스토스테론의 특성 때문인지, 공격 충동과도 깊이 이어져 있는 것 같더군요." 나오의 목소리는 몹시 어두웠다. "이다음에 무슨 일인가 일어났어요. 형용할 수 없을 만큼 무시무시한 사건이. 모든 것이 끝난 다음을 노래한 게 다음 시예요."

스콜에 하얀 목련은 흠뻑 젖노라

"선생님께선 이 시는 앞의 시에서 적어도 육 개월이 지나 봄에 지은 거라고 하셨죠? 하지만 아쉽게도 그 해석에는 치명적인 오류가 있어요."

그는 발끈해서 나오의 말이 끝나자마자 되물었다. "오류? 뭐가 잘못됐다는 건가?"

"아까 이걸 보고 알아차렸어요. 문제는 계절만이 아니에요." 나오는 다시 식물도감을 들고 말했다. "이 책의 내용이 사실이라면 애초에 오키나와에는 목련이 없어요. 기온이 너무 높아서 자라기 힘든 것 같더라고요."

그는 큰 충격을 받았다. "잠깐, 그건 몰랐네. 그렇다면 이 시는 봄에 본토에서 지었나 보군."

그러자 나오는 쌀쌀맞게 대답했다. "아니요. **습풍, 우렛소리, 스콜** 순서로 생각한다면 그 이전의 시와 마찬가지로, 이 시도 같은 날 밤에 지었다고 생각하는 편이 훨씬 자연스러워요."

"그렇다면 이해할 수 없는 게 있네. 바닷가에 목련과 비슷한 나무가 있어서 잘못 봤다고 치세. 조금 전에도 말한 것처럼 그날 밤은 초하룻날이었고, 더구나 스콜이 내려서 별빛조차 없었네. **하얀**이라든지 **흠뻑 젖노라**라는 건 어떻게 본 거지?"

"둘 다 '본 게' 아니라 다른 감각에서 얻은 정보가 아닐까요?"

"다른 감각? 설마 초능력이라는 건 아니겠지?"

그는 피식 웃었지만 나오는 미소를 짓지도 않았다.

"촉각이에요."

"손으로 꽃을 만졌다는 건가?"

"아니, 그렇지는 않아요." 나오는 머리를 가로저으며 대답했다. "**습풍** 시에도 일부러 잘못 해석하게 한 부분이 있었지만, 이 시는 의도적으로 위장해놓았어요. 언뜻 보면 잘못 해석하게 되지만, 모순점을 파고들면 진실에 도달할 수 있도록."

"미안하지만 무슨 말을 하는 건지 모르겠네."

그는 이제 포기하겠다는 듯이 천천히 머리를 가로저었다.

"힌트를 드릴까요? 하이쿠에서는 히라가나로 **고부시**목련라고 쓰기보다 한약의 명칭이기도 한 '신이辛夷'라고 적는 쪽을 선호하지요. 한자로 쓰면 잘못 이해할 우려가 없어서예요. 더구나 목련을 '고부시주먹이란 뜻도 있다'라고 하는 건, 꽃봉오리가 갓난아이의 주먹과 비슷하기 때문이라는 설이 있다더라고요."

"뭐? 그럼 이건⋯⋯." 그는 화들짝 놀란 표정을 지었다.

"네, 이 시에서 말하는 **고부시**는 목련이 아니라 사람의 주먹을 가리키는 거예요."

잠시 침묵이 내려앉았다.

창밖에서 들리는 빗소리가 조금 커진 듯했다. 에어컨 성능이 좋지 않아서 축축한 습기가 느껴졌다.

"그렇다면, 작가는 스콜을 맞으면서 흠뻑 젖은 자신의 주먹을 바라보고 있다는 건가?"

"전 그렇게 생각해요."

"그렇다고 해도 이해가 되지 않는군. 아무리 자기 주먹이라도 캄캄한 어둠 속에서 색깔까지 알 수 있을까?"

나오는 고개를 끄덕이며 말했다. "어떻게 **하얀**이라고 단언할 수 있는가⋯⋯ 분명히 그렇게 생각하실 수도 있죠. 그런데 주먹이 하얘진 건 꽉 쥐었기 때문이 아닐까요? 자기 주먹이라면 눈에 보이지 않아도 하얘지고 있다고 상상할 수 있을 테니까요."

그는 나오의 말을 곱씹어보았다. 서서히 패배감이 밀려왔다.

"**하얀**도 **흠뻑 젖노라**도 눈으로 본 게 아니라, 촉각이나 신체감각으로 알아냈다는 건가?"

"전 그렇게 해석했어요. 물론 이때도 가끔 번개가 번쩍였다면, 한 순간 언뜻 보였을 가능성도 있지만요."

그는 망연한 표정을 지었다.

"작가는 주먹을 꽉 쥐고 있어요. 그 모습에서는 강렬한 분노와 공격성을 느낄 수 있죠. 하지만 스콜을 맞고 우두커니 서 있는 모습에서는 격렬한 후회도 느낄 수 있어요. 돌이킬 수 없는 일을 저지른 후처럼……."

나오의 입에서 희미한 한숨이 새어나왔다.

"히토미의 모습은 이미 어디에서도 보이지 않아요. 이 시에 떠다니는 감정은 슬픔이지만, 숨어 있는 진짜 주제는 미칠 듯한 회한이에요."

"회한…… 사카네를 때린 것 말인가? 그는 미친 듯이 그걸 후회하고 있군."

하지만 그의 예상과 달리 나오는 고개를 무겁게 가로저었다.

"그것만이 아니에요."

"그것만이 아니라고? 그렇다면 류타로는 도대체 무슨 짓을 저지른 건가?"

"이 시의 작가는 자기 손으로 히토미를 죽였어요. 그리고 다음 시에서 그걸 확실하게 고백했죠."

  하이진이 되어서 후회의 붓꽃

"사카네를 죽였다고?" 그는 경악하며 황급히 말했다. "잠깐만, 난 그렇게까지 생각하지 않았네. '인비인이 되어서'라는 말에서 돌이킬 수 없는 짓을 저질렀다는 건 느꼈지만."

술에 취한 것도 아닌데, 그의 혀가 기묘하게 꼬였다.

"이 시는 퍼즐이나 암호 같아요." 나오는 희미하게 고개를 가로저으며 말했다. "이 시는 히토미를 붓꽃에 비유해서, 행복하게 해주지 못했던 걸 후회하고 있다고 선생님께선 말씀하셨죠. 하지만 단서는 겨우 이것뿐으로, 실제로 무슨 일이 있었는지는 알 수 없어요. 솔직히 말해서 전 선생님의 해석을 받아들일 수 없었어요."

"어느 부분이 받아들일 수 없었지?"

그는 살짝 발끈했다. 나오는 지금도 친구를 잃은 충격에서 벗어나지 못해서, 누군가를 비난하지 않고는 견딜 수 없는 걸까. 하지만 나오의 대답은 그의 의표를 찔렀다.

"**붓꽃** 하나아야메 부분이에요."

"아까도 말했지만 그건 여름의 계절어인데, 그게 어쨌다는 건가?"

"계속 이상하다고 생각했어요. 애초에 죄를 고백하는 데 계절어가 필요할까요?"

"하지만 그건."

하이쿠니까, 라고 대답하는 수밖에 없다. 그는 그녀가 무슨 말을 하려는 건지 짐작도 되지 않았다.

"이 시를 본다면 하이쿠에 익숙한 사람일수록 **하나아야메**라고 읽겠지요. 하지만 실제로 이건 계절어도 아니고 히토미의 비유도 아니었어요."

그는 잠자코 다음 말을 기다렸다. 그 순간, 자신의 무릎이 덜덜 떨리는 걸 알아차렸다.

"저는 아까 선생님께 여쭤봤어요. 작가는 왜 후회한다는 뜻의 **가이고**를 한자로 쓰지 않았느냐고요. 선생님께선 이렇게 말씀하셨죠. 작가는 이 시 안에서 두 사람만을 돋보이게 하고 싶어서였다고. 너무나 아름다운 해석이에요. 하지만." 나오는 깊이 한숨을 내쉬며 말했다. "그건 진실을 감추는 연막에 불과해요."

"무슨 말인가? 난 나름대로 최선을 다해 진실에 다가가려고 노력했네. 무언가를 감출 생각은……."

나오는 그의 말을 태연히 가로막고 말했다. "만약 **가이고노**'후회의'에서 끊어 읽으면 남는 건 **하나아야메**이니까, 선생님처럼 해석할 수밖에 없겠죠. 하지만 끊을 곳은 그곳이 아니에요. 정확하게 해석하기 위해선 **가이고노하나**라고 읽어야 하죠."

사쿠타는 경악한 나머지 딱딱하게 굳었다.

"선생님은 중국 문학에도 조예가 깊으니까 아시지 않을까요?"

그는 마음속의 동요를 억누르고 가까스로 말을 짜냈다. "……당나라 현종이 양귀비를 비유해서 한 말이지."

"**가이고노하나**, 즉 **해어화**解語花란 건 말을 아는 꽃, 미인을 가리키는 말이죠."

"그래. 현종은 궁중의 연못에 핀 하얀 연꽃을 보고, 연꽃도 해어화에는 미치지 못한다고 말했다더군."

늙은 심장이 아까부터 빠르게 요동치고 있다.

"이 시를 이해하기 쉽게 해석하면 이렇게 돼요."

나오는 볼펜을 들고 메모지에 시를 다시 써서 그에게 보여주었다.

인비인이 되어 해어화 아야메

"이렇게 되면 마지막의 **아야메**죽이다는 동사라고 생각할 수밖에 없어요. 즉, 작가는 여기서 히토미를 **죽였다**고 고백하고 있어요."

"……믿을 수 없군. 설마 그런 해석이 있었을 줄이야." 그는 고개를 떨구고 탄식했다.

"그렇게 생각하니 **하이진**과 **해어화**의 숨겨진 관계도 이해가 되더라고요. **하이진**은 여기에서 '인비인'의 다른 표현에 불과하지만, 본래는 말로 세계를 이해하고 표현하는 사람을 가리키는 말이죠. 그리고 **해어화**는 아름다운 꽃이면서 그것을 받아들이고 이해할 수 있는 존재였을 거고요."

사쿠타는 눈을 감고 탄식했다. 이 얼마나 슬픈 대비인가. 말을 매개로 서로 이해할 수 있었던 두 사람의 커뮤니케이션이 엇갈리면서 비극을 초래한 것이다.

"마치 수수께끼 같은 시인데, 제게는 작가의 통곡이 전해지는 것 같아요. 그런데 이상해요." 나오는 살펴보는 눈길로 사쿠타를 보면서 덧붙였다. "선생님이라면 지금 제가 말씀드린 것 정도는 쉽게 해석하셨을 텐데, 왜 **해어화**를 알아차리지 못하셨을까요?"

"뭐랄까, 미처 생각하지 못했을 수도 있고. ……아니, 잠깐만." 그는 궁지에 몰린 나머지 재빨리 돌변했다. "나는 치매에 걸린 노인일세. 이런 걸 알아차리지 못했다고 해도 비난받을 이유는 없어."

"비난할 생각은 없어요." 나오는 그의 말을 가볍게 피하며 덧붙였다. "그러면 마침내 마지막 시예요. 수수께끼는 단 하나, 마지막 한 글자였죠."

대답이 없는 무명의 어둠이어 5월皐

"5·7·5조의 앞의 다섯 글자와 가운데 일곱 글자는 글자 수가 맞아요. 근데 왜 뒤의 다섯 글자만 '5월'을 가리키는 한자 한 글자로 끝냈을까요?"

"나한테도 그게 최대의 수수께끼였네. 일부러 마지막을 싹둑 자름으로써 상실감을 표현하고 싶었을지도 모르겠지만."

사쿠타의 입에서 나지막한 신음이 흘러나왔다. 실점을 만회하고 싶지만, 모호한 대답밖에 할 수 없는 것이 답답한 모양이었다.

"저는 '皐' 자를 5월이 아니라 영산백으로 해석해서, 그것이 히토미의 상징이 아닐까 했어요." 나오는 허공을 바라보면서 말했다. "하지만 아야메의 경우보다 더 억지라는 생각이 들더라고요. 이 도감을 보면 영산백은 계류식물이고, 바위 사이에서 자라는 청초한 꽃이에요. 꽃말은 절제. 자유분방한 히토미의 이미지와는 어울리지 않아요."

그것은 나오의 말이 맞는다고 그도 생각했다.

"글자 수 문제로 돌아갈까요? **어두울 암**闇을 '구라야미'나 '구라가리'로 읽는 경우에는 종합적으로 열일곱 음이 되지만, '무명의 어둠'이라는 관용구가 존재하는 이상, 그렇게 읽는 건 이상해요."

"사실은 마지막 다섯 글자는 **사쓰키카나**'5월일까나'로 만들고 싶었지만, 직전에 '이여'라는 서술어가 있어서 그렇게 할 수 없었던 게 아닐까?"

"그렇다면 **대답이 없는 무명의 어둠인 5월일까나**라고 하면 됐을 거예요." 나오가 당연한 지적을 했다. "저는 이건 5월을 가리키는 '사쓰키'라고 읽는 게 아니라는 결론에 도달했어요. 맨 끝이 다섯 글자이니까 다섯 글자일 가능성이 높겠지요."

"다섯 글자? '皐' 자를 어떻게 다섯 글자로 읽지?"

"이 글자가 뜻하는 건 영산백도 아니고 5월도 아니에요. 이건 **하나아야메**의 시처럼 계절어가 없는 시예요."

"음? 그럼 대체 뭐란 말인가?" 그는 팔짱을 끼고는 고개를 갸웃거리며 말했다.

"그것과 관련이 있는 게 대부분의 시는 현대어 표기인데, 왜 이 시에는 **이라헤나키**대답 없는라는 옛날 표기법을 사용했는지 이해할 수 없더군요."

그는 천천히 머리를 가로저었다. 이미 항복에 가깝다.

"그건 나도 모르겠네. 자네는 이유를 아나?"

그 질문에 대한 나오의 말에는 확신이 담겨 있었다.

"이건 어디까지나 제 상상이지만, 이 시에 깃들어 있는 정신세계가 현대의 정신세계가 아니라는 걸 암시하는 게 아닐까요?"

정신세계? 현대의 정신세계가 아니라고? 도대체 무슨 말이지?

"국어사전이나 고어사전을 봐도 작가가 이 문장에 어떤 의미를 담았는지 알 수 없었어요. 하지만 한자사전에 열쇠가 되는 내용이 있었죠."

나오는 숄더백에서 복사용지를 꺼냈다. 한자사전의 내용을 복사해온 것 같았다. 그곳에는 이렇게 적혀 있었다.

> 皛(부를 호). 회의문자 이미 만들어진 글자를 합쳐서 새로 만든 글자. '흰 백白'과 '나아갈 토夲'로 이루어져 있다. 하얀빛이 나오는 모양에 따라 하얗다는 뜻을 나타낸다. '밝을 호皞'의 원래 글자. 영혼을 부르는 목소리라는 뜻으로 사용한다.

"영혼을 부르는 목소리란 뜻으로 사용한다고 해서 초혼에 대해서 조사해봤어요. 《소우기 헤이안시대 고위 관료인 후지와라노 사네스케의 일기》에 후지와라노 미치나가의 딸인 기시가 죽었을 때, 음양사인 나카하라노 쓰네모리를 불러서 중국 고사에 따라 '영혼 부르기'라는 소생蘇生 의식을 했다는 기록이 있더군요. 저택의 동쪽 지붕에 올라가 법의를 흔들며 이름을 세 번 불렀다고요."

그는 다시 보일 듯 말 듯 머리를 가로저었다. 이렇게까지 비약하면 따라갈 수 없다. 하지만 그녀의 말이 엉터리라곤……

"하이쿠에서 한자를 읽는 방식은 작가의 자유니까, 이 시의 맨 끝에선 적어도 이렇게 읽으라고 써줬어야 했어요."

나오는 시집 위에 직접 읽는 방법을 써넣었다.

　　대답이 없는 무명의 어둠이여 영혼 부르기

"종잡을 수 없는 어둠을 향해 영혼을 부르는 목소리만이 허무하게 울려 퍼지고 있다…… 이건 히토미를 죽인 범인이 통곡하는 시였던 거예요."

6

사쿠타는 길게 한숨을 내쉬면서 말했다. "조금 비약했다는 느낌은 있지만, 그게 진실이었을 가능성은 있네. 용케 거기까지 해석했군. 류타로에 관해선 어떻게 말해야 좋을지 모르겠지만, 이걸로 모든 수수께끼는 풀렸어. 이제 이 시집에 대해선 잊어버리고 앞으로 나아가는 게 좋겠지."

"아뇨, 아직 모든 수수께끼가 풀린 건 아니에요." 나오는 단호한 목소리로 그의 말을 되받아쳤다.

"무슨 말이지?"

그는 의아한 눈길로 그녀를 쳐다보았다.

"**여름어둠**에 시 말인데요, 저는 그때 방갈로에 누군가가 있었던 게 아닐까 해요."

"난 지금도 사람이 없었다는 생각밖에 들지 않네만."

그는 쓴웃음을 지었다. 이 여자는 작가가 방갈로를 돌아본 것만으로 망상을 부풀리고 있다.

"이 시에는 더 근본적인 의문이 있지 않나요? 히토미는 무엇 때문에 한밤중에 방갈로를 빠져나와서 해안으로 갔을까요?"

"그건 나도 이상하게 여겼지만, 그저 바깥바람을 쐬고 싶었기 때문이 아닐까? 아니면 좀처럼 올 수 없는 오키나와의 밤을 만끽하고 싶었다든지."

또는 술을 마시거나 담배를 피우고 싶었던 것뿐일지도 모른다.

"겨우 그런 이유로 손전등 하나만 들고 캄캄한 숲을 지나서 수백 미터나 떨어진 해안까지 걸어갈까요? 아무리 히토미가 기가 센 성격이라도, 여자인 만큼 상당한 공포를 이겨내야 했을 거예요."

"그 말을 들으니 자신이 없어지는군."

그는 하품을 했다. 따분한 것은 아니지만, 뇌를 혹사하는 바람에 산소가 부족해진 모양이다.

"그것 말고 어떤 이유를 생각할 수 있지?"

"밀회예요."

그는 바보처럼 입을 벌리며 황당하다는 표정을 지었다.

"잠깐만, 그게 무슨 말이지? 누구와?"

"히토미는 해안에서 애인을 만나기로 했어요. 아니면 히토미의 행동이 이해가 안 되잖아요?" 나오는 자신만만하게 단언했다.

"사카네는 류타로와 혼전여행을 갔으면서, 한밤중에 해변에서 다른 남성과 밀회를 즐겼다는 건가?"

그는 벌린 입을 다물 수 없었다. 그의 머리로는 요즘 젊은 여성의 도덕관을 도저히 이해할 수 없었다.

"이건 아까 대충 보고 넘긴 시예요. 다시 한번 봐주시겠어요?"

나오는 시집을 들추더니, 방향을 바꾸어서 그의 앞에 내려놓았다.

마파람이여 하트록 바위에서 그대 생각해

"이게 어떻다는 거지?"

순수한 사랑의 시이긴 하지만 아무리 봐도 평범한 작품이라는 것 말고 다른 느낌은 없었다. 계절어인 **마파람**과 **하트록**이라는 고유명사로 앞에 다섯 글자, 중간에 일곱 글자를 사용했고, 겨우 창작했다고 할 수 있는 건 '그대 생각해'라는 다섯 글자뿐이다.

"실은 이건 오빠 작품이 아니에요."

"뭐? 그럼 누구 작품이지?"

"히토미예요."

나오의 말을 듣고 그는 어안이 벙벙했다.

"그 말을 듣고 보니 류타로의 시와 분위기가 좀 다르군. 그런데 사카네의 시가 왜 류타로의 시집에 있는 건가?"

"글쎄요, 왜일까요? 아무튼 전 이 시가 쓰여 있는 편지를 히토미한테서 직접 빌었어요."

"그럼 분명히 사카네의 시겠군. 응? 그런데……."

그는 도중에 알아차리고 미간에 주름을 잡았다.

나오는 그를 빤히 쳐다보면서 말했다. "네, 히토미의 애인은 저였어요."

"그래? 아니, 물론 사랑의 형태는 여러 가지지만."

상대가 동성이라도 놀라운 시대는 아니다. 그런데 남매가 같은 여성을 놓고 싸웠다면 역시 문제가 되지 않을까? 부도덕함에도 정도가 있으리라.

"놀라운 일이군. 그런데 자네는 그날 밤 어떻게 했지?"

"히토미와 한밤중에 해안에서 만나기로 약속했는데, 졸리기도 했고 시간이 좀 남았다고 생각해서 저도 모르게 깜빡 잠들었어요. 깜짝 놀라 정신이 들었을 때는 이미 약속 시간이 한참 지나버린 상태였죠."

나오는 자세한 설명은 생략하고 다짜고짜 핵심으로 들어갔다.

"전 서둘러 방갈로에서 나왔어요. 손전등으로 숲속의 캄캄한 길을 비추면서 해안으로 걸어갔죠. 아무리 늦어도 히토미가 기다리고 있으리라는 건 알고 있었어요. 히토미는 그런 애니까요."

방갈로? 세 사람이 같이 숙박했다는 건가? 이해할 수 없는 것투성이였지만 그는 잠자코 다음 말을 기다렸다.

"그런데 가는 도중에서 엄청난 스콜이 쏟아졌어요. 전 가주마루나무 밑에서 잠시 비를 피했죠. 지금 생각해도 화가 나서 견딜 수 없어요. 왜 그냥 비를 맞고 히토미한테 가지 않았을까요. 히토미를 구하기에는 이미 늦었을지도 몰라요. 반대로 저도 죽임을 당했을 수 있고요. 그래도 그때 바로 갔다면, 어쩌면 운명이 바뀌었을 수도 있지 않을까요?"

나오는 한순간 격정을 드러냈다가 바로 냉정한 말투로 돌아갔다.

"스콜이 금세 그칠 줄 알았는데, 생각보다 꽤 오래 내렸어요. 어떡할까 하면서 해안으로 가는 길을 본 순간, 불빛이 다가오는 게 보였죠. 저는 순간적으로 제 손전등을 껐어요."

"어째서……?"

"감이라고밖에 표현할 말이 없어요. 일단 그쪽에서 오는 사람이 히토미가 아니라는 건 분명했어요. 히토미는 저를 해안에서 기다릴 테니까요. 제가 반드시 간다고 믿어 의심치 않았을 거예요. 그러니 그렇게 일찍 돌아올 리 없어요."

"하지만 상황을 보러 올 수는 있지 않을까? 그 길은 서로 엇갈릴 리 없을 테고."

"그 길이요?"

"아니, 외길이었지? 그렇지 않으면 한밤중에 손전등 불빛만으로 왔다 갔다 할 수 있을 리 없잖나?"

"그래도 그 사람은 히토미일 리 없었어요. 히토미는 자유분방한 성격이었지만 저랑 한 약속은 깨뜨린 적도, 의심한 적도 없었거든요. 제가 갈 때까지는 충직한 개처럼 그 자리에서 움직이지 않았을 거예요."

두 사람은 그토록 굳게 맺어져 있었다. 그렇게 말하고 싶은 건가. 사쿠타는 작은 감동마저 느꼈다.

"그렇다면 그쪽에서 오는 사람은 누구인가? 이런 한밤중에, 이렇게 인적이 없는 곳에서 얼쩡거리는 사람의 목적은 과연 무엇이지?"

나오는 그곳에서 말을 끊고 그를 뚫어지게 쳐다보았다.

오싹. 그의 등줄기에 전율이 내달렸다. 그녀는 살인자를 만난 것이다. 더구나 그자는 쌍둥이 오빠였을지도 모른다.

"저는 숨을 죽이고 가주마루 나무 뒤에 숨었어요. 수많은 나무뿌리 덕분에 제 모습은 보이지 않았을 거예요. 하지만 그 상태에선 저도 상대의 모습을 볼 수 없었지요. 상대는 손전등 불빛을 이리저리 흔들면서 방갈로 쪽으로 갔어요." 나오는 깊이 숨을 토해내고 나서 말했다. "그 사람이 누구인지 마음에 걸렸지만 저는 황급히 해안으로 달려갔죠. 히토미에게 무슨 일이 있는 게 아닐까 하는 불길한 예감이 온몸을 휘감았거든요. 하지만 그럴 리 없다고 죽을힘을 다해 스스로를 달랬어요. 지금쯤 히토미는 얼마나 불안할까. 내 얼굴을 보면 '왜 이리 늦었어!'라고 소리치면서 품에 안기겠지, 라고 생각하면서. 그러면 손이 발이 되도록 빌면서 사과하겠다고, 마음속으로 맹세했어요. 히토미의 얼굴을 볼 수 있다면, 히토미의 목소리를 들을 수 있다면 뭐든지 할 생각이었죠."

나오의 목소리는 어느새 촉촉해졌다.

"하지만 캄캄한 해안에서 아무리 찾아도 히토미는 보이지 않았어요. 그곳에 있는 건 히토미의 샌들과 내용물이 조금 남아 있는 추하이의 빈 캔과 100엔짜리 라이터, 그리고 살렘 라이트의 꽁초뿐이었죠."

감정이 북받치는지, 눈물로 인해 나오의 목소리가 흐려졌다.

"그렇게 가슴 아픈 일이 있었다니, 많이 힘들었겠군." 그는 최대한 동정을 담아서 말했다. "하지만 난 좀 혼란스럽네. 한 가지 물어볼 게 있는데, 오키나와 여행은 셋이 간 건가?"

"아니에요. 다시 여쭙는데, 정말 기억나지 않으세요?"

나오는 조용한 눈으로 그를 물끄러미 쳐다보았다.

"뭐가 말인가?"

그는 정체를 알 수 없는 불안에 휩싸였다.

"히토미가 실종된 건 하이쿠부에서 오키나와로 합숙을 갔을 때예요. 당시에 매스컴에서도 떠들썩했고, 선생님은 경찰의 참고인 조사도 받으셨거든요."

"무슨 말을 하는 거야? 그럴 리가……." 그는 뒷말을 잇지 못했다.

어떻게 된 거지? 나오의 말을 뒷받침하는 기억이 잇따라 되살아났다.

에어컨이 제대로 작동하지 않는, 좁고 답답한 오키나와 현경의 취조실. 눈앞에는 매직미러가 있어서, 보이지 않는 시선을 받고 있다는 감각에 끊임없이 시달려야 했다.

막무가내로 밀고 들어와 마이크를 들이대는 기자와 리포터들. 이마에서 비지땀을 흘리는 심각한 표정의 교감, 당장이라도 쓰러질 것 같았던 창백한 얼굴의 교장. 하지만 가장 안쓰러웠던 건 손으로 얼굴을 덮고 흐느껴 울던 히토미의 젊은 부모님이었다.

"잠깐만 기다리게!" 그는 손으로 이마를 짚은 채 상황을 정리하려고 시도했다. "그렇다면 류타로와 사카네가 오키나와로 혼전여행을 갔다는 얘기는 새빨간 거짓말이었다는 건가?"

나오는 깊숙이 고개를 숙였다. "죄송해요. 선생님께서 아무런 선입관도 없는 백지상태에서 이 시를 해석하셨으면 해서요."

그런 말도 안 되는…… . 지금까지 견고하다고 여겼던 발밑의 땅이 무너지고, 바닥없는 늪에 빠진 것처럼 온몸이 가라앉는 느낌이 들었다. 이 여자는 무슨 생각으로 이런 장난을 치는가.

"그 사건은 나한테도 책임이 있어. 잊어버린 건 정말 미안하게 생각하네." 불쾌하다고 말하고 싶은데, 그의 입에서 나온 건 애처로운 목소리였다. "하지만 몇 번이나 말하지만 난 치매에 걸렸네."

"그건 정말 안타까워요. 인간의 힘으론 어쩔 수 없는 일이니까요." 나오는 동정하듯 시선을 내리깔고 말했다. "하지만 선생님, 다시 모든 걸 떠올려주세요. 히토미를 위해서."

그것이 왜 사카네 히토미를 위한 일인지는 잘 모르겠지만, 그는 순순히 고개를 끄덕였다.

"그것 말고 제가 알고 있는 사실을 말씀해드릴게요. 저랑 만나기로 약속했던 날 밤, 히토미가 방갈로에서 나가는 걸 가와모토 마호라는 학생이 봤어요. 추하이 캔을 들고 있었다고도 증언했고요."

"가와모토는 사카네를 말리지 않았나?"

어떤 학생이었는지 생각해내려고 애를 썼지만, 아무런 기억도 나지 않았다. 아마 이렇다 할 만한 특징이 없는 못생긴 소녀였으리라.

"'잠깐 산책하고 올 테니까 아무에게도 말하지 마'라고 히토미가 절반쯤 협박처럼 말했다더라고요. 그런데 다음 날 아침이 되어도 히토미가 돌아오지 않자 무서워져서 선생님한테 말씀드렸어요."

"그랬던가?"

그는 스스로도 미덥지 못한 대답이라고 생각했지만 기억이 나지 않아서 어쩔 도리가 없었다.

"선생님은 부원들에게 예정대로 하이쿠를 지으라는 말을 남기고 합숙소 관리인과 함께 경찰서에 가셨어요."

구체적인 행동은 기억나지 않지만, 어렴풋이 그때의 감각이 되살아났다.

등줄기를 적시는 기분 나쁜 식은땀. 한여름의 오키나와인데도 손발이 얼음장처럼 차가웠다. 숨을 쉴 수 없었고, 계속 솟구치는 패닉을 필사적으로 억눌렀다. 물론 교사로서의 책임감과 실종된 사카네 히토미를 걱정하는 마음이었겠지만, 과연 그것뿐이었을까.

"선생님은 경찰관들과 같이 돌아오셨지만, 그 이후의 일은 너무 경황이 없어서 잘 기억나지 않아요. 합숙은 중단되고 우린 짐을 정리해서 섬을 나와, 몇 개 팀으로 나눠 도쿄로 돌아왔죠. ……하지만 제 기억에 선명하게 남아 있는 건 그날 아침 일찍 선생님이……."

"잠깐만, **자네는** 어떻게 했지?"

그의 갑작스러운 질문에 나오는 고개를 갸웃거렸다.

"자네는 한밤중에 사카네가 모습을 감췄다는 걸 알고 있었어. 그런데 왜 누구한테도 말하지 않았지?"

나오는 고개를 숙인 채 말했다. "무서워서 말할 수 없었어요. 한밤 중에 뭐 때문에 해안에 갔느냐고 물으면 대답할 수 없으니까요. 더구나 저를 범인으로 의심하지 않을까 해서."

"범인? 그 시점에선 무슨 일이 있었는지 아무도 몰랐잖아? 사카네가 살아 있었을지도 모르고. 그렇다면 사건은 일 분 일 초를 다투지. 자네는 방갈로로 돌아오자마자 내게 말했어야 하지 않나?"

"네, 그렇게 했어야 했죠. 하지만 제 마음속에서는 확신이 있었어요. 히토미는 이미 죽었다고."

"그런 걸……."

어떻게 알아, 라고 하마터면 거칠게 말할 뻔했다.

"그리고 선생님께 말할 수 없었던 이유는 한 가지가 더 있어요." 나오는 절실한 목소리로 말했다. "제가 숲속에서 지나친 그 불빛 말이에요. 그 불빛이 방갈로 쪽으로 간 건 분명해요. 다시 말해 범인은 방갈로에 있는 사람일지도 몰라요. 그렇다면 누군가한테 함부로 말하면 안 된다고 생각했어요."

……다시 말해 나도 용의자 중 한 사람이었다는 건가?

"하지만 범인은 우연히 그쪽으로 간 것뿐일 수도 있잖나? 아무리 그래도 합숙한 사람 중에 범인이 있을 리 없다고 생각하진 않았나?"

"그쪽엔 방갈로 말고는 아무것도 없었으니까요."

나오의 대답에 그는 잠시 뒷말을 이을 수 없었다.

"자네가 그때 왜 곧바로 소리를 지르지 않았는지는 알겠네. 하지만 그 후에라도 기회는 얼마든지 있었을 걸세. 왜 경찰서에 가서 자네가 본 걸 전부 말하지 않았지?"

"시간이 흐를수록 점점 더 말하기 힘들었어요. 매스컴은 더욱 과열되어서 하루 종일 그 사건만 다뤘죠. 히토미가 무엇 때문에 해안으로 갔는가 하는 게 핵심이었어요. 그런 상황에서 어떻게 여학생끼리 몰래 만나기로 했다고 말할 수 있겠어요?"

그런 상황이라면 진실을 고백하기 힘들었겠군, 하고 그도 생각했다. 나쁜 짓을 하지 않아도, 흥미 위주의 취재나 재미 삼아 행해지는 인터넷의 괴롭힘으로 인생이 엉망이 될지도 모른다.

나오가 나지막한 목소리로 말했다. "그로부터 며칠 후, 오키나와 본섬의 해안에서 히토미의 시신이 발견됐어요. 전라 상태였죠. 반짝이가 박힌 블라우스도, 핫팬츠도, 속옷도 보이지 않았어요. 해안에선 벗어놓은 옷이 발견되지 않아서, 경찰에선 샌들을 벗고 옷을 입은 채 바다로 들어간 게 아닐까 추측했죠. 익사한 뒤, 파도에 휩쓸리는 사이에 옷이 벗겨진 게 아닐까 하고요."

성적인 이야기는 손톱만큼도 없는데, 기묘하리만큼 생생해서 그는 속으로 당황했다.

"문제는 사건성이 있느냐 없느냐 하는 거였어요. 히토미가 한밤중에 수영을 하다가 실수로 익사한 건지, 아니면 누군가에게 살해된 건지."

나오는 잠시 말을 끊고 그를 물끄러미 바라보았다.

"안타깝게도 불과 며칠 사이에 옆새우 같은 게 갉아 먹었는지, 목에 액살이나 교살의 흔적 같은 게 있었는지는 알 수 없었죠. 경찰이 주목한 건 폐 상태였어요. 폐기종은 없었고, 폐에는 거의 바닷물이 들어 있지 않았죠. 이건 전형적인 익사 소견과는 달랐어요."

그런 살벌한 이야기는 듣고 싶지 않았지만 그는 말없이 듣고 있는 수밖에 없었다.

"선생님은 아마 이 단계에서 관계자 조사를 받으셨을 거예요. 그때 어떤 질문을 받았는지 기억하세요?"

"하나도 기억이 안 난다고 하지 않았나."

그는 약간 큰 소리로 항의했지만 나오는 그것에 대해 반응하지 않았다.

"경찰에선 처음에 살인도 범위에 넣고 수사했던 모양이에요. 그런데 해안 주변에는 사람이 살지 않고, 관광객이 갈 만한 곳도 아니었죠. 섬에서 불량배나 수상한 사람을 봤다는 이야기도 없어서 용의자는 떠오르지 않았어요." 나오는 아랫입술을 깨물고 나서 말을 이었다. "또한 폐에는 물이 거의 들어가지 않은 건성 익사의 가능성이 있다는 소견도 있어서, 급속히 사고 쪽으로 결론이 기울었죠."

"그건 뭐지?"

"사람이 익사할 때, 처음에 기도로 물이 들어간 충격으로 정신을 잃어서, 그 이상은 폐에 물이 들어가지 않고 익사하는 거예요. 대부분은 음주 후의 사고로, 캔맥주 하나로도 위험하다더군요."

"하긴 사카네는 술을 마셨으니까." 그는 희끗희끗한 수염이 지저분하게 자란 턱을 매만지면서 말했다. "추하이…… 그것도 스트롱캔이었다면 캔맥주보다 알코올 도수가 높지. 그럴 가능성이 있을 것 같군."

그의 말이 끝나기도 전에 나오가 물었다. "스트롱캔이었다는 걸 어떻게 아셨죠?"

"뭐?" 그는 허를 찔려서 깜짝 놀란 표정을 지었다.

"히토미가 들고 있었던 건 실제로 스트롱캔이었던 것 같아요. 그런데 저는 추하이라고 말씀드렸을 뿐, 스트롱캔이란 말은 한 번도 하지 않았는데요?"

"그건……."

화려한 디자인의 캔에 'STRONG'이라는 글자가 보였다……. 그는 그렇게 말하려고 하다가 아슬아슬한 곳에서 멈추었다. 어디서 봤느냐고 물을 것이 뻔한데, 대답할 도리가 없는 것이다. 그때의 상황은 무엇 하나 기억나지 않으니까.

추하이 스트롱캔을 손에 든 소녀의 모습이 다시 사쿠타의 머릿속에 떠올랐다.

주변은 캄캄했다. 손전등 불빛을 받은 소녀는 등을 돌린 채 그를 무시하고 폭언을 내뱉었다.

"으아, 소름 끼쳐! 오지 마! 쉭, 쉭! 이 멍청한 녀석, 저쪽으로 가!"

그리고 뒤를 돌아보자마자 아직 내용물이 남아 있는 캔을 그에게 던졌다.

이럴 수가. 방금 그건 뭐지? 그의 등줄기를 타고 식은땀이 흘러내렸다. 아니, 기억이 뒤섞인 것뿐이다. 아무 관계도 없는 과거 영상이 우연히 떠오른 것에 불과하다.

그는 괴로운 변명을 짜냈다. "순간적인 착각일 거야. 나도 모르게 그런 영상이 떠올랐네. 과거에 술을 마신 학생이 스트롱캔을 들고 있었던 게, 기억에 강하게 남아 있었던 게 아닐까?"

"그런가요?"

그는 나오의 화살 방향을 바꾸었다. "그보다 류타로는 뭐하고 있었나? 사카네가 실종된 한밤중부터 다음 날 아침까지?"

"오빠가 뭐하고 있었는지, 왜 알고 싶으신 거죠?"

"그거야 당연하잖나? 범인은 류타로니까! 그는 하이쿠 안에서 자신이 범인이라고 고백하고 있잖아!"

"그래요. 이 시집에 있는 시, 특히 선생님이 고르신 열세 편을 쓴 사람이 범인이라고 저는 생각해요."

나오는 신중하게 에둘러 표현했다.

"그렇다면 뭐가 문제지? 이제 남은 수수께끼는 하나도 없잖나?"

"아니요, 마지막으로 가장 큰 수수께끼가 하나 남아 있어요." 이런 상황에 이르러서도 나오는 완고하게 말했다. "이 시를 쓴 사람은 정말 오빠였을까요?"

이제 와서 이게 무슨 헛소리인가? 그는 의아한 표정을 지었다.

"오빠를 의심하고 싶지 않다는 자네 마음은 이해하지만."

"그런 이유가 아니에요." 나오는 숨을 토해내며 말했다. "그날 밤에 무슨 일이 있었는지는 대충 알았어요. 하지만 아무리 생각해도 범인의 모습이 오빠와 일치하지 않아요."

나오의 말을 듣고 사쿠타는 기가 막혔다.

"일치하지 않는다고? 어째서?"

"오빠에게 **해어화**나 **요바히별**이라는 단어를 떠올릴 만한 어휘력이 있다곤 생각할 수 없거든요."

"우연히 어딘가에서 봤을 수도 있겠지."

"아니요, 오빠는 만화 말고는 안 봐요. 이 시를 쓴 사람은 오빠보다 나이가 많고 꽤 지식이 있는 사람 같아요. 다른 시를 봐도 그렇고, **5월의 어둠**이라는 제목의 센스가 오빠하곤 어울리지 않거든요."

"하지만 여기에 있는 시는 전부 류타로의 시집에 있었고……."

"그건 거짓말이었어요." 나오는 미소를 지으면서 말했다. "오빠가 지었다는 이 시집은 제가 날조해낸 가짜예요. 이 열세 편은 전부 선생님께서 〈태풍〉에 발표한 작품이죠. **5월의 어둠**은 그때의 표제였고요."

7

"참고로 이 시집에는 히토미의 〈**하트록**〉 이외에, 합숙에서 하이쿠 부원들이 지은 시가 몇 편 들어 있어요. 〈**추라 섬**〉 〈**거대 물고기**〉 〈**구스쿠 성**〉 〈**복나무 가로수**〉 등이죠. 선생님은 초등학생 수준의 사생 시라고 혹평하셨지만, 중학생다운 솔직한 시라서 저는 좋아해요." 나오는 하얀 치아를 보이며 환하게 웃었다.

사쿠타는 낮은 목소리로 나오의 말을 가로막았다. "이게 무슨 짓인가! 자네는 나를 속이고 조롱하기 위해 일부러 찾아온 건가?"

나오는 단호하게 대답했다. "아니요. 제가 찾아온 건 선생님에게 모든 걸 떠올리게 만들기 위해서예요."

"무슨 말도 안 되는 소리야?"

그는 큰 소리로 꾸짖으려 했지만 목소리에 힘이 들어가지 않았다.

"선생님은 〈우루마 섬〉 시를 보셨을 때, 그 이후에 일어날 일을 농밀하게 예감케 한다고 하셨죠? 그건 시 때문이 아니에요. 선생님 자신이 모든 걸 알고 계셨기 때문이죠."

"아니야, 나는 아무것도……."

"그 사건은 '히토미의 무분별한 행동으로 인한 사고'로 처리됐어요. 인솔자였던 선생님은 경고 처분을 받고 하이쿠부는 없어졌죠." 나오는 담담하게 말했다. "당시 선생님은 정신적으로 큰 충격을 받은 것 같았어요. 한동안 학교에 나오시지 않았는데, 그동안 정신 상담을 받으셨다고 하더라고요."

"당연하지. 사카네의 죽음에 대해 책임을 통감했으니까."

그의 머릿속에 조금 전까지 잊고 있었던 바늘방석 같은 나날이 되살아났다.

시도 때도 없이 함부로 인터폰을 누르는 기자, 스마트폰을 손에 든 정체 모를 자들이 끊임없이 현관 앞에서 얼쩡대는 바람에, 낮에도 커튼을 닫은 채 생활할 수밖에 없었다. 조바심이 머리끝까지 차오르면서 집안 분위기도 일촉즉발의 상황이 되었다.

바깥의 지옥은 마음의 지옥에 비하면 아무것도 아니었지만.

"선생님은 악몽과 불면에 시달리면서 몇몇 정신의학과를 전전하신 후, 나카타니 클리닉이라는 정신과에서 진료를 받았죠."

다음 순간, 그는 경악할 수밖에 없었다.

어디선가 본 것 같은 게 당연하다. 사쿠타는 그 남자를 몇 번이나 만났다. 그때 진찰을 담당한 의사가 나카타니 히데토였던 것이다. 생각해보면 당연한 일이다. 숱이 없는 머리칼이나, 입가의 주름, 기름기 도는 피부 같은 것을 신문의 광고사진으로 어떻게 알 수 있겠는가.

"저는 나카타니 선생님도 만나러 갔어요. 제가 모든 걸 털어놓았더니 제 위기의식에 공감해주셨지요. 안타깝게도 비밀유지의무가 있어서 자세한 건 말씀해주지 않았지만, 당시부터 정신 치료에 하이쿠를 사용하신 걸 보면, 뒤틀린 마음을 하이쿠로 토해내라고 권하신 게 아닌가요?"

"어떻게 내가 진찰받은 병원까지 알고 있지?"

"선생님이 시와 같이 〈태풍〉에 투고한 에세이를 읽었어요."

기억나지 않는다. 하지만 썼을지도 모른다.

"선생님은 하이쿠의 형태로 은밀하게 범행을 고백한 덕분에, 기적처럼 악몽과 불면증에서 해방됐어요. 아마 진실은 아무도 모른다고 얕잡아보았겠죠. 하지만 호사다마라고 할까요? 일시적으로 억압이 풀리면서 선생님 안에 숨어 있던 악마가 다시 해방됐어요."

악마라고? 이 여자는 나를 뭐라고 생각하는 건가.

"선생님이 프린트물을 가져다달라며 1학년 여학생을 국어준비실로 유인해 강간에 가까운 성추행을 한 건 그로부터 얼마 되지 않았을 때였죠?"

"무슨 말이야? 그게 말이 돼? 헛소리 집어치워!"

하지만 그의 뇌리에는 눈물을 흘리며 비난하는 아내의 얼굴이 떠올랐다. 그때까지는 가까스로 참았지만 제자한테 못된 짓을 하고 징계면직된 남편을 도저히 용서할 수 없었던 것이다.

아내는 그날로 집을 나가버렸다. 이틀 후에는 이혼신고서가 우편으로 도착했다. 그가 그것에 날인해서 구청에 제출한 후로는 두 번 다시 얼굴을 보지 못했다.

"엄마는 그때 이미 암에 걸렸지만, 아는 사람을 통해서 그 이야기를 들었어요. 선생님이 '사쿠타 시즈오'라는 아호를 쓴다는 걸 알고 있어서, 선생님의 시와 에세이가 실린 〈태풍〉을 읽고 무서운 의혹이 고개를 치켜들었죠. 엄마는 직접 학교로 찾아갔어요. 그리고 곧바로 선생님의 정체를 간파해서, 집에 오자마자 저한테 이렇게 말했죠."

나오는 그때 어머니와 나눈 대화를 연극처럼 재현했다.

"그 인간, 정말로 너희가 있던 하이쿠부의 지도교사였대. 온몸에 소름이 돋더구나. 그놈은 최악의 쓰레기일 뿐만 아니라 위험한 괴물이야. 넌 절대로 가까이 가면 안 돼. 알았어?"

"아니야. 이대로 있을 수 없어! 히토미를 생각하면 그놈을 용서할 수 없다고!"

"여자 혼자 교활한 남자한테 맞서려면 때로는 아수라도, 악마도 되어야 해. 네가 그렇게까지 할 수 있어?"

"엄마는 부조리한 남성 사회에서 계속 싸워왔어요. 하지만 이렇게까지 격렬한 표현으로 누군가를 비난한 적은 없었죠. 그런 엄마의 말에는 천금의 무게가 있었어요. 그래도 저는 '그래, 할 수 있어'라고 대답했죠." 나오는 미소를 지으며 말했다. "선생님은 머지않아 징계면직이 되었어요. 여학생의 부모님이 일이 드러나는 걸 원하지 않아서, 대외적으론 희망퇴직이 되었지만요."

그는 되받아칠 말이 없었다.

"엄마는 돌아가시기 전에 병실에서 친한 하이진들한테 전화를 걸어서 선생님의 정체를 폭로했어요. 그 이후 회원들이 모두 모인 자리에서, 선생님은 여학생을 성추행했다는 비난을 한 몸에 받고 모임에서 쫓겨났다고 하더라고요. 그때 심정이 어떠셨나요?"

나는 〈태풍〉의 회원이었다. 그날까지는. 머릿속에서 희미한 기억이 되살아났다.

격렬한 비난과 분노에 가득 찬 목소리. 치기오 죄의와 멸시가 담긴 날카로운 눈길. 견디기 힘든 굴욕에 휩싸여서 탈퇴할 수밖에 없었다. 그건 전부 하기와라 아사코가 조종한 것이었던가.

"잠깐! 난 터무니없는 오해를 받고 모임을 그만둘 수밖에 없었지만, 너무 억울해! 믿지 않을지도 모르겠지만 그 여학생이 먼저 유혹했다고!"

그의 입에서 신음이 흘러나왔다.

"여학생이 먼저 유혹해요? 과연 그럴까요?" 나오는 다시 하얀 치아를 보이며 웃었다. "그러면 히토미 때는 어땠나요? 히토미도 자기가 먼저 선생님을 유혹했나요?"

그는 더는 참지 못하고 소리를 질렀다. "농담 그만해! 난 아무 짓도 안 했어. 지금 하이쿠만으로 날 살인자 취급 하는 거야? 네 해석은 억측이라고 할 가치도 없어! 단지 망상을 부풀린 것뿐이라고! 그것 말고는 아무런 근거도 없잖아!"

"근거는 있어요. 제 눈으로 똑똑히 봤으니까요."

"무슨 말이지?"

나오는 그를 뚫어지게 노려보면서 말했다. "히토미가 없어진 다음 날, 이른 아침이었어요. 전 밤새 한숨도 잘 수 없었죠."

그는 나오의 눈을 응시했다. 이번에는 또 무슨 말을 하려는 건가?

"창문에서 밖을 내다보자 우두커니 서 있는 선생님의 모습이 보였어요. 그런 모습은 처음이었죠. 어깨는 힘없이 처졌고 눈은 공허했으며, 몹시 초췌한 모습이었어요."

"당연하잖아? 학생이 없어졌으니까."

그의 반론을 나오는 차갑게 가로막았다.

"아니요. 제가 선생님의 모습을 본 건 마호가 히토미에 관해서 선생님한테 말하기 전이었어요."

망치로 머리를 얻어맞은 듯한 충격이 그의 머리에서 발끝까지 내달렸다.

"전 도저히 믿을 수 없었죠. 아니, 믿고 싶지 않았어요. 그래서 착각이라고 생각하려 했죠. 엄마한테서 선생님의 하이쿠에 대해 듣고 진실을 확신하기 전까지는."

"그럴 리가…… 아니야, 난."

그는 뒷말을 잇지 못했고, 서재는 잠시 침묵에 휩싸였다.

도대체 이 여자의 정체는 뭔가? 보기에는 순진하고 성실해 보이며 예의도 있어서 노인의 경계심을 풀게 만든다. 하지만 뱃속에서는 무슨 생각을 하는지 알 수 없다.

그의 뇌리에 한 가지 광경이 떠올랐다.

숲속에 서 있는 나오의 모습이 눈에 들어온다.

오키나와 합숙. 사건이 일어나기 전날 아침이다.

"나오, 좋은 시 좀 썼어?"

"아뇨, 좀처럼 나오지 않네요."

중학생인 나오는 수줍어하면서 메모장을 내밀었다. 그곳에 쓰여 있던 시는 언뜻 봐서는 무슨 뜻인지 알 수 없었다.

여름날 아침, 작은 새가 외치는 황금 그물망

나오는 **작은 새**가 가을의 계절어인 줄 모르는 것 같다. 동화적인 시로 보이지만 **황금 그물망**이란 건 무슨 뜻일까? 햇살이 수영장에 반사되기라도 한 걸까?

"저거예요."

그는 나오가 가리킨 곳으로 시선을 옮겼지만 아무것도 보이지 않았다.

"아침부터 계속 숲속에서 소재를 찾았어요. 그런데 동박새 한 마리가 이상할 정도로 시끄럽게 울더라고요."

"왜?"

"무당거미의 황금색 거미줄에 걸려 있었어요! 소름 끼칠 만큼 커다란 무당거미가 재빨리 다가가서 동박새를 거미줄로 칭칭 감았어요."

그런 일이 있을 수 있을까? 무당거미 종류는 분명히 누리끼리한 거미줄을 치지만, 아무리 그래도 작은 새를 사냥할 만큼 크지는 않다. 그렇게 생각한 순간, 그의 눈이 거미의 모습을 포착했다. 보통 무당거미와는 크기가 다르다. 바로 옆에는 거미줄에 칭칭 감긴 작은 새의 비참한 시체가 있었다.

"저건 오키나와산 황금무당거미죠? 거미줄에 걸린 작은 새는 류큐동박새고요." 나오는 득의양양하게 가르쳐주었다.

지금의 나는 그때의 동박새 같은 신세일지도 모른다.

사쿠타는 온몸이 마비되는 듯한 감각에 휩싸였다. 다음 순간, 불쑥 생각이 났다. 혹시 홍차나 커피에 약을 탄 게 아닐까? 치명적인 독극물, 투구꽃이나 복어의 독 같은.

그는 무의식중에 텅 빈 커피잔을 내려다보았다.

그의 마음을 읽은 것처럼 나오는 웃으면서 말했다. "그런 의심을 하시다니, 뜻밖이네요. 음료에는 아무것도 타지 않았어요. 홍차에도, 커피에도요. 하지만 미즈와리에는 진정제 대신에 위스키를 꽤 많이 넣었어요. 만일을 위해 조심해야 하니까요."

그는 온몸의 힘이 빠져서 털썩 의자에 기댔다.

나오는 진지한 얼굴로 사쿠타를 쳐다보았다. "제가 왜 선생님을 고발하지 않았는지 아세요? 유죄로 만들 가능성이 없어서예요. 변호사에게도 의논했는데, 물증은 무엇 하나 남아 있지 않고, 하이쿠나 제 목격 증언만으론 기소도 어렵다고 하더라고요. 더구나 그 과정에서 전 엄청난 대가를 치러야겠죠. 히토미와의 관계를 밝히면 평생 세상 사람들의 호기심 어린 시선을 받아야 하고, 히토미의 부모님도 더욱 괴롭게 만들 뿐이에요."

그는 천천히 고개를 옆으로 흔들었다. 제발 그만해. 이제 듣고 싶지 않아.

"그래서 선생님한테 평생 죄를 짊어지게 만들기로 결심했어요. 목숨이 붙어 있는 한, 히토미를 죽였다는 사실을 계속 깨닫게 해주는 게 선생님한테 주는 유일한 벌이니까요." 나오는 깊이 탄식하면서 말했다. "전 해마다 히토미의 기일에 선생님에게 꽃을 보내기로 했어요. 아이리스 오크로류카예요. 아이리스는 아시는 대로 히토미예요. 오키나와를 떠올리게 만들기 위해 제가 선택했는데, 본래라면 7월에는 피지 않으니까 꽃가게에 주문하는 것도 힘들었어요. 조금은 히토미를 떠올리는 **계기**가 되지 않았을까요?"

그 말을 듣고 그는 소스라치게 놀랐다.

해마다 7월이 되면 보낸 사람을 알 수 없는, 붓꽃을 닮은 꽃다발이 도착했다. 마음에 걸려서 꽃말을 찾아보니 '좋은 소식' '메시지' '희망'이었다.

처음에는 꽃병에 꽂아놓았지만, 그것이 누군가가 보내는 '메시지'라는 생각이 들자, 점차 표현하기 힘든 공포가 솟구쳐서 곧바로 쓰레기통에 버렸다. 왜 그런 짓을 하는지는 자신도 알 수 없었지만.

"또 히토미가 사망했을 시각에 선생님한테 전화를 걸었어요."

그는 눈을 크게 떴다. 그렇다. 그건…… 그 목소리는.

"둘이 놀러 갔을 때마다 히토미의 동영상을 많이 찍었고, 음성 파일도 몇 개 남아 있었거든요. 그걸 편집해서 선생님한테, 히토미의 목소리로 메시지를 전한 거예요. 밤의 파도 소리를 배경음악으로 넣어서."

그는 몸을 덜덜 떨었다.

젊은 여성은 전화기 건너편에서 이름도 밝히지 않고, 입을 열자마자 "야호! 숨 쉬고 있어?"라고 물었다. 그가 어안이 벙벙해 있으면 "그 이후에 말이야, 난 계속 여기에 있어"라든지 "여기는 아주 캄캄해" "집에 가고 싶어"라고 이해할 수 없는 말을 계속 떠들었다.

그것이 사카네 히토미의 목소리라는 걸 안 순간, 머릿속이 새하얘졌다. 정신을 차렸을 때는, 이미 공포에 짓눌린 나머지 전화기를 벽에서 떼어내 던진 후였다.

"그런데 아무래도 약이 너무 강했던 모양이에요. 그 이후, 전화도 되지 않고요." 나오는 조용히 눈을 감고 말했다. "동창회에서 선생님이 치매라는 소문을 들은 건 그 이후였어요. 동창회 총무가 퇴직 교사의 명부를 만들기 위해 이 집을 찾아왔다고 하더군요. 선생님은 명목상 희망퇴직이었으니까 총무는 속사정까진 몰랐겠죠. 선생님은 공허한 눈길로 현관에 나타났는데, 총무가 우연히 '오키나와 사건'을 언급하자 당황할 정도로 격앙하셨다고요."

그의 머릿속에서 어렴풋한 기억이 되살아났다. 그걸 계기로 단숨에 소문이 퍼진 걸까.

"그 말을 들었을 때, 저는 걱정되었어요. 선생님이 모든 걸 잊어버리면 히토미는 저세상에서 편히 눈을 감지 못할 테니까요."

"아니야. 그건 전부 오해야." 그는 힘없이 중얼거렸다.

"네, 오해였어요. 이 집에 다니는 도우미분께 여쭤보니, 선생님은 건망증이 심해져서 병원에서 가벼운 인지장애 진단을 받았을 뿐, 사고력은 예전과 다름없이 명확하다고 하더라고요."

마치 탐정처럼 나에 관해서 조사한 걸까?

"그래서 제가 직접 선생님을 만나서 확인해봤어요."

도대체 언제 적 이야기인가? 아무것도 기억나지 않는다.

"그러곤 큰 충격을 받았죠. 선생님은 여전히 아는 것도 많고 지식도 풍부했으며, 중학교에 근무했던 것, 하이쿠부 지도교사였던 것,

저에 관해서도 똑똑히 기억하고 있는데, 오키나와 합숙에서 히토미가 행방불명이 된 사건만은 조금도 기억하지 못하더라고요."

"……무슨 말이지? 난 아무것도……. 잠깐만."

하지만 나오의 귀에는 그의 말이 들리지 않는 것 같았다.

"그래서 나카타니 선생님께 여쭤봤어요. 그랬더니 어디까지나 일반론이지만, 선생님처럼 머리에 외상이나 병변 같은 이유가 없는 상태에서 과거의 특정한 기억이 완전히 사라지는 건, 트라우마에 따른 해리성 장애가 원인일 가능성이 높다고 하시더라고요."

트라우마? 무슨 말이지? 농담은 그만해.

"한마디로 말하면, 생각하고 싶지 않은 불쾌한 기억을 무의식의 안쪽에 봉인했다는 거예요. 그런데 원인이 심리적인 거라면 기억을 되살리게 할 수도 있지 않을까요? 전 선생님의 기억을 여는 열쇠가 뭔지 계속 찾아봤어요. 그러다 선생님은 자신이 쓴 하이쿠를 일절 기억하지 못한다는 사실을 알게 됐죠. 그렇다면 열쇠는 하이쿠밖에 없다고 확신했어요."

그것 때문에 일부러 이렇게 복잡한 연극을 꾸민 건가?

"전 선생님이 〈태풍〉에 발표한 하이쿠를, 선생님이 직접 해석하게 만들기로 했어요. 그 과정에서 봉인된 기억이 되살아나기를 기대하면서요. 그건 쉬운 일이 아니었죠. 중요한 부분에 이르면 선생님은 무의식중에 진실을 피하고 다른 해석으로 도망치려고 하더라고요. 아무리 올바른 길로 되돌리려고 해도 제 빈약한 하이쿠 지식으론 선생님의 해석을 논파하지 못하고, 처음엔 오히려 설득당하고 말았죠."

처음엔? 무슨 말이지?

"그래도 그때 얻은 지식을 무기 삼아서 **다음부터는** 서서히 반론할 수 있게 됐어요."

"잠깐만, 지금 무슨 말을 하는 건가?"

그는 혼란스러워 외쳤지만 나오는 아랑곳하지 않고 말을 이었다.

"당시엔 지금으로선 생각할 수 없는 문제도 있었어요. 한 번은 선생님이 격앙하는 바람에 위험할 뻔했죠. 그때는 맨발로 도망칠 수밖에 없었지만, **다음부터는** 오빠를 근처에 대기시켜두었어요. 오빠가 중학생 때 히토미를 좋아했던 건 사실이고, 어차피 백수라서 시간이 남아도니까요. 제가 아까 통화한 사람이 오빠예요."

그러면 류타로가 자살했다는 것도 새빨간 거짓말이었던가.

아니, 그런 건 상관없다. 그보다 아까부터 이 여자가 하는 말을 하나도 이해할 수 없다. 잠깐만, 어쩌면…… 그의 머릿속에서 사고가 천천히 초점을 맺었다.

"쉽게 말하면 이런 건가? 자네가 우리 집에 와서 아까처럼 하이쿠를 해석해달라고 한 건 오늘이 처음이 아니다?"

자신의 입술이 파르르 떨리는 걸 그는 알아차렸다.

나오는 순순히 인정했다. "네, 그것도 한두 번이 아니에요. 기억나지 않으실 테지만요."

그는 벌린 입을 다물 수 없었다.

"그래서 주방에 무엇이 있는지 하루코 씨만큼 알고 있어요. 이웃집 아주머니와도 이미 얼굴을 아는 사이예요. 아마 저를 요즘 보기 드물게 선생님을 잘 따르는 학생이라고 생각하겠죠." 나오는 희미하게 미소를 지으며 말했다. "애초에 이상하지 않으셨나요? 아무리 선생님의 컨디션이 좋다고 해도 하이쿠를 본 순간 그렇게 자유롭게 발상을 확대하고 심층적으로 분석해서 청산유수처럼 말하는 것을."

……그건 자신도 기적이라고 생각하고 있었지만.

"선생님은 제가 가고 잠시 시간이 지나면 모든 걸 깨끗이 잊어버리는 것 같아요. 자신에게 불리한 사실을 지우고 싶어 하는 마음이 기억을 없애버리는 거겠죠."

모든 걸 잊는다고? 그런 말도 안 되는 일이 있다니.

"하지만 하이쿠를 분석한 과정이나 그에 관한 지식은 기억의 한구석에 남아 있을지도 몰라요. 그렇지 않으면 과거에 고찰한 모든 시나리오가 순식간에 되살아나서 곧바로 해석할 순 없을 테니까요." 나오는 개구쟁이처럼 웃으면서 말했다. "물론 저도 다음에 말할 대사를 알고 있어요. 우리의 논쟁은 거의 대본에 있는 대로 말하는 이인극이었거든요. 호흡이 너무 잘 맞는다고 생각하지 않으세요?"

그의 목구멍에서 헛구역질이 튀어나왔다. 어떻게 이런 일이. 이렇게 어리석은 일이 실제로 일어나다니.

"그러는 한편, 전 마지막 열쇠가 되는 시를 찾고 있었어요. 선생님의 수첩 어딘가에 쓰여 있을 거라고 믿었거든요. 그래서 선생님이 화장실에 갔을 때마다 산더미 같은 책에서 조금씩 찾아봤어요." 나오는 숄더백에서 종이를 한 장 꺼내며 덧붙였다. "그리고 마침내 찾았어요. 저쪽 벽에 있는 문 안쪽에 일기장이나 수첩이 산처럼 쌓여 있죠? 그 맨 밑에 있더라고요. 마지막 수첩의 마지막 페이지에."

그는 벽장이 있는 쪽을 쳐다보았다. 이 여자는 대체 무엇을 찾았다는 건가?

나오는 생긋 웃더니, 낮은 탁자 위에 살며시 종이를 내려놓았다.

"이게 선생님의 기억의 문을 여는 마지막 열쇠…… 선생님이 절 필하게 만든 시예요."

……이건 대체 뭐지?

종이에 있는 시를 본 순간, 그는 경악으로 눈을 크게 떴다. 내가 정말로 이런 시를 썼다는 건가. 설마. 그런 일은 있을 수 없다.

하지만 그때의 광경은 압도적인 리얼리티로 다가와서, 곧바로 그의 뇌리를 점령했다. 하이쿠를 응시하고 있던 그의 몸이 덜덜 떨리기 시작했다.

나오가 조용히 말했다. "드디어 모든 게 기억나신 것 같군요. 다른 시에서는 은폐하기도 하고 위장하기도 했지만, 진실을 고백하고 양심의 가책을 줄이기 위해서는, 발표하지는 못해도 꼭 이 시가 필요했겠죠."

나오의 목소리가 살짝 촉촉해졌다.

"이 시를 발견했을 때는 눈물을 멈출 수가 없었어요. 히토미가 너무 가여워서요."

그는 고개를 푹 떨구었다. 이 여자는 이렇게 부드러운 말로 계속 내 숨통을 조일 생각인가.

"……언제까지 이런 연극을 계속할 생각이지?" 그렇게 묻는 자신의 길라진 목소리가 그의 귀에 몹시 멀게 들렸다.

"글쎄요, 언제까지 할까요? 선생님이 이 땅에서 숨 쉬고 있는 한, 계속 찾아오지 않을까요?" 나오는 조용히 일어서면서 말했다. "과거에 선생님이 무슨 짓을 했는지 떠올리게 하기 위해서요."

나오는 커피잔과 유리잔을 부엌으로 가져갔다. 설거지하는 소리가 작은 공간에 울려 퍼졌다. 나오는 부엌에서 나오자 케이크의 종이상자를 접어서 숄더백에 넣은 뒤, 자신이 이곳에 왔다는 모든 흔적을 재빨리 지웠다.

"그만 갈게요. 다음엔 언제 올지 모르겠지만, 또 선생님의 해석을 기대할게요. 그때까지 부디 건강하시길."

나오는 서재 입구에서 깊숙이 고개를 숙이고 밖으로 나갔다. 조용한 발소리가 복도에서 멀어졌다. 현관문의 경첩이 삐걱거리는 소리, 그리고 이내 문이 닫히는 소리가 들렸다.

그는 돌덩이로 변한 것처럼 꼼짝도 하지 않았다.

참회. 회한. 어쩌면 손에 넣었을 수도 있는 다른 현재를 떠올렸다. 다른 성장 과정과 다른 취향. 그리고 다른 인생을 보냈다면.

자수할까. 그런 생각도 몇 번 했지만 그것만은 할 수 없었다. 남은 인생을 구경거리가 되어 치욕과 고통 속에서 보내야 한다면 살아 있을 가치가 없다. 그렇다고 죽을 용기도 솟구치지 않았다.

잠시 지나자 의식이 희미해지며 기억이 모호해졌다. 다만, 깊은 슬픔과 바닥을 알 수 없는 상실감 같은 감정만이 잔상처럼 떠다녔다.

그는 저도 모르게 낮은 탁자 위의 종이를 움켜쥐고 휴지통에 버렸다.

조금 전까지 무엇을 했을까? 에어컨을 계속 켜놓았는데, 공기에 희미한 잔향이 남아 있다. 여성의 화장품 냄새 같은. 오늘은 웬일로 누군가가 찾아온 것 같다. 어쩌면 하이쿠 이야기라도 했을지 모르지만, 기분 탓일까.

문밖에서는 긴 장마의 기세가 더욱 강해지더니, 격렬한 빗소리를 뿌리면서 지붕을 때렸다. 온종일 흐렸던 날이 저물어가면서 서재는 어둠 속으로 빨려 들어갔다.

사쿠타는 음울한 색깔의 토벽을 물끄러미 바라보았다. 그러자 아련하게 떠오르는 영상이 있었다.

아직 온기가 남아 있는, 축 늘어진 소녀의 몸을 안고 캄캄한 바다로 들어간다.

마치 꿈속에 있는 것처럼 현실감이 없다. 희미한 별빛으로 얼굴의 윤곽은 알 수 있지만, 표정까지는 알아볼 수 없다. 하지만 손을 뗀 순간, 검은 머리칼이 해초처럼 퍼져서 소녀의 얼굴이 슬쩍 보인 듯했다. 부릅뜬 커다란 눈동자가 희끄무레하게 빛난 듯한.

소녀의 시체가 먹물 같은 바닷물에 가라앉는다.

　　5월의 어둠 물에 잠긴 소녀의 눈동자인가

보쿠토 기담

ぼくとう奇譚

1

긴자의 디딤돌은 아침부터 추적추적 내리는 장맛비에 젖고, 여기
저기서 켜지기 시작한 네온의 불빛을 둔탁하게 반사해서 독특한 정
취를 자아내고 있었다.

아마 이 근처였을 것이다. 기노시타 요시타케는 여느 때처럼 대충
어림짐작으로 걸어갔다. 타고난 방향치인 그는 목적지에 도착할 때
까지 항상 무턱대고 돌아다녔지만, 구와바라 세이키치는 언제나 그
렇듯이 불평하지 않고 따라갔다.

있다. 요시타케는 한참을 걸어가 간토 대지진 이후 거의 사라진
벽돌식 빌딩에서 소박한 에나멜 간판을 발견했다. 세련된 글씨로
'카페 파피용 누아르'라고 쓰어 있었다.

"여기야."

요시타케는 내심 가슴을 쓸어내리며 들어갔다. 세련된 인테리어

의 카페 안에는 사람들이 70퍼센트 정도 앉아 있었다.

"와아! 역시 요시 씨 단골 가게는 다르군요. 아주 멋진데요?"

세이키치는 의자에 털썩 앉아서 여급이 따라준 흑맥주를 맛있게 들이켰다.

"요즘 긴자에 카페가 우후죽순처럼 생기고 있는데, 내부 구조는 어디나 비슷비슷하군요."

"뭐, 단골이라고 할 정도는 아니야. 오늘이 두 번째거든." 요시타케는 복화술처럼 거의 입술을 움직이지 않고 말했다.

말을 하지 않을 때는 스스로도 매력적인 사내 중의 사내라고 자부하지만, 턱이 약간 비뚤어지고 위아래의 치아가 잘 맞물리지 않아서 어느새 그런 식으로 말하는 게 버릇이 되었다.

"며칠 전에 갑자기 소나기가 쏟아졌을 때, 우연히 이 앞을 지나가다 비를 피할 겸 들어와봤거든."

"그래요? 그게 생각지도 못한 행운이었군요. 요시 씨는 역시 운이 좋다니까요."

세이키치는 그렇게 말한 후, 신기한 눈길로 카페 안을 둘러보다가 옆에 앉은 여급을 향해 입을 열었다.

"그런데 '카페 파피용 누아르'라니, 이름 한번 거창하군. 카페의 이름은 '라이온'이나 '타이거'처럼 한 단어로 알기 쉽게 하는 게 일반적이잖아?"

"어머나, 세이 씨는 우리 카페 이름이 무슨 뜻인지 모르시나요?" 세이키치의 옆에 앉은, 마쓰요라는 통통한 여급이 놀리는 것처럼 말했다.

"어허, 무슨 소리! 이래 봬도 내 특기가 프랑스어거든. '검은 나비'라는 뜻이잖아?"

"딩동댕!"

요시타케의 정면에 앉은 미쓰코가, 그의 술잔에 호박색 위스키와 탄산수를 따르고는 머들러로 우아하게 저었다. 요시타케는 잠시 그녀의 하얀 손가락을 넋을 잃고 바라보았다.

"저기에 있는 예쁜 유리그릇이 이름의 유래예요."

미쓰코가 가리킨 장식품 선반 위에는 작은 유리그릇이 놓여 있었다. 유리그릇의 표면에 검은 나비 같은 문양이 보였다.

"아하, 저게 '파피용 누아르'란 거군."

지레짐작하며 손뼉을 치는 세이키치를 보고 미쓰코가 머리를 가로저었다.

"아니요, 저 유리그릇의 이름은 '파피용 드 뉘이'······ '밤의 나비'예요."

"'밤의 나비'라, 멋지군. 앞치마 차림의 예쁜 누님들을 가리키는 건가?"

세이키치는 마쓰요의 어깨에 손을 두르고 떠들었지만, 요시타케는 문득 다른 것을 떠올렸다.

"왜 그러세요?" 미쓰코가 하이볼을 요시타케 앞에 내려놓으면서 의아한 얼굴로 물었다.

"아니, 꿈을 꾸었거든. 며칠 전 이 카페에 왔던 날 밤에, 검은 나비 꿈을." 요시타케는 솔직하게 고백했다.

마쓰요가 흠칫 놀라며 손으로 입을 가렸다.

미쓰코는 생긋 미소를 지으며 말했다. "어머나, 멋있어라! 검은 나비랑 무슨 인연이 있는 거 아닐까요?"

"그럴지도 모르지만 옛날부터 검은 나비는 죽은 자의 영혼이라고도 하니까."

"아이참, 요시 씨도, 의외로 미신을 믿으시나 보군요." 미쓰코는 그렇게 말하고는 기모노 소매로 입을 가리면서 웃었다.

"저 유리그릇에 관심이 있어. 꿈에 나온 나비와 똑같이 생겼군. 여기로 가져와서 보여주겠나?"

"그건 안 돼요. 깨지기라도 하면 큰일이거든요." 미쓰코가 쌀쌀맞게 대답했다.

"뭐야? 설마 갈레프랑스의 도예가 작품은 아니겠지?"

요시타케는 하이볼을 한 모금 마신 뒤, 왼쪽 눈을 가늘게 뜨고 유리그릇을 보았다.

"……그러고 보니 파리 만국박람회에 나온 갈레 작품과 조금 비슷하군."

마쓰요가 존경의 눈길로 바라보며 말했다. "요시 씨, 정말 굉장해요. 미술에도 조예가 깊다니."

"당연하지. 요시 씨는 딜레탕트예술이나 학문을 취미로 하는 사람니까." 세이키치가 득의양양하게 콧구멍을 부풀리며 말했다.

"어머나, 가후 선생님이에요.《장마 전후》를 쓰신 분이죠!" 마쓰요가 작은 목소리로 요시타케에게 말했다.

카페 입구에 나타난 사람은 챙 넓은 모자에 양복 차림, 둥근 안경을 쓰고 서양식 검은 우산을 든 6척1척은 약 30센티미터이 넘는 거구의 남자였다.

"흥! 여자라면 사족을 못 쓰는 작가 선생인가? 유흥 삼매경, 방탕 삼매경을 글로 쓰면 돈이 되다니, 세상에 이렇게 편한 직업이 없다니까."

세이키치의 독설이 들렸는지, 나가이 가후-일본의 소설가이자 수필가가 이쪽을 힐끔 노려보았다.

"쉿! 들었나 봐요."

마쓰요가 황급히 세이키치의 소매를 끌었지만 그의 독설은 멈추지 않았다.

"흥, 대선생이고 자시고, 긴자 인종인지 아사쿠사 인종인지, 지조가 없다니까. 타이거에 뻔질나게 드나들었는데, 최근에는 다마노이1958년까지 도쿄에 있었던 사창가에 틀어박혀 있다고 하더군. 치마 두른 여자만 있으면 어디든 상관없는 거겠지."

마치 자신에 대해 말하는 것 같아서 요시타케는 약간 불쾌했지만, 다마노이는 출입금지를 당한 듯한 상태이니까 지금은 긴자 인종이라고 말해도 벌은 받지 않으리라.

"그보다 요시 씨가 꾸었다는 꿈 얘기를 해주지 않을래요?"

화제를 바꾸려고 하는지, 미쓰코가 간절한 눈빛으로 요시타케를 쳐다보았다.

"아 참, 그 얘기를 하던 중이었지? 그렇게 대단한 꿈은 아니야."

요시타케는 다시 하이볼로 입술을 적시고 나서 말했다. "숲속을 걷고 있었어. 가루이자와 같은 곳이었지. 그런데 나뭇가지 주변을 하늘하늘 날아다니는 검은 나비가 보이지 뭔가? 난 뭔가에 홀린 듯이 그 뒤를 쫓아갔지."

"그 꿈이란 거, 혹시……."

마쓰요의 말을 가로막고 미쓰코가 끼어들었다.

"가마쿠라 나비가 아닐까요?"

마쓰요가 이상한 얼굴로 미쓰코를 쳐다보았다.

미쓰코가 아무렇지도 않은 얼굴로 말했다. "우리 쪽에선 보통 그렇게 말하거든요. 가마쿠라 무사의 원한이 검은 나비가 돼서 나타난다고요."

"흥! 기소 요시나카_{헤이안시대에 활동한 무장}도 아니고, 요시 씨는 가마쿠라 무사에게 원한을 살 이유가 없어!"

세이키치는 벌써 술에 취한 모습이었다.

그런 세이키치를 만류하듯 미쓰코가 물었다. "그래서요? 그 후에 어떻게 됐어요?"

"음, 난 계속 검은 나비를 쫓아갔지. 그런데 나무 사이로 숨었다 보였다 할 뿐, 아무리 쫓아가도 따라잡을 수 없더라고."

요시타케는 일단 말을 끊었다. 그 후에 어떻게 됐더라? 기억이 어렴풋해서 확실히 떠올릴 수 없었다. 하지만 좋지 않은 일이 일어난 것만은 분명했다.

카페 안에 흐르던 〈비로드의 달〉이란 노래가 끝났다. 존 크로포드 처럼 머리를 짧게 자른 여급이 축음기에 새 SP 레코드를 걸었다.

> 달이 거울이었다면
> 그리운 그대의 모습을
> 밤마다 비춰서 볼 텐데
> 내 마음속엔 그대의 모습뿐
> 그대여, 잊으면 싫어요, 잊지 말아줘요

와타나베 하마코20세기 중반 일본의 대표적인 여가수의 〈잊으면 싫어요〉란 노래다. 올해 최대의 히트곡이지만, 얼마 전에 '창부의 교태를 눈앞 에서 보는 듯한 관능적인 노래다'란 이유로 내무성에서 발매금지 처 분을 내렸다.

"……결국 검은 나비는 어디로 갔는지 사라졌고, 그다음은 기억 나지 않아."

그러곤 요시타케가 입을 다물자 미쓰코는 흥미가 솟구친 것처럼 몸을 앞으로 내밀었다.

"너무너무 낭만적인 얘기예요. 그 검은 나비는 요시 씨의 마음속 에 있는 사람이 아닐까요?"

요시타케는 냉소적으로 말했다. "아니, 오히려 팜 파탈이라고 해 야겠지. 검은 나비가 이끄는 곳은 깎아지른 절벽이나 더 무시무시한 곳일지도 몰라."

"왜 그렇게 생각하세요?" 미쓰코가 고개를 갸웃거리며 물었다.

"이유는 잘 모르겠어. 다만 앞길에 검은 구름이 드리우고 있는 건 확실해."

요시타케는 말을 마치고 하이볼을 한꺼번에 들이켰다.

"검은 구름이라면 올해 초부터 계속 드리우고 있잖아요?" 세이키치가 여느 때처럼 기염을 토하기 시작했다. "제국의 수도에선 그런 불상사도 있었고요. 오카다 수상은 습격당하고 다카하시 대장대신은 살해되고. 이 정도면, 전대미문의 비상사태 아닌가요?"

쇼와 11년1936년 2월 26일, 황도파皇道派의 육군 청년 장교들이 천오백 명에 가까운 하사관과 일반병과 함께 들고일어나, '천황 측 간신'으로 간주한 정부 요인을 습격하며 나가타초와 가스미가세키 일대를 점거했지만, 쇼와 유신을 목표로 하는 그들의 주장을 천황이 거절함으로써 주모자들은 모두 자결하거나 투항했다. 그 직후에 비공개 군법회의가 열려서 조만간 판결이 내려지게 되어 있다.

"지난달에는 아베 사다 사건아베 사다라는 여성이 내연남을 살해한 뒤 성기를 잘라서 가지고 다니다가 체포된 사건이 일어났지. 그 얘기를 듣고 나도 거기가 팍 쪼그라들었다니까. 여자는 정말 무서워."

그렇게 말하는 동안에 무슨 발칙한 행동을 했는지, 마쓰요가 자신의 어깨에 두른 세이키치의 손을 찰싹 때렸다.

미쓰코가 하이볼을 한 잔 더 만들면서 혼잣말처럼 중얼거렸다. "……더구나 요전에는 개기일식도 있었고요."

"오호, 일식에 관심이 있나?" 요시타케는 의외라는 표정을 지으며 얼굴을 들었다.

"저도 들은 얘기인데, 일식의 빛은 부정해서 보거나 쬐거나 하는 건 좋지 않대요. 옛날부터 일식 동안엔 천황은 안에만 계시고, 거처도 멍석으로 감싼다고 하던걸요?"

"그것참 큰일이군. 난 일부러 아바시리까지 보러 갔는데." 요시타케가 쓴웃음을 지으며 말했다.

고등유민이자 풍류인을 자처하지만, 특별히 천문에 관심이 있었던 건 아니다. 그럼에도 올해의 일식만은 꼭 봐야 한다는 이해할 수 없는 충동에 사로잡혀 열차에 뛰어올랐던 것이다.

"그래? 일식 빛을 보고 부정을 탄다면, 관측대 사람들은 어떻게 되지?"

세이키치는 이야기를 듣기는 하는지, 갑자기 딴지를 걸었다.

"평소에 올바르게 사는 사람한텐 별다른 영향이 없대요. 하지만 과거에 악행을 저지른 사람은 그 죄업이 밝혀진다고 하더라고요."

"죄업이라……. 나도 지금까지 칭찬받을 만한 일은 별로 하지 않았으니까."

요시타케는 미쓰코가 새로 만들어준 하이볼을 입으로 가져갔다.

"안 봐도 뻔해요. 지금까지 울린 여자가 한두 명이 아니죠?"

"그런 일이 있었던가?"

요시타케의 뇌리에 한순간 어두운 영상이 번쩍였다. 번개에 비친, 어린 소녀의 우는 얼굴 같았다. 하지만 그 영상은 곧바로 사라졌다. 무엇이었을까? 떠올리려 했지만 기억에 안개가 낀 것처럼 희미했다.

잠시 담소를 나누고, 요시타케와 세이키치는 자리에서 일어섰다. 미쓰코는 "또 오세요, 약속했어요"라고 말하며 부드러운 손으로 요시타케의 손을 잡았다.

배웅을 받으면서 카페에서 나올 때, 여급을 상대로 열변을 토하는 나가이 가후의 목소리가 요시타케의 귀에 들어왔다.

"……그게 말이야, 기묘하게도 검은 나비였어."

"어머나, 그래요?"

귀엽게 생긴 통통한 체격의 여급이 동료와 의미심장한 눈길을 나누었다.

"내 주변을 연신 날아다니다가, 잠시 후에 질렸는지 어딘가로 날아가더라고."

"선생님, 그것 말인데요. 무슨 이유인지 최근에……."

여급의 말을 더 듣고 싶었지만 이미 문턱을 넘어섰기에 요시타케는 그대로 밖으로 나왔다.

"작가 선생도 지금 검은 나비라고 한 거죠?" 세이키치도 마음에 걸렸는지 작은 목소리로 물었다.

"그래. 세상엔 우연이란 게 있는 법이니까."

"정말 우연일까요?"

세이키치는 이해가 되지 않는다는 얼굴이었다.

그때 등 뒤에서 긴자에 어울리지 않는 굵고 탁한 목소리가 들렸다. "기다리시게!"

뒤를 돌아보자 흠칫할 만큼 기이하게 생긴 사내가 장승처럼 우뚝

서 있었다. 악취가 날 듯한 지저분한 수험자산악 신앙과 밀교, 도교 요소가 혼합된 일본 고유 신앙 '수험도'의 계율을 실천하는 사람 복장으로 몸을 감싼 사내였다. 머리칼은 새집처럼 흐트러지고 원숭이 같은 옴팡눈에는 노기가 서려 있었으며, 더러운 이빨은 들쑥날쑥했다.

"자네, 이대로 가면 죽네!" 사내는 제정신으로 보이지 않는 얼굴로 침을 튀기면서 소리쳤다.

"신경 쓰지 말고 가시죠"

세이키치는 요시타케의 소매를 끌며 그 자리를 떠나려고 했다. 요시타케도 고개를 끄덕이고 발길을 돌리려 했을 때였다.

"요즘 밤마다 꿈에 검은 나비가 나타났지?"

사내의 말에 요시타케는 흠칫 놀라 걸음을 멈추었다. 세이키치도 옆에서 망연한 표정을 지었다.

"그걸 어떻게……?" 요시타케는 뒤돌아보고 멈칫거리며 물었다.

"검은 나비가 자네를 이끄는 곳은 다름 아닌 지옥이네!" 사내는 요시타케에게 나무뿌리처럼 뼈마디가 울퉁불퉁한 검지를 들이대며 말했다.

요시타케는 멈칫거리며 생각했다. 혹시 이 사내는 조금 전에 카페 파피용 누아르에 있었던 게 아닐까? 그렇다면 검은 나비 이야기를 언뜻 들었다고 해도 이상할 게 없지만.

하지만 그는 곧바로 생각을 고쳤다. 아니, 그런 일은 있을 수 없다. 이 사내의 모습으로 카페에 들어올 수 있을 리 없다. 들어오려고 했다면 여급들과 옥신각신했으리라.

사내는 마치 요시타케의 마음을 읽은 것처럼 대답했다. "이 몸은 자네의 이야기를 엿듣지 않았네. 검은 나비는 죽은 자의 영혼이지. 지금도 자네 주변에서 춤추고 있네. 자네 눈에는 그게 보이지 않는 것 같군."

요시타케는 흠칫하며 주변을 둘러보았지만 아무것도 보이지 않았다.

계속 수상쩍은 눈길로 사내를 응시했던 세이키치가 깜짝 놀라며 말했다. "혹시, 실례인 줄 알지만 가모 닛사이 선생님 아니신지요?"

"그렇네만." 사내는 그 말을 듣고 당당하게 고개를 끄덕였다.

"요시 씨, 모르세요? 이분은 천리안을 가진 고명하신 행자님입니다. 신문에서 사진을 본 적이 있어요."

"지금 무슨 헛소리야?" 요시타케는 화를 냈다.

이런 쇼와시대에 천리안이라는 둥 행자라는 둥, 그건 시대착오적인 발상이 아닌가.

"지인한테 들었습니다만, 실은 사 년 전에 발생한 '다마노이 토막 살인사건'도 닛사이 선생님께서 해결하셨다고 하더라고요." 세이키치는 비밀을 털어놓는 것처럼 목소리를 낮추었다.

'다마노이 토막 살인사건'은 다마노이에 있는 '오하구로 도랑'에서 남성의 토막 시체가 발견된 사건으로, '토막 살인'이라는 말이 퍼지는 계기가 되었다. 에도가와 란포^{추리소설가 겸 평론가}나 하마오 시로^{변호사 겸 추리소설가}가 신문을 통해 자신의 추리를 밝힌 것으로도 화제가 되었다.

세이키치가 말하는 '지인'이란 이자카야에서 의기투합한 술꾼이겠지만, 수상쩍은 냄새를 풀풀 풍기는 이 사내가 진짜 천리안을 가졌다고는 도저히 믿어지지 않았다.

닛사이는 거만한 목소리로 말했다. "물론 죽고 싶다면 내 말을 들으라곤 하지 않겠네. 어차피 자네가 뿌린 씨앗이니까. 하지만 이승에서 내년 새해의 해돋이를 보고 싶다면, 지금이 중요한 갈림길이네. 어떻게 할지는 자네가 정하게."

차가운 전율이 요시타케의 등줄기를 가로질렀다. 사내가 자신의 모든 걸 간파하고 있다는 생각이 든 것이다.

……하지만.

요시타케는 새삼 닛사이를 위에서부터 아래까지 훑어보았다.

아무리 봐도 이자는 단순한 부랑자다. '검은 나비 꿈'을 맞혔다고 해도, 정체를 알 수 없는 이런 사내의 입발림에 넘어가도 될까.

2

정원에서 비에 젖은 채 흐드러지게 피어 있는 수십 송이의 월계화가 세 사람을 맞이했다.

밖에 나와서 닛사이를 본 순간, 생쥐를 연상시키는 하녀 오우메의 궁상맞은 얼굴은 두려움에 벌벌 떠는 얼굴로 바뀌었다.

"괜찮아. 이분은 가모 닛사이 선생님이라는 행자님이셔." 세이키치가 웃는 얼굴로 오우메를 진정시켰다.

어린아이처럼 체구가 작은 오우메는 울면서 웃는 표정을 지으며 황급히 뒤로 물러섰다.

"흠." 닛사이는 얼굴을 찡그리며 조상 대대로 내려온 기노시타 가문의 저택을 관찰했다. "결계를 치려고 해도 너무 넓군. ……응? 여기는 뭐지?"

그가 가리킨 곳은 초가집 모양의 아담한 별채였다.

"산시테이三尸亭라고 해서 제 서재 같은 곳입니다."

요시타케의 말이 끝나기도 전에 닛사이는 눈알을 굴리면서 눈을 부릅떴다. 아마 벌받을 이름이라고 생각한 것이리라.

'산시'란 도교에서 말하는 인간의 몸속에 있는 벌레로, 온갖 병을 일으키거나 욕망을 부추기며, 경신일庚申日에는 숙주의 악행을 천제에게 고해바쳐 목숨을 줄인다고 한다. 이른바 쾌락주의를 실천하는 요시타케의 각오를 보여주는 이름이었다.

"자네는 당분간 여기에서 기거하게. 낮에는 외출해도 되지만 해가 지기 전에는 반드시 여기로 돌아오게." 닛사이는 자기 멋대로 잇따라 결정했다. "그리고 그 카페에는 다시는 가면 안 되네."

가만히 듣고 있던 세이키치도 이 말에는 불만스러운 표정을 지었다. "그건 왜죠?"

"검은 나비는 아무래도 거기서 나오고 있는 것 같네." 닛사이는 자세한 이야기는 하지 않았다. "알았나? 오늘부터 사십구 일간 재계를 하게."

이런이런. 이래서는 마치 〈기비쓰의 솥〉이 아닌가, 하고 요시타케는 생각했다.

그건 《우게쓰 이야기1776년 출간된 아키나리 우에다의 초자연적 이야기 모음집》에 나오는 이야기로, 아내였던 이소라를 배신하고 원령에 벌벌 떠는 쇼타로가 사당에 틀어박히는 장면이 나온다.

조금 전까지 긴자의 카페에서 즐겁게 술을 마셨는데, 허둥지둥하는 사이에 에도시대의 괴담 세계로 흘러들어간 것이다. 20세기도 중반에 접어들었는데, 검은 나비의 재앙을 피하기 위해 정원의 별채에 틀어박힌다니 아무리 생각해도 제정신으로 할 짓이 아니다.

"검은 먹과 붉은 먹, 벼루 두 개, 청정한 물, 그리고 붓 두 자루에 종이를 준비해주게. 종이는 백 장 필요하네."

시키는 대로 가져다주자 닛사이는 먹을 갈아 종이에 기묘한 도안을 그리기 시작했다.

이것은 무엇일까? 반대쪽에서 들여다보던 요시타케가 얼굴을 찡그렸다. 방사형 선에 몸부림치듯 일그러진 동심원이 섞여 있고, 어부의 그물 같기도 하지만 너무도 어설픈 탓에 어린아이의 낙서로밖에 보이지 않았다.

닛사이는 그곳에 범자梵字 같은 걸 붉은색으로 쓰더니 거침없이 지시를 내렸다.

"아까 그 하녀를 불러서 풀 한 통과 솔 두 개를 가져오라고 하게. 자네들은 덧문을 닫고 이 부적을 뒤쪽에 붙이게."

"이건 무슨 그림인가요?" 세이키치가 쭈뼛쭈뼛하면서 물었다.

"보면 모르겠나? 거미줄일세. 나비는 본능적으로 거미를 두려워하지. 이 부적을 붙인 결계 안에는 결코 들어올 수 없을 걸세." 닛사이는 자신만만하게 단언했다.

요시타케는 반신반의하면서 닛사이가 그린 부적을 붙인 뒤, 해가 저물자 산시테이에 틀어박혔다. 부적의 엄청난 효력을 실감한 것은 한밤중이 지나서였다. 좀처럼 잠을 이루지 못해 몸을 뒤척이다가 겨우 깜빡깜빡 졸기 시작했을 때, 꿈에 또 검은 나비가 나타났다.

여느 때처럼 안채 주변을 돌아다니다 주인이 없다는 걸 알아차렸는지 산시테이로 왔지만, 지금까지와 달리 안으로 들어오지 못했다. 검은 나비는 미련을 버리지 못하고 한동안 주변을 날아다녔지만, 그러는 사이에 포기했는지 어디론가 날아갔다.

요시타케는 꿈속을 방황하면서 생각했다.

부적 덕분일까. 지금까지는 검은 나비의 유혹을 이기지 못해, 저도 모르는 사이에 숲속을 돌아다녔는데. 검은 나비는 역시 거미줄을 두려워하는 걸지도 모른다는 생각이 들었다.

그는 정체를 알 수 없는 기이한 행자를 믿기 시작하고 적지 않은 사례금을 주었다. 그로부터 일주일은 아무 일도 없이 지나갔다. 꿈속에서는 매일 밤 검은 나비가 산시테이에 다가왔지만 결국 그대로 어디론가 사라졌다. 이렇다면 이제 마음 편히 살 수 있지 않을까?

그는 다시 생각에 잠겼다. 애초에 검은 나비는 무엇인가. 자신은 어떤 원한을 샀길래 이런 꼴을 당하는 걸까. 기억의 한쪽 구석에서 위험신호 같은 것이 계속 깜빡였지만, 무슨 일이 있었는지는 기억나지 않았다.

그는 결심했다. 어쨌든 사십구 일만 참으면 된다. 그렇다면 그동안 기꺼이 칩거하자. 근신이 끝나는 날에는 진수성찬을 차려놓고 화려하게 놀면서 마음껏 울분을 풀기로 하자.

그러던 어느 날 아침, 닛사이는 여행 준비를 하고 나타나서 찜찜한 얼굴로 두 사람한테 이렇게 말했다. "친하게 지내는 주지 스님이 악령을 퇴치해달라고 연락을 해왔네. 지금 상당히 힘든 것 같아서 급히 오슈에 가봐야겠어."

"네? 그럼 재계는 어떻게 하죠?" 세이키치가 얼빠진 목소리로 물었다.

"지금 그대로 놔두면 걱정할 거 없네. 빠르면 사오 일 만에 돌아올 테니까." 닛사이는 퉁명스럽게 말하고 길을 떠났다.

그때까지 닛사이에 심취해 있던 세이키치도 의심의 눈초리로 말했다. "그 선생, 설마 사례금만 챙기고 뛰는 건 아니겠지요? 메이지 5년1872년에 공표된 수험도 폐지령 이후, 수행자들의 주머니에선 돈이 씨가 말랐으니까요."

"뭐, 당분간 상황을 지켜보지." 요시타케는 세이키치를 달랬다.

검은 나비 꿈을 맞힌 데다가 부적으로 그것을 퇴치해준 건 틀림없는 사실이 아닌가.

그날 밤도, 그다음 날 밤도 아무 일도 일어나지 않았다.

이틀이 지난 날 아침, 산시테이에서 나온 요시타케는 크게 기지개를 켜고, 덧문을 두껍닫이 안에 넣었다. 그때 현관 앞에서 비질을 하고 있던 오우메가 다가왔다.

"나리, 손님께서 오셨습니다."

"손님? 이렇게 일찍 누가 왔지?"

"스님입니다." 오우메는 살짝 얼굴을 붉히더니 살포시 미소를 지으며 말했다.

어? 요시타케는 고개를 갸웃거렸다. 오우메는 원래 낯을 심하게 가려서, 닛사이가 아니더라도 손님이 오면 일단 겁먹은 표정부터 짓는다.

"닛사이 님 대신 왔다면서 닛신 님이라고 하셨습니다."

"안녕히 주무셨습니까. ……어? 무슨 일이 있나요?" 안채에서 잤던 세이키치가 잠에 취한 얼굴로, 유카타⟨집 안에서 또는 여름철 산책할 때 주로 입는 일본의 전통 의상⟩의 가슴팍에 손을 넣어 벅벅 긁으면서 물었다.

"스님이 왔는데, 닛사이 선생님 대신 왔다고 하더라는군."

요시타케는 잠시 망설이다가 일단 객실로 안내하라고 오우메한테 지시했다. 깔끔한 옷으로 갈아입고 객실로 가니, 키가 큰 승려가 단정히 앉아 있었다.

그렇군. 오우메가 얼굴을 붉힐 만했다. 승려의 뒷모습을 본 요시타케의 입에서 탄성이 흘러나왔다. 소박한 검은색 옷으로 몸을 감싸고 있지만, 자세는 단정하고 자신감이 넘치며, 푸르스름하게 수염을 깎은 자국에서도 상쾌한 향기 같은 것을 느낄 수 있다. 정면으로 바라보니 눈동자는 맑고 피부는 하얗고 이목구비는 수려하며, 그림에 그린 것처럼 아름다운 승려였다.

"무례하게 아침 일찍 찾아왔습니다. 용서해주시기 바랍니다."

승려는 독경으로 단련된 시원한 목소리로 말하고, 반할 만큼 단정한 동작으로 고개를 숙였다.

"저는 셋쓰노쿠니의 리다이지라는 작은 절의 주지로, 닛신이라고 합니다."

"오시느라 고생하셨습니다. 닛사이 선생님 대신 오셨다고 들었습니다만."

"네. 두 분만 놔두는 건 불안하니까 재계 기간 동안 같이 있어주지 않겠느냐고 하시더군요."

그런가? 요시타케는 고개를 끄덕였다. 역시 닛사이 선생님은 자신을 걱정하고 있는 것이다.

"닛사이 선생님은 친하게 지내시는 주지 스님한테서 악령을 퇴치해달라는 부탁을 받았다고 하셨습니다."

"네. 저도 닛사이 스님께서 잘 보살펴주셔서 신세 지고 있습니다." 닛신은 새하얀 치아를 보이며 웃었다. "그런데 닛사이 스님께서 가시고 나서 특별히 달라진 점은 없었습니까?"

"네, 평온하고 무사합니다."

"그것참 다행이군요. ······실은 여기에 오고 나서 계속 마음에 걸리는 점이 있습니다. 그대를 잠시 영시靈視하고 싶은데, 그래도 되겠습니까?"

"물론입니다. 잘 부탁드립니다."

닛신은 재빨리 무릎걸음으로 요시타케에게 다가가더니, 오른손을 이마에 올려 손차양을 만들고 눈을 감았다.

"으음, 이럴 수가!"

새하얀 얼굴이 붉어지고 눈썹에 긴장감이 내달렸지만 닛신은 한동안 꼼짝도 하지 않았다.

잠시 지나고 나서 요시타케가 조심스럽게 물었다. "스님, 뭔가 아셨습니까?"

닛신은 눈을 떴지만 여전히 입은 열지 않았다.

"저기, 닛신 스님. 무슨······."

닛신의 눈이 날카롭게 빛났다. "이런 천하의 불한당 같으니라고!"

안채를 뒤흔든 커다란 호통에 요시타케는 온몸이 움츠러들었다.

"네가 저지른 짓은 만 번을 죽어 마땅한 큰 죄이니라!"

그때 맹장지 문을 열고 세이키치가 뛰어 들어왔다.

"무슨 일입니까!"

계속 귀를 기울여 듣고 있었던 것이리라.

"무엇 때문에 닛사이 스님께서 너를 구하려고 하셨는지, 당최 이해할 수가 없군. 넌 머잖아 원령에게 죽임을 당하겠지만, 그것도 자업자득이다. 목을 씻고 기다리고 있거라." 닛신은 냉담하게 말을 내뱉고 벌떡 일어섰다.

"이 자식! 지금 무슨 말을 지껄이는 거냐! 곤경에 빠진 사람을 구하는 게 스님의 임무가 아니더냐!"

성질 급한 세이키치가 팔을 걷어붙이며 소리쳤지만, 올려다볼 만큼 키가 큰 닛신에게는 함부로 덤비지 못했다.

요시타케는 가까스로 세이키치를 말리며 말했다. "자, 잠깐만! 스님 말씀이 맞아. 난 분명히 과거에 용서받지 못할 죄를 저질렀어."

그의 머릿속에서 그동안 봉인했던 기억이 흘러넘쳤다. 전부 생각조차 하기 싫은 추악한 행위들이다. 그중에서도 특히…… 아니, 이것저것 모두 저주받아도 이상하지 않을 행위들뿐이다.

그는 닛신 앞에 고개를 조아렸다. "스님, 언젠가 반드시 속죄할 생각입니다. 부디 저를 구해주십시오!"

"요시 씨! 그렇게 고개 숙일 필요 없습니다! 닛사이 선생님도 말씀하셨잖아요? 여기에 틀어박혀 있으면 걱정할 것 없습니다!"

하지만 닛신은 심각한 얼굴로 소리쳤다. "그렇지 않네! 닛사이 스님은 수험도 지식밖에 없어! 악령은 잘 퇴치하실지 모르지만, 이런 저주에서 사람을 지킨 적은 별로 없어서 불안하기 짝이 없네. 검은 나비는 악령이 아니라 자네한테 뭔가 경고하러 왔을지도 몰라. 그렇다면 정말로 무서운 건 그다음에 찾아올 걸세. 그때는 닛사이 스님이 그린 종잇조각으론 막을 수 없어."

"그, 그럴 수가."

요시타케는 무서운 고양이를 만난 생쥐처럼 벌벌 떨었다.

"자네에게 걸려 있는 건 밀교와 음양도의 오의를 깨달은 자가 만든 복잡하고도 정밀한 저주네. 가슴에 손을 얹고 생각해보게. 짐작되는 게 있을 거야."

닛신의 입에서 한마디 한마디가 나올 때마다 그는 송곳으로 뇌수를 찔린 듯한 통증을 느꼈다. 하지만 그게 바로 닛신의 말이 진실이라는 증거가 아닐까. 지금까지 안심하고 있었는데, 별안간 나락의 밑바닥으로 떨어진 듯한 기분이 들었다.

"그러면, 어떻게 하면 살 수 있을까요?"

"우선 검은 나비가 가져오는 소식을 한번 보지." 닛신은 근심 어린 눈으로 요시타케를 보면서 말했다. "그러기 위해선 닛사이 스님께서 그리신 부적을 전부 떼어내야 하네."

"하지만 그러면, 정말로 무시무시한 게 왔을 때, 지켜줄 게 없지 않나요?" 세이키치가 조심스럽게 말했다.

요시타케의 모습을 보고 재빨리 닛신에 대한 태도를 바꾼 것 같았다.

"그런 걱정은 할 필요 없네."

닛신이 수행주머니에서 꺼낸 것은 두꺼운 호부護符 다발이었다. 뿔이 두 개 있는 도깨비 같은 모습이 그려져 있고, 절 이름은 없지만 붉은 도장이 찍혀 있었다.

"뿔대사 헤이안시대 명승 지에대사 료겐의 별명 호부라네. 역병이 유행했을 때, 지에대사 료겐이 스스로 야차의 모습으로 변해서 역병신을 퇴치했다는 고사에서 유래하고 있지."

요시타케는 지난번과 마찬가지로 오우메를 불러서 풀 한 통과 솔을 가져오라고 했다. 생각 탓인지 오우메의 모습은 닛사이 때보다 의욕이 넘치는 것처럼 보였다.

"자네는 지금 낮엔 예전처럼 놀러 다니고, 해가 진 후에만 별채에 틀어박혀 있는 것 같더군. 그러면 재계가 되지 않아."

닛신의 날카로운 지적을 듣고 요시타케는 몸을 움츠렸다.

"내 말 잘 듣게. 이제 일단 목욕재계를 하고 칩거하게. 첩을 두거나 음탕한 짓을 하는 것은 물론이고, 모든 음주가무와 방탕함, 색에 빠지는 걸 그만두고, 새벽부터 한밤중까지 오직 경을 읊조리게. 그렇게 해야만 비로소 진정으로 몸가짐을 조심했다고 할 수 있겠지."

"그, 그런가요…… 네, 알겠습니다."

요시타케는 내키지 않았지만 이제 와서 싫다곤 할 수 없었다.

자신이 과연 그렇게 할 수 있을까. 도저히 불가능한 지시 같았지만, 지금 이대로 있어도 괜찮으리라는 건 너무 뻔뻔스럽다는 생각도 든다.

그 모습을 보고 있던 닛신은 거듭 못을 박았다. "지금 내가 한 말을 제대로 들었나? 첩을 두지도 음탕한 짓을 하지도 말라고 했네."

"네? 전 어디에도 첩을 두지 않았는데요?"

"오우메라는 하녀에게는 손을 댔겠지?"

요시타케는 고개를 푹 떨구었다.

아무래도 모든 걸 꿰뚫어 보는 것 같다. 겁먹은 생쥐처럼 항상 쭈뼛거리는 오우메는 빈말이라도 예쁘다고 할 수 없지만, 열아홉이라는 나이에 비해서 체구가 작고 안으면 부러질 것처럼 야위어서, 요시타케만 아는 참기 힘든 매력이 있었다.

오우메에 대한 미련은 아직 남아 있었지만 눈물을 삼키며 집에서 내보내기로 했다. 오우메도 슬퍼하리라고 여겼지만, 위자료를 듬뿍 쥐어주자 오히려 후련한 얼굴로 짐을 꾸려서 재빨리 나갔다. 요시타케를 돌봐줄 사람으론 세이키치의 소개를 받아 근처에 사는 예순이 넘은 과부를 고용하기로 했다.

사흘이 지났다.

요시타케는 욕구불만이 쌓여서 폭발할 것 같았지만 아직 가까스로 자제심을 유지했다.

닛신 대사(어느새 요시타케는 그렇게 불렀다)는 뻔질나게 찾아와 요시타케를 질타하고 격려했지만, 어디까지나 닛사이의 대리라는 이유로, 몇 번 주려고 해도 사례금을 고사했다. 그런 모습도 요시타케가 그를 신뢰하는 한 가지 이유였다. 세이키치의 얼굴에는 가끔 지우기 힘든 불신감이 드리웠지만.

그리고 다시 매일 밤 검은 나비가 요시타케의 꿈에 나타나게 되었다.

장맛비에 흠뻑 젖은 숲. 검은 나비를 따라서 걷고 있자 멀리 우뚝 솟아 있는 오래된 누각이 보였다. 저곳에 가서는 안 된다. 그렇게 생각하면서도 저도 모르게 이끌렸다.

"그 누각은 이 세상 것이 아닐세. 누군가의 강력한 저주로 나타난 거지." 꿈 이야기를 들은 닛신 대사는 엄격한 목소리로 계시를 했다. "어떤 일이 있어도 누각에 올라가서는 안 되네."

세이키치가 옆에서 끼어들었다. "하지만 검은 나비는 무언가를 경고해주는 게 아니었나요? 왜 요시 씨를 그렇게 무서운 곳에 데려가는 거죠?"

"검은 나비가 좋은 것인지 나쁜 것인지는 아직 판단할 수 없지만,

그 누각이 사악한 악령의 소굴임을 가리키는 것 같네." 닛신 대사는 세이키치를 힐끔 노려보면서 말했다. "꿈에 그 누각이 나타나면 문 앞까지 가서 '갈!' 하고 외치고 체념시키게. 그리고 단호하게 발길을 돌리고 나무아미타불을 읊조리면서 원래 갔던 길로 돌아오게."

그게 저주를 물리치는 유일한 방법이리라. 요시타케는 신중한 얼굴로 고개를 끄덕였다.

닛신 대사는 다음 지시를 내렸다. "또한 일상생활에서 단 한순간이라도 그 누각에 대해서 생각해서는 안 되네. 떠올릴 때마다 악령의 힘이 더욱 세지니까."

하지만 그 지시를 지킬 수 없다는 건 금세 깨달았다. 생각하지 않으려고 할수록 더욱 생각하게 되는 게 인간의 속성이니까. 그날 밤의 꿈에서는 예전보다 더욱 누각에 가까이 다가갔지만, 그 이상의 진전은 없는 채 잠에서 깼다.

다음 날, 닛신 대사는 보따리 하나를 들고 산시테이에 나타났다.

"앞으로는 밤에 자기 전에 이걸 착용하게."

닛신 대사가 방바닥 위에 펼친 것은 검은색 몬쓰키집안 문양이 들어간 고급 예복와 하카마통 넓고 주름 잡힌 하의였다. 나 참, 어이가 없어서. 무엇이 그토록 슬퍼서 이렇게 갑갑한 모습으로 자야 하는가. 요시타케는 닛신 대사 몰래 한숨을 쉬다가 멍하니 입을 벌렸다.

이 몬쓰키는 도대체 무엇인가.

푸른색이 감도는 깊은 검은색 몬쓰키로, 문양이 조금 이상했다. 몬쓰키에는 문양이 다섯 개 있는 것이 원칙가슴(2), 뒷소매(2), 등(1)에 넣는다인데,

가슴 쪽 문양을 생략한 형태도 아니었다. 문양은 등 쪽의 네 군데에, 더구나 하얀색이 아니라 붉은색으로 염색되어 있었다.

"이 문양은 마물을 퇴치하는 주사朱沙로 염색한 걸세." 닛신 대사는 자랑스럽게 설명했다.

그러고 보니 요시타케도 들은 적이 있다. 신사나 신사 입구에 있는 기둥 문을 붉은색으로 칠하는 것도 액막이를 위해서라고.

"등의 문양은 조상님의 가호를 나타내지. 보통은 위쪽에 하나 넣지만, '넷 대칭 뿔' 문양 중 좌우 한 쌍의 사슴뿔을 양쪽으로 떼어놓고, 그것을 위아래에 두 개 나란히 놓아서 사각死角이 없도록 배치했네."

요시타케는 곤혹스러운 얼굴로 말했다. "이건 저희 기노시타 가문의 문양이 아닙니다. 부모님께서 돌아가신 후엔 볼 기회도 없었습니다만, 분명히 '넷 대칭 뿔'이 아니라 '마주 보는 호랑나비 문양'이었을 겁니다."

"'넷 대칭 뿔' 문양은 나라에 있는 가스가 대사大社의 신록신사 경내에서 기르며 소중히 여기는 사슴에서 유래하지. 사슴은 위험을 민감하게 알아채서 재빨리 도망칠 수도 있고, 막상 위험해지면 돌변해서 뿔로 싸울 수도 있네. 자네에게 이렇게 믿음직한 상징은 없을 걸세." 닛신 대사는 조금도 당황하지 않고 말했다.

그렇다면 잘못 알았을 리는 없으리라.

"더구나 지금은 호랑나비 문양은 피해야 하네. 이유는 말하지 않아도 알겠지?"

하긴 검은 나비가 적인지 아군인지 모르는 상황에서, 같은 문양을 하면 문제가 있을 수도 있다. 다른 가문의 문양을 등에 지고 조상님의 가호를 얻을 수 있을지는 잘 모르겠지만.

"베개는 이걸 사용하게."

다음으로 닛신 대사가 보따리에서 꺼낸 것은 도자기로 만든 베개였다.

"시대는 알 수 없지만 고대 중국의 베개라고 전해지고 있네. 도자기로 만든 베개는 머리를 차갑게 하고 잠자는 모습을 바로잡음으로써 나쁜 기운을 물리치지."

"네에……."

요시타케는 고맙게 베개를 받았다. 생각보다 무겁고 감촉은 서늘했다.

어? 이 그림은……. 요시타케는 베개의 푸른색을 보고 미간에 주름을 잡았다. 중국의 문인처럼 보이는 인물이 술에 취한 것인지, 사방침에 기대어 눈을 감고 있었다.

그의 머리 위에서 무언가가 날고 있는 듯하지만, 갈색 얼룩이 달라붙어서 정확한 것은 알 수 없었다.

3

요시타케는 예전처럼 다마노이의 술집들을 기웃대며 어슬렁어슬렁 걸어갔다.

 "어머나, 나리. 이리 오세요."

 "요즘 완전히 발을 끊으신 줄 알았어요."

 "목욕만이라도 하고 가세요."

 여기저기에서 창녀들이 말을 걸었지만 그는 어정쩡하게 인사만 하고 지나갔다.

 참 오랜만에 왔군. 다음 순간, 이곳에 오지 않은 계기가 있었던 것 같다는 생각이 들었다. 무엇 때문이었을까? 낯빛을 바꾸며 화를 내는 노파의 얼굴이 불쑥 떠올랐지만, 어차피 욕심 많은 교활한 노파가 돈을 더 달라면서 투덜거렸음이 틀림없다.

 "어머나, 나리. 요시와라유곽에 가는 거예요? 거기도 싸지 않아요."

 여기는 다마노이고, 요시와라는 스미다 강 건너편에 있다. 그런데 왜 그렇게 생각하는 걸까?

 순간, 자신이 가부키의 '스케로쿠유명한 남자 주인공 이름' 같은 검은색 몬쓰키를 입고 있다는 사실을 깨달았다. 〈스케로쿠 유카리노 에도 자쿠라〉에서는 검은색 몬쓰키에 보라색 하치마키머리에 동여맨 수건를 하고 씩씩하게 등장한 스케로쿠에게 유곽의 여인들이 교성을 지르며 앞다퉈 불붙은 담배를 내미는데, 아마 그가 스케로쿠 흉내를 내고 있다고 여긴 모양이다.

 하지만 그가 입은 것은 몬쓰키이긴 해도 문양이 다섯 개도, 세 개도 아니다. 문양은 등에만 있고, 더구나 하얀색이 아니라 붉은색으로 염색되어 있다.

……그렇다. 이건 마물을 퇴치하기 위해 닛신 대사가 자기 전에 입으라고 한 몬쓰키였다. 꿈속에서는 현실의 의식이 희미해지지만, 그래도 가까스로 기억할 수 있었다. 이 옷만 입고 있으면 어떤 상황에서도 잘못될 일은 없으리라.

요시타케는 '빠져나갈 수 있습니다' '지름길' '샛길'이라고 쓰인 간판 사이에 있는 좁은 골목으로 들어갔다.

간판. 제등. 격자 창문 사이에서 유혹하는 여인들. 지금까지 한 번도 생각해본 적이 없었지만, 마치 식충식물처럼 사냥감을 유인하고 있는 것 같지 않은가.

낮은 환상이고 밤은 꿈이에요
그대…… 술렁거리고 있어요
이런 마음……
그대여, 잊으면 싫어요, 잊지 말아줘요……

와타나베 하마코의 노랫소리가 드문드문 들렸다.

무얼 잊지 말라는 걸까.

요시타케는 복잡하게 뒤얽힌 좁은 골목길을 계속 걸었다. 나가이 가후가 '라비린스'라고 했을 만큼 다마노이의 골목은 미궁 그 자체다. 아무리 걷고 또 걸어도 끝이 없었다.

'우라미치뒷골목'라는 간판이 눈에 들어왔다. '우라미원한'라는 세 글자만이 희미하게 떠올라서 그의 뇌리에 새겨졌다.

어느새 주변의 모습은 완전히 달라져서 안개에 감싸였다. 사람의 기척이 없는 숲속을 걷고 있는 것 같다. 뒤돌아봐도 어디서 왔는지 알 수 없었다.

검은 나비가 비에 젖은 나무들 사이에서 숨바꼭질하듯 날아다녔다. 저건 호랑나비일까. 점점 불길한 것에 다가가는 감각이 있었다.

나비를 따라서 걷고 있노라니 멀리 떨어진 곳에 우뚝 솟아 있는 오래된 누각이 보였다. 가서는 안 된다고 생각하면서도 저도 모르게 이끌려갔다. 마물에 짓눌린 것처럼 괴로워서 요시타케는 몸을 뒤척였다. 짧은 순간, 현실에 있는 육체의 감각이 의식으로 파고들었지만 이내 사라졌다.

숲속을 걸어가자 나무들 사이에서 '쓰루바미루都留波美樓'라고 금문자로 쓰인, 액자 같은 나무 간판이 보였다. 이어서 건물 자체도 서서히 전모를 드러냈다.

누각을 올려다보면서 그는 간담이 서늘해졌다. 목조 같지만 몇 층인지도 모를 만큼 거대한 누각이었다. 간토 대지진 전까지 아사쿠사의 상징이었던 료운카쿠凌雲閣는 비교도 되지 않을 만큼 높아 보였다. 오래된 사찰처럼 장엄하면서도, 처마 밑에는 붉은 제등이 쭉 늘어서 있어서 유곽처럼 음탕한 분위기도 떠다녔다.

다마노이는 물론이고 요시와라에도, 아니 당나라나 천축, 머나먼 페르시아나 아라비아까지, 온갖 홍등가나 사창가를 다 뒤져도 이렇게 거대하고 장대한 기루는 없을 것이다.

정원에는 수령 백 년은 넘을 만한 거대한 상수리나무가 우뚝 솟아 있었다. 상수리나무를 올려다보니 도중부터 안개가 낀 듯했고, 그 주변부터는 나뭇가지와 밑동이 누각과 하나가 된 것 같았다.

이곳은 도저히 인간이 발을 들여도 되는 곳이 아니다. 아무리 봐도 인간계가 아니라 악마가 있는 곳으로밖에 여겨지지 않았다. 닛신 대사가 시킨 대로 문 앞까지 가서 마지막으로 호통을 치고 돌아가는 수밖에 없으리라.

요시타케가 문 앞에 우두커니 서 있을 때였다. 등 뒤에서 철컹철컹 단단한 쇠가 부딪히는 소리가 들렸다. 황급히 돌아보니 놀랍게도 검은빛을 뿌리는 갑옷을 입고 투구를 쓴 기골 장대한 무장들이 뒤쪽에서 다가오고 있었다.

"거치적거린다! 물러나라! 주엽나무조다!"

인간의 목소리 같지 않은 우렁찬 소리를 듣고 그는 순간적으로 몸을 움츠렸다. 사나운 소처럼 밀려오는 거인들을 피할 장소는 보이지 않았다. 그는 당황해서 황급히 문 안쪽으로 뛰어드는 수밖에 없었다. 하지만 그곳에서 다시 다리가 움츠러들었다. 눈앞에는 센고쿠 시대의 전쟁터로 흘러들어온 듯한 광경이 펼쳐져 있었기 때문이다.

거대한 상수리나무 밑에서 진을 치고 날카로운 눈길로 사방을 노려보는 것은 희미하게 빛나는 흑갈색 갑옷과 투구에, 사슴의 뿔 같은 왕사슴벌레 깃발을 내세운, 역시 올려다봐야 할 만큼 거구의 무장들이었다.

"우리 큰사슴조에 대항하는 자는 단칼에 두 동강을 내주겠다!"

상수리나무 밑에는 '감로의 우물'이라고 검은 먹물로 쓴 팻말이 있었다. 무사들은 아무래도 그 우물을 둘러싸고 싸우는 듯했다.

큰사슴조 주변을 에워싸고 있는 것은, 바람에 나부끼는 '육살동심戮殺同心'이라 적힌 깃발을 짊어진 날렵하고 사나운 무사 집단이었다. 누런색 옷칠을 한 투구에, 눈꼬리가 찢어진 인왕의 가면을 쓰고, 노란색과 검은색 줄무늬의 몸통에서는 기이한 빛을 내뿜고 있었다.

"큰곰당에 저항하면 몰살형에 처하겠다!"

그곳에 끼어들 틈을 엿보고 있는 것은 낙엽색 갑옷을 입은 키가 크고 호리호리한 무장들이었다. 칠흑의 철망으로 안대처럼 양쪽 눈을 덮은 기이한 풍모로, 투구 위에 있는 두 뿔은 기이할 정도로 가늘고 길며, 도중에 대나무 같은 마디가 몇 개나 되었다.

"옳소, 옳소. ……하늘소 일족을 만나고 오늘이 백 년째."

체구가 작긴 하지만 화려한 황금색과 녹금색 갑옷과 투구로 몸을 감싼 무장들도, 거리가 꽤 떨어지긴 했지만 열심히 기세를 올리고 있었다.

"우리는 쇠붙이 무리다! 날카롭다! 날카롭다! 응하겠다!"

그 한가운데에 불쑥 나타난 것이 주엽나무조 무장들이었다. 예리한 도검이 한가운데에 박힌 웅대한 삼지창 투구와, 검은색 옷칠이 빛나는 갑주는 여기에서도 압도적인 존재감을 발휘했다.

거대한 체구를 가진 주엽나무조 무장들이 성큼성큼 큰사슴조의 진영으로 들어가, '감로의 우물'을 빼앗으려고 했다. 그들을 마주한 무장들은 일단 기세에 눌려 후퇴했지만, 곧바로 잃어버린 권위를 되찾으려고 앞으로 나섰다. 적과 아군이 뒤얽혀 무질서하게 움직이면서 일촉즉발의 상황이 되었다. 검집이 살짝 닿기만 해도 곧바로 격앙해서 상대를 들이받거나 날려버리곤 했다. 특히 주엽나무조와 큰사슴조는 상당히 악연이 있는 불구대천지원수 같았다. 큰곰당 무사들도 싸울 태세를 갖추고, "승리! 승리!"라고 외치면서 칼을 뽑아들고 주변을 뛰어다녔다.

수많은 문양의 갑옷과 투구로 몸을 감싼 무장들은 점점 더 흥분해서, 결국 쨍강쨍강 검을 부딪치기 시작했다. 더구나 같은 집단 안에서도 작은 싸움이 일어나더니, 그것이 살육으로 발전하는 일조차 있었다. 난폭함이 극에 달한 미친 짓이자 어리석은 짓이고, 이 자리에 있는 것이 불운이라고 생각하는 수밖에 없으리라.

요시타케도 나름대로 아수라장을 헤쳐와서 잘 때도 비수를 품고 있지만, 너무나 무서워서 가까이 갈 수 없었다. 그렇다고 탈출할 길도 보이지 않아서, 다만 벌벌 떨면서 구석에서 기척을 지우고 있는 수밖에 없었다.

"나리, 나리." 그때 작은 목소리로 부르며 소매를 끄는 자가 있었다. "어서 오세요. 잘 오셨어요. 저는 호칸연회석에서 손님의 기분을 맞추거나 흥을 돋우는 사람 기마와리 로쿠스케라고 합니다."

검은색 몬쓰키의 하오리일본 옷 위에 입는 짧은 겉옷를 입은 남자가 허리를 구부리며 알랑거리는 웃음을 지었다. 눈이 크고 익살스럽게 생겼으며, 배가 불룩 튀어나온 것에 비해서는 손발이 기이하리만큼 가늘고 길었다.

"저쪽에 있는 살기등등한 무사님들은 신경 쓰지 마시고, 자자, 이쪽으로 오세요. 나리를 위해서 특별히 자리를 마련해놓았으니까요."

이게 웬 행운인가. 요시타케는 가슴을 쓸어내리며 기마와리를 따라서 누각 안으로 들어갔다.

커다란 누각과 달리 의외로 작은 현관에서 기다란 복도 안쪽까지 붉은 천이 깔려 있었다. 복도에는 일정한 간격으로 사방등이 켜져 있었지만, 움막처럼 어두컴컴하고 쥐 죽은 듯 조용했다.

계단을 올라가고 있을 때, 논이랑처럼 화려한 세로줄 무늬가 들어간 기마와리의 하오리가 마음에 걸렸다. 호랑나비 문양이 붙어 있었다. 다이라노 기요모리헤이안시대 말기의 무장와 오다 노부나가센고쿠시대의 장군도 사용한 문양이고, 기노시타 가문의 문양과도 비슷한 부분이 있었다.

"……이 문양으로 볼 때, 자네는 헤이케 가문헤이안시대 말기에 일본을 통치한 무사 집안의 후예인가?"

기마와리는 당황한 얼굴로 황급히 손을 흔들며 부정했다. "당치도 않습니다. 제 주제에 어찌 그런 가문의 후예이겠습니까? 저 같은 호칸이 입는 몬쓰키는 자기 집안의 문양이 아닙니다. 대부분은 후원자들이 주신 하오리인데, 여기엔 호랑나비 문양이 들어 있습니다."

"포주집에서 준 건가? 그거 굉장하군."

아무래도 그의 친척은 아닌 듯했다. 여기에서는 포주집에서 오이란유곽의 유녀들 중에 가장 높은 지위에 있는 유녀과 호칸까지 데리고 있는 걸까.

그들은 도중에 무지개다리 같은 공중회랑을 지나서 검게 빛나는 복도를 계속 걸어갔다.

눈앞에 꽃과 나비가 그려진 맹장지가 나타났다. '호접의 방'이라는 표찰이 걸려 있었다. 기마와리가 무릎을 꿇고 맹장지 문을 열자 아담한 연회실이 모습을 드러냈다. 손님과 유녀를 처음 만나게 하는 접객실일지도 모른다. 그렇게 생각하고 둘러보니 공간은 좁지만 장어의 잠자리처럼 안쪽이 깊고, 건너편 맹장지 문은 어둠 속에 잠겨 있었다.

조용한 연회실에는 아무도 없었다. 기마와리는 익숙한 손놀림으로 사방등에 불을 붙이고는 "잠시만 기다리십시오"라고 말하며 모습을 감추었다. 사방등에 불을 붙여도 연회실 안쪽에는 빛이 닿지 않아서, 안쪽의 맹장지 문은 어렴풋하게 보일 따름이었다. 그쪽에 무엇이 있는지 마음에 걸렸지만 가까이 가기는 꺼려졌다. 따분해진 요시타케는 희미한 불빛에 비친 도코노마_{일본식 방의 위쪽에 바닥을 한층 높게 만든 곳}의 족자에 시선을 돌렸다.

아름다운 나비가 춤추는 그림 옆에, 우아한 서체로 '몽위호접 허허연호접야夢爲胡蝶 栩栩然胡蝶也'라고 쓰여 있는 것 같았다. '호접'이라는 말이 두 번 나오는 걸 보니 아마 이것이 '호접의 방'인 까닭이리라.

그때 무언가가 머릿속에서 경종을 울렸다. 여기에 있어선 안 된다, 지금 당장 돌아가라. 그렇게 경고하는 듯했다.

그가 몸을 일으키려는 순간, 아무런 전조도 없이 안쪽 맹장지 문이 좌우로 열렸다. 그쪽에는 눈부실 만큼 밝고, 광대한 연회실이 펼쳐져 있었다.

"나리, 오래 기다리셨죠? 자자, 이쪽으로 오시죠."

기마와리가 무릎을 꿇고 만면에 미소를 지으며 그를 이끌었다. 요시타케는 기마와리가 시키는 대로 일어서서, 불나방처럼 빛을 향해 나아갔다. 방은 믿을 수 없을 만큼 안쪽이 깊어서 어두운 밤길을 끝없이 걷는 것 같았지만, 겨우 맞은편에 도착했다. 요시타케는 연회실에 발을 들여놓자마자 저도 모르게 눈을 깜빡였다.

커다란 연회실 한가운데에는 거대한 사방등이 주위를 휘황찬란하게 비추고, 상좌에는 화려한 덧옷을 입은 일곱 오이란이 기둥에 등을 붙이고 앉아 있었다. 손님과 오이란을 만나게 하는 접객 연회실에서는 오이란이 상좌에 앉는 관습이 있지만, 보통은 손님을 먼저 들이고 나중에 오이란이 오는 법이다. 더구나 길거리에서 손님을 유혹하는 것도 아니고, 손님 한 명을 위해 일곱이나 되는 오이란을 준비해서 선택하게 하는 일은 들어본 적이 없다. 더구나 이 기둥은 무엇일까? 두꺼운 암회색 껍질이 그대로 붙어 있고, 일곱 명이 나란히 기댈 수 있을 만큼 거대했다. 상수리나무처럼 보이는데, 설마 정원에 있던 그 거목이 여기에서 벽을 뚫고 나무껍질을 보여주는 일이 있을 수 있을까.

옆에서 얌전하게 대기하고 있던 노파가 두 손으로 바닥을 짚고 깊숙이 고개를 숙였다. 유녀 담당인지 연회실 담당인지 모르겠지만, 수수한 벚꽃색 기모노로 몸을 감싸고, 감시하듯 눈을 부릅뜨고 오이란들을 지켜보았다.

"오늘은 멀리 쓰루바미루까지 찾아주셔서 진심으로 감사드립니다. 저는 히카게라고 합니다." 히카게는 연극적인 말투로 오이란들을 소개했다. "여기에 있는 아이들은 앞쪽부터 히오도시, 루리, 구자쿠, 베니스즈메, 오무라사키, 고무라사키, 고마다라라고 합니다."

오이란들은 이름이 불릴 때마다 덧옷의 소매를 약간 펼치면서 인사했다. 그때마다 도마 모양이 아니라 나비 모양으로 앞쪽에서 묶은 오비기모노의 허리 부분에서 옷을 여며주고 장식하는 띠가 날갯짓하듯 흔들렸다. 다테효고격조 높은 유녀 특유의 머리 모양로 올린 머리에서 커다란 산호 비녀 두 개가, 마치 부젓가락처럼 위로 높이 나와 있었다.

히오도시는 선명한 붉은색 바탕에 검고 큰 반점이 있는 덧옷을 입었다. 용맹한 이름에 어울리지 않게 아랫볼이 불룩한 얼굴은 요염하고 애교가 넘쳐 보였다.

루리는 소매부터 옷자락까지 루리색자색빛 남색 줄무늬가 선명한 검은색 바탕의 옷을 입었다. 야무진 표정의 미모 안에서도 가냘픈 느낌이 전해졌다.

구자쿠를 본 순간, 아름다운 붉은 덧옷보다 인상적인 것은 둥글고 귀여운 눈이었다. 히카게보다도 큰 눈에는 아름다운 호수처럼 푸른색이 어려 있어서, 보고 있으면 빨려 들어갈 것 같았다.

눈을 사로잡는 황록색과 홍록색의 덧옷을 걸치고 있는 베니스즈메의 눈썹은 요염한 초승달 모양이었다. 약간 살집이 있어서 성숙한 여인의 요염함이 고혹적으로 느껴졌다.

오무라사키는 빛나는 청자색에 하얀색과 노란색 반점을 흩뿌린, 화려하고 휘황찬란한 덧옷을 걸치고 있었다. 그저 화려하고 아름다울 뿐만 아니라, 고집이 세고 자존심 강한 성격이 꼿꼿한 자세의 구석구석까지 배어 있었다.

고무라사키는 오무라사키의 동생 격인지 기모노 색깔이 비슷했다. 하지만 체구가 작은 데다 어리고 사랑스러우며 어린애처럼 활기가 넘쳤다. 더구나 고무라사키는 매우 특이한 이름이다. 가부키에 나오는 시라이 곤파치의 상대 유녀 이름과 똑같지 않은가.

고마다라는 오비도 덧옷도 검은색 바탕에 하얀색 반점으로, 다른 오이란에 비해서 소박하고 장식이 없었지만, 그것이 오히려 청초함과 가련함을 돋보이게 했다.

"자, 나리의 마음에 든 오이란은 누구일까요?"

기마와리의 재촉을 받으면서 요시타케는 온몸에서 부글부글 끓어오르는 흥분을 억누를 수 없었다. 일곱 명 모두 몸이 떨릴 만큼 미인이지만, 그중에서도 두 명…… 아니, 세 명은 우열을 가릴 수 없었다. 그 이후의 시간은 마치 꿈같아서, 어떻게 지나갔는지 알 수 없었다.

첫 만남이라서, 오이란들의 태도는 겉으로 보기에 매우 쌀쌀맞았다. 거의 말을 하지 않고 담배를 피울 뿐이었고, 가끔 요시타케의 술잔에 술을 따라주기는 하지만 곧바로 고개를 돌렸다. 추파를 던지려고 하면 시선을 돌리고, 웃는 것 같지만 웃지 않았다. 모든 것이 애태우듯 어중간한 상태가 이어졌다.

그때 긴 담뱃대에 연초를 채우던 베니스즈메가 눈썹에 살짝 주름을 잡으며 히카게한테 귀엣말을 했다. 히카게는 맹장지 문을 살짝 열고, 복도에서 대기하고 있는 자에게 용건을 지시했다. 잠시 후에 소리도 없이 맹장지 문이 열렸다.

얼굴을 내민 사람은 단발머리에 검붉은색 기모노를 입은 소녀였다. 소녀는 연회실로 들어오지 않고 복도에서 무늬가 있는 붉은색 옷칠의 담배합을 내밀었다.

유녀 수습생인 '가무로'일까. 축제 행렬에 참가하는 대여섯 살배기 아이처럼 하얀 분과 연지를 발랐지만, 개구쟁이 같은 눈썹에 굳게 다문 입술은 너무도 어린애 같아서, 언젠가 여기에 있는 오이란들처럼 요염한 모습으로 변신하리라곤 상상도 할 수 없었다. 하지만 자세히 살펴보니 의외로 이목구비가 뚜렷하고 아름다웠다.

소녀는 곧바로 물러갔지만 요시타케는 잠시 소녀가 사라진 맹장지 문을 바라보았다. 소녀가 가져온 담배합을 보고 그는 깜짝 놀랐다. 붉은색 옷칠 위에 검은색 옷칠과 금분, 자개를 이용해서 그린 그림은 검은 나비였다. 이것과 똑같은 그림을 어디선가 본 적이 있다.

검은 나비…… 유리그릇…… '파피용 드 뉘이'라는 이름…… 밤의 나비.

그렇다. 이것은 '카페 파피용 누아르'에서 본 유리그릇의 문양과 똑같지 않은가. 여기에 왜 이런 게 있을까.

그렇게 생각한 순간, 눈이 뜨였다.

"역시 검은 나비는 닛사이 스님께서 말씀하신 대로 원령이었던 것 같군." 요시타케의 꿈 이야기를 들은 닛신 대사는 미간에 깊은 주름을 새기고 눈을 감았다. "자네가 사로잡혀 있는 악몽은 아침 이슬과 함께 사라지는 환영이 아니네. 수많은 악업을 쌓고 일식의 더러워진 빛을 받은 자네는 현실은 전부 꿈으로 사라지고, 나쁜 꿈이 현실이 되는 저주에 걸렸네. 만일 꿈속에서 목숨을 잃는다면 자네의 영혼은 영원히 없어질 걸세."

요시타케는 등골이 오싹해졌다. 닛신 대사의 말이 맞는다는 확신이 있었던 것이다.

"역시 문 안으로 들어가면 안 되었던 걸까요?" 그는 멈칫거리며 조심스럽게 물었다.

그때는 주엽나무조 무장들에게 쫓겨서 어쩔 수 없이 문 안으로 도망쳤지만.

"내가 들어가지 말라고 하지 않았나? 문 앞에서 미련스럽게 서 있지 말고 '갈!' 하고 외친 다음 나무아미타불을 읊조리며 돌아왔으면 좋았을걸. 하지만 문제는 그다음일세. '호접의 방'에 들어가서 족자를 봤지?"

"네." 요시타케는 사죄하듯 대답했다.

"그때 불길한 느낌을 받지 못했나? 거기에 쓰여 있던 글은 누군가가 자네에게 한 저주의 말이네."

"저주의 말이라고요?"

나비가 춤추는 그림 옆에, 유려한 서체로 '몽위호접 허허연호접야'라고 쓰여 있었다.

잠에서 깨고 나서 찾아보니 '꿈에 호접이 된다, 즐거워하며 호접이 된다'라는 뜻 같았다.《장자》내편 중 제물론편의 한 구절로, 장자가 나비가 되는 꿈을 꾸었는데 희희낙락하며 호접이 되었다는 뜻이다. 거기에는 다음 이야기가 덧붙여 있다. 그 꿈이 너무나도 현실 같아서 자신이 나비가 된 꿈을 꾸었는지, 나비가 자신이 된 꿈을 꾸었는지 알 수 없었다는 것이다.

그런데 옛 철학서인《장자》의 한 구절이 자신에게 하는 저주의 말이라니. 그는 쉽게 이해가 되지 않았다. 그때 여기에 있어서는 안 된다는 느낌을 받은 건 분명하지만.

"저주는 그 정체를 상대한테 알려야만 최대의 효과를 발휘하는 법이지. 자네의 눈에 저주의 말을 보여준 건 이른바 선전포고일세. 하지만 자네는 족자를 찢어버리지도, 발길을 돌리지도 않고 순순히 함정 속으로 뛰어들었지. 다시 말해 자네는 저주를 받아들인 걸세. 이렇게 된 이상 이제 도망칠 방법은 없네."

"그럴 수가……. 전 이제 어떻게 하면 될까요?" 요시타케는 어찌할 바를 모르고 물었다.

"이 저주를 완수하기 위해서는 세 단계가 필요할 걸세. 그게 유곽의 형태를 취한 이유지. 자네는 이미 유녀와 첫 만남을 끝냈네. 다음은 유녀와 놀고, 마지막에는 단골이 되는 거겠지."

닛신 대사는 유곽의 관습에도 정통한 것 같았다.

"그렇다면 요시 씨가 다시는 안 가면 되는 거 아닌가요?" 옆에서 마음을 졸이고 있던 세이키치가 한 줄기 희망을 담아서 물었다.

닛신 대사는 머리를 무겁게 가로저었다. "아니, 그렇지는 않네. 이 사내는 한 번도 거절하는 의사표시를 하지 않았지. 이래서는 나중에 다시 오겠다고 약속한 것이나 다름없어. 쓰루바미루라는 인간 세계가 아닌 마물의 소굴은 약속한 대로 이 사내가 누각에 오를 때까지 계속 꿈에 나타날 걸세."

"요시 씨가 쓰루바미루에 올라가지 않으면 어떻게 되나요?" 세이키치가 끈질기게 물고 늘어졌다.

"그러면 언젠가 꿈이 아니라 현실에 나타나게 되겠지."

닛신 대사의 무시무시한 계시를 들은 요시타케는 벌벌 떨 수밖에 없었다.

"그것이 어떤 형태를 취할지는 모르겠지만, 자네의 상상을 초월할 만큼 무서운 게 나타날 걸세. 약속을 어긴 이상, 이미 구원의 길을 선택할 수도 없어. 자네를 찾아오는 건 피할 도리가 없는 죽음과 파멸뿐이라네."

"그럴 수가. 그럼 이제 어떻게 하죠……?"

세이키치는 머리를 감쌌지만 요시타케는 닛신 대사의 다른 말에서 빛을 발견했다.

"구원의 길을 선택한다는 건 어떤 건가요?"

"음, 지금부터 내가 하는 말은 매우 중요하네. 정신 똑바로 차리고 잘 듣게." 닛신 대사는 눈에 힘을 주고 말했다. "접객 연회실에 일곱이나 되는 오이란을 부르는 건 이 세상의 유곽에선 있을 수 없는 일이지. 뭐 때문에 그렇게 했는지 아나?"

"글쎄요, 잘 모르겠습니다."

그 점은 요시타케도 이상하게 생각했다.

"자네한테 선택하게 하기 위해서일세. 저주를 건 상대한테 자신의 운명을 선택하게 할 수 있다면 저주의 효과는 한층 높아지니까."

닛신 대사의 쩌렁쩌렁한 목소리는 염라대왕도 이렇지 않을까 할 만큼 날카로웠다.

"자네는 이미 두 번이나 실수했네. 내가 경고를 했음에도 멍청하게 쓰루바미루의 문 안으로 들어갔고, 저주의 말이 쓰인 족자를 봤으면서도 바보처럼 연회실로 들어갔지. 이제 한 번 더 실수하면 다시는 되돌릴 수 없다는 걸 각오하게."

그 말이 요시타케의 귀에는 사형선고처럼 울려 퍼졌다.

"이번 실수는, 선택해서는 안 되는 오이란을 선택하는 건가요?"

"바로 그거네." 닛신 대사는 위엄 있게 고개를 끄덕이면서 말했다. "사태가 여기에 이르렀으니 자네는 다시 유녀를 만나서 단골이 되는 수밖에 없겠지. 문제는 어느 오이란을 선택하느냐는 걸세. 그것에 따라 자네 운명이 정해질 거야."

"그럴 수가. ……전 누구를 선택해야 하나요?"

"그건 나도 모르네. 그것만은 자네 스스로 머리를 짜내는 수밖에 없겠지." 닛신 대사는 매정하게 말했다.

"잠깐만요! 애당초 여기에 정답이 있나요? 그 여자를 선택하면 살 수 있다는……."

"일곱 명 중에 적어도 한 사람은 정답일 터. 그렇지 않으면 선택하게 하는 의미도, 효과도 없지." 닛신 대사는 요시타케에게 용기를 주듯 희미하게 미소를 지었다.

살 수 있는 길이 있는데, 구태여 잘못된 길을 선택해서 스스로 무
덤을 판다…….

아마 저주를 건 쪽은 그렇게 되도록 만들고 싶을 것이다. 이상하
다. 요시타케가 잘못된 선택을 한다고, 상대는 어떻게 확신하고 있는
가. 순순히 정답을 선택하면 저주는 전부 물거품으로 돌아갈 텐데.

"차분히 생각해보게. 정답은 반드시 자네의 마음속에 있을 테니
까." 닛신 대사는 속삭이듯 목소리를 낮추며 덧붙였다. "지금까지
살아온 자네의 인생, 그리고 잊어버린 기억 속에."

닛신 대사가 떠난 뒤, 세이키치는 다다미에 책상다리를 하고 앉아
서 토해내듯 말했다. "흥! 실컷 자기 자랑을 늘어놓았으면서 결국
어떻게 하면 좋을지 모르는 거야? 아무짝에도 쓸모없는 땡중이군."

그러는 동안에도 요시타케는 계속 생각에 잠겼다. 정답이 마음속
에 있다는 건 무슨 뜻일까. 지금까지의 인생, 잊어버린 기억이란…….

"그나저나 요시 씨. 첫 만남 다음에는 두 번째 만남, 그리고 단골
이 되는 것까지 아는 걸 보니, 그 땡중은 완전히 속세에 찌든 거 아
닌가요?"

"그만큼 견문이 넓어서 속세의 현실도 잘 알고 있는 거겠지."

"아니, 그렇게 고상한 인간이 아니라니까요. 왜 옛날부터 그런 말
이 있잖아요? 유곽에 오는 호색가의 대표적인 인물은 '무사와 중놈'
이라고."

닛신 대사는 저렇게 근엄해 보여도 여자를 좋아하는 걸까. 키도 크고 잘생긴 스님이라서 유녀에게 꽤 인기가 있으리라.

"더구나, 들었어요? '접객 연회실에 일곱이나 되는 오이란을 부르는 건 이 세상의 유곽에선 있을 수 없는 일이지'라고 했잖아요? 저 중놈, 혹시 부러워서 일부러 무섭게 말하는 건 아닐까요?"

세이키치는 상당히 불만이 쌓였는지, 닛신 대사를 마구 헐뜯었다. 하지만 요시타케의 머릿속은 이미 일곱 오이란 중에 누구를 선택하느냐로 가득 차 있었다. 닛신 대사는 "적어도 한 사람은 정답일 터"라고 말했지만, 정답은 단 한 사람임이 틀림없다.

무슨 일이 있어도 틀려서는 안 된다.

4

밤이다. 하늘을 올려다보니 달에는 큼지막한 달무리가 걸려 있었다. 지상을 노려보는 커다란 눈알 같은 광경이다. 달무리는 비의 전조가 아니었던가. 요시타케가 그렇게 생각했을 때 한 방울 두 방울 비가 떨어지기 시작했다.

그는 어두운 숲길을 걷고 있었다. 오늘도 그 검은색 몬쓰키를 입고 있었다.

어두운 밤인데도 그의 앞쪽에서는 검은 나비가 날고 있었다. 마치 앞장서서 가는 것처럼 나무들 사이에서 숨바꼭질을 하고 있다. '쓰루바미루'의 커다란 나무 간판이 보였다. 생각 탓인지 조금 기울어진 것 같고, 금문자도 여기저기 벗겨져 있었다. 그리고 밤하늘에 우뚝 솟은 거대한 누각이 나타났다.

그런데 어떻게 된 걸까? 지난번에 봤을 때에 비해 상당히 황폐한 것 같았다. 밤에 보아도 판자벽에는 여기저기 흠집이 있고, 처마 밑에 매달린 등롱은 찢어져서 떡하니 입을 벌렸다. 지붕의 기와도 많이 떨어져서, 그 후로 백 년 넘게 지난 것 같았다.

문 안으로 들어가니 정원에서는 여전히 무사들이 피비린내 나는 전투를 펼치고 있었다. 칼을 맞고 쓰러져서 죽어가는 무장이나 완전히 숨이 끊어진 시체, 잘려나가 어지러이 흩어져 있는 손발도 보였다. 그는 무의식중에 몸을 떨었다. 전투에 휘말리면 그것으로 끝이다.

만일 꿈속에서 목숨을 잃는다면 자네의 영혼은 영원히 없어질 걸세. 머릿속에서 불쑥 그런 말이 되살아났다. 누구한테 들었는지는 기억나지 않지만.

그는 무장들의 눈에 띄지 않도록 최대한 몸을 낮춰서 벽 쪽으로 지나갔다. 거구의 주엽나무조 무장과 용맹한 큰곰당 무사가 몇 번코앞까지 다가왔지만, 양쪽 모두 그에게는 털끝만큼도 관심을 보이지 않았다.

그때 기마와리 로쿠스케가 문 뒤에서 연신 손짓을 하며 말했다.
"나리…… 나리! 어서 이쪽으로 오세요. 귀신이 없는 틈에요. 자자, 서두르세요!"

그는 황급히 뛰어가서 기마와리와 함께 누각으로 들어갔다.

"어떻게 된 건가? 왜 저렇게 죽자 살자 싸우는 거지? 요전보다 더 심해졌잖나? 애당초 저자들은 왜 유곽의 정원에서 싸우는 건가?" 그는 정원 쪽을 돌아보며 물었다.

"그건 모르지만, 괜히 긁어 부스럼 만들 필요는 없습니다. ……그보다 오이란들이 이미 모여 있어요. 아까부터 목을 길게 빼고 나리가 오시기를 기다리고 계세요."

지난번과 마찬가지로 요시타케는 기마와리의 뒤를 따라서 계단을 올라갔다. 기마와리는 지난번과 똑같은 검은색 몬쓰키의 하오리를 입었지만, 오른쪽 소매가 납작하고 축 늘어져 있었다. 설마 호칸이 하오리 안에서 팔짱을 끼고 있는 건 아니겠지. 혹시 정원에서 싸우는 무장들한테 팔이 잘린 건 아닐까? 꺼림칙한 상상이지만 만져볼 수도, 물어볼 수도 없어서 요시타케는 입을 다물고 있었다.

이번에도 '호접의 방'으로 안내할 거라고 생각했지만, 기마와리는 무지개다리 같은 공중회랑을 건너서 검게 빛나는 복도로 가더니, 폭 넓은 맹장지가 여섯 장이나 이어진 연회실 앞으로 안내했다. 맹장지에는 울퉁불퉁한 나무껍질이 있는 상수리나무와, 가볍게 날아다니는 선명한 색깔의 나비 몇 마리가 그려져 있었다.

"나리께서 오셨습니다."

기마와리는 복도에 무릎을 꿇고 맹장지 문을 열었다. 안에는 일곱 오이란이 거대한 기둥을 등지고 앉아 있었다. 방의 모습도 지난번과 똑같았지만 어째서인지 관리인인 노파만은 처음 보는 얼굴이었다.

"도모에입니다."

수수한 갈색 기모노로 뚱뚱한 몸을 감싼 노파가 귀찮은 듯이 무릎걸음으로 오이란들 앞으로 나와서 요시타케한테 인사했다. 지난번의 히카게라는 노파와 마찬가지로 놀라울 만큼 눈이 컸지만, 눈과 눈 사이가 먼 탓인지 졸린 것처럼 보이고 감정을 알 수 없는 얼굴이었다.

"오늘 다시 찾아주셔서 감사합니다. 쓰루바미루 일동을 대신해서 진심으로 감사 인사를 드립니다."

간사이 사투리가 섞인 말은 정중했지만, 히카게 같은 위엄이나 품위가 부족해서 그런지 오히려 촌스럽고 칠칠치 못한 느낌마저 들었다. 그런 생각은 그 뒤에 이어지는 오이란들의 환대로 곧장 날아갔다.

오이란들은 첫 만남과 달리 애교를 부리더니, 번갈아 술을 따라주고는 많이 웃고 많이 말하며 예기藝妓처럼 아름다운 춤까지 추었다. 화려하게 춤추는 오이란의 모습을 요시타케는 술잔을 든 채 넋을 잃고 바라보았다. 그녀들이 움직일 때마다 하얀 분 냄새가 짙게 떠다녔다. 자세히 보면 사방등 불빛에 희미하게 떠다니는 분가루가 보일 정도였다.

"……육궁 분대인가?" 그는 저도 모르게 혼잣말을 했다.

화장을 하고 줄지어 늘어선 후궁의 미녀들을 가리키는 〈장한가당 현종과 양귀비를 다룬 백거이의 한시〉의 한 구절인데, 여기에 있는 오이란들에게 딱 어울리는 말 같았다.

"나리, 색향에 사로잡혀서 홀딱 반하신 모양이군요. 옛날부터 분을 뿌리는 건 남자라고 정해져 있습니다만."

기마와리의 가벼운 농담에 오이란들은 일제히 웃음을 터뜨렸다. 그 자리에 화려한 분위기가 떠다녔다.

"나리, 한 잔 받으세요."

루리가 술병을 들고 요시타케 앞에 앉았다. 야무진 눈이 장난스레 빛나고, 입가에는 미소를 머금고 있었다. 요시타케가 술을 들이켜자 다시 술을 따라주었다. 그윽한 향기가 감도는 달콤한 술이었다.

"저도 따라드릴게요." 고마다라가 지지 않겠다는 듯 술병을 들고 루리 옆에 앉았다.

요시타케는 쓴웃음을 지으며 다시 술잔을 비우고 술을 받았다. 그 때 문득 두 사람의 의상이 마음에 걸렸다. 루리와 고마다라는 모두 젊음이 넘치고 아름다웠지만, 덧옷은 상당히 수수하고 바탕색은 검은색에 가까웠다. 검은색을 기조로 한 덧옷은 문양이 선명해 보이고 다부진 기품이 있지만, 그러려면 붉은색 같은 화려한 색이 있어야 한다. 그런데 각각 남색 줄무늬와 하얀색 반점이 있을 뿐이라서, 두 사람이 나란히 앉아 있자 검은색이 두드러지게 보였다. 까마귀나 상복, 그리고 무엇보다 검은 나비를 연상시켰다. 어느 한 사람과 둘만 있을 때, 원령이 모습을 드러내는 상황을 상상하고 그는 몸을 떨었다.

……틀렸어. 아무리 내 취향이라도 이 두 사람은 선택할 수 없어.

다음에 술을 따라주러 온 사람은 구자쿠였다. 검은색이 아닌 선명한 붉은색 덧옷이 눈에 들어온 것만으로 왠지 마음이 편해졌다. 호수를 연상시키는 푸른색이 감도는 눈이 호소하듯 그를 물끄러미 바라보았다. 순간적으로 손을 잡고 싶었지만 소맷자락 사이로 안감이 눈에 들어온 순간 그는 깜짝 놀라서 재빨리 치맛자락을 확인했다.

그것도 검은색이었다. 겉감은 짙은 붉은색인데 잔주름이 들어간 안감은 무슨 이유에서인지 검은색이었다. 마치 기모노 안쪽에 상복을 숨겨둔 것처럼.

안 돼. 하마터면 속을 뻔했다. 그의 손에서 술잔이 흔들리며 술이 약간 넘쳤다. 그렇다면 구자쿠가 함정이었단 말인가. 하지만 함정이 한 사람이라곤 할 수 없고, 전의 두 사람이 안전하다고도 할 수 없다.

"나리, 왜 얼굴을 찡그리세요?"

정신이 들자 베니스즈메가 요염하게 미소를 지었다. 부드러운 황록색과 홍록색 덧옷은 보는 사람을 꿈의 세계로 이끄는 듯했다. 더구나 고맙게도 검은색은 일절 들어 있지 않았다.

술을 따라주는 베니스즈메의 손은 가냘프고 새하얬다.

겨우 긴장을 풀기 시작했을 때, 어느 생각이 번개처럼 번뜩였다.

왜일까? 처음에 봤을 때부터 느꼈지만 베니스즈메는 다른 오이란들과 근본적으로 달랐다. 나이가 많거나 부드러운 느낌이 들었기 때문이 아니다.

요염한 미녀임은 분명하지만, 때때로 마성이 느껴지는 괴이한 분위기는 이미 요괴나 마녀의 영역에 있는 것 같았다. 그것은 갑작스러운 하늘의 계시였다. 여기에 있는 오이란들 중에서 베니스즈메 한 사람만이 다른 부류에 속하는 것이리라.

요시타케는 연회실 구석에서 대기하고 있는 도모에를 보았다. 베니스즈메는 분명히 다른 오이란들과 달랐다. 한마디로 말하면 도모에의 동족 같은 냄새가 났다. 지금의 모습에서는 상상도 할 수 없지만 도모에도 예전엔 오이란이었던 걸까?

그의 직감은 점점 확신으로 변했다. 베니스즈메가 나머지 여섯 명과 다르다면, 그녀를 선택하는 건 자살행위나 다름없다.

……앵무새의 초록색과 홍방울새의 붉은색 덧옷 밑에서 나타나는 건 과연 어떤 괴물일까? 이걸로 일곱 명 중에 네 명이 사라졌다. 나머지 세 명 중에 정답이 있을까?

그때 커다란 소리와 함께 맹장지 문이 활짝 열렸다. 모두 소스라치게 놀라며 그쪽을 쳐다보았다.

거만하게 서 있는 사람은 '육살동심'이란 깃발을 짊어진 무사였다. 누런색 옻칠을 한 투구에 눈꼬리가 찢어진 인왕의 가면을 쓰고, 가슴에는 노란색과 검은색 줄무늬…… 큰곰당이다.

무사는 천천히 전원의 얼굴을 노려보더니 흙발로 성큼성큼 들어왔다. 연회실은 찬물을 끼얹은 듯 조용해지고, 손가락 하나도 움직이는 사람이 없다.

"무사님, 방을 잘못 찾으신 게 아닌지요? 저기……."

기마와리가 결심한 것처럼 떨리는 목소리로 말했지만, 무사가 무시무시한 눈길로 노려보자 뒷말을 집어삼켰다.

"한낱 익살꾼 주제에 감히 이 몸한테 지적을 하는 것인가?"

"거, 결코 그런 건……."

무사가 축 늘어진 기마와리의 한쪽 소매를 보았다.

"버러지 같은 녀석. 어디, 나머지 손발도 잡아뜯어주랴?"

냉혹하고 잔인한 말을 듣고 기마와리는 바들바들 떨 뿐이었다.

요시타케는 마른침을 삼키며 연회실을 둘러보았다. 이 자리의 책임자라고 할 만한 사람은 도모에지만, 공포에 짓눌린 나머지 고개를 숙인 채 웅크리고 앉아 있을 뿐이었다.

무사는 연회실을 자신의 안방처럼 활보했다. 무사가 앞을 지나갔지만 요시타케는 얼굴을 들 수 없었다. 주엽나무조나 큰사슴조 무장과 싸웠을 때엔 몸집이 작아 보였는데, 이렇게 가까이에서 보자 당당한 체구에다 거칠고 날카로운 기운을 내뿜고 있었다. 화가 나면 물론이고 별다른 이유가 없어도 태연히 사람을 벨 수 있는 분위기였다.

그때 오이란 한 명이 조용히 일어섰다. 깜짝 놀라서 쳐다보니 오무라사키였다. 그녀는 빛나는 청자색 덧옷의 매무새를 바로잡으며 생긋 미소를 지었다.

"어머나, 이게 무슨 일일까요? 귀찮은 파리 한 마리가 흘러 들어왔네요."

오이란들이 쿡쿡 웃었다.

"어이, 유녀. 지금 무어라고 했느냐?" 무사의 목소리가 가늘게 떨렸다.

오이란들이 일제히 웃음을 멈추었다.

초여름 파리에 섞여서, 하찮은 사무라이가, 붕붕 촌스러운 허세를 부리네 오무라사키는 샤미센 반주도 없이 맑고 또랑또랑한 목소리로 즉석에서 가사를 만들어 노래를 부르더니, 하늘하늘 부채질을 하면서 기묘한 춤을 추었다. 오이란들은 더는 참을 수 없는지, 일제히 덧옷을 흔들며 웃음을 터뜨렸다.

"……이년들이, 날 우롱하느냐!"

기가 막혀서 잠시 입을 벌리고 있던 무사는 낯빛을 바꾸며 오이란들에게 다가서자마자 칼의 손잡이를 잡았다. 연회실은 다시 조용해졌지만, 오무라사키는 한 발짝도 물러서지 않고 의연한 태도로 말했다.

"전쟁터라면 몰라도, 이 쓰루바미루에서 남의 연회실을 흙발로 짓밟는 난폭한 짓은 예의가 아닙니다. 당장 나가시길 바랍니다."

"잘도 떠드는구나. 그렇다면 각오는 되어 있겠지?"

무사는 결국 칼을 뽑았다. 하얀 칼날이 거대한 사방등 불빛을 받고 반짝 빛을 뿌렸다. 무사를 말리려고 엉거주춤 일어섰던 기마와리가 그 모습을 보고 기겁하며 비명을 질렀다. 하지만 오무라사키는 무사가 가엾다는 듯이 미소 짓더니, 그 자리에서 정중하게 머리를 조아렸다.

"기분이 상하셨다면 이 오무라사키의 목을 베십시오. 오이란의 목을 가져가시면 훌륭한 공을 세우신 것이니 무사 가문의 영광이라 칭송받으실 겁니다."

무사는 분노한 나머지 칼을 오른쪽으로 치켜든 채 그대로 굳어서 이를 딱딱 부딪쳤다.

"자아! 아프지 않도록 한칼에 베십시오! 자아! 자아, 자아, 자아!"

오무라사키는 두 팔을 활짝 펼친 채 무릎걸음으로 나아갔다. 무사는 압도당한 것처럼 뒷걸음질 치더니 복도로 나갔다. 오무라사키는 벌떡 일어나 무사의 코앞에서 문을 쾅 닫았다. 요시타케는 숨 쉬는 것도 잊어버리고 문을 바라보았다. 지금이라도 흥분한 무사가 문을 걷어차고 칼을 휘두르러 오지 않을까 불안에 떨면서.

하지만 놀라운 일이 벌어졌다. 그 이후 아무리 기다려도 어떤 일도 일어나지 않은 것이다.

한동안 긴장에 휩싸였던 연회실 분위기가 부드러워졌다. 오무라사키는 찬사의 시선을 한 몸에 받으면서 새침한 얼굴로 담배를 피우고, 동생 격인 고무라사키와 장난치기도 했다.

방금 그 사건은 도대체 무엇이었을까. 요시타케는 어리둥절해서 명한 표정을 지었다. 큰곰당 무사를 쫓아낸 건 속이 후련한 일이다. 하지만 자칫했으면, 아니 보통이라면 칼에 베여도 이상하지 않을 상황이었다.

오무라사키가 보여준 어마어마한 기백과 강인한 마음은 심상치 않았다. 인간이라면, 아무리 용맹하더라도 칼 앞에서는 어느 정도 두려운 마음이 솟구치는 법이다. 그럼에도 단 한순간도 두려워하는 기색을 보이지 않았던 건 무엇 때문일까.

오무라사키는 요시타케의 시선을 알아차리자 쑥스러운 듯 고개를 숙이고 나서 다부진 미소를 지었다. 역시 다른 오이란들과는 결정적으로 무언가가 다르다. 베니스즈메처럼 다른 부류는 아니지만,

위화감은 더욱 커질 따름이었다. 혹시 오무라사키는 오이란의 모습을 빌린 초자연적인 존재, 귀신이나 요괴 종류가 아닐까. 느닷없이 8척이나 되는 귀신의 모습으로 변하는 오무라사키…… 그 모습을 상상하고 요시타케는 등줄기가 차갑게 얼어붙었다. 선택할 수 있는 오이란이 또 한 명 사라졌다. 이제 남은 건 두 명밖에 없다.

하지만.

요시타케는 오무라사키를 따라서 아름답게 춤추고 있는 고무라사키의 모습을 보고, 마음속으로 한숨을 쉬었다. 이들 중에서 고무라사키가 가장 무해하게 보이는 건 틀림없다. 색덧옷에 약간 거뭇거뭇한 부분이 있지만, 검은 나비를 연상시킬 정도는 아니다. 어리고 가련하고 사내아이처럼 천진난만하며, 베니스즈메 같은 요염함은 티끌만큼도 없고, 오무라사키처럼 지나칠 만큼 기가 센 것도 아니다.

하지만 고무라사키만은 절대로 선택할 수 없다.

이유는 모두 겐지 이름《겐지 이야기》와 관계있는 이름으로, 궁녀나 유녀가 주로 쓰던 가명 혹은 이명 때문이다. 고무라사키라면 가부키에서 유명한 시라이 곤파치가 사람을 칼로 베어 죽인 벌로 사형을 당했을 때, 무덤 앞에서 자해한 유녀의 이름이 아닌가. 족자에 있던 '몽위호접 허허연호접야'라는 구절은 저주의 말이었다. 닛신 대사에 따르면 일부러 눈앞에서 보여줌으로써 저주의 효력을 높이려 했다고 한다. 그렇다면 오이란에게 죽은 영혼을 암시하는 이름을 붙여서 일부러 선택하게 하려고 했을지도 모른다.

이제 남은 사람은 히오도시뿐이다.

요시타케는 선명한 붉은색 바탕에 커다란 검은 반점의 색덧옷을 입은 오이란을 보았다. 눈이 마주치자 히오도시는 아랫볼이 불룩한 얼굴에 애교 있는 미소를 지으며 술병을 들고 일어섰다.

……하지만 이 이름에도 마음에 걸리는 점이 있었다. 애초에 오이란의 겐지 이름에 피비린내 나는 갑옷 이름을 붙일까?

히오도시는 붉은색 가죽 끈이나 매듭으로 엮은 철판이나 가죽 단책短冊을 말한다. 원래 핏자국이 눈에 띄지 않도록 붉은 실로 꿰맨 갑옷이 오랜 세월이 지나면서 적갈색으로 변했는데, 그것이 히오도시의 시작이라고 들은 적이 있다.

말라붙은 피 색깔…….

기억 속에서 무언가가 꿈틀거렸다.

요시타케는 눈을 감고 관자놀이를 만졌다. 귓가에서 괴로운 신음 소리가, 이어서 손바닥에는 부드러운 것을 잡은 듯한 감촉이 되살아났다. 높은 창문에서 창고 안으로 새어 들어오는 몇 줄기 빛이 눈앞에 나타났다. 모두 감각이 매우 생생한 기억이었지만, 무슨 일이 있었는지는 안개가 낀 것처럼 생각나지 않았다.

"……오미쓰." 그는 저도 모르게 그렇게 중얼거렸다.

기마와리가 그의 말을 재빨리 알아듣고 놀란 표정으로 따라 말했다. "네? 오미쓰 말입니까?"

그러자 그때까지 시끌벅적했던 연회실이 찬물을 끼얹은 듯 조용해졌다.

"오미쓰를 여기에 부르면 되나요?"

요시타케는 당황한 얼굴로 기마와리를 보았다. 여기에 부른다고? 무슨 말이지? 오미쓰가 누구지? 자신의 기억 속 밑바닥에서 되살아난 이름을, 기마와리가 어떻게 알고 있지?

오이란들이 점점 소란스러워지기 시작했다. 그때까지 조용히 앉아 있던 도모에가 느릿느릿 요시타케 앞으로 다가왔다.

"가무로는 연회실에 얼굴을 보일 수는 있지만 들어올 수는 없는 게 저희 쓰루바미루의 규칙입니다. 부디 그 점을 헤아려주시기 바랍니다."

가무로? 그는 흠칫 놀랐다. 요전에 본 그 어린 소녀 말인가?

루리가 복도에 있던 자에게 맹장지 문 너머로 무슨 말인가 했다.

잠시 후, 지난번처럼 조심스럽게 맹장지 문이 조금 열리고 가무로가 얼굴을 내밀었다. 지난번에 본 단발머리 소녀다. 가느다란 눈은 날카롭지만 하얀 분과 붉은 연지를 칠한 얼굴은 천진난만하고 사랑스러웠다. 가무로들이 흔히 입는 새빨간 옷이 아니라 소박한 보라색이 감도는 붉은색 옷을 입고, 소맷부리에는 리본 같은 장식이 늘어져 있었다.

오미쓰는 두 손을 겹쳐 잡고 깊숙이 고개를 숙이며 인사했다.

"오미쓰, 나리께서 부르셨다. 아무쪼록 실수가 없도록 행동하거라."

기마와리의 말에 오미쓰는 "네"라고 대답하고 나서, 요시타케의 얼굴을 똑바로 쳐다보았다. 억지로 불러온 꼴이 되었지만, 이제 뭐라고 말하면 좋을까. 요시타케는 잠시 망설이다가 가장 무난한 질문을 했다.

"오미쓰는 어떤 한자를 쓰지?"

이 질문에 오미쓰는 고개를 갸웃거리기만 했다.

"뭐야? 네 이름도 몰라? 습자 시간에 배웠을 거잖아?"

기마와리는 혀를 차며 타박하듯 말하고는 작은 벼루를 꺼내더니 품에 있던 종이에 글을 써서 요시타케한테 보여주었다.

"나리, 오미쓰는 이렇게 씁니다."

설마. 요시타케는 살짝 몸을 움츠렸지만, 놀랄 만큼 달필로 쓰여 있는 건 뜻밖에 글자였다.

"'꿀 밀蜜' 자를 쓰는구나……. 참으로 달콤한 이름이군. 못된 벌레가 꼬이지 않으면 좋으련만."

요시타케의 말에 오미쓰는 수줍어하듯 소맷부리로 입을 감추고 쿡쿡 웃었다. 그 웃는 얼굴과 행동에 요시타케는 한순간 영혼을 빼앗겨버렸다. 그 순간, 기억에 끼어 있던 안개가 한꺼번에 사라졌다.

그 마을에서 유명한 미소녀였다. 당시 고작 일곱 살이었다. 말괄량이에 수다쟁이, 그리고 개구쟁이에다 누구나 잘 따라서, 쪼르르 쫓아가 말을 걸고는 까르르 웃었다.

집이 가까워서 가끔 마주쳤는데, 요시타케도 그때마다 귀여워하면서 과자를 주곤 했다. 처음에는 음흉한 속셈 같은 건 손톱만큼도 없었다. 그저 순수하게, 기뻐하는 모습을 보고 싶었다.

과자에 홀린 오미쓰는 어느새 시도 때도 없이 그의 집에 드나들었다. 자기 집과 달리 말린 고구마나 과자를 입에 넣은 채 돌아다녀도 야단치는 사람이 없어서 좋은 듯했다.

요시타케는 다른 어른들과 달리 어린아이에게도 정중하게 대했다. 그런 탓에 오미쓰의 어리광은 점점 심해져서 어느새 자기 집처럼 행동하기 시작했다. 멋대로 아무 데나 드나들며 비싼 가구로 장난치다가 망가뜨리는 일도 있었지만, 그래도 그는 야단치지 않았다. 아기 고양이처럼 사랑스러운 아이가 옆에 있으면 행복에 잠길 수 있었기 때문이다.

하지만 오미쓰 쪽에서 생각하면 호랑이 우리 안에서 뛰노는 토끼 같았을지도 모른다. 오늘은 무사해도 언젠가는 반드시 파국이 찾아올 테니까.

그날은 아무런 전조도 없이 찾아왔다.

요시타케가 고서를 찾으러 서고에 들어갔더니 안에서 오미쓰가 놀고 있었다. 언제 왔는지도 몰랐고, 계기가 무엇이었는지도 기억나지 않는다. 우연히 눈에 들어온 어린 소녀의 무방비한 모습이었는지, 아니면 요시타케에게 대꾸한 건방진 한마디였는지.

말라붙은 피 색깔……

흠칫 정신이 들어 쳐다보니 색채를 잃은 세계 속에서, 그곳만이 적갈색으로 물들어 있었다. 낡고 거무칙칙한 나무상자 모서리. 불과 몇 분 전에 그곳에 무언가가 부딪혔다. 그것이 이미 말라버린 걸까. 귓가에서 괴로워하는 소녀의 신음 소리가 되살아났다. 손바닥에는 아직 부드러운 것을 잡았던 감촉이 남아 있다.

높은 창문에서 서고 안으로, 몇 줄기 햇빛이 새어 들어왔다.

"……오미쓰." 요시타케는 털썩 주저앉아서 망연히 중얼거렸다.

정신이 들자 요시타케는 침상에 앉아서 머리를 껴안고 있었다.

용서해다오. 정말로 그럴 생각이 아니었어.

부디 여기저기 떠돌지 말고 성불해서 극락정토에 가다오. 평생 네 명복을 빌어줄게. 그러니 나를 원망하지 말아다오.

아무렇지 않은 얼굴로 실종 아동 수색에도 함께했지만, 마음속으론 계속 두 손을 모아 합장했어.

그건 사고였어. 한순간에 벌어진 일로, 너도 거의 괴롭지 않았을 거야. 난 이미 충분히 괴로워했어. 너보다 훨씬 오랫동안.

너도 잘못했잖아? 그런데 왜 난 아직도 이런 꼴을 당해야 하지? 이건 너무나 불공평하잖아.

"요시 씨…… 괜찮으세요?" 이번에 처음으로 산시테이에서 숙박했던 세이키치가 걱정스러운 목소리로 말을 걸었다.

요시타케는 대답조차 할 수 없었다.

5

여기다. 비에 젖은 벽돌 건물은 기억에 선명하게 남아 있었다.

세이키치는 '카페 파피용 누아르'라고 쓰여 있는 에나멜 간판을 확인한 뒤, 숨을 가다듬고 문을 열었다.

"어서 오세…… 어머나?" 미쓰코가 세이키치를 보고 당황스러운 표정을 지었다. "오늘은 혼자 오셨어요?"

"그래." 세이키치는 짤막하게 대답했다.

카페 영업시간은 12시까지라고 정해져 있었고, 이미 11시 반이 지나서 손님은 몇 명 없었다. 세이키치는 태연함을 가장하며 장식 선반 옆의 의자에 앉았다.

"오랜만에 오셨네요. 저희 카페에 발을 끊으신 줄 알았어요."

마쓰요가 자기 단골손님이라는 듯 재빨리 세이키치 옆에 앉았다.

"요즘 이런저런 일이 있었거든."

"아이참, 다른 여자가 생긴 거죠?"

오늘만은 가벼운 농담을 할 마음이 없어서, 세이키치는 입을 다물고 마쓰요가 따라주는 맥주를 마셨다.

"무슨 일 있으세요? 몹시 피곤해 보이세요."

그가 어떤 화제에도 관심을 보이지 않자 혼자 떠들기 민망했는지 마쓰요도 서서히 말수가 줄었다.

"……아 참. 지난번에 오셨을 때, 검은 나비 이야기를 하지 않으셨던가요?"

그 말을 듣고 세이키치가 겨우 얼굴을 들었다.

"왜, 요시 씨가 꿈에 나왔다고 하셨잖아요!" 세이키치가 잊어버렸다고 생각했는지, 마쓰요는 답답한 표정을 지으며 목소리에 힘을 주었다. "이건 비밀인데, 여기에 온 손님은 거의 다 그 꿈을 꾼 것 같더라고요."

"거의 다 꾸었다고? 검은 나비 꿈을 말이야?"

세이키치는 맥주잔을 든 채 그대로 굳어졌다.

"네, 나가이 가후 선생님도 그렇게 말씀하셨어요."

그러고 보니 그때 그런 대화를 언뜻 들은 것이 떠올랐다.

"난 한 번도 꾸지 않았는데."

"그런 사람도 있는 것 같아요."

어떻게 된 걸까? 검은 나비 꿈을 꾸는 사람은 요시 씨나 작가 선생 같은 지식인들뿐인가?

"근데 단초테이_{나가이 가후가 살던 집} 선생은 어떤 꿈을 꾸었대?"

"어머나, 그 선생님 별명이 단초테이란 걸 아시네요. ……있잖아요, 가후 선생님 꿈에도 검은 나비가 나타났대요. 그런데 잠시 주위에서 날아다니다 싫증이 났는지 날아갔다고 하더라고요."

"그것뿐이야?"

요시 씨의 꿈과는 다르다.

"겨우 그것뿐이지만 너무나 인상적이라서, 아침에 눈을 뜬 후에도 선명하게 기억이 나셨나 봐요."

"흐음."

"가후 선생님은 깊은 슬픔을 느끼셨대요. 여자의 영혼이 나비가 돼서 나타난 거라고 하시더라고요."

"여자라고? 어떤 여자?"

단초테이는 연애와 유흥에는 누구보다 경험이 많을 테니까, 의외로 그런 말은 정곡을 찌를지도 모른다.

"꽤 젊은 여자래요. ……어쩌면 소녀일지도 모른다고 하셨어요."

"왜 이 카페에 온 손님 꿈에 나타나는 거지?"

"좀 무서운 얘기인데요." 마쓰요는 겁을 먹은 것처럼 목소리를 낮추면서 덧붙였다. "원한을 풀기 위해 원수를 찾아다니는 게 아닐까 하시더라고요."

세이키치는 등골이 오싹하고 온몸에 소름이 돋았다.

"말도 안 돼. 그런 걸 어떻게 알아?"

"물론 그렇게까지 확실히 말씀하신 분은 가후 선생님뿐이지만요. 작가의 직관이란 게, 혹시 숨겨진 진실을 간파하는 거 아닐까요?"

"말도 안 돼. 그건 단순한 망상이야. 작가는 원래 거짓말을 마구 휘갈겨 써서 먹고사는 사람이잖아?"

"하지만 다른 손님들도 쓸쓸한 느낌이었다든지, 하늘이 잔뜩 흐렸다든지, 하나같이 그렇게 말씀하셨어요. 요시 씨도 앞길에 검은 구름이 드리우고 있는 건 확실하다고 하셨잖아요? 검은 나비의 뒤를 따라간 곳은 대부분 깎아지른 절벽이든지, 그보다 더 무시무시한 곳일지도 모른다고 말이죠."

시간이 별로 지나지 않았다곤 하지만, 카페의 여급이 손님의 시시한 이야기를 이렇게까지 선명하게 기억하고 있을까. 세이키치는 불신의 눈으로 마쓰요를 보았다. 그때 장식 선반에 있는 유리그릇이 눈에 들어왔다.

"그래. ……그렇다면 역시 저게 원흉이군."

그는 벌떡 일어서서 장식 선반으로 다가갔다.

"어머나, 그건 안 돼요!"

"괜찮아. 잠깐 보기만 할게."

그는 말리는 마쓰요의 손을 뿌리치고 유리그릇을 들었다. 그 순간, 온몸에 전기가 흐른 듯한 충격을 느끼고 하마터면 유리그릇을 떨어뜨릴 뻔했다. 이건 도대체 무엇인가.

그는 경악한 얼굴로 작은 유리그릇을 응시했다. 표면에는 색유리로 만든 검은 나비가 붙어 있었다. 그는 유리그릇을 뒤집어 보았다. 그곳에도 꽃과 벌레 같은 그림이 있었다. 하지만 앞쪽과는 느낌이 완전히 달랐다. 핑크색 꽃은 거무칙칙하게 시들었고, 밑에 있는 초록색 나비의 애벌레는 죽은 것 같았다.

그는 얼굴을 찡그렸다. 도대체 어떻게 된 일인가.

그때 등 뒤에서 미쓰코의 목소리가 들렸다. "유리그릇에 그렇게 입체적으로 장식하는 방법은 몇 가지가 있어요."

세이키치는 고개를 돌려 말없이 미쓰코의 얼굴을 보았다.

"마르케트리 세공은 갈레가 생각해냈는데, 녹인 유리의 표면에 색유리의 작은 조각을 끼워 넣고 다시 열을 가해서 모양을 만들어내는 거예요. 쪽매붙임 세공에서 힌트를 얻었다고 하더군요. 마찬가지로 아플리카시옹이라는 건 유리 표면에 녹인 다른 유리 조형물을 붙이는 기법이죠. 같은 유리라도 유리그릇 본체와 조형물은 수축률이 달라서, 깨지지 않도록 만드는 건 매우 어려운 기술이라고 하더라고요." 미쓰코는 막힘없이 설명을 이어갔다.

"'파피용 드 뉘이'에는 양쪽 기술이 응축되어 있어요. 지금 막 뒤쪽을 보셨죠? 어떠셨어요?"

"어떻냐니…… 이건 아무리 봐도 불길한 물건이잖아? 이런 걸 왜 그토록 소중하게 카페에 장식해두고 있지?"

미쓰코는 망연히 서 있는 마쓰요에게 몸짓으로 자리를 비켜달라고 했다.

"불길하다고요? 듣고 보니 그렇군요. 그런데 이게 불길한 문양인지 어떻게 아세요?"

그는 유리그릇을 보면서 대답했다. "그야 꽃은 시들고 애벌레는 죽었으니까."

"그래요. 하지만 문제는 뒤쪽 그림만이 아니에요. 뒤쪽과 앞쪽의 그림은 말 그대로 하나이고, 연속된 장면을 나타내고 있죠."

"음?"

무슨 말인지 이해할 수 없어서 세이키치는 말문이 막혔다.

"간단한 얘기예요. 뒤쪽 그림의 애벌레가 앞쪽 그림의 검은 나비로 변신한 거죠."

"하지만 그건……."

"네. 애벌레가 죽었는데 어떻게 검은 나비로 부화하느냐는 말씀이죠? ……대답은 간단해요. 이 검은 나비는 어린 나이에 부조리하게 목숨을 빼앗긴 아이의 영혼이에요."

그는 입을 다물 수 없었다. 어렴풋이 느끼고 있었지만 가장 듣고 싶지 않은 말이었다.

"'파피용 드 뉘이'를 만든 사람은 프랑스 유리 공예가인 장 자크

뒤몽이에요. 갈레나 돔 형제에 비하면 무명이라고 할 수 있지만, 이 작품은 그의 유작이자 최고의 걸작이며, 세상에서 가장 무서운 저주 물이죠."

말투는 담담했지만 그것이 오히려 음침하게 느껴졌다.

"그의 외동딸인 실비는 고작 여섯 살에 근처에 사는 변질자한테 살해됐어요." 미쓰코는 탄식하며 말했다. "실비는 실종됐던 날 밤에 검은 나비가 돼서 가족 앞에 나타났죠. 처참하게 변한 시체로 발견된 건 그로부터 며칠 후의 일이었어요. 뒤몽은 통곡하면서 반드시 복수하겠다고 맹세했지만, 범인은 도망쳐서 결국 잡히지 않았죠. 그 이후, 뒤몽은 침식을 잊고 이 유리그릇을 만들기 시작했어요. 그리고 완성한 날에 유리를 녹이는 화로에 머리를 넣어서 스스로 목숨을 끊었죠."

참으로 가슴 아프고 끔찍한 이야기였다.

그나저나 이 여자는 누구인가. 세이키치는 미쓰코의 얼굴을 구멍이 뚫릴 만큼 똑바로 쳐다보았다.

미쓰코는 만족스러운 미소를 지으며 말했다. "걱정하지 마세요. 범인은 상상을 초월할 만큼 비참하게 죽었다더군요. 죽기 전에 헛소리처럼 검은 나비가 온다고 말했다더라고요."

"그런 원한이 담긴 걸 어째서 여기에……."

미쓰코가 누구인가 하는 것보다, 왜 이런 이야기를 하는지 그녀의 의도를 알 수 없는 것이 세이키치를 더욱 불안하게 만들었다.

"저는 예전에 서양미술품 수입하는 일을 해서, 뒤몽의 유리그릇에 관해서 들은 적이 있었어요. 그때는 미술품에 얽힌 흔히 있는 괴담이라고 생각해서 염두에 두지 않았지만요." 미쓰코는 슬픈 얼굴로 말했다. "작년에 미술품 가게를 팔고, 여기저기에 손을 써서 '파피용 드 뉘이' 진품을 손에 넣었죠. 그리고 카페를 차린 거예요."

"뭐 때문에 그런 걸……."

"미쓰코를 죽인 범인에게 어떻게든 벌을 주고 싶었거든요."

세이키치의 머릿속이 혼란스러웠다. "미쓰코라고?"

"겨우 일곱 살에 죽임을 당한 제 조카의 이름이에요. 제 이름은 한자로 아름다울 미美, 도읍 도都, 아들 자子를 쓰고, 조카 이름은 빛 광光, 아들 자子를 쓰죠. '美都子'는 '光子'에서 연유한 겐지 이름이에요. 제 본명은 지요코고요."

그랬던가……. 세이키치는 큰 충격을 받았다. 상황에 따라서는 가만두지 않겠다는 마음으로 찾아왔지만.

"뒤몽의 유리그릇이 얼마나 무서운 저주물인지는 이 카페를 하고 나서 처음 알았어요." 미쓰코, 아니, 지요코는 비통한 미소를 지으며 말했다. "여성에 대해 기이하게 집착하는 사람들이 자석에 이끌리듯 이 카페를 찾아왔죠. 그중에서 못된 짓을 한 사람에게는 꿈에 검은 나비가 나타나서 심판을 해요. 대부분은 벌을 받진 않지만, 눈감아줄 수 없는 죄를 지은 사람은 그대로 지옥으로 떨어지죠."

요시 씨가 느낀 것과 똑같지 않은가. 세이키치는 저도 모르게 몸을 떨었다.

"이미 두 사람이 도저히 설명할 수 없는 형태로 비명횡사했어요.

어린아이를 죽이거나 학대한 적이 있는 사람이죠. ……유감스럽게도 둘 다 미쓰코를 죽인 범인은 아니었지만요."

지요코의 눈이 분노로 불타기 시작했다.

"하지만 끈질기게 기다린 보람이 있었어요. 마침내 그토록 기다리던 범인이 나타났죠. 당신도 잘 아는 기노시타 요시타케예요."

"무슨 말이야?"

이 여자는 제정신이 아니다. 세이키치는 놀라서 어이가 없었지만 어금니를 악물고 말을 짜냈다.

"애당초 말이야, 당신이 그런 걸 어떻게 알지? 과거에 죄를 지었다든지, 미쓰코를 죽인 범인이라든지?"

"전부 다 들었어요. 신통력을 가진 대사님한테서요."

지요코가 희미하게 웃었다. 설마! 세이키치는 흠칫 놀랐다.

"기노시타 요시타케는 순순히 검은 나비한테 죽임을 당할 예정이었어요. 그 원숭이가 주제넘게 나서서 쓸데없이 방해하지만 않았다면." 지요코는 분한 얼굴로 토해내듯 말했다.

"원숭이라니, 가모 닛사이 선생님 말이야?"

"원숭이가 낙서한 거미줄 같은 것에 검은 나비가 가로막힐 줄은 상상도 못 했어요. 그래서 대사님의 지시에 따라 원숭이를 멀리 보내기로 했죠. 도호쿠에 있는 오래된 가문에서 귀신이 쒼 딸을 구해달라고 애원하는 편지를, 원숭이의 지인인 스님한테 보내달라고 부탁한 거예요."

"그럼 그건 거짓이었다는 건가?"

"아니에요." 지요코는 빙긋이 미소를 지으며 말했다. "전부 사실이에요. 대사님이 직접 귀신이 쐰 분을 찾아낸 뒤 원숭이라면 도와줄 거라고 조언하면서, 그 가족들한테 직접 의뢰하는 편지를 보내라고 했어요. 제 사정으로 한 일이긴 하지만, 힘든 사람을 도와줄 수 있어서 다행이었죠."

세이키치는 벌린 입을 다물 수 없었다.

"대사님은 원숭이 대신 기노시타 요시타케를 구해주는 척하면서 거미줄 그림을 떼어내고, 강력한 '호접의 저주'를 걸어주셨어요. 그런 다음에 어떤 일이 벌어졌는지는 잘 아시죠?"

"그 대사님…… 닛신이란 자는 정체가 뭐지?"

지요코는 고개를 옆으로 흔들며 말했다. "그건 저도 몰라요. 돈만 주면 저주를 걸거나 풀거나 하는 분으로, 땡중이나 가짜 중이라고 하는 사람도 있는 것 같은데, 저에겐 구원의 신이에요. 상상도 할 수 없을 만큼 어마어마한 신통력을 갖고 계셔서, 혹시 사람이 아닌 게 아닐까 생각하는 일도 있지만요."

사람이 아니라면 무엇이란 말인가.

"……뭐, 좋아. 어쨌든 '호접의 저주'라는 걸 풀어주게." 세이키치는 단도직입적으로 말했다.

이 담판에 따라서 요시 씨의 운명이 정해진다.

"이걸로 분노가 가라앉지 않을지도 모르지만, 요시 씨한테는 충분히 보상하라고 하지. 내가 보증함세."

지요코는 손을 입에 대고, 우스워서 견딜 수 없다는 듯이 웃었다.

"오호호호호호……! 농담을 좋아하시는군요. 도대체 어떻게 보상한다는 건가요?"

"사람 무시하지 마! 나도 나름대로 각오를 하고 왔으니까."

세이키치는 목소리에 힘을 주어 말했지만 지요코는 아랑곳하지 않았다.

"어차피 이미 늦었어요."

"뭐야?"

"그 남자라면 이미 헬렐레하면서 유녀의 단골이 됐을 테니까요."

6

숲속을 걷고 있다. 낮부터 뺨에 미세한 안개비를 느꼈지만, 하늘은 구름 한 점 없이 맑았다.

이것이 여우비란 것이리라. 무언가에 홀린 심정이지만, 어차피 계속 상대의 손바닥 위에 있다. 이제 와서 신경 써봤자 소용없으리라.

요시타케는 유혹하듯 나무 사이를 날아가는 검은 나비를 정신없이 쫓아갔다. 돌연 날씨가 우중충해졌다. 어? 드디어 구름이 나온 걸까? 그렇게 생각하고 하늘을 올려다보니, 음침한 둥근 그림자가 태양을 잠식해가는 참이었다.

아아, 이건 개기일식이다. 이윽고 세계는 한밤중처럼 캄캄해질 것이다.

'일식의 빛은 부정해서 보거나 쬐거나 하는 건 좋지 않대요.'

미쓰코의 속삭이는 목소리가 귓가에서 되살아났다.

괜찮아, 상관없어! 한 번 발을 내디딘 이상, 이제 끝까지 가는 수밖에 없다. 앞으로 어떤 일이 벌어질지라도 운명에 맡기는 수밖에 다른 도리가 없는 것이다. 차라리 빨리 쓰루바미루에 도착하기를 바라며 마음이 조급해질 정도였다.

보인다. 나무 간판이다. 하지만 금문자는 완전히 벗겨져서 형체도 없이 사라지고, 판자도 썩어가고 있으며, 주황색 말굽버섯 같은 버섯이 빼곡히 자라나 있었다. 요전에 본 이후 오랜 세월이 흐른 것 같았다.

검은 나비는 나무 간판 옆을 지나서 단숨에 고도를 높였다. 그의 시선 끝에서 쓰루바미루가 전모를 드러냈다. 이번이 세 번째다. 하지만 지난번보다 더욱 황폐해져서 거의 폐허로밖에 보이지 않았다.

유리창은 깨지고 서까래는 무너져서 처마가 축 처진 데다가, 땅에는 깨진 기와가 어지러이 흩어져 있었다. 제등은 이미 흔적도 없이 사라졌다.

문으로 다가가자 거칠게 싸우는 목소리와, 칼과 창이 부딪치는 소리가 들렸다. 어이없는 일이지만 아무리 시간이 지나도 싸움만은 그만둘 수 없는 모양이다. 하지만 요전의 어마어마한 전투에 비하면 조금 진정되고 있는 듯하다. 전쟁은 서서히 가라앉고 있는 걸까.

하지만 문 안을 들여다본 순간, 그의 실낱같은 기대는 공포로 바뀌었다. 전쟁터에는 끔찍할 만큼 시체가 켜켜이 쌓여 있었다. 여기저기에 목이 나뒹굴고, 몸통이 두 동강 난 시체도 있었다. 살아남은 무사의 숫자는 줄었지만 투쟁심은 여전히 왕성했다. 칼이나 창을 정신없이 휘두르는 자도 있었고 맨몸으로 상대에게 돌진하는 자도 있었다. '감로의 우물'을 차지하기 위해 상대의 숨통을 끊으려 광분하고 있는 듯했다.

그러는 와중에도 일식은 서서히 진행되어 주변은 한밤중처럼 캄캄해졌다. 그는 몸을 낮추고 어두운 담 쪽에 붙어서 조용히 누각으로 다가갔다. 작은 화톳불 덕분에 간신히 주변을 둘러볼 수 있었다. 어딘가에 기마와리가 있는 게 아닐까 해서 두리번거렸지만 결국 찾지 못했다.

어쩔 수 없다. 그는 보는 사람이 아무도 없는 걸 확인하고 나서 현관으로 슬쩍 몸을 들이밀었다. 놀랍게도 누각 안에도 시체 몇 구가 굴러다니고 있었다. 그는 살며시 귀틀에 발을 올렸다.

그때였다. 복도 막다른 곳에서 검은 그림자가 사방등의 희미한 불빛을 스윽 가로질렀다. 깜짝 놀라 그의 발이 움츠러들었다. ……방금 그건 뭐였지? 그는 잠시 상황을 살펴본 뒤, 위험하지 않다고 판단하고 조심스럽게 걸음을 내디뎠다. 정체를 알 수 없는 패거리들이 누각 안을 배회하고 있는 듯했다. 묘한 상대를 만나지 않도록 조심해야 한다.

계단을 올라가자 사방등은 헤아릴 수 있을 정도밖에 남아 있지 않았다. 군데군데 연회실의 맹장지가 찢어지거나 없어진 것이 눈에 띄었다. 복도를 지나면서 들여다보니 비명횡사한 오이란의 시신이 방치되어 있어서 황급히 눈을 돌렸다.

복도 모퉁이에서 구부러진 순간, 몬쓰키 하카마 차림의 시체가 큰대자로 뻗어 있었다. 사방등 불빛을 받은 시체는 원통함을 견딜 수없는지 눈을 부릅뜨고 있었다. 핏기를 잃은 얼굴색은 새하얀 밀랍인형 같았다. 검은색 옷에는 논이랑처럼 세련된 세로줄 무늬가 있고호랑나비 문양이 붙어 있었다.

기마와리 로쿠스케의 처참한 모습이었다. 그는 무의식중에 몸을떨고, 두 손을 모아 합장했다. 내일의 자기 모습을 본 듯한 기분이들었다.

어쨌든 지금은 앞길을 서두르자. 누각 안이 이런 상황이라면 연회실도 어떻게 되어 있을지 모른다. 일곱 오이란이 무사한지는 오직신만이 알고 있으리라.

무지개다리는 걸음을 옮길 때마다 바닥에서 삐걱삐걱 소리가 나서 지금이라도 밑이 빠질 것 같았다. 사방등은 전부 꺼졌고, 캄캄한복도는 정적에 감싸여 있었다. 예의 연회실 앞으로 다가갔다. 여기만은 지난번과 마찬가지로 사방등이 화려하게 비추고, 상수리나무와 나비의 맹장지 그림도 변함이 없었다.

크게 숨을 들이쉬고 문고리를 잡으려고 한 순간, 문이 좌우로 열렸다. 커다란 사방등 빛으로 별안간 눈앞이 환해졌다.

"오셨군요! 나리!"

일곱 오이란이 웃는 얼굴로 합창했다. 다행이다, 다들 무사했구나. 그는 저주도 잊어버리고 안도의 한숨을 내쉬었다. 하지만 옆에서 대기하던 덩치 큰 노파의 모습을 본 순간, 흠칫 놀라며 숨을 들이마셨다. 누더기처럼 보이는 칙칙한 색의 기모노로 몸을 감싸고 있지만, 옅은 먹색에 검은색 섞은 나무 문양이 들어가 있는 듯했다. 그것과는 대조적으로 격자무늬 오비는 눈이 아플 만큼 선명한 빨간색과 검은색 줄무늬였다.

"유가오 벳토, 입니다." 노파는 고개를 숙이고 눈을 감은 채, 부자연스러운 가성으로 인사했다.

원래 목소리는 남자처럼 낮은 걸까?

그나저나 '벳토別當'란 뭘까, 하고 그는 생각했다. 옛날부터 자주 들었고 높은 지위인 듯하지만, 잘 모르는 직위였다. 《겐지 이야기》에 '뇨벳토女別當'라는 궁녀가 있는데, 그걸 본뜬 걸까. 유곽에서는 어느 정도의 지위일까. 어쩌면 관리인 할멈에게 거창해 보이는 직위를 붙여준 것일지도 모르지만.

유가오 벳토는 입을 다물고 고개를 들지 않을 뿐만 아니라 눈조차 뜨려고 하지 않았다. 생각 탓인지 오이란들도 거리를 두는 것처럼 보였다. 도모에도 상당히 음침한 느낌이었지만, 이 노파에 비할 바가 아니다.

유가오 벳토가 엎드린 채 말했다. "오늘 세 번째 오시는 날이라고 들었습니다. 쓰루바미루 일동은 뭐라고 감사의 말씀을 드려야 좋을지 모르겠습니다."

"음, 이건 얼마 안 되지만."

요시타케는 꽃값이 들어 있는 벚꽃색 보자기를 방바닥에 놓았다.

유가오 벳토는 무릎으로 걸어와 이마에 붙이듯이 들어 올렸다.

"감사히 받았습니다."

유가와 벳토는 얼마가 들었는지 확인하지 않고 품에 넣었다.

"오늘은 소원이 이루어져서, 마침내 단골이 될 오이란을 선택하실 날입니다. 보시다시피 다들 이렇게 가슴에 희망을 품고 기다리고 있답니다." 유가와 벳토는 거대한 기둥에 기댄 오이란들을 둘러보며 말했다. "침실에 드실 준비는 되어 있습니다. 어떠신가요? 마음은 이미 정하셨나요?"

그는 조용히 눈을 감았다. 누구를 선택하는 게 좋을까.

일곱 오이란은 모두 조금씩 망설이게 되는 부분이 있었다. 하지만 그중에서 구태여 선택해야 한다면.

루리다. 이 여인 말고 다른 여인은 없다. 머리를 감싸고 생각한 끝에 내린 결론이었다. 그는 루리를 힐끔 보았다. 루리도 자신을 보는 걸 알았는지, 뺨을 발그스름하게 물들이고 뜨거운 시선을 보냈다.

처음 시작은 검은 나비였다. 꿈에 나타나서 이 쓰루바미루로 이끌었으니까 원령이나 불행을 가져오는 심부름꾼으로밖에 생각할 수 없다. 그래서 검은 나비를 연상시키는 덧옷을 입은 오이란은 선택할 수 없었다. 루리와 고마다라를 맨 처음에 제외한 것은 그것 때문이었다. 하지만 루리색 줄무늬를 봤을 때, 검은 나비나 상복을 연상하는 자가 몇 명이나 될까.

루리색은 칠보 중 하나인 라피스라줄리에서 유래한다고 한다. 마물을 쫓고 행운을 부르는 귀한 보석이다. 어쩌면 그 순수한 파란빛은 사악한 검은색을 지워줄지도 모른다. 또 하나는 소박한 직감이었다. 그 여인에게서는 사악한 기운을 손톱만큼도 느낄 수 없었다. 고민이 될 때는 직감에 맡기는 편이 좋다. 그것은 과거에 수많은 아수라장을 헤쳐나온 경험에서 얻은 흔들림 없는 철칙이었다.

"음, 모두 꽃처럼 아름다워서 결정하기 힘들지만, 언제까지나 망설일 수만은 없겠지." 그는 겨우 입을 열고 덧붙였다. "내가 선택할 사람은……."

그때, 갑자기 선명한 붉은색이 그의 시야로 파고 들어왔다.

히오도시다.

왜 그 여인이 마음에 걸리는 걸까. 아름답고 애교가 있지만 갑옷에서 유래하는 피비린내 나는 이름이라서, 절대로 선택하지 않겠다고 결론을 내렸는데. 핏자국이 눈에 띄지 않도록 붉은 실로 꿰맸던 갑옷이, 오랜 세월에 걸쳐 적갈색으로 변한 것이 히오도시의 시작이라고 한다.

말라붙은 피 색깔…….

다시 기억 속에서 무언가가 꿈틀거렸다.

괴로워하는 신음 소리. 부드러운 뭔가를 잡은 손바닥의 감촉. 창문을 통해 서고 안으로 새어 들어오는 몇 줄기 빛.

그는 말을 끊고 손으로 입을 덮었다. 격렬한 욕망으로 인한 통증이 온몸을 습격했다. 다음 순간, 생각지도 못한 말이 그의 입을 뚫고 나왔다.

"……오미쓰."

연회실이 소란스러워졌다. 아름다운 여인들의 표정이 흐려지면서 일제히 얼굴을 돌렸다.

유가오 벳토가 믿을 수 없다는 목소리로 물었다. "지금 오미쓰라고 하셨나요? 그 애는 아직 어린애입니다만."

"아니, 그건."

그는 말문이 막혔지만 이제 와서 말을 번복할 수는 없었다. 갑자기 교묘한 말이 그의 입을 뚫고 술술 나왔다.

"오미쓰는 연회실에 **얼굴을 내밀 수**는 있지만, **들어올 수**는 없는 규칙이 있다는 건 지난번에도 들었네. 하물며 손님을 맞는 건 당치도 않다고 생각하지만. 난 이래 봬도 요시와라부터 사창가, 유흥가, 카페까지 안 다녀본 곳이 없네. 평범한 놀이는 질릴 만큼 해봤지. 가끔은 익기 전의 파릇한 열매를 맛보는 것도 재미있을 것 같은데."

"아니, 안 됩니다! 그 애는 보쿠토⋯⋯!"

베니스즈메가 그렇게 말한 순간, 자리의 긴장감은 극에 달했다.

"보쿠토라니, 그게 무슨 말이지?"

그는 무슨 말인지 이해할 수 없었다. 한자로는 '墨東'이라고 쓸까? 설마 '木刀'는 아니겠지.

"사실을 말씀드리면, 오미쓰는 이제 가무로가 아닙니다." 유가오 벳토가 자세를 바로잡고 음침한 가성으로 말했다. "이 누각의 맨 아래층에는 '보쿠토'라는 욕탕이 있지요. 이번에 오미쓰는 유나온천 여관의 하녀로 일하게 됐습니다. 아직 때도 제대로 밀지 못하는 수습이지만요."

자신이 모르는 사이에 그런 일이 있었던가. 그는 오미쓰가 가여워서 견딜 수 없었다.

쓰루바미루는 유곽이라고만 생각했는데, 어찌된 일인지 온천에다 유나까지 있는 것 같다. 구태여 따지자면 양쪽 모두 몸을 파는 일일지 모르지만, 유곽에서는 오이란으로 올라가면 색덧옷으로 몸을 감싸고 화려한 오이란 행차의 주인공이 될 수도 있다. 오직 남자에게 봉사해야 하는 유나와는 하늘과 땅 차이가 있는 것이다. 그 소녀는 그렇게 어린 나이에 이런 사실을 알고 있을까.

오미쓰가 유곽에서 쫓겨난 이유는 모르지만, 설마 지난번에 이름을 쓰지 못했기 때문은 아니겠지. 한편, 마음 깊은 곳에서는 온몸이 떨릴 만큼 강렬한 욕망이 솟구치고 있었다.

그는 유가오 벳토를 열심히 설득했다. "그렇다면 이것도 특별한 인연이군. 내가 오미쓰의 첫 번째 손님이 되겠네. 아까 꽃값은 그것에 사용해주게."

"……간곡한 부탁이라면 등은 씻겨드리라고 할 수 있지만." 유가오 벳토는 혼잣말처럼 중얼거리고는 겨우 얼굴을 들었다.

그녀의 얼굴을 보고 요시타케는 깜짝 놀랐다. 좀처럼 볼 수 없을 만큼 무섭게 생긴 얼굴이었다. 해골을 떠올리게 하는 거대한 눈은 대부분 허무해 보이는 검은자위로, 무표정하면서도 노려보는 듯한 험악함이 느껴졌다.

"잘 부탁하네."

"알겠습니다. 잠시만 기다려주시겠습니까?"

유가오 벳토가 연회실에서 나가자 그 자리에는 차가운 분위기가 떠다녔다. 어쩔 수 없다. 그는 이제 마음을 굳게 먹는 수밖에 없었다. 화를 낼 거라 생각하고 루리를 쳐다보니 의외로 근심 어린 눈길이 돌아왔다.

"나리, 무슨 일이 있어도 가실 건가요?" 루리가 숨죽인 목소리로 물었다.

"음, 땀을 좀 흘렸거든. 잠깐 목욕을 하고 싶어서 그래. 금방 돌아오겠네."

"오미쓰는 아직 어린애예요. 부디 좋지 않은 짓은 삼가주세요." 베니스즈메가 못을 박았다.

"하하, 내가 무슨 짓을 한다는 건가?"

대화를 듣고 있던 오이란들은 일제히 쿡쿡거리며 의미심장하게 웃었다. 마치 사람이 아니라 하찮은 생물을 보는 듯한 눈길이었다. 이건 뭐지? 그는 약간 기분이 상했다.

······하지만 잠시 후에 욕탕에서 오미쓰를 만난다고 생각하니, 그런 것도 마음에 걸리지 않았다. 이 연회실에도 다시는 올 일이 없으리라.

그때 연회실 문이 열리고 유가오 벳토가 정중하게 말했다. "욕탕 준비가 되었습니다."

머리를 조아리는 모습이 깜짝 놀랄 만큼 크게 보였다. 눈의 착각일까? 격자무늬 오비의 빨간색과 검은색 줄무늬가 눈에 들어왔다.

"그럼 갔다 올게." 요시타케가 일어서면서 말했다.

"그럼 안녕히." 루리가 작별의 말을 중얼거렸다.

거대한 누각의 계단을 내려가 유가와 벳토가 가르쳐준 대로 걸어가자, '木湯'이라고 쓰인 초라한 나무 팻말이 벽에 걸려 있었다. 순간적으로 '기유'라고 읽을 뻔했지만, 아까 들은 '보쿠토'가 이곳이리라. 바로 옆에는 밑으로 이어지는 좁은 계단이 입을 벌리고 있었다. 계단을 들여다보니, 저도 모르게 주춤거릴 만큼 경사가 급했다. 오래된 일본 가옥에 흔히 있는 계단보다 경사가 더 심해서 마치 사다리 같았다. 이렇다면 몸의 방향을 바꾸어 위쪽을 잡고 조심해서 내려가는 수밖에 없다.

계단 밑은 두 평이나 될까 말까 한 좁은 탈의장이었다. 사람이 있었던 기척은 없지만, 불이 켜진 도자기 등잔이 바닥에 놓여 있었다. 이것이 없으면 완벽한 어둠이었으리라. 조심스럽게 등잔을 들고 앞쪽을 비춰보니, 아래층으로 내려가는 계단이 보였다. 이것이 지옥 순례의 시작인가.

다리가 떨리는 것이 느껴졌지만 되돌아갈 마음은 들지 않았다. 몸의 깊은 안쪽에서 꿈틀거리는 충동은 모든 것에 우선했다. 그로 인해 목숨을 잃더라도, 욕망에 제동이 걸릴 때까지는 멈출 수 없었다.

이번 계단은 조금 전 계단보다 경사가 더 급하고, 발 딛는 곳도 좁았다. 난간 대신 걸쳐져 있는 밧줄을 잡으면서 내려갈 수밖에 없는데, 그런 탓에 등잔을 가져갈 수 없었다. 발밑은 캄캄해서 하나도 보이지 않았다. 더구나 아무리 내려가도 바닥에 발이 닿지 않았다. 마치 깊은 우물의 바닥으로 내려가는 것 같았다. 불안이 밀려와서 올려다보자 지금 내려온 계단의 입구가 네모난 불빛처럼 보였다.

새삼 생각해보니, 욕탕으로 가는 길치고는 너무나 이상하지 않은가. 아뿔싸. 역시 속은 걸까. 그렇게 생각한 순간, 겨우 바닥에 도착했다.

주변에는 칠흑 같은 어둠이 펼쳐져 있는 줄 알았더니, 빙글 둘러보자 깜빡이는 불빛이 한 군데 보였다. 그는 그쪽을 향해 걸음을 내디뎠다. 한참을 걸어가자 조금 떨어진 앞쪽에서, 위쪽 계단에 있었던 것과 똑같은 등잔이 보였다. 그 위에 또 '보쿠토'라고 쓰인 나무 팻말이 걸려 있었다.

여기에서 어디로 가면 될까? 다시 한번 팻말을 보았다. 그러자 글자가 희미해져서 확실하진 않지만 앞 글자가 '나무 목木'이 아니라 '머리 감을 목沐'인 듯했다.

이유는 알 수 없었지만, 그 순간 불길한 예감이 들었다.

정신을 가다듬고 다시 입구를 찾았다. 분명히 이 근처에 있을 것이다…….

그때 바로 눈앞에서 입구를 발견했다. 왜 지금까지 찾지 못했는지 이상할 정도였다. 등잔을 높이 들고 확인하니 아주 높은 한 장짜리 나무판 벽에, 세로로 커다란 틈이 벌어져 있었다. 꼭 거대한 여자의 음부처럼 보였다. 겨우 한 사람이 지나갈 수 있을 것 같았지만, 정말로 여기로 들어가는 걸까. 좁은 틈을 빠져나갈 때, 등잔이 바닥에 떨어져서 깨졌다. 깜짝 놀랐지만 다행히 불은 나지 않고 등잔불만 꺼졌을 뿐이다.

……그때 '목탕沐湯'이란 단순한 목욕이 아니라 탕관湯灌을 가리
킨다는 사실이 떠올랐다. 무구탕無垢湯이라고도 하는데, 매장하기 전
에 시신을 깨끗이 씻는 것이다. 불안이 다시 목구멍까지 차올랐다.
기분 나쁜 두통과 함께 구토증이 치밀었다.

돌아간다면 여기가 마지막이리라. 뭔가 이상하다. 이 앞으로 가서
는 안 된다. 지금 당장 발길을 돌려야 한다. 그렇게 생각했지만 자신
이 그렇게 하지 않으리란 건 알고 있었다.

틈의 건너편은 약간 온도가 높고 공기가 습한 것 같았다. 온천에
서 나는 듯한 물소리가 희미하게 들렸다. 어둠 속에서 발을 앞으로
내밀려고 했을 때, 조금 앞에서 미닫이문이 열리는 소리가 들렸다.
정면이 어렴풋이 밝아지고 따뜻한 공기가 화악 밀려왔다. 미닫이문
안쪽이 욕탕인 듯하다.

"……으후후후."

오미쓰의 웃음소리다. 마음이 시들어가던 그는 곧장 안으로 용감
하게 뛰어들었다.

자욱한 수증기 사이에서 오미쓰는 한순간 얼굴을 보였다가 곧바
로 뒤로 물러섰다. 하지만 그의 눈에는 붉은색이 선명하게 새겨졌
다. 물에 젖어서 반쯤 투명해진, 여성용 나가주반기모노 안에 입는 긴 속옷
색깔이.

"오미쓰." 그는 비틀거리며 미닫이문에 도착했다. "어디 있어?"

자욱한 수증기로 인해 앞이 보이지 않았다. 하지만 목소리의 반향

상태로 그곳이 대욕탕임은 알 수 있었다.

옷 벗는 시간도 아까워서 그대로 앞으로 나아갔다. 겨우 몇 걸음 만에 욕조에 닿았다. 나무 테두리는 바닥보다 약간 높았다. 그는 조용히 테두리를 넘어서 탕에 발을 넣었다.

거목의 안을 파낸 듯이 거대한 욕조 같았다. 편백나무와는 다른 나무 향이 코끝을 스쳤다. 발효한 술 냄새 같은 새콤달콤한 향기도.

욕조 바닥에는 진흙 같은 게 쌓여 있어서 복사뼈까지 빠졌다. 다시 걸음을 내딛자 놀랄 만큼 바닥이 깊어서 몸이 푹 잠기는 듯했다. 그는 황급히 손을 휘저어서 물 위로 떠올랐다. 걸쭉한 물을 조금 마셨더니 뜻밖에도 입안에 달콤함이 퍼져나갔다.

"으후후후, 어때요? 달콤하죠? 술 욕탕이에요. 물에 단술을 듬뿍 넣었대요."

앞쪽에서 오미쓰의 목소리가 들렸다. 상상도 하지 못한 요염한 목소리였다. 요전에는 말수가 없는 어린애로밖에 보이지 않았는데.

"단술? 왜 그런……."

"물을 막 데운 터라 아직 저밖에 들어오지 않았어요. 드셔도 괜찮아요."

술의 자극적인 냄새가 코를 찔렀다. 와인통 냄새나 위스키의 이탄 향, 그리고 은행을 연상케 하는 냄새도. 혀 위에 남은 희미한 쓴맛과 신맛은 예전에 먹어본 적이 없을 만큼 풍부하고 매력적이었다. 결코 단술처럼 단순한 맛이 아니었다. 그는 어느새 얼큰하게 취하고 천박 스러울 만큼 흥분했다.

"오미쓰, 어디 있지? 더는 애태우지 말고 모습을 보여주렴."

"네, 나리."

소녀의 상냥한 목소리가 거대한 생물의 목소리처럼 욕탕 가득히 울려 퍼졌다.

"조금만 더 이쪽으로 오세요."

그는 따뜻한 수증기 속에서 앞으로 나아갔다. 욕조 바닥에 쌓인 진흙 같은 것에 발이 빠져서 미끄러질 것 같았다. 이번에는 끈적끈적한 실 같은 것이 손에 닿았다.

이건 또 뭐지? 벌레잡이용 끈끈이처럼 손가락 끝에 달라붙었지만, 워낙 단단해서 떼어낼 수 없었다. 마치 두꺼운 거미줄 같은……. 깜짝 놀라 주변을 둘러보니 끈적끈적한 실은 허공에서 욕탕 안까지 종횡무진 둘러쳐져 있어서, 되돌아가려고 하면 반드시 어딘가에서 가로막히게 되어 있었다. 이제 앞으로 가는 수밖에 없는 것이다.

순간, 따뜻한 물속에 있음에도 온몸에 소름이 돋았다. 어쩌면 여기는 저주스러운 마물의 소굴일지도 모른다. 그렇다면 자신은 완전히 사로잡힌 걸까.

"자, 조금만 더 오시면 돼요. ……이제 아주 조금만."

그때 폭발하는 듯한 소리와 함께 눈앞에 거대한 물기둥이 솟구쳤다. 그와 동시에 욕탕의 물이 성난 파도처럼 밀려와 머리 위에서 엄청난 물보라가 쏟아졌다. 하마터면 물보라를 정면으로 맞을 뻔했지만 가까스로 몸을 세워서 피했다.

"드디어 오셨군요. 기다리다 지쳤거든요."

그는 오미쓰의 목소리가 머리 위의 높은 곳에서 내려오고 있다는 걸 알아차렸다.

"오미쓰, 지금 어디에 있어?"

그는 공포로 숨을 헐떡이며 허공을 올려다보았다. 수증기가 희미해지면서 오미쓰는 겨우 자신의 정체를 드러냈다.

"너무 빤히 쳐다보지 마세요. 창피해요."

그의 눈앞에 우뚝 서 있는 것은 물에 젖어 번들번들 빛나는 화려한 검붉은색 물체…… 수많은 마디로 이루어진 거대한 애벌레의 몸통이었다. 선인장처럼 날카로운 가시가 사방팔방으로 뻗어 있고, 그로테스크한 배에는 갈고리발톱이 달린 짧은 다리가 줄줄이 늘어서서 꿈틀거렸다.

그는 비통하게 울부짖었다. "헉! 뭐야! 이게 어떻게 된 거지?"

"우후후후, 이제 알았어요? 이런 몸으론 연회실에 들어갈 수 없잖아요?"

그는 목소리가 나는 쪽을 향해 시선을 위쪽으로 올렸다. 몸통의 끝에 오미쓰의 얼굴과 상반신이 있었다. 오미쓰는 욕탕의 천장에 닿을 듯이 솟구쳐 있고, 좁아서 답답하다는 듯이 머리를 비틀어 그를 내려다보았다. 덩굴이 늘어진 소매 아래, 끊임없이 손짓하듯 두 팔을 이리저리 흔들고 있었지만, 이미 인간의 팔이 아니라 곤충의 더듬이 같은 기이한 동작이다.

"자, 자, 잠깐만! 오미쓰. 나…… 나는…… 아…… 아니……."

사랑스러운 소녀의 얼굴에서 미소가 서서히 좌우로 퍼져 나갔다.

그대로 입이 크게 찢어지면서 두 개의 길고 커다란 검은 송곳니가
자라나더니 집게처럼 좌우로 쫙 벌어졌다.

"으아아아아아아아……!"

그는 공포에 짓눌려 절규하면서 도망치려고 했지만, 온몸이 얼어
붙고 발에 진흙이 달라붙어서 꼼짝도 할 수 없었다.

"이히히히히히히……! 움직이면 안 돼요."

오미쓰는 어이가 없을 만큼 기다란, 소름 끼치는 검붉은색 몸통을
구부려 요시타케를 뒤덮었다. 검은 낫 같은 큰 턱을 좌우로 3척 정
도 벌린 소녀의 얼굴이 가까이 다가왔다. 진수성찬을 앞에 두고, 황
홀한 표정으로 눈을 가늘게 뜨면서.

7

"이럴 수가!"

여장旅裝도 풀지 않고 나타난 가모 닛사이는 산시테이의 덧문 뒤
쪽에 붙은 수많은 부적을 보자마자 경악한 표정을 지었다.

"뿔대사의 호부입니다." 세이키치가 면목없다는 목소리로 대답
했다.

"어리석긴! 이건 모두 가짜야! 불길한 저주의 부적이라고!"

부적에 그려져 있는 건 언뜻 보기에 뿔대사의 모습 같지만, 자세
히 보니 꼬리와 송곳니가 있는 등 세세한 부분이 달랐다.

"내가 붙이라고 한 부적은 어떻게 했지?"

"모두 닛신, 그 가짜 중이 떼어내고 대신 이걸 붙이라고 했습니다. 그런 사기꾼일 줄은 꿈에도 몰랐습니다." 세이키치는 분노를 이기지 못해 저주의 부적을 하나씩 떼어내서 갈기갈기 찢었다.

"됐네. 이제 와서 떼어내봤자 소용없어."

닛사이는 세이키치를 제지하고 산시테이로 들어갔다. 그러곤 침실로 들어가서 어두운 눈길로 도자기 베개를 내려다보았다.

"이 베개도 닛신이 가져온 건데……."

세이키치의 말이 끝나기도 전에 닛사이는 손에 든 큰 칼로 도자기 베개를 내리쳤다. 베개가 두 동강 나면서 작은 파편이 사방으로 튀었다.

"이건 호접몽을 그려 넣은 베개군. 여기에 저주의 흔적이 있네."

닛사이는 칼로 베개의 잔해를 가리켰다. 그곳에는 바싹 마른 벌레의 사체가 빼곡히 들어 있었다. 이런 베개를 베고 자면 악몽을 꾸는 게 당연하다. 세이키치는 등골이 서늘해졌다.

"그 닛신이란 작자는 어떤 인간인가요?"

닛사이는 세이키치를 힐끔 쳐다보면서 말했다. "그건 인간이 아니네."

"네?"

세이키치는 어안이 벙벙해졌다. 지요코도 그런 말을 했지만, 설마 인간이 아니었을 줄이야.

"그자의 이름은 정확하게는 이렇게 쓰지."

닛사이의 설명에 따르면 정확한 한자는 태양이 뒤흔들린다는 뜻의 '日震'이라고 한다.

"나는 지난 이십 년간 계속 그놈을 쫓아왔네. 그 때문에 이름도 닛사이로 만들었지. 그런데 그놈한테 감쪽같이 속아서, 오슈까지 갈 줄은 꿈에도 몰랐네." 닛사이는 분한 듯이 이를 악물고 말했다. "소녀한테 씐 악령이 너무나 강력해서 생각보다 시간이 오래 걸렸어. 설마 내가 없는 사이에 놈이 직접 나타났을 줄이야. 내 불찰이네."

"죄송합니다. 제가 곁에 있었으면서 이렇게 되다니." 세이키치는 깊숙이 고개를 떨구었다.

"요시타케가 발견된 곳은 어디지?"

"네, 이쪽입니다."

세이키치는 앞장서서 산시테이의 바로 뒤쪽에 있는 숲으로 들어갔다. 장마가 끝나기 전의 상수리나무 숲에는 부슬부슬 비가 내리고 있었다. 싸늘한 바람을 맞고 세이키치는 몸을 떨었다.

닛사이는 한 그루씩 나무를 확인하다가 가장 훌륭한 거목 앞에서 걸음을 멈추었다.

"네, 여기입니다……. 요시 씨가 발견된 곳은." 세이키치의 목소리가 파르르 떨렸다.

닛사이는 이 나무인 줄 어떻게 알았을까.

"제정신을 잃은 채 침을 질질 흘리고 있었던 데다, 눈의 초점도 맞지 않았습니다. 혼이 빠져나간 것 같았지요."

"그랬겠지." 닛사이는 무겁게 고개를 끄덕였다.

"요시 씨는 나을까요? 의사는 지금으로선 뭐라고 말할 수 없다고 했습니다만."

"그자는 영혼을 모두 먹혀서 이미 단순한 허물에 불과하네. 허물만 남은 매미가 어떻게 목숨을 되찾겠나? 그런 일은 앞으로 없을 걸세."

각오는 했지만 세이키치는 어깨를 떨구었다.

닛사이는 거대한 상수리나무 위쪽을 자세하게 관찰했다. 수액의 꿀이 흐르는 곳 주변에는 수많은 나방과 나비, 사슴벌레 같은 곤충이 떼 지어 있었다.

"쓰루바미루는 이 나무일세. '쓰루바미'란 상수리나무의 옛 이름이고, 죽은 자를 애도하는 상복을 염색하는 염료이기도 했지."

그런 일이 실제로 있단 말인가. 세이키치는 안타까운 눈길로 거목을 바라보았다.

"……그자가 입었던 몬쓰키도 쓰루바미 염색이야."

모든 것이 주도면밀하게 짜놓은 함정이었던가. 세이키치는 한순간 숨을 쉴 수 없었다.

"발효한 상수리나무 수액은 곤충들에겐 술이나 마찬가지지. 모두 술집에 모여 천박하게 술을 빼앗아 마시면서 오직 취하는 걸세. 이렇게 큰 나무에서는 여러 술자리가 벌어지겠지."

닛사이는 곤충이 모여 있는 곳을 순서대로 칼로 가리켰다.

제일 먼저 눈에 띄는, 수액이 가장 많이 새어나온 곳에서는 장수풍뎅이와 사슴벌레, 장수말벌, 하늘소, 풍뎅이 등이 수액을 둘러싸고 치열하게 싸우고 있었다.

쥐엄나무벌레라고도 불리는 장수풍뎅이는 뿔로 상대를 들어 올리고, 사슴벌레는 큰 턱으로 끼워서 호쾌하게 날려버린다. 장수말벌, 일명 큰곰벌은 큰 턱과 바늘도 들어가지 않는 딱정벌레를 집요하게 공격했다. 그 모습은 치열한 전투를 보는 것 같았다. 조금 높은 곳에 있는 다른 술자리에는 나비와 나방 종류가 모여 있었다.

"여기에 있는 게 루리다테하초청띠신선나비, 거기 있는 게 고마다라초흑백알락나비일세. 그 옆에 있는 게 구자쿠초공작나비, 베니스즈메주홍박각시, 오무라사키왕오색나비, 고무라사키황오색나비, 히오도시초들신선나비지."

닛사이는 한 마리씩 나비의 이름을 말하며 뜻밖의 박식함을 자랑했다. 들은 적이 있는 이름을 듣고 세이키치는 깜짝 놀랐다.

검은색 바탕에 루리색 줄무늬가 있는 청띠신선나비와, 마찬가지로 검은색 바탕에 하얀색 반점이 박힌 흑백알락나비는 양쪽 모두 검은 나비를 연상시켰다. 세이키치는 요시타케가 말했던 오이란들의 색겉옷을 떠올렸다. 공작나비가 펼쳐져 있던 날개를 접었다. 붉은색 바탕에 커다란 푸른색 눈알 모양이 아름다운 날개의 앞면과 달리, 가느다란 주름이 있는 뒷면은 상복 같은 검은색이었다.

"요시 씨가 만났던 오이란은 모두 이 나비들이었나요?"

세이키치는 나비들 사이에서 수액을 빨아먹고 있는 주홍박각시를 보았다. 나비에 비해 몸통이 작고 땅딸막하며 현란해서, 다른 종류라고 해도 이상하지 않을 만큼 위화감이 들었다. 하지만 황록색과 홍록색 날개는 나비보다 아름답고, 가냘픈 다리는 놀라울 만큼 새하얬다.

조금 떨어진 곳에서는 우아한 분홍색 바탕에 커다란 눈알 문양이 있는 나비와, 거무칙칙한 갈색 바탕에 드넓은 소용돌이를 휘감는 눈 모양이 있는 나방이 날개를 쉬고 있었다. 닛사이한테 묻지 않더라도 그것들이 히카게초그늘나비와 도모에가톱니태극나방임을 알았다.

　"이게 유가오 벳토. 다른 이름은 에비가라스즈메가박각시지."

　닛사이가 가리킨 것은 전체적으로 칙칙한 색에다 몸통은 새우를 연상시키는 붉은색과 검은색 줄무늬로 된 큰 나방이었다. 커다란 겹눈은 새까맣고, 얼굴은 기묘하리만큼 험악해 보였다.

　"나방 중에 그렇게 거창한 이름을 가진 녀석이 있었나요?" 세이키치는 벌린 입을 다물지 못했다.

　그때 불온한 날갯짓 소리가 들렸다. 소리가 난 곳을 쳐다보니, 나비가 떼 지어 있는 곳에 장수말벌이 한 마리 날아온 참이었다. 대부분의 나비가 뒷걸음질 치는 가운데, 나비 한 마리가 과감하게 대항했다. 오무라사키다. 흉포한 장수말벌에도 기죽지 않고 격렬한 날갯짓으로 위협하며 수액 술자리의 특등석을 넘겨주려고 하지 않았다.

　"이 녀석은 본래 매우 용감한 나비지. 새를 쫓아갈 정도라네." 닛사이는 영리한 원숭이처럼 보이는 눈을 가늘게 뜨고 웃으면서 말했다. "하지만 그것도 이상할 게 없지. 왕오색나비와 황오색나비는 다른 나비와 달리, 암컷의 날개는 매우 소박하다네. 청자색으로 빛나는 아름다운 날개를 가지고 있는 건 수컷뿐이지."

　"네? 그럼 오이란 중 두 명은 남자였다는 말씀인가요?" 세이키치는 아연실색했다.

유곽에서는 있을 수 없는 일이다. 요시타케는 이 나비들에게 멋지게 당한 것이다. 애초에 나비가 사람으로 위장한 것이니까, 수컷이든 암컷이든 이제 와서는 아무 상관이 없지만.

"특별히 나비들이 오이란인 척하며 요시타케한테 추파를 던진 게 아닐세. 쓰루바미루라는 유곽도, 일곱 명 중에서 한 명을 고르게 하는 규칙도 모두 저주가 만들어낸 환상에 불과하지." 닛사이는 조롱하듯 누런 치아를 드러내며 히죽 웃었다. "모든 게 화려한 겉모습에 눈이 멀어서 본질을 보려고 하지 않은, 그자의 어리석음이 초래한 결과라네."

그런가, 하고 세이키치는 생각했다.

요시 씨는 타고난 예민한 감수성과 지혜를 짜내 오이란의 정체를 간파하려고 했다. 실제로는 나비와 나방의 특징을 무의미하게 논했을 뿐일지도 모르지만⋯⋯.

잠깐만. 그렇다면 결국 누구를 선택하든 큰 차이가 없고, 커다란 재앙도 없었던 게 아닐까.

"닛사이 선생님, 요시 씨는 어떤 나비를 선택해서 그렇게 된 것일까요?"

"아마 나비가 아니었을 걸세. 어느 걸 선택해도 고작해야 퇴짜를 맞을 뿐, 영혼을 잡아먹히는 끔찍한 꼴은 당하지 않았을 거야." 닛사이는 나무줄기에 걸려 있던 작은 풍뎅이의 사체를 집어 올리며 말했다. "이 녀석은 기마와리군. 썩은 나무와 고엽을 먹는, 무해한 익살꾼이지."

전체적으로 새까맣고 굵은 몸통에는 세로줄 무늬가 있으며 여섯 개의 다리는 가늘고 길었다. 이 곤충이 호칸의 정체였던가. 너무도 기괴한 이야기가 계속 이어져서, 이해하려고 하면 머리가 이상해질 것 같았다.

"이상하군. 이 주변일 텐데." 닛사이는 신중한 얼굴로 상수리나무를 확인하면서 말했다. "음, 여기에 있군!"

그는 다시 거무칙칙한 다른 풍뎅이의 사체를 집어 올렸다. 무언가에 잡아먹혔는지, 절반 정도밖에 남아 있지 않았다.

"그건 뭐죠?" 세이키치가 멈칫거리며 얼굴을 가까이 대고 물었다.

"이 녀석은 수액에 모이는 하찮은 벌레의 일종이지. 이름은 넉점나무쑤시기라고 하네."

"넉점나무……쑤, 쑤시기……라고요?"

가만있자. 요시 씨의 꿈에 그런 이름의 녀석이 나왔던가.

온몸이 새카맣고, 큰 턱이 눈에 띄어서 사슴벌레의 수컷처럼도 보이지만, 그보다 훨씬 작다. 또한 등에는 네 개의 빨간 문양이 박혀 있다. ……'넷 대칭 뿔' 가문의 문양과 똑같은.

그렇게 생각하자 넉점나무쑤시기가 검은색 몬쓰키를 입고 있는 것처럼 보였다.

헉. 설마.

"이 녀석의 면상을 잘 보게."

닛사이의 말에 따라 세이키치는 그 자리에 웅크리고 앉아 자세히 들여다보았다. 큰 턱이 좌우 비대칭으로 되어 있다. 요시 씨도 턱이 조금 좌우로 틀어져 있지만…… 더 꼼꼼히 살펴보니 왼쪽 겹눈의 위아래에 마치 면도칼로 자른 듯한 깊은 상처가 보였다. 요시 씨의 왼쪽 눈의 위아래에도 이런 식으로 짧은 칼자국이 있었다. 예전에 있었던 칼부림의 흔적으로, 요시 씨의 자랑거리였다. 술이 들어가면 종종 간토 지역에서 이름을 날린 협객과 막상막하로 싸웠다는 무용담을 자랑스레 늘어놓곤 했다. 넉점나무쑤시기의 얼굴에 요시 씨의 모습이 겹쳤다.

"으아아앗! 요, 요시 씨."

세이키치는 그 자리에 주저앉을 뻔했다.

"이 녀석은 수액을 먹으러 온 게 아니야. 타고난 육식가인데, 수액에 이끌려온 초파리 같은 곤충이 산란한다는 걸 알고 있고, 그 애벌레를 더할 수 없이 좋아하지."

……세이키치는 알고 있었다. 요시타케의 왼쪽 눈에 상처를 낸 사람은 그의 아버지라는 걸. 어린 소녀에게 못된 짓을 한 걸 알고 미친 듯이 분노한 그의 아버지에게 기다란 요도腰刀로 왼쪽 눈 위를 베였다는 걸.

"이 넉점나무쑤시기야말로 요시타케의 꿈속에 나타난 그의 화신이지."

"그, 그런데, 그게, 왜 지금 여기에 있는 거죠?" 세이키치는 저도 모르게 말을 더듬었다.

"곤충에게는 사람과 똑같은 상처를 내고, 사람에게는 곤충 모양을 형상화한 붉은 '넷 대칭 뿔'의 검은색 몬쓰키를 입혔네. 원래 비숫한 못된 습성을 가진 양쪽을 더욱 비슷하게 만듦으로써, 넉점나무 쑤시기를 요시타케의 꿈속에 나오는 영혼의 매개체로 만든 거겠지.”

“뭐 때문에 그런⋯⋯?”

“그거야 뻔한 일 아니겠나? 이 녀석들이 나타난 건, 요시타케의 영혼을 잡아먹히게 하기 위해서야.” 닛사이의 옴팡눈이 번쩍 빛을 뿌렸다.

“자, 잡아먹히게 하기 위해서요⋯⋯? 무엇에게 말인가요?”

“자네 눈으로 직접 보게. 그자가 결국 선택해서 ‘단골’이 된 상대를. 그 녀석은 아직 이 안에 숨어 있을 걸세.”

세이키치는 닛사이가 가리킨 곳을 보았다. 상수리나무 껍질 위에 세로로 긴 틈 같은 것이 보였다. 진흙과 끈적한 실 같은 것으로 막혀 있지만, 안쪽에는 빈 공간이 있는 것 같았다.

닛사이는 온 힘을 다해 칼로 그곳을 내리쳤다.

“히익!”

축축한 나뭇조각이 사방으로 흩어지는 걸 보고 세이키치는 두 손으로 머리를 덮었다.

“있다!”

닛사이가 뭔가를 집어 올렸다. 세이키치는 닛사이의 울퉁불퉁한 손가락 사이에서, 몸을 웅크리고 있는 벌레를 쳐다보았다. 몸길이가 족히 10센티미터는 될 듯한, 그로테스크한 적자색 애벌레였다.

“그, 그건 또 뭐죠?”

세이키치는 온몸에 소름이 끼쳐서 도망치려는 자세를 취했다.

"꿀벌레나방보쿠토가의 애벌레일세."

"꾸, 꿀벌레나방……?"

그런 이름의 벌레는 지금까지 들어본 적이 없다.

"꿀벌레나방은 본래 나무좀벌레를 가리키는 말이지. 꿀벌레나방의 성충은 나무껍질과 비슷한 문양을 가진 초라한 나방이지만, 애벌레는 보다시피 제법 크고 강인한 턱으로 나무를 깊숙이 파먹는 해충이네. 하지만 하늘소의 애벌레인 나무굼벵이처럼 단단한 나무 자체를 먹는 건 아닐세."

닛사이는 애벌레를 꺼낸 상수리나무 밑동을 턱으로 가리켰다. 칼로 깨뜨린 곳에서 갈색의 끈적한 수액이 나무껍질 위로 흘러나오고 있었다.

"이 녀석은 흘러나온 수액을 빈 구멍에 모아두고 자신의 배설물을 넣어서 발효시키지. 그러곤 달콤한 술 냄새를 맡고 다가온 벌레를 사냥하는 걸세."

꿀벌레나방의 애벌레는 선인장처럼 날카로운 가시가 사방팔방으로 뻗어 있는 적자색 몸을 비틀더니, 검은색 큰 턱을 벌리고 위협했다.

"요, 요시 씨가 이, 이런 소름 끼치는 애벌레한테 잡아먹혔다는 건가요?" 세이키치는 우는 목소리로 말했다.

가령 그것이 꿈속에서 벌어진 일이었다고 해도, 요시 씨 쪽에서 보면 현실이었음이 틀림없다. 기껏 인간으로 태어났으면서 말로가 너무도 참혹하지 않은가.

"다른 곤충의 애벌레를 닥치는 대로 먹어 치운 끝에, 넉점나무쑤시기는 다른 애벌레의 영양분이 되었지. 그것뿐일세. 자네도 악몽을 꾸었다고 생각하고 빨리 모든 걸 잊어버리게." 닛사이는 뿌리치듯 차갑게 말했다.

그때, 꿀벌레나방의 애벌레가 귀여운 소녀의 목소리로 울었다.

"이히히히히히히······! 잊으면 싫어요."

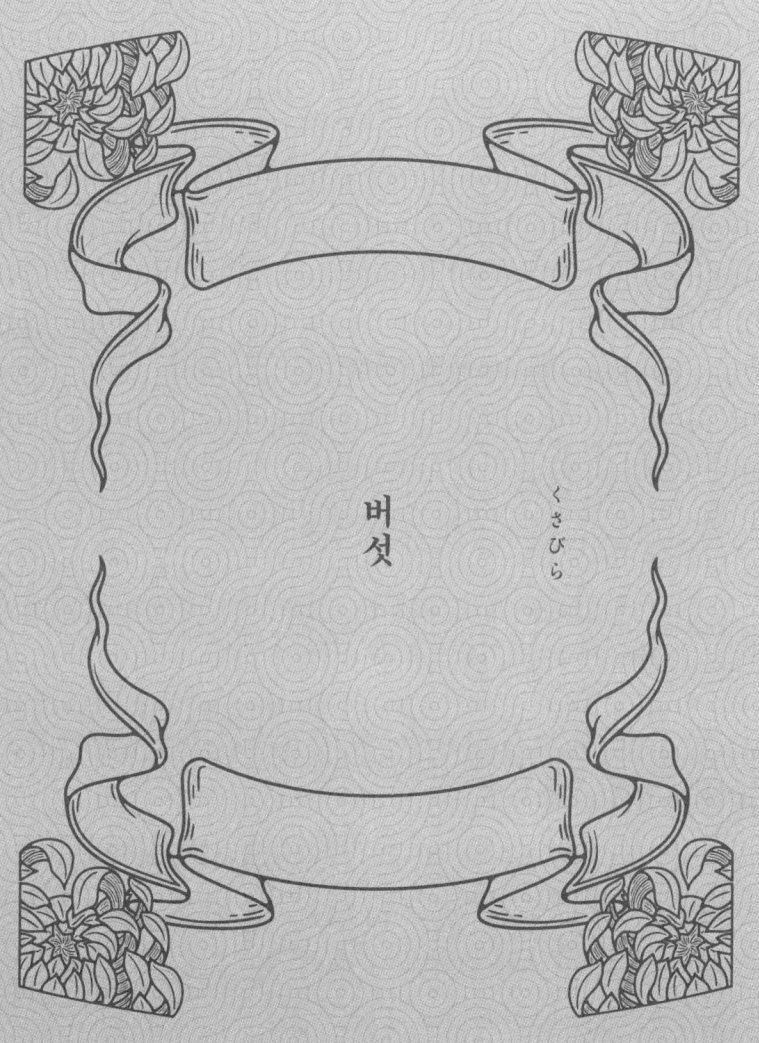

버섯

くさびら

くきのこ

1

그날 아침, 특별한 징조나 예감이 있었던 건 아니었다.

스기히라 신야는 평소처럼 혼자 일어나 양치와 세수를 하고, 1층 부엌에서 아침식사를 했다. 그러고는 커피 머그잔을 한 손에 들고 작업실이 있는 2층으로 올라갔다.

복도 창문에서 무심코 정원을 내려다본 순간, 선명한 초록색 안에 작은 빨간 점이 눈에 들어와 창문에 얼굴을 가까이 댔다. 유리창 바깥쪽에서 조금 전에 내린 빗방울이 천천히 미끄러졌다.

저건 뭐지? 그는 안경 안쪽에 있는 눈을 가늘게 뜨고, 빨간 점에 초점을 맞추었다. 그야말로 만록총중홍일점萬綠叢中紅一點. 남송 시대 정치인 왕안석의 시에서 유래한 말로, 푸른 수풀 가운데 한 송이 붉은 꽃이라는 뜻이었지만, 꽃이라기보다는 바닥에 떨어진 빨간 골프공처럼 보였다. 장마가 시작되고 급속히 무성해진 잔디에 가려 확실히 알 수는 없지만. 슬슬 잔디를 깎을까 하던 참이었다.

어쩌면 버섯일지도 모른다. 그렇게 생각한 것은 예전에 잔디 사이에서 선녀낙엽버섯이라는 황갈색 버섯이 자란 적이 있어서였다. 진짜라면 먹을 수 있지만 헷갈리는 독버섯이 많은 데다가, 나가노현에서는 야생 버섯을 함부로 채취하지 말라는 자제 요청이 있어서, 식용을 포기하고 오직 없애기만 했다. 하지만 아무리 봐도 그것과는 색도 모양도 비슷하지 않았다.

저런 느낌의 버섯이라면 알고 있다. ……달걀버섯이다.

이름 그대로 지상으로 나올 때는 달걀 같은 하얀 외피막으로 싸여 있지만, 안에서 나타나는 유균幼菌은 저렇게 선홍색에 둥근 모양이었다. 성균이 되면 오렌지색 평평한 갓이 벌어져서 광대버섯 같은 독버섯을 연상케 하는데, 훌륭한 식용인 데다 맛있는 부류에 속한다. 생김새도 귀여워서 아내인 히로코가 가장 좋아하는 버섯이기도 하다.

도쿄에 살았을 때는 오우메나 지바 현의 사쿠라로 버섯을 캐러가서 소테나 솥밥, 오믈렛을 만들어 먹었는데, 기껏 버섯 산지인 가루이자와로 이사 왔건만 예의 자제 요청 탓에 요리할 기회가 사라진 게 유감이었다. 그런데 달걀버섯은 나무뿌리와 공생하는 종류의 버섯으로, 숲속에서만 자라는 게 아니었던가. 적어도 잔디에서 자랐다는 이야기는 이 근방에서도 들어본 적이 없다. 귀찮기는 하지만 무엇인지 알고 싶으면 직접 가서 확인하는 수밖에 없으리라. 그 이상 빨간 버섯에 관해 생각하지 않고, 오전에는 오직 디자인 일에 몰두

했다.

스기히라는 공업 디자이너다.

대학에서 인체공학을 전공한 뒤, 디자인 길에 접어들고 나서 쭉 테마로 삼아온 것이 '틀에 박힌 형태에서의 탈피'였다. 그중에서도 우산이나 의자는 수천 년 전부터 있었지만, 기본 형태는 거의 달라지지 않았다. 손에 들고 위를 가린다, 앉는다는 동작에서 나온 필연적인 형태라고도 할 수 있지만, 이렇게 과학기술이 발달하면 좀 더 합리적인 형태를 찾을 수 있지 않을까 생각했다.

그가 현재 몰두하고 있는 것은 혁신적인 자전거를 만드는 프로젝트였다. 자전거는 처음 만들어진 이후, 단속적으로 진화를 거듭한 신기한 아이템이다. 독일에서 태어난 드라이지네는 요즘의 어린이용 킥보드처럼 페달이 없고, 땅을 걷어차서 추진하는 방식이었다. 이윽고 페달이 앞바퀴에 붙은 벨로시페드가 나타나면서 발로 구르게 되었지만, 속도를 올리기 위해 앞바퀴가 거대해진 페니파딩이라고 불리는 모델로 변했다. 하지만 승차 위치가 너무 높은 페니파딩은 앞으로 고꾸라질 위험을 피할 수 없기에, 앞뒤 바퀴의 크기가 거의 같고 중간에 있는 페달로 뒷바퀴를 체인 구동하는, 현재 볼 수 있는 세이프티 자전거가 태어났다.

그 이후, 변속 기어와 공기를 주입하는 타이어의 발명으로 자전거는 스피디하고 안전하며 쾌적한 이동 수단이 되었다. 벨트 브레이크도 속도에 적응해서 림브레이크에서 디스크브레이크로 진화했다. 또한 견고함이 중요한 산악자전거는 앞쪽과 뒤쪽에 서스펜션이 붙어서, 험난한 산길의 충격도 흡수해주게 되었다.

이러는 사이에도 기본적인 형태나 승차 자세는 거의 변하지 않았다. 눈에 띄는 신기종이라면 리컴번트 자전거_{누워서 타는 자전거} 정도일까? 하늘을 보고 누운 자세로 페달을 밟는 리컴번트 자전거는 공기저항이 가장 적어서 속도는 빠르지만, 익숙하지 않으면 균형을 취하기 어렵고, 부자연스러우며 무방비한 자세로 탈 수밖에 없어서 정신적인 부담이 크다.

……오래전에 히로코와 리쿠를 데리고 자전거 쇼에 갔을 때가 떠올랐다. 새로운 물건을 좋아하는 리쿠는 리컴번트 자전거를 보자마자 눈을 빛내며 "탈래, 탈래!"라고 흥분해서 떠들었다. 하지만 '로레이서'로 불리는 가장 차고가 낮은 타입이기도 해서, 페달을 제대로 밟지도 못해 몇 번이나 넘어졌다. 그러자 돌아오는 차 안에서 연신 입을 삐죽거리며 불평하는 바람에, 마침내 아내가 폭발해서 한바탕 난리가 벌어졌다. 그로부터 한동안은 '리컴번트 자전거는 딱 질색이야'라는 것이 가족의 암호가 되었다.

그는 머리를 좌우로 흔들어 과거의 추억을 뿌리쳤다. 두 사람을 만나지 못하는 건 괴롭지만 지금은 일에 집중해야 한다. 커피를 한 모금 마시고 부품별로 색을 구분한 모니터상의 CAD 모델로 시선을 옮겼다. 그가 고안한 것은 헬스클럽용 트레이닝 머신의 일종인 크로스 트레이너와 비슷하게 생긴 자전거였다. 리컴번트 자전거와는 대조적으로 직립에 가까운 자세는 자연스러워서 안도감을 안겨준다. 서서 타는 것처럼 체중을 실을 수 있어서, 보디메카닉의 관점에서도 이치에 맞는다. 중심이 높으면 쓰러질 위험이 있지만, 바퀴 배치를 이용해서 안전성을 높인다는 계획도 서 있었다.

지금 최대 문제는 정면에서 받는 바람의 저항이었다. 공기의 점성 저항은 일반적으로 속도에 비례하므로, 공력 성능이 좋은 로드레이서라도 속도를 올리면 강한 맞바람이 벽이 되어 앞을 가로막는다. 이 저항을 효과적으로 줄일 수 있으면 평범한 사람의 다리 힘이라도 시속 70킬로미터 정도는 낼 수 있지만.

풍동실험 인공으로 바람을 일으켜 구조물이 받는 영향을 분석하는 실험의 시뮬레이션 화면으로 전환한다. 색색의 유선流線들이 공기의 흐름을 나타내서, 신형 자전거의 바람막이에 부딪히는 모습을 확인할 수 있었다.

……그때 불쑥 여기에서 나눈 히로코와의 대화가 되살아났다.

어떤 이야기를 하다가 그 이야기가 나왔는지는 기억나지 않는다. 그때 모니터에 있던 것은 비행기 날개의 단면도였다. 위쪽은 둥근 곡선이었지만 아래쪽은 직선에 가깝다. 공기의 흐름을 나타내는 화살표가 위쪽에서는 크게 구불구불하지만, 아래쪽은 일직선으로 흐르고 있었다. 날개 위에는 양력揚力을 나타내는 커다란 화살표가 위쪽을 향해 그려져 있었다.

"어디서 이런 그림 본 적 없어? 무거운 금속 비행기가 어떻게 땅에 떨어지지 않고 날 수 있는지 설명하는 모식도야."

히로코가 고개를 끄덕이며 몸을 앞으로 숙이자 핑크색 튜닉이 흔들렸다.

"본 적 있어. 화살표가 왜 위쪽을 향하는지는 잘 모르겠지만."

"베르누이 정리에서 날개 위를 통과하는 공기는 스피드가 빨라져서 압력이 작고, 아래쪽은 스피드가 느려서 압력이 커지지. 그 차이에 따라 위쪽으로 향하는 힘, 즉 양력이 발생하는 거야."

문과 출신인 히로코는 어렴풋이 이해한 듯했다.

"그런데 이 설명 자체는 옳더라도 비행기의 양력을 설명하는 그림으론 적당하지 않은 것 같아."

"왜?" 히로코가 멍하니 입을 벌리며 물었다.

체구가 작고 화장기가 없는 데다가 머리를 짧게 잘라서, 그런 표정을 짓고 있을 때는 꼭 중학생처럼 보였다.

"실제로 항공기의 익단면은 베르누이 효과를 이용하기 위해 이런 모양이 됐지. 그렇다면 평평한 판자 같은 날개를 붙인 비행기는 날 수 없을까?"

히로코는 잠시 생각하고 나서 말했다. "으음…… 날 수 있을 것 같은데? 모형 비행기는 모형에 종이를 붙이기만 해도 날잖아?"

"그래. 즉, 베르누이 효과는 비행기가 하늘을 날 수 있는 진짜 이유는 설명하지 않아. 오히려 이 그림에 해당하는 건 버섯이야."

"버섯?"

제일 좋아하는 단어가 나오자 버섯 애호가인 히로코는 의미도 모르면서 눈을 반짝였다. 스기히라는 화면에 버섯과 바람의 모식도를 불러냈다.

"버섯의 균모는 위쪽이 돔 모양이고 아래쪽이 평평한 게 많잖아? 바람이 불면 버섯의 위를 지나가는 공기는 곡면을 따라 빨리 나아가고, 아래를 지나가는 공기는 천천히 나아가지. 그 차이에서 베르누이 효과로 양력이 발생하고, 균모 밑에서 나온 포자가 높이 휘감겨서 멀리까지 운반되는 거야."

잘 알려진 이야기이긴 하지만 히로코는 몹시 감동한 듯했다.

"재미있어! 그거, 다음 그림책의 소재로 쓸 수 있을 것 같아."

"다음에도 또 버섯 그림책이야?"

"그래. 지난번 편집자가 이제 슬슬 그리지 않겠느냐고 하더라고. 언제쯤 책을 낼지는 아직 모르지만." 히로코는 동그란 얼굴에 보조개를 만들고 쑥스러운 듯이 미소를 지었다.

……이런, 지금 추억에 잠겨 있을 때가 아니다. 그는 스스로를 비웃듯 한숨을 쉬고, 머리를 가로저으면서 일어섰다.

왜일까? 오늘은 일에 집중할 수 없다. 문득 아침에 본 버섯 탓이 아닐까 하는 생각이 들었다. 버섯의 정체를 확인할 겸, 기분도 전환할 겸, 그는 정원으로 나가기 위해 서재에서 나왔다.

복도 창문에서 슬쩍 밖을 내다보니, 아침에 드리웠던 구름이 사라지고 잔디에 햇살이 비추고 있었다. 계단을 내려가 주방에서 뒷문을 열고 샌들을 신고 밖으로 나갔다.

순간, 그는 깜짝 놀라 발을 멈추었다. 이럴 수가. 이게 뭐지?

초록색 잔디에는 온통 기괴한 문양이 펼쳐져 있었다. 어림잡아 둘러보아도 크고 작은 원이 열 개는 되었다. 작고 하얀 물체가 나란히 있었는데, 개중에는 빨간색과 보라색 물체도 섞여 있었다. 마치 미스터리 서클이나 스톤헨지의 미니어처 같았다.

그는 천천히 걸음을 내디뎌 문양의 정체를 확인했다. 오늘 아침에 위에서 봤을 땐 왜 몰랐을까. 설마 그로부터 불과 두세 시간 만에 자라지는 않았을 텐데. 둥근 원을 만들고 있는 하얀색과 빨간색, 보라색 물체는 모두 버섯인 것 같았다. 원 사이를 돌아다니자 정체를 알 수 없는 공포로 다리가 덜덜 떨렸다.

균륜菌輪, '페어리 링'이다······.

오래전에 히로코가 가르쳐준 적이 있다. 잔디가 둥근 모양으로 시들거나 반대로 진녹색으로 무성해지는 일이 있는데, 그 위에 버섯이 자라는 현상이다. 영국 민화에서는 요정들이 원을 만들어 춤을 춘 흔적이라고 하고, 독일에서는 발푸르기스의 밤에 일어난 마녀의 소행이라고 한다. 또한 다른 나라에서는 이세계異世界로 들어가는 입구라는 전설도 있다고 한다.

하지만 과학적으로 보면 균륜이라는 잔디의 병에 불과하다. 그냥 방치하면 잔디는 영양을 빼앗겨서 말라 죽고 버섯이 그 위를 뒤덮어서, 골프장 등지에서는 심각한 문제가 되고 있다고 하지만. 그나저나 이렇게 공포로 다가오는 건 무엇 때문일까? 이것은 거의 생리적인 거부반응이라고 할 수 있었다.

조부인 스기히라 세이조의 모습이 떠올랐다. 조부가 돌아가시기 얼마 전의 일이었다. 몇 년 만에 시골집을 방문하니 조부는 여느 때와 달리 자리에 누워 있었다. 그래도 그의 얼굴을 보자마자 기운이 나는지 벌떡 일어나서, 가사 도우미에게 술상을 준비해오라고 했다.

스기히라 가문은 대대로 산림 지주였다. 제2차 세계대전 이후의 농지해방에서도 산림은 몰수되지 않고, 조부의 대에서도 생활은 유복했다. 하지만 자식복과는 인연이 없는 집안으로, 자식들이 잇따라 세상을 떠나면서 현재 피를 나눈 사람은 손자 두 명밖에 남아 있지 않았다.

조부는 오랜만에 손자와 술잔을 나누어서 기분이 좋은 것 같았지만, 여기저기 가려워하는 것이 마음에 걸렸다. 그러는 사이에 취기가 돌자 유카타를 젖히고 긁기 시작했는데, 조부의 가슴에서 배에 걸쳐서 붉은 고리 같은 환상홍반이 잔뜩 퍼져 있는 것이 보였다. 나중에 안 사실이지만, 환상홍반은 단순히 피부에 나타나는 증상이 아니라 악성종양이나 교원병, 감염증 같은 중증 질환이 있을 때 몸속에서 보내는 위험신호라고 한다. 조부가 췌장암으로 사망한 것은 그로부터 얼마 지나지 않아서였다.

스기히라는 크고 작은 페어리 링을 둘러보고, 온몸의 털이 곤두서는 느낌에 휩싸였다. 잔디를 온통 메운 이 현상도 어쩌면 위험이 다가오고 있음을 가리키는 게 아닐까.

2

쓰루타 다케히사는 스기히라 집의 인터폰을 누르려고 하다가 기묘한 소리가 들리는 것을 알아차렸다. 집 뒤쪽이다. 무슨 소리일까. 바람을 가르는 듯한, 또는 땅을 파는 듯한 소리다.

대문을 따라서 뒤쪽으로 돌아가자 스기히라 신야의 뒷모습이 눈에 들어왔다.

뭐하는 거지?

스기히라의 손에 있는 물건을 보고 쓰루타는 순간적으로 얼어붙었다. 큰 삽과 세발괭이다. 그것을 번갈아 사용해서 잔디를 거칠게 긁거나 파헤치고 있는 것이다.

"신야!"

쓰루타가 이름을 부르자 야위고 연약한 스기히라가 돌아보았다.

"형, 왔어요?" 스기히라는 땀투성이가 되어 숨을 헐떡이며 말했다. "이것 좀 보세요. 정말이지, 너무 끔찍하지 않나요?"

스기히라의 말처럼, 아름다웠던 잔디는 여기저기 벗겨지거나 파헤쳐져서 눈을 감고 싶을 만큼 처참한 모습이었다.

"……그래. 어쨌든 일단 좀 쉬는 게 좋겠어." 쓰루타는 스기히라를 달래듯이 미소를 지으며 말했다.

쓰루타는 스기히라의 사촌 형이다. 스기히라 신야에 관해서는 어렸을 때부터 누구보다 잘 안다고 자부하고 있다. 다정한 성격으로, 폭력적인 성향은 털끝만큼도 없었다. 뭔가 큰 충격이라도 받은 걸까. 한순간 최악의 상상이 쓰루타의 머리를 가로질렀지만 곧바로 부정했다. 현재 상황으로 볼 때, 그런 것은 아닌 듯했다. 하지만 이대로 내버려두면 정말로 이상해질 가능성이 있다.

정신과 의사이자 심리학자로서 지금까지 수많은 범죄자를 만나온 경험으로 볼 때, 지금은 섣불리 스기히라를 자극하지 않는 편이 좋다. 어쨌든 일단 삽과 세발괭이를 빼앗는 게 선결문제다.

"하지만 이대로 놔두는 건 좀……." 스기히라는 망설이며 말했다.

말투는 침착했고, 스스로를 잊을 만큼 흥분한 것처럼 보이지는 않았다.

"내가 보기에 너 혼자 마무리하기엔 일이 너무 큰 것 같은데? 나머지는 조경회사에 맡기는 게 어때?"

스기히라는 겨우 침착함을 되찾은 듯했다.

"그게 좋겠네요. 나 혼자 하기엔 너무 벅찬 것 같아요." 스기히라는 흘끗 잔디를 쳐다보고, 진심으로 등줄기가 오싹한 것처럼 몸을 떨었다. "형은 이 상황을 어떻게 생각하세요?"

"으음, 글쎄……."

쓰루타는 자연스럽게 손을 내밀어, 스기히라한테서 무사히 삽과 세발괭이를 받았다. 됐다. 이제 문제는 그의 질문에 어떻게 대답하느냐는 것이다.

"……보아하니, 원을 그려놓은 건가" 쓰루타는 잔디를 둘러보면서 말했다.

마치 어린아이의 낙서처럼 잔디 여기저기가 크고 작은 원 모양으로 파헤쳐져 있었다.

스기히라는 목소리에 힘을 주어 말했다. "그래요! 갑자기 여기저기에 페어리 링이 잔뜩 생겼지 뭐예요! 오늘 아침에 봤을 때는 아무렇지도 않았는데…… 아니, 빨간 버섯이 한두 개 보였는데 이것과는 달라요. 그런데 아까 봤더니 이 지경이 됐더라고요! 아무리 균류의 성장이 빨라도, 이렇게 단시간에 자라는 일이 있나요?"

버섯……? 쓰루타는 포커페이스를 무너뜨리지 않았지만 마음속으로 얼굴을 찡그렸다. 버섯 같은 것은 어디에도 보이지 않았다.

"그건 내 전문이 아니야. 오히려 네가 더 잘 알잖아?"

"아니, 나도 그렇게 잘 알지는……. 히로코라면 잘 알았을 텐데."

어라? 쓰루타는 고개를 갸웃거렸다. 왜 '알았다'라고 과거형으로 말한 걸까? 쓰루타는 만일을 위해 스기히라가 파헤친 흙덩어리를 삽 끝으로 찔렀다. 하지만 역시 버섯 같은 건 그림자도 보이지 않았다.

"그건 전부 보라색 버섯 아닌가요?" 스기히라가 삽 끝을 보면서 손가락으로 가리켰다.

쓰루타도 어정쩡하게 손차양을 하고 삽 끝을 보며 말했다. "이 주변 말이야?"

"네. 아마 가지버섯일 거예요. 그리고 어마어마하게 많은, 하얗고 둥근 버섯은 말불버섯 종류고, 빨간 건 광대버섯입니다. 오늘 아침에 2층에서 본 버섯은 빨갛지만 광대버섯은 아니었어요. ……아마 달걀버섯이었을 거예요."

지금 무슨 말을 하는 걸까. 쓰루타는 마음속으로 고개를 갸웃거렸다. 무슨 색이든, 여기에는 버섯 같은 건 없다. 스기히라는 분명히 환각을 보고 있는 것이다. 왜 갑자기 그렇게 된 걸까?

"일단 안에서 숨 좀 돌릴까? 작은 선물을 가져왔거든."

쓰루타는 스기히라의 어깨에 살며시 손을 올리고 안으로 유도했다. 스기히라도 흥분이 가라앉았는지 순순히 집으로 들어갔다. 쓰루타는 일단 익숙한 주방에 스기히라를 앉혔다. 그러곤 유리잔을 두 개 꺼내 얼음을 넣은 뒤, 위스키를 개봉해 호박색 액체를 따랐다.

"'가루이자와'의 싱글몰트야. 언젠가부터 터무니없이 가격이 올랐지만, 인생의 전환점에는 그에 걸맞은 위스키가 필요하다는 게 내 지론이거든."

쓰루타는 자신의 유리잔을 스기히라의 잔에 가볍게 부딪혀 건배를 하고 한 모금 마셨다. 제정신이 아닌 듯한 얼굴의 스기히라도 일단 그것을 따라 했다.

역시 맛있다. 쓰루타는 딱딱해진 표정을 풀었다. 일본 위스키의 수준은 세계 제일이 되었지만, 와인통에서 숙성해 가루이자와의 기후와 풍토에서 키운 이 몰트위스키를 대신할 것은 아직 없다. 생각 탓인지 스기히라의 표정도 부드러워진 것 같다. 최고급 위스키를 사용한 알코올면접은 가끔 자백제로 유명한 아미탈면접 이상의 효과를 보이는 일이 있다.

"좀 진정됐어?"

쓰루타의 질문에 스기히라는 꿈에서 깬 듯한 얼굴로 고개를 끄덕였다.

"어쩌고 있나 해서 와봤는데, 아까는 얼마나 놀랐는지 몰라."

쓰루타가 대화를 유도하자 스기히라는 가볍게 몸을 떨었다.

"나도 깜짝 놀랐어요. 버섯이 무섭다고 생각한 건 태어나서 처음이거든요."

역시 아직도 환각을 현실이라고 생각하는 듯했다. 이런 경우에 상대의 말을 부정하는 건 좋은 대응이 아니다.

"히로코 씨는 상당한 버섯 마니아였지?"

"네. 그 덕분에 나도, 리쿠도, 버섯을 좋아하게 됐죠." 스기히라는 위스키를 한 모금 더 마셨다. 그러곤 진지한 눈으로 쓰루타를 보면서 말했다. "그 페어리 링은 방사능의 영향일까요?"

2011년 3월 11일에 발생한 동일본 대지진은 자연재해로는 한신 아와지 대지진 이후에 가장 큰 피해를 초래했고, 도쿄전력의 사상 최악의 인재인 후쿠시마 제1원자력 발전소의 전원 상실과 멜트다운으로 광범위한 국토를 방사성 세슘으로 오염시켰다. 그 결과, 후쿠시마 현을 비롯한 도호쿠 지방과 함께 나가노 현에서도 산나물 종류에서 식품위생법 기준치를 초과하는 방사성 세슘이 검출되었다. 특히 칼륨이 많이 함유되어 있는 버섯류는 주기율표에서 같은 제1족인 세슘을 잘못 받아들이기 쉬워서 지금도 고농도 세슘이 검출되고 있으므로, 나가노 현에서는 야생 버섯류의 채취와 출하, 섭취를 자제해달라고 호소하고 있다.

"아니, 그건 아닐 거야." 쓰루타는 신중하게 말을 선택하면서 덧붙였다. "가루이자와의 버섯에서는 방사성 물질이 나오고 있지만, 체르노빌이라면 몰라도 버섯의 DNA가 변이해서 이상 발생할 만한 선량은 아니야."

그 정도는 이과계 교육을 받은 스기히라라면 금방 알 것이다. 역시 환각으로 인해 정상적인 판단력을 잃어버렸다고밖에 생각할 수 없다.

"그렇다면 글리포세이트계 제초제나 네오니코티노이드계 농약이나……?" 스기히라는 허공을 멍하니 바라보며 중얼거렸다.

양쪽 모두 환경오염의 원흉으로 비난의 대상이 되는 약품이었다.

"글쎄, 그런 일이 있을 수 있을까? 잘은 모르겠지만 넌 적어도 잔디에 그런 종류의 약품을 뿌린 적이 없잖아?"

"네, 히로코도 그런 건 사용하지 않았을 거예요."

스기히라는 고개를 숙이고 유리잔을 입으로 가져갔다. 평소와 달리 술 먹는 속도가 빠른 것 같다.

"히로코 씨한테서는 연락이 있었어?" 쓰루타는 아무렇지도 않은 말투로 물어보았다.

"네, 여전히 라인 메시지로. ……그런데 그건 왜요?" 스기히라는 얼굴을 들고 찌르는 듯한 눈으로 쓰루타를 바라보았다.

"아니, 별다른 이유는 없어. 다만 심리학적 관점에서 볼 때, 고독이라는 건 꽤 골치 아픈 문제거든."

고독감은 사회생활 전반에 영향을 주는데, 인지증이나 사망률에도 큰 영향을 미친다는 연구 결과가 있다. 쓰루타 자신은 고독에 강한 타입이라서, 일이 없는 날에는 아침부터 밤까지 혼자 지내도 쓸쓸함을 느끼는 일은 없었지만.

"성실한 사람일수록 혼자 있으면 정신적으로 스스로를 궁지에 몰아넣곤 하지. 너도 리쿠가 보고 싶지?" 쓰루타는 걱정스러운 어투로 말했다.

"그건 그렇지요. 히로코도 라인 메시지로 '릿키가 외로워하고 있어'라고……." 스기히라는 더는 말을 잇지 못하고 잠시 침묵했다. "그래서 되도록 빨리 돌아오겠다고 했어요. 다만 조금만 더 머리를 식히고 오겠다고 하더라고요."

"깊이 개입할 생각은 없어. 그런데 이 주 전에 무슨 일이 있었는지 이제 말해줘도 되잖아?"

계속 마음에 걸렸지만, 몇 번을 물어도 스기히라는 항상 모호하게 대답하거나 말끝을 흐렸다.

스기히라는 유리잔을 꽉 쥐고 깊은숨을 내쉬며 말했다. "딱히 비밀로 할 생각은 없어요. 전날 밤에 부부 싸움을 한 것도 사실이고요."

"너희 부부는 워낙 사이가 좋아서, 부부 싸움 같은 건 하지 않을 줄 알았는데." 쓰루타는 스기히라를 편하게 해주기 위해 자조하듯이 말을 이었다. "우리 부부는 처음부터 끝까지 마주치기만 하면 싸웠거든. 싸울수록 사이가 좋다는 건 자주 싸우는 부부에게 화해를 권하기 위한 방편에 불과하다는 걸 깨달았지."

쓰루타는 결국 이혼했지만, 덕분에 지금은 이혼남 생활을 만끽하고 있었다.

"그때까지는 거의 싸운 적이 없었어요. 리쿠의 교육 문제로 가끔 옥신각신한 적은 있었지만요. 히로코는 리쿠에게 입시 공부를 시켜서 도쿄의 명문 초등학교에 보내고 싶어 했고, 난 반대로 가루이자와의 풍요로운 자연 속에서 키우고 싶었거든요."

"하긴 그것 때문에 일도 원격근무제로 바꾸고 여기로 이사 왔으니까."

프리랜서는 어디에서나 일할 수 있다고 해도 처음에는 수입이 줄어들 수밖에 없어서, 조부의 유산이 없었다면 여기서 살 수 없었으리라. 우연히 돌아가신 타이밍이 맞기도 해서, 이미 가루이자와와 도쿄 양쪽에 거점을 가지고 있던 쓰루타의 권유로 이사한 것이다.

"히로코도 나와 생각이 똑같은 줄 알았어요. 자연을 사랑했으니까요. 하지만 엄마라는 사람은 자식의 교육 문제가 되면 완전히 돌변하더라고요."

스기히라는 벌써 첫 잔(더블과 트리플의 중간 정도 양이었다)을 비웠다. 쓰루타는 비싼 위스키를 아까워하지도 않고 두 번째 잔을 만들어주었다.

"부부 싸움할 때 무슨 일이 있었지?"

그렇게 물으면서 쓰루타는 재킷 안주머니에 있는 IC 녹음기를 의식했다. 카운슬링을 할 때도 사용하는데 스마트폰의 음성 녹음보다 훨씬 사용하기 편하다. 음성을 감지해서 작동하기 때문에, 여기에 도착했을 때부터 나눈 대화는 전부 녹음되어 있을 것이다.

스기히라는 머리를 갸웃거리면서 탄식하듯 말했다. "그게…… 잘 기억나지 않아요. 저녁식사 후에 와인을 마시면서 말다툼이 시작됐거든요. 그런 다음에는 위스키로 바꿔서 마신 것만 기억나요. 다음 날은 도쿄에서 회의가 있어서 아침 일찍 나갔고요."

"그때 히로코 씨와 리쿠는 어떻게 하고 있었지?"

스기히라는 술에 취한 몽롱한 눈으로 쓰루타를 보면서 말했다. "아직 자고 있었어요. 예전부터 아침 일찍 나갈 때는 깨우지 않았고,

더구나 부부 싸움 한 다음이었으니까요."

"그리고 도쿄에서 돌아왔더니 두 사람의 모습은 사라졌고, 라인으로 메시지가 온 거군."

"잠시 머리를 식히고 싶어서 도쿄에 간다고만 쓰여 있었어요. 나하고 교대한 거죠. 당황스럽긴 했지만 내가 심한 말을 했을지도 몰라서, 당분간 원하는 대로 내버려두기로 했어요."

"그런데 벌써 이 주일이 지난 거야?" 쓰루타는 진지한 얼굴로 말했다. "부부 싸움 끝에 가출한 것치고는 너무 오래 끄는 것 같은데?"

"그러게 말이에요. 라인에는 친구 집에 있으니까 찾지 말라고 쓰여 있었어요." 스기히라는 호소하는 눈길로 말했다. "그런데 리쿠가 걱정돼서 견딜 수가 없어요. 경찰에 신고하는 편이 좋을까요?"

쓰루타는 조용히 머리를 가로저으며 말했다. "실종자 신고는 하지 않는 편이 좋아. 경찰에선 제대로 찾아주지 않거든."

"그래요?"

"경찰에는 실종자 신고가 하루에도 수도 없이 들어오지. 그중에서 수사의 대상이 되는 건 납치 가능성이 있거나 자살 우려가 높은, 이른바 '특이실종자'뿐이야. 부부 싸움을 하고 가출했다는 걸 알면 집에서 기다리라고 말할 게 뻔해."

몇 년 전에 쓰루타가 카운슬링을 담당했던 대학생이 자취를 감춘 적이 있었다. 걱정이 된 양친은 경찰에 실종자 신고를 했지만, 경찰에선 제대로 대응해주지 않았다고 한다. 결국 양친에게 도와달라는 요청을 받고 쓰루타가 경찰에 전화해서 사정을 설명해주었다. '자기 찾기 여행'을 떠난 그 대학생은 다음 달에 불쑥 돌아왔다. 그런데 양친이 실종자 신고를 하고 친구들한테도 연락한 것에 발끈해, 부모와 인연을 끊겠다면서 펄펄 뛰었다고 한다.

"더구나 멋대로 실종 신고를 했다는 걸 알면 히로코 씨는 화를 낼지도 몰라."

"그럴 수도 있겠군요." 스기히라는 고개를 푹 떨구었다.

"너만 괜찮으면 내가 히로코 씨를 한번 만나볼까? 객관적으로 얘기를 들어보면 의외로 해결의 실마리를 찾을 수 있을지 모르니까."

스기히라가 재빨리 얼굴을 들면서 말했다. "정말이에요? 부탁할게요! 그렇게 해주세요!"

"그럼 라인으로 히로코 씨와 약속을 잡아주겠어? 어차피 매일 도쿄와 가루이자와를 왔다 갔다 하고 있으니까 장소는 어디라도 좋아."

쓰루타는 수도권을 중심으로 자주 강연을 다니고 TV에 패널로도 출연하고 있어서, 도쿄와 가루이자와를 오가는 호쿠리쿠 신칸센의 정기권을 구입했다. 매번 최고 등급인 그란 클래스를 이용해서 교통비는 터무니없는 금액이 나오고 있지만.

"알겠습니다."

스기히라는 재빨리 스마트폰을 꺼내서 메시지를 쓰기 시작했다. 그 모습을 보면서 쓰루타는 스기히라의 정신을 진단하기 위해 머리를 최대로 회전시켰다.

환각에는 여러 원인이 있다. 맨 먼저 의심되는 것은 알코올의존증이나 약물 사용이지만, 스기히라에게 그런 징후는 없다. 옛날부터 스트레스를 받으면 주량이 느는 경향은 있었지만, 술꾼들이 군침을 질질 흘리는 귀한 위스키를 먹어도 맥이 빠질 만큼 반응이 없었다. 스기히라는 사회적 규범을 중시하고 합리성과 신중성이 높은 성격이라서, 각성제나 마약 종류에는 손을 대지 않을 것이다. 그런 상황에서 유일하게 가능성이 있다면 버섯 정도일까.

환각 작용이 있는 독버섯, 이른바 매직 머시룸은 일본에도 자생하고 있다. 대표적인 것은 목장말똥버섯과 갈황색미치광이버섯인데, 비슷하게 생긴 식용 버섯으로 착각해서 섭취하는 사고가 종종 발생하고 있다. 마음에 걸리는 점은 스기히라가 보고 있는 버섯의 환각 중에 광대버섯이 있었다는 것이다. 광대버섯은 독버섯이기는 하지만 죽음에 이를 정도는 아니고, 최근에는 오히려 가벼운 환각을 일으키는 매직 머시룸으로 주목받고 있다. 하지만 현재 나가노 현에서는 방사성 세슘이 검출된 야생 버섯의 채취를 자제하라고 요청하고 있어서, 스기히라가 실수로 매직 머시룸을 먹었을 가능성은 없지 않을까.

그 이외에 환각을 일으키는 원인이라면 조현병 같은 정신질환인데, 스기히라와의 대화에 앞뒤가 맞지 않는 부분은 없었다. 인지기능에 문제가 없는 걸 보면 조현병이라고는 생각할 수 없다. 그렇다면 남는 것은 뇌와 신경계 질환, PTSD 같은 심인성 질환인데, 심인성인 경우에는 왜 버섯의 환각이었나 하는 것이 중요하다. 이런 경우에 필요한 것은 상징 분석이고, 그것은 융의 분석심리학을 배우기 위해 스위스에 유학을 다녀온 쓰루타의 주특기였다.

버섯은 생태계에서 대표적인 분해자다. 만약 버섯이 존재하지 않았다면 삼 억 년 전의 석탄기처럼 말라빠진 수목이 대지를 뒤덮었으리라. 반면에 아직 살아 있는 수목도 버섯의 기생으로 죽음이 빨라진다. 한마디로 말해, 버섯은 죽음을 통해 정화와 재생을 가져오는 윤회전생의 상징인 것이다.

한편, 스기히라가 보는 환각에는 버섯공포증의 특징이 뚜렷하게 나타나고 있다. 버섯공포증의 원인은 독버섯을 먹은 것에 대한 트라우마나 독이 있을 듯한 화려한 색깔에 대한 경계, 나아가서는 남성기에 대한 혐오 등이지만, 스기히라의 경우에는 아내인 히로코가 버섯 애호가인 것과 관계가 없다곤 생각할 수 없다.

그리고 보니…… 문득 생각이 났다. 히로코는 자신이 죽은 후에 버섯으로 시신을 분해하는 '버섯장葬'을 해달라고 한 적이 있다. 버섯장 같은 퇴비장은 일본에서는 불법이지만 미국으로 시신을 가져간 경우에는 합법이라서 일부러 팸플릿까지 받아보았다고 한다.

버섯장의 모습을 상상하고 쓰루타는 등골이 오싹했다. 버섯의 균사로 온몸이 뒤덮인 동충하초 같은 모습이 되어 흙으로 돌아가고 싶어 하다니, 도저히 이해할 수 없다. 시신의 처리 방법으로는 가장 에너지를 사용하지 않고 친환경적이라고 하지만.

정신과 의사이자 심리학자이기도 한 쓰루타에게, 이것은 매우 흥미로운 문제였다. 스기히라는 도대체 무엇을 두려워하고 있는 걸까.

3

스기히라는 정원을 둘러보고 망연자실했다.

크고 작은 수많은 페어리 링이 현대 예술을 연상시키는 컬러풀한 문양을 만들고 있었다. 어제 그토록 악전고투해서 파낸 자국에도 다시 버섯이 자랐을 뿐만 아니라 링 자체의 숫자도 눈에 띄게 늘어났다. 그의 손에서 삽과 낫이 힘없이 떨어졌다. 어느 정도 각오는 했지만 하룻밤 사이에 이렇게 될 줄은 상상도 못 했다.

멍하니 서 있자 투둑투둑 빗방울이 떨어졌다.

그는 하늘을 올려다보았다. 하늘은 먹색이었지만 태양은 아직 자리하고 있었다. 하지만 빗방울은 점점 거세져서, 꽤 많은 비가 내리기 시작했다. 여우비다. 서일본에서는 여우가 시집갈 때 오는 비라고 하는 모양이다.

황급히 안채로 들어가면서 그는 부유세균을 떠올렸다. 대기 중에는 황사나 분진 같은 미립자가 떠다니고 있는데, 그중에 생물에서 유래하는 것을 바이오에어로졸, 즉 부유세균이라고 하고, 꽃가루나 포자, 세균, 세포의 파편이 이에 포함된다. 최근의 연구에서는 버섯 종류의 포자가 비를 내리게 하는 메커니즘에 중요한 역할을 하고 있다는 사실이 알려졌다.

바람을 타고 확산하는 포자 종류는 부유세균이 되는 데 적합한 구조를 가지고 있다. 똑같이 바람으로 운반되는 꽃가루에 비해도 크기가 작고 장시간 떠다닐 수 있다. 때문에 어떤 장소에서도 인간이 호흡하는 공기 중에는 반드시 많은 포자가 들어 있어서, 아득히 높은 하늘까지 올라가서 수증기를 모으는 빙정핵氷晶核이 된다. 한마디로 말해, 버섯은 자신의 포자로 비를 내리게 해서 보금자리가 되는 삼림을 키우는 것이다. 지구를 지배하는 것은 버섯 같은 진균류라고 주장하는 과학자가 있는데, 부유세균의 구조를 알면 반드시 망상이라고 무시할 수 없을지도 모른다. 그는 이 비도 역시 정원의 페어리 링이 부른 것 같다는 생각이 들었다. 그곳에는 어떤 의지가 존재하는 게 아닐까.

최근 생물학계에서는 버섯에 지성이 있다는 설에 관해 진지하게 토론하고 있다. 지표에 나타나는 버섯은 포자를 만들기 위한 기관인 자실체에 불과하고, 버섯의 본체는 지하에 숨어 있는 방대한 균사의 네트워크다. 균사는 나무들의 뿌리와 뒤얽혀 공생하며 지하에서 숲 전체를 지배하고 있다. 그것을 한 개체로 생각하면 이 지구상에서 가장 큰 생물이라고 할 수 있다. 균사의 네트워크에는 전기신호가 활발하게 흐르고 있는데, 그 패턴을 분석한 결과 인간의 언어 같은 구조를 확인했다고 한다.

그는 현관문 앞에서 페어리 링으로 뒤덮인 잔디를 바라보고, 새삼 등줄기가 서늘해졌다. 이 기괴한 현상에 의미가 없다곤 생각할 수 없었다. 균사가 만연한 지하에는 상상도 할 수 없는 의지가 숨어 있는 게 아닐까. 균류는 지금까지 계속 숲을 파괴해온 인간을 어떻게 생각할까. 만약 그런 인간에게 강한 적의를 가지고 있다면.

……독버섯은 인간을 포함한 대형동물을 중독사시켜서 사체를

영양으로 삼기 위해 발달했다.

이번에는 그런 독특한 설을 떠올렸다. 일반적으론 동물이나 버섯파리 같은 곤충에 잡아먹히지 않도록 독을 저장하게 되었다고 하는데, 반대로 포식을 위해 무서운 독을 갖게 되는 일도 있지 않을까.

아니, 냉정해지자. 버섯의 돌발적인 증식을 설명하는 객관적인 가설은 없을까. 스기히라는 열심히 머리를 짜냈지만 무엇 하나 떠오르지 않았다.

불과 몇 분 사이에 여우비가 그쳤다.

지금은 일단 이 상황을 기록해두는 게 좋지 않을까. 그는 서재에서 업무에 사용하고 있는 고성능 디지털카메라를 가져오기로 했다. 그렇게 생각하고 안채 쪽을 보았을 때, 누군가가 자신을 쳐다보고 있다는 걸 알아차렸다. 순간 어제에 이어서 쓰루타가 온 걸까, 하고 생각했지만 한눈에 다른 사람이라는 걸 알았다.

"실례합니다. 인터폰을 눌러도 대답이 없어서요."

얼굴도 가느스름하고 몸도 호리호리한 이십대 후반의 남자였다. 웨이브가 있는 긴 머리에 검은색 셔츠와 바지로 몸을 감쌌으며, 모스콧의 검은 테 안경에 새카만 스마트워치를 차고 있었다. 패션 디자이너나 매스컴 관계자 같은 분위기였다.

"무슨 일이신가요? 물건을 팔러 오셨다면 거절하겠습니다."

스기히라는 차갑게 말했지만 남자는 가볍게 인사하면서 명함을 내밀었다. 명함을 확인하니 '스에히로 탐정사무소 스에히로 다쿠미'라고 되어 있었다. 아무리 봐도 탐정처럼 보이지 않는데, 무슨 일일까? 수상쩍게 여기는 것이 얼굴에 드러났는지 스에히로는 미소를 지었다. 의외로 애교 있는 웃음이었다.

"실은 마쓰모토 미치코 씨의 의뢰를 받고 왔습니다."

"아아, 그, 그러세요?" 스기히라는 저도 모르게 말을 더듬었다.

마쓰모토 미치코는 히로코의 어머니다. 히로코와 연락이 되지 않는다고 몇 번 전화가 왔는데, 친구 집에 갔다고 둘러대는 수밖에 없었다. 그나저나 탐정을 고용한 것에는 놀랄 수밖에 없었다. 부자들은 이런 경우에 전문가한테 맡기는 법일까? 경찰에 신고해봤자 소용없다는 걸 알고 있을지도 모르지만.

"연락도 없이 불쑥 찾아와서 죄송합니다만, 스기히라 히로코 씨를 만나 뵐 수 없을까요? 휴대전화도 받지 않아서 마쓰모토 씨가 몹시 걱정하고 계십니다."

"실은 지금 여기에 없습니다."

"어디 가셨습니까?"

스에히로의 말과 행동은 부드러웠지만, 검은 테 안경 안쪽의 눈은 예리하게 빛났다.

"그건 잘 모릅니다."

"모른다고요?"

"실은 저기…… 지금 가출을 했거든요."

스에히로의 표정이 조금 딱딱해졌다. "가출을 했다고요? 리쿠 군은 어디에 있습니까?"

"아내와 같이 갔습니다."

"실례지만 원인은 뭐였나요?"

"사소한 말다툼이었습니다. 아들의 교육 방침을 둘러싸고……."

스기히라가 말다툼의 과정을 간단히 설명하는 동안, 스에히로는 무표정하게 듣고 있었다.

"그러세요? 많이 걱정되시겠군요."

"네. 물론 원인은 저에게 있습니다만."

스에히로는 정원을 둘러보더니, 잔디 위에 아무렇게나 놓여 있는 삽과 낫으로 시선을 옮겼다.

"아아, 버섯 때문입니다. 원인은 알 수 없지만 어제부터 기이할 정도로 자라나서 난감해하던 참입니다." 스기히라는 그렇게 말했지만, 스스로 생각해도 어딘지 모르게 변명처럼 들렸다.

스에히로는 잠시 수상쩍은 눈길로 잔디를 둘러보았다.

"그러세요? ……정원이 참 크군요. 제가 사는 아파트 부지보다 넓습니다. 얼마나 되나요?" 스에히로는 잡담이라도 하듯 편안한 말투로 물었다.

"삼백 평 조금 넘을 겁니다."

"잔디를 관리하기가 꽤 힘들 텐데요. 직접 손질하시나요?" 스에히로는 삽과 낫을 가리키며 물었다.

"평소엔 그렇죠. 힘들 때는 조경회사에 맡기고요."

"그렇군요. ……그런데 스기히라 씨는 사모님과는 연락을 하고 계신가요?"

스에히로는 느닷없이 이야기를 원점으로 되돌렸다.

"네, 라인뿐이지만요."

"무례한 말씀이지만 대화창을 볼 수 있을까요? 마쓰모토 씨한테 보고를 해야 해서요."

"네, 얼마든지요. 안으로 들어가시죠."

스기히라는 스에히로를 응접실로 안내하고 커피를 내주었다. 그러고는 스마트폰을 꺼내 라인의 대화창을 보여주었다.

"……잠시 머리를 식히고 싶다는 거군요."

스에히로는 커피를 마시면서 중얼거렸지만 이해하는 것 같지는 않았다.

"전 하루라도 빨리 돌아왔으면 합니다. 그래서 사촌형한테 부탁해서 만나러 가달라고 했어요."

"사촌형이요?" 스에히로가 눈썹을 살짝 치켜올리며 물었다.

"쓰루타 다케히사라고 하는데, 이름을 들어보셨을지도 모르겠군요. 정신과 의사이자 심리학자인……."

"아아, 그분요? TV에서 본 적이 있습니다. 스기히라 씨의 사촌형이셨군요." 스에히로는 감탄한 얼굴로 고개를 끄덕였다.

"여기서 가까운 곳에 살고 있거든요. 가루이자와로 이사 온 것도 사촌형이 권해서였고, 저희 가족과 친하게 지내고 있습니다."

스기히라가 그렇게 강조한 건, 상대가 조금이라도 자신을 믿게 만들고 싶어서였다.

"그러세요? 가능하면 쓰루타 씨한테도 얘기를 듣고 싶습니다만."

"그럼 제가 말해두죠. 스에히로 씨한테 직접 연락드리라고 하겠습니다."

"고맙습니다." 스에히로는 깊숙이 고개를 숙이고 나서 덧붙였다. "무례한 부탁인 줄은 알지만, 이 대화 화면을 캡처해서 제 스마트폰으로 보내주시겠습니까?"

묘한 의심을 받고 싶지 않아서 스에히로의 요청은 전부 승낙하는 수밖에 없었다.

그 이후, 스에히로는 스기히라와 함께 히로코와 리쿠의 방, 거실, 침실 등을 본 다음 정원을 한 바퀴 둘러보고 나서 돌아갔다.

이거 참 난감하군. 스기히라는 팔짱을 끼고 한숨을 쉬며 잠시 생각에 잠겼다. 장모님에게는 전화를 걸어서 사과해야 하리라. 까다로운 분은 아니지만 딸과 계속 연락이 안 되면 걱정하는 게 당연하다. 그나저나 히로코도 전화 정도는 받아주면 좋으련만.

그는 문득 생각이 나서 서재로 올라가, 업무에 사용하는 디지털카메라를 가져왔다. 불쾌한 마음을 억누르고 다시 정원에 가서, 페어리 링 사이를 돌아다니며 사진을 찍으려고 한 것이다.

액정 모니터를 들여다본 순간, 그는 숨을 들이마셨다. 이게 어떻게 된 일일까?

육안으로 똑똑히 보이는 형형색색의 페어리 링이 액정 모니터에서는 존재하지 않았다. 실물과 모니터를 몇 번이나 번갈아보았지만 마찬가지였다. 카메라의 고장이라곤 생각할 수 없다. 디지털카메라의 화상처리 방식은 잘 모르지만, 다른 것은 보이는데 버섯만 보이지 않는다는 고장은 있을 수 없으니까. 만일을 위해 한 장 찍어보았지만 역시 사진에는 버섯이 찍히지 않았다. 그렇다면 문제는 자신의 눈일까.

그는 온몸의 용기를 짜내 페어리 링을 만들고 있는 버섯을 향해 손을 내밀었다. 그런데 놀랍게도 손가락 끝에는 아무것도 느껴지지 않았다.

더욱 손을 내밀자 탄력 있는 잔디에 닿았다. 물기가 있는 거친 흙의 감촉도 느껴졌다. 그럼에도 버섯만은 아무런 느낌도 없이 손이 쑥 빠져나갔다.

눈을 의심하게 되는 괴이한 현상이었다. 어제부터 이랬던가? 생각해보니 버섯에는 직접 닿지 않고 잔디와 흙만 제거했던 것 같다. 그렇다면 어제 본 버섯도 실체가 없는 입체 영상 같은 것이었을지 모른다. 이유는 모르겠지만 사진으로 찍을 수 없다면 손으로 그려서 기록하는 수밖에 없으리라.

이번에는 히로코의 방으로 올라가서 스케치북과 색연필, 버섯 도감을 가지고 돌아왔다.

처음에는 정원 전체의 도면을 그리고, 페어리 링의 분포와 각 버섯의 위치, 크기, 색을 기록했다. 다음에는 페어리 링을 순서대로 스케치했다. 아내와 달리 그림에 재주가 있는 편은 아니지만, 대상을 정확히 포착하는 눈에는 자신이 있었다.

역시 하얀색 버섯의 링이 제일 많았다. 대부분은 찐빵처럼 동그랗고, 크림색이나 표면에 작은 알갱이가 있는 버섯도 섞여 있었다. 어젯밤에 도감과 인터넷에서 조사한 바로는 페어리 링을 만드는 버섯은 전세계에 오십 종 정도이고, 일본에도 몇 종류가 있다고 한다. 아마 그중 하나인 노란껍질말불버섯일 것이다. 빨간색 버섯은 광택이 있는 심홍색 갓에 형태가 일정치 않은 하얀 알갱이가 있었다. 자루는 하얗고, 프릴 같은 챙이 보였다. 워낙 특징이 강렬해서 곧바로 광대버섯이란 걸 알 수 있었다. 보라색 버섯은 가지버섯이 아닐까 했는데 페어리 링을 만드는 것은 자주방망이버섯아재비라고 한다. 가지버섯보다 조금 작고 보라색이 희미한 걸 보면 자주방망이버섯아재비라고 단정해도 좋으리라.

어제는 알아차리지 못했지만 다갈색 버섯의 링도 꽤 많았다. 갓은 작고 가늘고 길다. 예전에 잔디에서 자라난 버섯과 비슷했는데, 도감을 보니 역시 선녀낙엽버섯인 듯했다. 또한 하얀색 페어리 링 안에 말불버섯과 다르게 생긴, 갓을 넓게 펼친 큼지막한 버섯도 있었다. 하나는 식용인 들사리버섯이고, 또 하나는 들사리버섯과 가까우면서 맹독이 있는 큰갓버섯이다.

대충 스케치를 마쳤을 때는 이미 점심때가 지났다. 그는 자신이 그린 그림을 하나씩 확인해보았다. 그림을 그려본 적이 별로 없어서 터치가 깔끔하지는 않지만, 조심스러운 선이 모여서 확실한 버섯의 모습을 나타내고 있었다. 스케치할 때는 버섯 도감을 보지 않고, 반드시 다 그리고 나서 확인했다. 그렇다면.

역시 다르다……. 이 버섯은 결코 환각이 아니다.

그것은 확신이었다. 그림에 재주가 없는 사람이 상상력만으로 이런 그림을 그릴 수는 없다. 버섯의 페어리 링은 만질 수 없지만 분명히 여기에 존재하고 있다.

그때 불쑥 대학생 때 들은 말이 선명하게 되살아났다. 그 말을 한 사람은 오컬트에 심취한 여학생으로, 소프트테니스 동아리의 뒤풀이 자리였다.

"난 심령사진은 근본적으로 이상하다고 생각해."

왜 그런 이야기가 나왔는지는 기억나지 않는다. 스기히라 쪽에서 그런 화제를 꺼내지 않은 것만은 분명하다.

이구치…… 하나였던가, 오컬트와는 인연이 없어 보이는 동그란 얼굴에 건강하게 생긴 학생이었다. 그녀는 깜짝 놀랄 만한 스피드로 추하이 술잔을 비워서 이미 꽤 취해 있었는데, 술집 테이블에 엎드리듯 기댄 채 긴 머리칼을 쓸어올렸다.

"그래, 그건 아무리 봐도 이상해." 그는 맥주를 마시면서 코웃음을 쳤다.

그 무렵에는 오직 과학과 논리만을 신봉하고, 정신적 가치에 무게를 두는 학생들을 무시하는 역겨운 젊은이였다.

"반대야, 반대." 하나는 그의 태도를 신경 쓰지 않고 대꾸했다.

반대라니, 무슨 뜻이지? 그는 고개를 갸웃거렸다. 당시에는 그 말을 유행어처럼 사용하는 사람이 많았는데, 다음 이야기를 들어보면 반대고 자시고 아무것도 아닌 것이 대부분이었다.

"사람의 눈에는 보이지 않는 귀신이 사진에만 찍히는 거, 이상하지 않아? 오히려 영감靈感 있는 사람의 눈에는 보이지만 사진에는 찍히지 않는 게 정상 아니야?"

그렇군. 그는 고개를 끄덕였다. 대상물의 표면에서 난반사한 빛을 볼록렌즈를 통해 한 점에 모아, 거꾸로 투영한 상을 감광제를 바른 필름이나 이미지 센서에 기록하는 것이 사진이다. 애당초 빛이 반사할 실체가 없는 귀신이 찍힐 리 없는 것이다. 물론 사람의 눈에는 보이는 것도 이상하지만. 뭐, 오컬트를 진심으로 믿는 머리가 이상한 사람의 눈에는 무엇이 보여도 이상하지 않을 것이다.

뒤풀이에 모인 소프트테니스 부원들은 각각 취직 이야기나 연애 이야기로 뜨거워서, 하나의 이야기를 듣는 사람은 스기히라 말고 아무도 없었다.

"오히려 흡혈귀가 거울에 비치지 않는다는 것이 더 말이 된다고……." 하나는 혀도 제대로 돌아가지 않는 상태에서 계속 말했다. "애당초 귀신이 뭐 때문에 보이는 줄 알아? 넌 아마 모르겠지만, 그건, 전부…… 버섯의……이니까…… zzz."

하나는 그대로 잠들어버렸다.

그때의 기억을 떠올리면서 스기히라는 미간에 주름을 잡았다.

사람의 눈에는 보이고 사진에는 찍히지 않는다. 그거야말로 저 페어리 링이 아닌가. 더구나 이구치 하나는 그때 분명히 '버섯'이라고 말했다. 무슨 말을 할 생각이었는지는 짐작도 되지 않고, 오늘 이 순간까지는 한 번도 생각한 적이 없었다. 이구치 하나는 오컬트 지식이 풍부한 전문가였다. 한밤중에 가위에 눌린다는 여학생의 고민을 해결해준 적이 있었다고 하지 않았던가…….

그는 서재로 돌아가서 소프트테니스부의 명단을 찾았다. 쉽게 찾지 못하리라고 각오했지만, 작년에 책을 정리했을 때 명단 종류를 한 곳에 모아둔 것이 도움이 되었다.

하나의 본가에 전화를 걸어보았다. 다행히 곧바로 연결되었다. 대학 친구라고 신분을 밝힌 뒤, 하나에게 급히 연락하고 싶다고 말하자 '산'에 있다는 대답이 돌아왔다. 더구나 요즘 세상에 휴대전화가 되지 않는 곳이라고 한다. 거짓말을 하는 건 마음이 내키지 않았지만 친구가 위독하다고 하면서, 어떻게든 연락해서 이쪽으로 전화해달라고 부탁하고 휴대전화 번호를 남겨놓았다.

전화를 끊고 나서 그는 한동안 멍하니 앉아 있었다.

이 세상에서 일어나는 모든 일을 이론적으로 설명할 수 있다고 생각한 것은 아니다. 하지만 자신이 이렇게 부조리한 상황에 처하는 날이 올 줄은 생각지도 못했다. 지금 여기에는 사랑하는 아내도, 아들도 없다. 그리고 정원은 손도 댈 수 없는 기괴한 버섯에 점령당했다. 그토록 즐거웠던 가루이자와 생활은 부조리하고 불가사의한 공간에 삼켜지고 말았다…….

아직 해가 높이 떠 있는데, 여느 때와 달리 그에게는 간절하게 술이 필요했다. 그래, 어제 쓰루타가 가져온 '가루이자와'가 아직 남아 있을 것이다. 그는 거실 겸 응접실로 가서 양주병을 진열해놓은 장식장을 보았다. 분명히 여기에 두었는데.

'가루이자와'를 발견한 순간, 그는 소스라치게 놀라며 뒷걸음질

첬다. 목 부분이 잘록하게 들어간 독특한 형태의 병에는 짙은 호박색 위스키가 아직 절반 넘게 남아 있었다. 그런데 뚜껑 위에 키가 큰 순백의 버섯이 오만하게 갓을 벌리고 우뚝 서 있었던 것이다.

4

쓰루타는 렉서스 LFA를 세웠다. 스기히라의 집 앞에는 낯선 경트럭이 서 있었다. 안채 안쪽의 정원에서 시끄러운 소리가 들려왔다.

쓰루타는 차에서 내려 정원으로 향했다.

지난번에 오고 나서 나흘이 지났다. 스기히라의 모습이 마음에 걸려서 매일 전화로 확인했는데 오늘 아침 이야기는 도통 알아들을 수 없었고, 결국은 바쁘다고 하면서 끊어버리는 지경이었다. '화톳불'이 어쩌고저쩌고 했는데 도대체 무슨 일이 일어나고 있는 걸까.

정원 한가운데의 잔디를 광범위하게 파헤쳐 지진제토목 공사 전 땅의 신에게 지내는 제사를 할 때처럼 네 개의 청죽을 세우고, 시데결계를 상징하는 종이 장식를 매단 금줄을 쳐놓았다. 그 안쪽에서는 작업복을 입은 젊은 이들이 삼나무 통나무를 우물 정# 자로 만들어 호마단을 설치하고 있다.

쓰루타의 눈에 스기히라의 모습이 들어왔다. 정원의 여기저기를 가리키면서 처음 보는 사람에게 호소하듯 말하고 있었다. 상대는 검은 두건을 쓰고 법의를 걸쳤으며, 초록색 범천수험도에서 쓰는 큰 신장대이 붉은 유이가사_{수험도의 스님이 걸치는 가사}와 나각을 목에 걸고 있었다. 또한 허리에는 이라타카 염주_{수험자가 사용하는 염주}를 매달았으며, 하얀 작업화를 신고 손에는 지팡이를 든 수험자 차림의 여성이었다.

"신야, 이게 무슨 난리야?"

"형 오셨어요? 소개할게요. 이쪽은 이구치 하나, 가 아니라 지코보 씨예요."

여성은 유이가사의 품에서 비단 자수가 놓인 명함을 꺼냈다. 정중하게 내민 명함을 보니 일본의 전통 종이에 '오미네 산 미센파 지코보'라고 먹물로 쓰여 있었다.

"야마부시_{수험도의 수행자}인가요?" 쓰루타는 미간에 주름을 새기고 물었다.

최근에는 여성도 야마부시가 될 수 있는 것 같지만, 법명까지 붙이는 일은 드물다.

"네. 오늘은 버섯을 물리치기 위해 시등호마_{柴燈護摩}를 태우려고 합니다." 그녀는 손가락으로 기묘한 형태를 만들면서 고개를 숙였다.

"이구치…… 지코보 씨와는 대학에서 같은 동아리였어요. 성적이 좋아서 골드버그 증권에 취직했다고 들었는데, 야마부시가 된 걸 알고 깜짝 놀랐죠."

지코보는 간단하게 대답했다. "돈이 전부인 세계에 염증이 났어요. 일일 수험도 체험으로 오미네 오쿠가케미치_{간사이 지방의 유서 깊은 순례 길}를 종주했을 때, 악령이 떨어진 것 같은 기분이 들더라고요. 그래서 그다음 주에 그때 이끌어주신 분의 제자로 들어갔죠. 지금은 하루라도 빨리 당당한 수험자가 되려고 정진하고 있어요.”

“버섯에 대해 의논했더니, 나한테 위험이 다가오고 있다고 하더라고요. 그래서 본격적으로 기도해서 퇴치해달라고 했어요.”

스기히라의 말투는 마치 병에 걸려서 의사에게 치료를 받기로 했다고 말하는 것처럼 태연했다.

어떻게 이런 일이. 쓰루타는 어이가 없었다. 옛날부터 사람의 가장 약한 부분을 파고드는 것이 종교의 상투 수단이지만, 과학 교육을 받은 스기히라가 이토록 간단히 속아넘어가다니. 이대로 있으면 거액의 보시를 할 수도 있겠다, 라고 쓰루타는 마음속으로 우려했다.

“정원의 버섯을 없애려면, 보통은 조경회사에 부탁하잖아? 그런데 왜 저런…….”

그다음은 어떻게 말해야 좋을지 몰라서, 쓰루타는 오른손으로 호마단을 가리켰다.

“보통의 버섯이라면 그렇게 했겠죠. 하지만 이건 달라요. 눈에는 보이지만 만질 수는 없어요. 그런 건 조경회사에서 퇴치할 수 없잖아요?”

스기히라의 대답을 듣고 쓰루타는 적잖이 놀랐다. 언제 알아차렸는지 모르지만 스기히라는 버섯이 환영임을 알고 있다. 그럼에도 그것이 존재한다는 사실을 의심하지 않는 것이다.

“지금 대단히 센시티브한 문제에 발을 들였다는 사실을 아시나요?” 쓰루타는 지코보를 향해 작은 목소리로 물었다.

“센시티브한 문제요?” 지코보는 눈을 크게 떴다.

외국 증권회사에 있었다면 무슨 뜻인지 모를 리는 없으리라.

"방법에 따라선 오히려 상황을 악화시킬 수도 있다는 뜻입니다."

사실은 더 강력하게 경고하고 싶었지만, 스기히라가 옆에서 듣고 있어서 '망상'이라는 말은 사용할 수 없었다.

"알겠습니다. 단단히 명심하고 버섯을 퇴치하겠습니다." 지코보는 힘차게 고개를 끄덕이며 말했다.

끝까지 시치미를 뗄 속셈인 모양이다. 쓰루타는 내심 어금니를 악물었지만, 얼굴에서 웃음을 지우지는 않았다. 화는 나지만 지금은 조용히 지켜보는 수밖에 없었다. 버섯이 스기히라의 환각이라는 건 여기에 오자마자 곧바로 알았을 것이다. 그럼에도 호마 의식을 강행하려는 게 이 여자의 정체를 말해주고 있다.

야마부시는 고대의 산악신앙에서 태어난 수행자지만, 민간 의료나 주술에 뛰어난 주술사이기도 하다. 개중에는 저주를 막아준다는 구실로 사람들한테서 금품을 갈취하는 사기꾼도 있다. 이 여자는 분명히 후자다. 스기히라를 이용하는 데 수단과 방법을 가리지 않을지도 모른다.

거창한 종교의식에 의미가 없다곤 하지 않겠다. 강력한 암시로 불안을 없애면 환각이 사라지는 일도 있을 수 있으니까. 만약 그렇게 되면 '이때다!' 하는 식으로 영험을 강조하고, 잘 되지 않으면 더 강력한 의식이 필요하다며 돈을 뜯어낼 속셈이리라.

쓰루타는 차가운 눈으로 지코보의 뒷모습을 바라보면서 마음속으로 중얼거렸다. 뭐, 어쨌든 잘해보시지. 내가 요괴의 가면을 벗겨

줄 테니까.

"……재가 날아올 것 같군. 차를 차고에 넣어도 되겠나?"

쓰루타는 스기히라한테 차고 셔터를 열어달라고 해서 렉서스 LFA를 넣었다.

다시 정원으로 돌아갔을 때, 새로운 손님이 눈에 들어왔다. 온몸을 검은색 옷으로 감싼 남자다. 며칠 전에 쓰루타를 찾아와서 꼬치꼬치 캐묻고 돌아간 탐정이다. 이름은 스에히로라고 했던가.

스에히로는 스기히라와 쓰루타에게 가볍게 고개를 숙이고, 지코보에게도 한두 마디 인사를 건네더니 그런 다음에는 눈에 띄지 않게 구석에 서 있었다. 손에는 캐논의 검은색 DSLR 카메라를 들고 있었다. 쓰루타가 애용하는 플래그십 모델 EOS-1D X Mark III에는 미치지 못하지만 고가의 카메라임은 한눈에 알 수 있었다. 앞으로 일어날 어리석은 소동을 확실히 기록하려고 하는 것이리라.

그러는 사이에 작업을 하던 젊은이들은 체인소로 안을 파내어 우물 정 자로 짜맞춘 통나무 사이에, 불쏘시개와 편백나무 이파리를 넣어 준비를 마친 듯했다. 스마트폰으로 검색하니 시등호마에서는 보통 나각을 불면서 야마부시 일행이 천천히 걸어가며 '야마부시 문답'을 시작한다고 한다. 그런 다음에 동서남북과 중앙의 부정을 퇴치하기 위해 야마부시가 도끼를 내리치는 법부 의식이나 하늘을 향해 활을 쏘는 방궁 의식, 검을 내리치는 법검 의식을 해야 하는데, 그것은 전부 생략하고 호마단에 불을 붙였다. 편백나무 이파리에서 모락모락 연기가 피어오르자, 지코보가 짧은 지팡이로 쿵쿵 땅을 때리면서 주변을 빙글빙글 돌았다.

나 참, 이렇게 황당한 짓을 끝까지 봐야 하는가. 쓰루타는 어이가 없었지만 일단 상황을 지켜보기로 했다. 스에히로도 호마단과 주변을 향해 몇 번이나 카메라를 들었지만, 왠지 곤혹스러워하며 셔터 누르기를 망설이는 것 같았다.

편백나무 이파리가 다 타자 연기 밑에서 다시 호마단이 보였다. 짜놓았던 통나무가 불에 타서 무너지자 지코보는 뒤에서 새로운 호마목을 투입했다.

"나무동방 항삼세 야차명왕! 나무남방 군다리명왕! 나무서방 대위덕명왕! 나무북방 금강야차명왕! 나무중앙 대일대성부동명왕!"

지코보는 손가락으로 기묘한 형태를 만들면서 주문을 외우고, 두 손의 손가락을 조금 교차시켜서 금강합장을 했다. 그 모습을 보고 쓰루타는 눈썹을 치켜올렸다. 마치 진심으로 버섯을 퇴치하려고 하는 것 같지만.

"견아신자, 발보리심, 문아명자, 단오수선."

그렇다면 스기히라의 정신 상태를 보여주는 증거로, 이 의식을 처음부터 끝까지 기록할 가치가 있을지도 모른다. 쓰루타는 뒤늦게나마 스마트폰으로 녹화하기 시작했다. 이럴 줄 알았으면 스에히로처럼 정밀한 동영상을 찍을 수 있는 카메라를 가져올걸.

"청아설자, 득대지혜, 지아심자, 즉신성불." 지코보는 잇따라 손가락의 모양을 바꾸면서 주문을 외웠다. "알려야 한다, 이뤄야 한다, 무엇이든 되어야 한다, 신의 마음을 지키려면."

수험도는 메이지시대1868~1912에 수험도 폐지령으로 천태종이나 진언종에 강제로 편입되었지만, 옛날부터 내려오는 신앙이라는 점에서는 오히려 신도神道에 가깝고, 경을 읊조리기도 하고 주술 같은 주문도 많다. 지코보의 주문은 끊임없이 이어져서, 쓰루타는 몇 번이나 손목시계를 보았다.

"아앗! 으앗!"

의식이 절정에 이르렀을 때, 스기히라가 돌연 괴이한 소리를 질렀다. 주위에도 술렁거림이 퍼져나갔다.

무슨 일이지? 쓰루타는 얼굴을 찡그렸다. 공황장애에 빠진 것 같지만, 계기가 무엇이었는지는 알 수 없다.

그때, 경악의 물결이 주변으로 퍼져나갔다. 호마단을 담당했던 젊은이들과 스에히로까지 깜짝 놀란 얼굴로 그 자리에서 꼼짝도 하지 않았다. 마치 발밑에 뿌리가 자란 것처럼.

"이, 이럴 수가……!" 결국 주문을 읊조리던 지코보까지 얼어붙은 것처럼 움직임을 멈추었다. "제 힘으론 도저히 어찌할 수 없습니다!"

지코보는 일방적으로 의식의 종료를 선언하고 결계 밖으로 도망쳐 나왔다. 이것 또한 연출일까? 쓰루타는 어안이 벙벙해졌다.

그 후에는 여전히 불타고 있는 호마단의 잔해만이 남아서 젊은이들이 소화기로 불을 껐다. 아름다웠던 잔디는 흔적도 없이 사라지고, 남은 것은 처참한 잿더미뿐이었다. 지금 상태라면 집을 팔려고 해도 사겠다는 사람이 없으리라.

스에히로는 어느새 모습을 감추었다.

스기히라는 망연한 모습으로 헛소리를 하듯 중얼거렸다. "이럴 수가…… 말도 안 돼…… 이제 어쩌면 좋지?"

"신야, 잠깐 얘기 좀 할까?"

쓰루타는 스기히라의 등을 밀어 안채로 들어가려고 했다. 그러자 뒤쪽에서 지코보의 목소리가 쫓아왔다.

"잠깐만요!"

이제 와서 또 뭐야? 쓰루타는 지긋지긋해서 뒤돌아보았다.

"어떻게 아셨죠?" 지코보는 진지한 눈길로 따지듯이 물었다.

"무슨 말인가요?"

"아까 그러셨잖아요. '방법에 따라선 오히려 상황을 악화시킬 수도 있다'라고요."

쓰루타는 눈썹을 치켜올리며 말했다. "네, 분명히 그렇게 말했습니다."

"이렇게 되리란 걸 어떻게 예측하신 거죠? 전 상상도 못 했습니다."

이렇게 되리란 거라니, 무슨 뜻이지? 무슨 말을 하고 싶은 건지 짐작도 되지 않았지만, 이런 경우에는 상대에게 쓸데없는 정보를 주지 않는 편이 좋다.

"당신은 그 정도도 예측 못 하고, 외호마를 태우려고 했나요?"

상대의 추궁을 피하고 싶을 때는 역습하는 게 가장 효과적이다.

지코보는 고개를 떨구며 말했다. "네, 제 힘이 미치지 못했어요. 제가 미숙했음을 통감하고 있어요."

"그건 변명이 되지 않습니다. 자신이 미숙하다는 걸 알면, 경험이 풍부한 대선배에게 부탁했어야죠."

"……맞습니다."

"아까 그건 '부동속박법'이죠? 아직 초록색 범천을 붙이고 있는 수험자가 하기엔 힘에 부치는 술법 같은데요."

스마트폰으로 조사한 바에 따르면 '부동속박법'은 최강의 퇴치법이고, 범천의 색깔은 야마부시의 계급을 나타낸다. 최상위는 심홍색이나 진보라색이고, 초록색은 중간급에 불과하다고 한다.

"네, 전부 말씀하시는 대로입니다."

채찍처럼 날카로운 쓰루타의 말에 지코보는 반박도 하지 못했다.

더는 두고 볼 수 없었는지, 스기히라가 지코보 편을 들었다.

"형, 지코보 씨를 비난하지 마세요. 내가 고집을 부려서 도와준 것뿐이니까요."

"아니야, 쓰루타 씨 말이 맞아. 내가 안이하게 생각해서 이런 결과가 되고 말았어."

지코보는 풀 죽은 표정을 지었다. 쾌활하고 외향적인 성격으로 보이지만 실은 꼼꼼하고 책임감이 강하며 우울증에 걸리기 쉬운 멜랑콜리 친화형일지도 모른다.

"스기히라, 내 힘으론 어찌할 수 없는 일이지만 도와줄 사람을 알고 있어. 수험자의 손주 중에 타고난 영능력자가 있어. 내가 어떻게든 연락해볼게." 지코보는 간사이 사투리로 말했다.

야마부시의 옷을 입은 채, 평범한 여성인 이구치 하나로 돌아온 것 같았다.

홍. 역시 그런 속셈이었군. 쓰루타는 마음속으로 비웃었다.

일부러 거창하게 준비해두고, 적이 너무 강해서 술법이 실패했다고 믿게 만든다. 그리고 절망 속에서 유일한 빛이라고 말하며 서서히 구원의 신을 등장시켜, 보시 금액을 천문학적인 숫자로 끌어올리는 것이다.

"그래, 부탁해. 이대론 살아도 산 것 같지가 않아." 스기히라는 소름 끼친다는 얼굴로 정원을 바라보았다. 시선은 불안하게 허공을 방황했다. "설마 오히려 늘어날 줄이야. 이런 일은 생각도 못 했어. 그것도 저렇게 폭발적으로."

폭발적으로, 늘어났다고……? 스기히라의 눈에는 그렇게 보이는 건가?

"그거 말인데, 내 눈엔 이게 사악한 버섯처럼 보이지 않아."

지코보는 마치 자신의 눈에도 버섯이 보이는 것처럼 장단을 맞추었다.

"전화로는 내 목숨이 위험하다고 말했잖아?"

"그건 그렇지만 내 생각엔 버섯이 뭔가를 경고하는 것 같아. 진짜 위협은 다른 곳에 있는 게 아닐까?"

쓰루타는 입을 다물 수 없었다. 제삼자인 자신의 존재를 무시하고 태연하게 어설픈 연극을 계속하다니! 얼마나 뻔뻔하면 이렇게 오만할 수 있단 말인가.

시등호마의 불이 완전히 꺼지고 지코보 일행은 돌아갔다. 쓰루타만이 남아서 스기히라와 같이 안채로 들어갔다. 쓰루타에게는 몇 가지 확인해야 할 일이 있었던 것이다.

두 사람은 나흘 전과 마찬가지로 부엌 식탁에서 마주 앉았다.

"정말이지, 당치도 않은 일이 벌어졌군." 쓰루타는 스기히라를 안심시키듯 말했다.

스기히라는 말없이 고개를 끄덕였다.

"좀 진정됐으면 술 한잔할래? 참, 요전에 가져온 '가루이자와'는 아직 남았어?"

주방에는 보이지 않는 걸 보니 어딘가에 넣어두었으리라. 일단 어디에 있는지 확인하려고 둘러보자 스기히라가 조용히 머리를 가로저었다.

"어? 벌써 다 마셨어?"

쓰루타는 깜짝 놀랐다. 설마, 그런 일은 있을 수 없다. 그런데…….

"아니요. 실은 버렸어요."

"버렸다고? 가루이자와를? 왜?"

쓰루타는 진심으로 경악할 수밖에 없었다. 대체 그게 얼마짜리 술인 줄 알고? 그렇게 말도 안 되는 짓을 하다니.

"술병에서 버섯이…… 자랐어요."

"버섯?" 쓰루타는 힘없이 따라 말했다.

세상에서 가장 어리석은 망상 때문에, 두 번 다시 만들지 않는 귀중한 위스키 한 병을 시궁창에 버리는 인간이 존재할 줄이야.

"뭐, 할 수 없지. 그렇다면 네 위스키를 얻어 마실까?"

쓰루타는 재빨리 '맥캘란 레어 캐스크'를 발견해서 두 사람 몫의 온더록스를 만들었다. 스기히라는 말없이 유리잔을 받아서 입에 댔지만, 치아에 닿아서 딱딱 소리가 났다.

"한 가지 좋은 소식이 있어. 내일모레 히로코 씨를 만나기로 했어."

"네? 라인에서는 아무 얘기도 없었는데요?"

"오늘 아침에 직접 전화가 왔거든."

"그래요?"

스기히라는 다시 위스키를 한 모금 마셨지만 약간 안도한 듯한 기색이 있었다.

"릿키도 건강해요, 라더군. 그러니까 일단 히로코 씨에 대해선 걱정 안 해도 돼."

그 말을 들은 순간, 스기히라는 몹시 심각한 표정을 지었다.

무슨 일이지? 쓰루타는 탐색하는 눈으로 스기히라를 바라보고 미소를 지으며 물었다. "그나저나 말이야, 아무리 그래도 지금 같은 21세기에 야마부시는 좀 그렇지 않아?"

"역시 시대착오지요?" 스기히라는 한숨과 함께 말을 토해냈다. "이구치 하나가 우연히 수험자가 되어 있어서 나도 모르게 부탁했어요."

"뭐 마음은 이해하지만, 야마부시가 버섯을 퇴치한다는 그림은 꼭 교겐일본의 전통 희극 같잖아?"

쓰루타는 자신의 입에서 나온 말을 듣고 깜짝 놀랐다. 왜 지금까지 알아차리지 못했을까? 이것은 〈버섯〉이라는 교겐의 스토리와 똑같지 않은가.

어떤 관련이 있는지는 모르지만 조사해볼 필요가 있으리라.

5

새로운 자전거의 형태는 사람이 달리는 자세에 한없이 가까워지고 있었다. 여기에서도 문제는 공기역학이다. 네발짐승처럼 몸이 앞으로 기울어진 로드레이서에 비해, 직립해서 가슴을 편 자세는 정면에서 풍압을 받는다. 프레임을 한계까지 얇게 하고 볼텍스 제너레이터를 달아도, 근본적인 문제는 역시 해결할 수 없었다.

스기히라는 모니터에서 얼굴을 들고 커피를 마시며 머리칼을 쥐어뜯었다.

틀렸다. 납기가 코앞으로 다가왔는데, 정신을 집중할 수 없다. 버섯의 페어리 링은 이미 정원에만 머물지 않고, 안채의 벽과 바닥, 천장에까지 퍼져나갔다.

서재의 벽은 그나마 나은 편이었지만, 버섯이 만드는 포물선이나 현수선 같은 커브는 미묘하게 신경에 거슬렸다. 이것이 어떤 신호라는 것은 이미 확신으로 변했지만, 무엇을 전하고 싶은지는 아직 알수 없었다.

눈을 감자 그때의 영상이 눈꺼풀 안쪽에 흘러넘쳤다.

지코보의 '부동속박법' 주문이 울려 퍼지는 가운데, 잔디 위에 펼쳐져 있던 페어리 링이 폭발적으로 증식하기 시작한 것이다. 이미

자라난 버섯은 좌우로 몸을 비틀거나 떨면서 확확 뻗어나가고, 그 주변에서는 새로운 버섯이 쑥쑥 고개를 내밀었다. 미속도로 촬영한 '버섯의 번식'이라는 기록 영화를 보는 것 같았다.

그을음이 나는 호마의 불이 꺼지고 소화제의 하얀 연기가 희미해졌을 때, 눈앞에 나타난 잔디는 전위미술의 캔버스처럼 알록달록하게 채색되어 있었다. 하양, 빨강, 노랑, 보라, 갈색……

정원은 지금도 그때와 똑같은 상태다. 창문에서 내려다보면 각양각색의 꽃이 흐드러지게 피어 있는 꽃밭 같기도 하고, 같은 진균인 곰팡이가 군생하는 광경 같기도 하다. 친한 건축회사에 부탁해 정원과 집을 뒤덮도록 블루시트를 친 덕분에 집 밖에서는 직접 보이지 않겠지만, 너무나 기이한 광경이라서 이웃에 소문이 나는 것은 시간문제일지도 모른다.

이렇게까지 기괴한 장소로 변했는데, 왜 이 집에서 도망치지 않는 걸까? 그것은 스기히라 자신도 쉽게 대답을 찾을 수 없는 의문이었다. 아무리 처참한 상황이라도 아내와 아들이 돌아올 때까지 이 집에서 버티기로 마음먹은 것이다. 스스로도 무모한 결심이라고 생각하지만. 그래도 처음의 충격에서 벗어나자 버섯에 대한 공포는 서서히 희미해지기 시작했다. 오히려 버섯이 전하려고 하는 게 무엇인지 적극적으로 알고 싶은 마음이 생겼다.

그는 스케치북을 꺼냈다. 사진에 찍히지 않기에 집안의 페어리 링도 전부 손으로 그리는 수밖에 없었다. 미술이 아니라 이과에서 배운 스케치 방법으로 윤곽선은 하나만 그린다. 음영은 넣지 않고 세밀한 치수나 각도를 재서 그림에 써넣고 있다.

버섯의 논리는 모른다. 균사에 흐르는 전기신호를 인간의 말로 번역할 수 있으면 몰라도, 버섯의 생각은 아무리 상상력을 동원해도 이해의 범위를 초월한다. 하지만 만약에 버섯이 뭔가를 전하고 싶다면, 그곳에는 인간도 해석할 수 있는 패턴이 숨어 있지 않을까. 그렇게 생각하니 제일 먼저 마음에 걸리는 것은 페어리 링의 형태였다.

도형에는 인종이나 문화를 초월해 인류 공통의 의미가 있다. 예를 들면 삼각형은 예각의 이미지 때문에 위험 표식에 사용한다. 원은 윤회나 영원 등을 상징하지만 방사선 마크나 바이오해저드 마크는 원을 바탕으로 하고 있다. 페어리 링 중에는 바이오해저드 마크를 연상케 하는 모양도 있었다. 하지만 상형문자처럼 무언가를 본뜬 게 아니라면 형태로 메시지를 전하는 건 상당히 어려운 일이다.

만약 형태가 아니라고 한다면.

그는 일어나서 서재의 창문을 통해 밖을 내다보았다. 여기에서는 정원이 끝밖에 보이지 않지만, 그래도 수많은 버섯으로 화려하게 장식되어 있는 모습은 엿볼 수 있다.

다음으로 주목해야 할 건 역시 색이다.

버섯이 폭발적으로 증식한 이후, 빨간 버섯의 비율이 눈에 띄게 늘어난 것을 알 수 있다. 투명한 책받침을 이용해 즉석으로 데생 스케일모티프를 그릴 때 형태 파악이나 구도 확인에 사용하는 보조 도구을 만들어 '피플 카운팅특정 공간이나 구역을 통과하거나 머무는 수를 세는 기술' 방법으로 대강 계산해 보았더니, 잔디 전체의 버섯이 일만 송이가 넘는 가운데, 빨간 버섯만 이천 송이가 훌쩍 넘었다.

첫날 아침에 2층 창문에서 발견한 건 아름다운 빨간색 달걀버섯이었다. 그다음에 봤을 때, 빨간색 페어리 링을 만든 건 광대버섯이다. 지금은 같은 빨간색이라도 미묘하게 색조가 다른 적갈색애주름버섯, 소혀버섯, 접시껄껄이그물버섯 등이 섞여 있다. 소혀버섯과 접시껄껄이그물버섯은 식용이지만, 적갈색애주름버섯은 식용인지 아닌지 모른다. 피처럼 빨간 물방울이 새어나오는 비주얼로 보면 도저히 먹을 수 있을 것 같지 않지만.

또한 전형적 독버섯인 광대버섯의 숫자가 급증하고 있다.

빨간색 버섯 이상으로 증가율이 높은 건 노란색 버섯이다. 처음에는 별로 없었지만 어느 순간부터 선명한 레몬색인 분말그물버섯이 눈에 띄었다. 버섯 도감을 보니 단독 또는 두세 송이가 한꺼번에 자란다고 되어 있는데, 여기에서는 페어리 링을 만들고 있다. 분말그물버섯은 접시껄껄이그물버섯과 마찬가지로 송이버섯이나 트러플과 함께 맛있는 버섯으로 손꼽히는 포르치니버섯에 가까운 종이다. 그런데 식용이기는 하지만 맛이 없다는 미묘한 내용과 함께 중독될 가능성도 있다고 하니, 호기심 많은 사람이 아니면 먹으려고 하지 않을 것이다.

노란 손가락처럼 생긴 버섯은 주걱창싸리버섯이나 유사주걱창싸리버섯 중 하나인 듯하다. 전자는 담자균이고 후자는 자낭균으로 분류상은 각각 다르지만 생김새는 똑같다. 현미경으로 보지 않으면 확인하기 힘든데, 환영을 현미경으로 보는 것은 불가능하리라. 이쪽도

먹을 수 있을지 없을지는 미묘하다고 한다.

또 다른 노란색 버섯은 갈황색미치광이버섯이다. 아름다운 노란색이 아니라 갈색이 섞여 있는데, 상당히 굵고 존재감이 있다. 문제는 이것이 마른나무에서 자라는 버섯이라는 점이다. 잔디 위에, 더구나 페어리 링을 만든다는 건 이것이 자연의 버섯이 아니라는 걸 증명한다(환영이니까 당연하지만). 한편 안채 나무벽에도 빼곡히 자란 곳이 있는데, 이쪽이 본래의 모습에 가까울지도 모르겠다.

또한 갈황색미치광이버섯은 함부로 먹으면 환각 작용이 있는 매직 머시룸이고, 독버섯 범주에 들어간다. 그가 독버섯이냐 식용이냐 하는 점에 집착하는 것은 독버섯에는 경고의 의미가 더 강하다는 생각이 들어서다.

파란색 버섯은 원래 자연계에서 드물기도 하지만 한 종류밖에 발견되지 않았다. 하늘꼭지외대버섯이다. 먹어도 되는지 독이 있는지는 확실하지 않다고 한다.

가만있자. 그 순간, 무언가가 번개처럼 그의 뇌리를 가로질렀다.

빨간색, 노란색, 파란색 버섯…….

메시지. 그리고 경고.

그는 복도로 나와서 아내의 방에 들어가 책장에 꽂혀 있는 책등을 훑어보았다.

《FUNGI: 균류소설선집 제1군락》과 《FUNGI: 균류소설선집 제2군락》《포자문학 명작선》《버섯문학대전》《버섯만화 명작선》《버섯 사이지키》《버섯 꽃말》 등 버섯 마니아들이 좋아할 만한 책이 쭉 늘어서 있다.

이 부근에 있을 텐데 보이지 않는다. ……아니, 이건가.

히로코가 만든 종이 커버로 인해 책등이 보이지 않았지만, 보통 판형보다 큰 변형본인 걸 보면 틀림없이 그림책이리라. 책장에서 빼내 표지를 들춘 순간, 《버섯신호》라는 제목이 눈으로 뛰어들었다. 글과 그림은 '스기히라 히로코'. 몇 년 전에 아내가 한 권 출간한 그림책이다. 한 번 본 것뿐이라서 내용은 잊어버렸지만, 어린이집에 다니는 아이들이 병든 엄마를 위해 꽃을 따러 뒷산에 갔다가 길을 잃는 이야기인 듯했다. 아이들은 뒷산의 안쪽으로 들어갔다가 집으로 돌아올 수 없게 된다. 아직 글자도 몰라서 길 표시를 무시한 탓이지만, 신호의 의미만은 어린이집에서 배워서 알고 있었다.

그런 와중에 산에서 자라난 형형색색의 버섯들이 아이들에게 도움의 손길을 내민다. 그림책에서 흔히 볼 수 있는 따뜻한 내용이지만 등장하는 버섯은 모두 실제로 있는 종류이고, 히로코의 주특기인 정교한 일러스트가 덧붙여 있었다.

길 잃은 아이들이 가는 곳에는 세 개의 버섯이 신호처럼 나란히 있었다. 그중 두 개는 불 꺼진 신호등을 닮은, 돌기물이 있는 검은 악취 말불버섯이다. 초록색 신호일 때는 왼쪽에 기와버섯(식용)이나 귀신그물버섯(식용)이, 노란색 신호일 때는 한가운데에 분말그물버섯(독은 없지만 맛이 없음)이나 노란각시버섯(식용과 독의 유무는 불명확)이, 그리고 빨간색 신호일 때는 오른쪽에 독버섯인 광대버섯이 흑백영화의 부분 컬러처럼 선명한 색채를 뿌리고 있었다.

초록색은 집으로 돌아갈 수 있는 안전한 길을, 노란색은 멀리 돌아가든가 험난한 길을 가리킨다. 그리고 빨간색의 끝에는 미로 같은 길이나 곰, 깎아지른 절벽 같은 위험이 기다리고 있다. 아이들은《버섯신호》를 따라서 집으로 가지만, 조금 더 가면 되는 곳에서 해가 지고 주위가 어두워져서 신호의 색깔이 보이지 않게 된다. 그때 초록색으로 빛나며 옳은 길을 가르쳐준 것이 받침애주름버섯과 반디애주름버섯으로, 아이들이 꽃을 들고 무사히 집에 도착한다는 대단원의 결말을 맞이한다.

그런가. 그것은 신호였던가……. 그는 겨우 이해가 되었다.

버섯의 페어리 링이 메시지라면 이 그림책에 대해 잘 아는 존재가 보낸 것임이 틀림없다. 색깔이 경고를 나타낸다면 빨간색 버섯이 늘어난 건 위험이 커지고 있다는 뜻일지도 모른다. 그렇다면 하얀색 버섯이 나타내는 건 무엇일까. 페어리 링에서도 하얀색 버섯이 여럿 발견되었다. 무엇보다 위스키 병에서 자라난 순백의 버섯 영상은 기억에 선명하게 남아 있다. 그 의문에 대한 대답도 또한 기억의 밑바닥에서 떠올랐다.

히로코는 숲에서 발견한 하얀색 버섯을 보면서 중얼거리듯 말했다. "하얀색 버섯이 전부 독버섯이라는 건 지나친 말이지만, 역시 조심하는 편이 좋아. 독버섯 비율이 많은 건 사실이고, 그중에서도 위험한 게 많으니까. 독우산광대버섯이나 흰알광대버섯, 독흰구근광대버섯은 먹으면 진짜로 죽거든."

"그럼 이건 어때?" 그는 스니커즈의 끝으로 마른 낙엽 사이에서 고개를 내민 버섯을 쿡쿡 찌르면서 물었다.

"그건 독우산광대버섯일 거야. '파괴의 천사'라는 별명을 가진 최강의 독버섯이지." 히로코는 미소를 지으면서 말했다. "그런데 버섯의 독과 감칠맛 성분은 종이 한 장 차이니까 상당히 맛있을 것 같아. 죽긴 하지만."

위스키 병에서 자란 버섯은 독우산광대버섯 같다. 독우산광대버섯과 흰알광대버섯은 초보자는 구별하기 어렵지만, 어느 쪽이든 맹독이라는 건 변함이 없다.

그는 그림책을 책장에 꽂아놓고 서재로 돌아왔다. 그 타이밍을 노리고 있었던 것처럼 라인으로 메시지가 도착했다. 히로코였다. '쓰루타 씨와 애프터눈티 티타임'이라는 메시지에, 기묘하리만큼 리얼한 표고버섯의 스티커도 곁들여져 있었다. 이어서 사진도 왔다. 오픈 카페 같은 곳이다. 카메라를 보고 있는 사람은 쓰루타다. 좌측 안쪽에는 적갈색 카디건을 입은 히로코가 살포시 미소를 지으면서 앉아 있다. 곧바로 다음 메시지가 도착했다.

'쓰루타 씨가 빨리 집으로 돌아가라면서 야단쳤어. 하지만 조금만 더 기다려줘.'

그는 안도의 한숨을 내쉬고는 '알았어, 언제든지 돌아와'라고 답장을 보냈다.

그것을 끝으로 메시지는 없었다. 스마트폰을 내려놓으려고 했을 때, 라인의 대화창에서 어딘지 모르게 위화감을 느꼈다.

……이 스티커는 뭐지?

표고버섯 스티커는 이미지뿐으로, '즐거운 버섯즐겁다(타노시이)와 표고버섯(시이타케)을 이용한 언어유희'이라는 식의 글자는 붙어 있지 않았다. 히로코는 말장난을 싫어해서 딱히 이상하지는 않지만, 문제는 이미지다. 눈의 착각일지도 모르겠지만 입체 영상처럼 떠올라서 보이는 것이다.

그는 스마트폰에 눈을 가까이 댔다. 그 순간, 눈앞에서 표고버섯 영상이 두 개로 늘어났다. 애니메이션 스티커일까. 그렇게 생각하는 사이에 표고버섯 영상은 더욱 분열 증식해서, 히로코의 메시지와 사진을 빙 에워쌌다.

설마, 이건. 그는 눈을 크게 떴다. 아니, 이건 스티커 따위가 아니다. 스마트폰을 천천히 기울여보자 표고버섯이 화면 밖으로 튀어나와서 자라고 있는 것을 알 수 있었다.

그는 하마터면 스마트폰을 떨어뜨릴 뻔했다. 진짜보다 크기는 훨씬 작지만, 이것 또한 버섯의 환영이다. 그런데 왜 스마트폰 화면에서 나타난 걸까.

시험적으로 라인을 닫자 표고버섯도 사라지고, 라인을 열자 표고버섯이 다시 나타났다. 표고버섯은 라인의 대화창에 서식하고 있는 듯했다. 만약 맹독 버섯이나 빨간 버섯이 위험을 나타낸다고 하면 이것은 그렇게까지 심각한 경고는 아니겠지만……. 아니, 잠깐만. 꼭 그렇다곤 할 수 없다. 애초에 이건 정말로 표고버섯일까.

그는 버섯도감을 펼쳐서 확인해보았다. 그 결과 의혹은 더욱 커졌다. 표고버섯과 헷갈리는 대표적인 버섯은 느타리버섯과 화경버섯이다. 느타리버섯은 식용이라서 헷갈려도 별문제가 없지만 화경버섯은 그렇지 않다. 독버섯이지만 수수하게 생긴 탓에, 중독 사건이 가장 많이 발생하는 버섯인 것이다. 표고버섯과 구별하려면 자루를 확인하면 된다고 한다. 표고버섯의 자루는 굵고 길지만 화경버섯의 자루는 짧고 뿌리 부분이 가늘며, 갓과의 경계에 챙처럼 튀어나온 부분이 있다고 한다. 뚫어지게 보았지만, 스마트폰에서 자라난 버섯은 너무 작아서 알 수 없었다.

그때 인터폰이 울렸다.

6

남자 등장. 무대의 앞쪽에서.

앞으로 나온 남자는 이 주변에 사는 자다. 요전에 별안간 정원에 때아닌 버섯이 자라서 뽑아버렸는데, 하룻밤 사이에 다시 원래대로 자랐다. 그래서 다시 뽑아버렸는데 점점 더 크게 자라서 왠지 마음에 걸리고 기분이 나쁘다. 평소에 특별히 친하게 지내는 야마부시가 있어서 왜 그런 일이 벌어졌는지 점을 보고, 또한 액막이까지 부탁하려고 한다. 일단 천천히, 천천히 시작한다.

쓰루타는 호쿠리쿠 신칸센 그란 클래스의 가죽 시트에 편안히 몸을 맡기고 출력한 자료를 보았다. 도쿄에서 가루이자와까지는 한 시간 조금 넘게 걸린다. 삼십 분은 인터넷에서 교겐 〈버섯〉의 영상을 확인하고, 다시 대본을 읽어보는 참이었다.

정원에 때아닌 버섯이 자랐다. 아무리 뽑아도 다시 자라서 야마부시한테 기도를 부탁하러 간다. 야마부시는 정성껏 기도를 올려서 버섯을 퇴치하려고 하지만, 오히려 어마어마한 버섯이 나타나서 허둥지둥 물러난다…… 우연의 일치라곤 생각할 수 없다. 심리학자로서 처음 겪는 일인데, 이것이 융이 말하는 공시성Synchronicity일까.

그때 그란 클래스 전속 승무원이 블랙커피를 들고 천천히 다가왔다. 쓰루타가 정중히 인사를 하자 단골손님에게 만면의 미소로 대꾸한다. 그만큼 그란 클래스를 자주 이용하는 손님은 없을 테니까, 지금은 구태여 부탁하지 않아도 적당한 타이밍에 필요한 걸 가져다준다. 뭐, TV를 통해 얼굴이 알려진 덕분이기도 하겠지만. 그는 블랙커피를 한 모금 마시고 다시 출력한 자료에 시선을 떨구었다.

공시성에는 두 가지 요소가 얽혀 있다. 버섯과 야마부시다. 수상한 건 양쪽 모두 똑같지만, 일단 야마부시부터 정리하자.

교겐은 옛날 콩트나 희극이자 서민에게 웃음을 제공하는 연극이다. 그곳에는 웃음거리가 필요한데, 오만해서 사람들이 싫어했던 야마부시는 놀림감으로 딱이라서 '야마부시 연극'이 많이 만들어졌다. 〈올빼미〉〈게 야마부시〉〈개 야마부시〉〈감 야마부시〉〈파 야마부시〉〈허리 기도〉 등으로, 전부 야마부시의 기도가 효험이 없거나 반대로 너무 효험이 있어서 곤란한 지경에 빠지는 게 웃음을 자아내는 기본 패턴이었다. 〈버섯〉에서는 버섯을 퇴치하기 위해서 야마부시가 손가락으로 기묘한 모양을 만든다.

> 이런, 또 나왔다. 이런이런. 여기에 버섯이 싫어하는 가지의 손
> 가락 모양이 있다. 이것을 만들어라.

버섯이 왜 가지를 싫어하는가. 민간요법에서는 가지를 해독제로
사용하는데, 독버섯도 가지와 같이 끓이면 중독되지 않는다는 위험
한 미신이 있었다.

하지만 말도 안 된다고 여긴 사람도 많을 테니까, 버섯을 싫어하
는 가지라는 건 너무도 속임수 같고 당시의 서민들에게는 웃음거리
였음이 틀림없다. 야마부시가 읊조리는 주문도 당연히 수상쩍게 생
각했으리라.

> 이로하니호헤토. 브룸브루, 브룸브루, 치리누루오와카, 브룸브
> 루, 브룸브루, 브룸브루, 브룸브루.

입에서 나오는 대로 말하는 익살스러운 말장난으로밖에 들리지
않아서, 관객들은 웃음을 터뜨렸으리라. 실은 '브룸브루'는 일자금
륜불정특히 밀교에서 신앙하는 고위의 부처의 진언인 '브룸'에서 유래된 것으
로, 야마부시가 외우는 주문을 패러디한 것이다.

그는 다시 커피를 한 모금 마시면서 생각해보았다.

이제 와서 교겐을 분석하는 것에 무슨 의미가 있는가. 하지만 야

마부시가 실패한 장면이 〈버섯〉을 연상케 하는 건 사기꾼이 이 시나리오를 참고했기 때문이 아닐까.

문제는 또 하나의 요소인 버섯이다. 스기히라의 증상은 매우 보기 드문, 환각을 동반한 망상성 장애다. 또한 죽음과 재생의 상징인 버섯은 원령에 대한 공포가 구체적으로 나타난 것이라고 생각할 수 있다. 그런데 왜 그렇게 되었는가. 그 대답은 〈버섯〉이란 작품 안에 있을 것이다……. 이것은 그의 직감이었다.

교겐의 소재는 《샤세키슈》나 《우지슈이 이야기》 등의 설화집에서 가져온 것이 많다. 설화집은 구전된 이야기를 모은 것이라서 불교설화나 전설, 괴담 이외에 실화도 섞여 있다. 〈버섯〉의 원래 소재는 알수 없지만, 어쩌면 실화였을지도 모른다.

주인공은 야마부시지만, 상대 남자는 언제나 그렇듯이 '이 주변에 사는 자'이고, 정원에 버섯이 자라서 난감하다고 호소한다. 큰 저택에 살고 있는 것 같은데, 가족이나 일하는 사람은 없는지 나오지 않는다. 물론 교겐이니까 등장인물을 최소로 줄였겠으나 남자의 이미지가 기묘하게 스기히라와 겹친다.

아무리 제거해도 자라나는 버섯이란 건, 심리학을 배운 사람 쪽에서 보면 죄책감이 낳은 환영이라고밖에 생각할 수 없다. 그리고 죄책감을 억지로 누르려고 하면 오히려 반동이 강해진다. 그야말로 〈버섯〉의 결말처럼.

……그 죄책감은 어디에서 기인하는 걸까.

어쩌면 대답은 마지막에 최종 보스처럼 등장하는 '오니타케鬼茸, 가시갓버섯'일지도 모른다. '오니鬼'란 귀신을 가리키고, 오니쿠모왕거미나 오니얀마장수잠자리처럼 '큰 것'을 가리키는 접두어이기도 하지만, 본래의 의미는 사자死者, 즉 죽은 자다. 사자는 버섯의 모종판이 된다. 따라서 사체에서 자란 버섯은 되살아난 사자를 가리킨다.

쓰루타의 뇌리에 처참한 광경이 떠올랐다. 드라마 〈한니발〉 시즌1 제2화 '아뮤즈 부슈'의 한 장면이다. 땅에서 무수한 손이 튀어나와 있다. 생매장된 사람이나 시체가 버섯을 재배하는 나무가 된 것이다. 픽션이란 사실을 알아도 등골이 오싹하지만, 만약 그것이 현실이라면 어떨까.

그는 가만히 눈을 감고 사고의 바다에 가라앉았다. 〈버섯〉에 등장하는 남자는 끔찍한 악행을 저질러서, 죄책감이 버섯의 형태로 나타났다고 해석할 수 있다(야마부시의 눈에도 버섯이 보이는 이유는 불분명하지만). 반대로 스기히라는 왜 지나친 죄책감을 가지고 원령 공포에 시달리는가. 그 점만은 도무지 이해할 수 없었다.

히로코와 말다툼을 했던 날 밤, 스기히라는 와인과 위스키를 마셨다고 했다. 무슨 일이 있었는지 기억나지 않는 건 과음 탓이라고. 만약에 스기히라가 아무것도 기억하지 못한다면 어떻게 될까.

쓰루타는 그때까지 느끼지 못했던 짜릿한 흥분을 느꼈다.

고개를 들자 뭔가 필요하다는 분위기를 눈치챈 승무원이 미소를 지으면서 다가왔다.

그는 평소에 마시지 않는 가가매실주 스파클링을 부탁했다.

"갑자기 찾아와서 미안해."

지코보…… 이구치 하나는 현관에서 괜찮다고 말하며 끝까지 집 안에는 들어오려고 하지 않았다. 가로줄 무늬의 긴 티셔츠에 청바지, 모자와 백팩 차림으로, 야마부시 모습일 때와는 딴사람 같았다.

"요전에는 아무 도움도 되지 않았지만, 적어도 이것만은 전해주고 싶어서."

하나가 내민 것은 붉은 도장이 찍힌 호부였다.

"이건 뭐야?"

"버섯신사의 호부야."

스기히라는 그런 신사가 있다는 것도 처음 알았다.

"시가 현 구사쓰 시의 이사사 신사가 관리하는 곳으로, 일본에서 유일하게 버섯을 섬기고 있어."

고훈시대3세기 중후반에서 7세기 무렵인 서기 630년경, 기근이 일대를 습격했을 때 숲에 처음 보는 버섯이 대량 발생해서, 사람들이 그걸 먹고 굶어 죽지 않았다는 게 버섯신사의 유래라고 한다. 버섯에 대한 감사의 마음에서 태어난 신사의 호부라면 오히려 버섯이 더욱 번식하지 않을까. 그런 생각이 들었지만 그는 고맙다고 하면서 순순히 받았다.

"그런데 야마부시는 원래 불교 아니야?"

"어느 쪽도 아니야. 원래는 산악신앙이니까 오히려 전통신앙에 가깝다고 할까? 메이지시대에 절에 편입되었지만." 하나는 안절부절못한 모습으로 두리번거리며 말을 이었다. "그리고 요전에 말한 사람 말인데, 아마 모레엔 올 수 있을 것 같아."

"영능력자란 사람?"

그는 이미 뭐든지 받아들이게 되었다. 다음에 등장하는 건 초능력일까, 카발라 유대교 신비주의의 예언자일까.

"그래. 그분이 멀리서 너를 영시했는데." 하나는 진지한 얼굴로 말했다. "이 집 주변에 사악한 마음이 소용돌이치고 있으니까 아무쪼록 조심하래."

"그렇구나."

그는 입술을 깨물었다. 그런 대략적인 말은 누구라도 할 수 있으리라.

"……그리고 하얀 버섯이 자란 건 일절 입에 대지 말고, 빨간 버섯이 자란 곳에는 절대로 들어가면 안 된대."

그는 벌린 입을 다물 수 없었다. 위스키에 관해선 하나한테 말하지 않았기 때문이다. 하얀색과 빨간색 버섯이 위험하다는 건 자신의 생각과 일치하고 있다.

"한 가지가 더 있어. 갈색 버섯 말인데."

스기하라는 흠칫 놀라며 딱딱하게 굳었다.

"너한테 뭔가를 전하려고 하고 있대. 하지만 그건 말이라서 보이지 않는 것 같아. 멀리서 영시할 수 있는 건 희미한 영상과 그것에 얽힌 감정뿐이니까."

뭔가를 전하려 한다고? 하지만 누구의 메시지인지 몰라서 짐작조차 할 수 없었다. 그보다 갈색 버섯의 정체가 무엇인지 확실히 말해 줬으면 좋겠는데.

"갈색 버섯은 표고버섯일 거라고 하셨어." 하나는 그의 마음을 읽은 것처럼 대답했다.

그는 번개를 맞은 것처럼 경악에 휩싸였다.

"하지만 그건 이미지가 흔들려서 모호한 것 같아. 어쩌면 표고버섯이 아니라도 좋을지 몰른대."

"무슨 뜻이야?"

마치 낯선 외국어 강의를 듣는 기분이었다.

"글쎄, 무슨 뜻인지는 나도 잘 모르겠어." 하나가 쓴웃음을 지었다. 자신은 단지 영능력자의 말을 전하는 것뿐이라면서. "난 그만 가볼게."

그 말을 끝으로 하나는 발길을 돌리려고 했다.

"아, 잠깐만…… 계속 타이밍을 놓쳐서 물어보지 못했는데."

그는 황급히 하나를 붙잡았다. 하나가 움직임을 멈추었다.

"혹시 기억나? 소프트테니스 동아리 뒤풀이에서 심령사진은 이상하다고 말했던 거. 귀신이 사람의 눈에는 보이지 않는데 사진에 찍히는 것, 실은 그 반대라고 했잖아."

하나가 쓴웃음을 지으며 말했다. "기억나진 않지만 그런 말을 했을지도 몰라. 사진이 발명되자마자 곧바로 심령사진이 태어났잖아. 엑토플라즘 영적인 존재가 나타날 때 발생한다는 물질이라든지, 지금 하면 개그

밖에 되지 않는 페이크 사진도 당당하게 만들 수 있었고."

"그때 넌 나에게 물었어. 귀신이 왜 보인다고 생각하느냐고. 그런데 버섯 이야기를 하려다가 그대로 잠들었지. 그때 뭐라고 말하려고 했어?"

그의 말을 들으면서 하나의 표정이 진지해졌다.

"이 말을 하면 넌 날 제정신이 아니라고 생각할지도 몰라. 그래도 해줘?"

그는 해달라는 뜻으로 고개를 끄덕였다.

"귀신은 사진에는 찍히지 않지만 사람의 눈에는 보이기도 한다……. 그게 내 결론인데, 그렇다면 육안은 왜 특별할까?"

지금까지 '오컬트 따위'라고 무시해서, 그는 깊이 생각해본 적이 없었다.

"글쎄…… 역시 영감이랄까, 일종의 텔레파시 같은 거야?"

"귀신이 뇌에 직접 작용해서 환영을 보여주는 건, 맑은 의식을 유지하고 있는 상대한테는 어려운 일이야. 대부분은 허공에 비전을 투영하는 게 아닐까?"

대부분이라니……. 누가 통계를 냈느냐고 따지고 싶었지만 그는 잠자코 다음 이야기를 기다렸다.

"하지만 아무것도 없는 곳에 영상을 만드는 건 어려운 일이잖아? 안개라도 있으면 스크린 대신 사용할 수 있지만, 그렇지 않으면 공기 중에 있는 미립자에 약한 빛을 반사시키는 수밖에 없어. 그것에 가장 적합한 게 버섯 포자래."

그는 벌린 입을 다물 수 없었다. 이미 황당무계함을 아득히 초월했다.

"옛날부터 귀신은 축축한 곳에 나오는 일이 많잖아? 버섯의 포자가 그런 곳에 많이 떠다닌대."

그는 온몸의 힘이 빠졌다. 일부러 불러 세워서 들을 만한 이야기는 아니었다. 아니, 잠깐만. 이 이야기는 근본적으로 이상하다.

"만약 그 말이 사실이라면, 귀신한테는 광학적 실체가 있다는 거잖아? 그렇다면 사진에 찍히지 않는 건 오히려 이상하지 않아?"

"사진에 찍히지 않는 데는 세 가지 이유가 있어."

그는 정곡을 찔렀다고 생각했지만 하나는 곧바로 대답했다.

"첫 번째는 사람의 눈과 카메라 성능의 차이야. 아주 약한 빛은 고감도 필름으로도 포착할 수 없지만 사람은 인식할 수 있는 일도 있잖아?"

그는 팔짱을 끼고 생각에 잠겼다. 그 말대로다. 사진가인 고등학교 동창한테서 인간 눈의 광감도는 어떤 카메라보다 높다고 들은 적이 있다.

"두 번째는 잔상이야. 미립자가 시간차를 두고 빛난 경우에도 사람 눈에는 잔상이 있어서, 그것들을 연결해 하나의 영상으로 인식할 수 있어."

그렇다면 동영상을 찍어서 분석하면 귀신의 존재를 포착할 수 있을까?

"세 번째는 뇌의 작용이야. 인간의 뇌는 보이는 것만을 보는 게 아니라 보이지 않는 걸 보충하는 기능이 있잖아? 판자벽에 옹이가 두 개 있으면 눈이라고 생각하고, 마른 억새를 귀신으로 보기도 하고 말이야. 그걸 이용해서 뇌에 불완전한 정보를 보충하게 만들면 귀신의 모습을 볼 수 있어."

아하, 그렇군. 그는 고개를 끄덕였다. 하지만 과학적인 키워드가 있는 것만으로 그럴듯하게 들리는 것은 자신의 지식이 얄팍한 탓일지도 모른다. 하나가 돌아간 뒤에도 그는 잠시 생각에 잠겼다. 생각할 게 너무 많아서 머리가 혼란스러웠다.

그는 잠시 집 안을 어슬렁어슬렁 돌아다니고 나서 스마트폰을 꺼냈다. 라인의 대화창을 열자 리얼하게 보이는 비현실적인 표고버섯들이 일제히 일어서서 맞이해주었다.

너한테 뭔가를 전하려고 하고 있대.

그건 말.

갈색 버섯은 표고버섯. 하지만 이미지가 흔들려서 모호하다.

표고버섯이 아니라도 상관없을지 모른다.

그는 아직 이름도 모르는 영능력자한테서 들었다는 하나의 말을 하나씩 곱씹어보았다.

다음 순간, 흠칫 놀랐다. 그건 말이라고?

그는 황급히 아내의 방으로 가서, 책장에 나란히 꽂혀 있는 책등을 보았다.

《FUNGI: 균류소설선집 제1군락》과《FUNGI: 균류소설선집 제2군락》《포자문학 명작선》《버섯문학대전》《버섯만화 명작선》《버섯 사이지키》《버섯 꽃말》······.

그는 가장 판형이 작고 눈에 띄지 않는 《버섯 꽃말》이라는 책을
빼냈다.

버섯은 균류가 포자를 만들기 위한 자실체로, 꽃도 아니고 식물도
아니다. 최신 생물학에서는, 균류는 동물과 마찬가지로 '후방편모생
물'로 분류하고 있다. 그런데 '꽃말'이 있다는 건 이과계인 그에게는
이해할 수 없는 발상이었다. 하지만 책을 펼치자마자 그는 새로운
충격에 휩싸였다. 표고버섯의 꽃말은 '의혹'이었다. 유래는 불분명
하지만 어쩌면 화경버섯처럼 독버섯 판별이 어려운 것에서 왔을지
도 모른다고 한다. 같은 이유에서인지, 버섯 전체의 꽃말 또한 '의
혹'이라고 한다.

그는 새삼스레 라인의 대화창에 시선을 떨구었다. 만약 그에게 전
하고 싶은 말이 이것이라면 의심해야 할 건 역시······.

7

혼돈에 휩싸인 꿈이다.

세계는 거대한 소용돌이처럼 물결치고 있다. 몸도 마음도 산산조
각이 난 듯한 감각. 의식은 드넓은 공간으로 확산되어서, 맥락 있는
사고는 아무것도 할 수 없다. 그런데 어느 강렬한 생각이, 뿔뿔이 흩
어진 자기 자신을 잠시 뭉치게 한다. 그것은 한없는 사랑이고 분노

와 증오이며, 그리고 공포였다.

하지만 이윽고 망각이 모든 걸 어둠으로 뒤덮으려고 한다.

잊고 싶지 않다……

그때 안타까운 마음이 비명처럼 분출했다. 아무리 저항하고 발버둥 쳐도, 모든 게 무너져서 안개처럼 뿔뿔이 흩어진다. 새로운 빛을 향해 여행을 떠나기 위해서.

천천히 의식이 돌아왔다.

지금 그 꿈은 무엇이었을까. 스기히라는 자신이 꿈을 꾸면서 울고 있었음을 깨달았다. 뺨은 아직 살짝 눈물에 젖어 있었다.

예전에 경험한 적이 없는 기이한 공간이었다. 하지만 결코 불쾌하지 않고 따뜻함에 감싸여 있었다. 그곳에 좀 더 있고 싶었다. 이루지 못할 바람임은 알고 있었지만.

다음 순간, 그는 눈을 번쩍 뜨고 숨을 들이마셨다. 자신의 눈에 보이는 것을 이해할 수 없었다. 그 모습은 꿈보다 훨씬 기이하고 리얼했다.

침실 천장에는 무수한 버섯이 빼곡히 들러붙어 있었다. 동심원의 꽃잎 같은 모양이었다. 파란색 부분이 압도적으로 많지만 하얀색과 황록색, 노란색의 포인트 컬러가 절묘한 탓인지, 꿈틀거리는 것처럼 보였다. 이해의 범위를 초월한 기괴한 광경이었다. 하지만 이상하게도 공포는 느껴지지 않았다. 어디선가 이것과 비슷한 모습을 본 적이 있다. 그것은 강한 확신이었다. 어디서 보았을까.

그는 잠시 천장을 바라보다가 일어나 침실을 나왔다.

세면장에서 양치질을 하면서 잠시 기억을 더듬었지만, 아무리 머리를 짜내도 생각나지 않았다. 복도로 나갔을 때, 리쿠의 방이 눈에 들어왔다. 요즘 한동안 계속 닫아놓은 채였다. 적어도 환기만이라도 해주기 위해 리쿠의 방에 들어갔다.

그는 또다시 경악해 그 자리에 발을 멈추었다. 벽에는 버섯이 빼곡하게 자라 있었다. 침실 천장에 지지 않을 만큼 화려한 색깔로 물들어서 마치 벽화 같았다.

어떻게 된 걸까.

그는 비틀거리면서 리쿠의 방을 나와서 1층으로 내려왔다. 계단 벽에도 버섯이 구름처럼 모여서 조용히 숨을 쉬는 것 같았다. 그 중간 정도에서 버섯신사의 호부를 발견한 순간, 기억이 떠올랐다. 어제 하나한테서 받은 호부를 집의 중심에 있는 계단 벽에 붙여놓은 것이다. 버섯을 퇴치하는 게 아니라 오히려 섬기고, 감사의 마음을 보내는 부적을.

버섯이 더욱 만연하지 않을까 하는 우려가 머릿속을 가로질렀는데, 예상한 대로 이렇게 되었다. 이 집은 이미 버섯 저택이라고 불리는 상태를 뛰어넘어, 무수한 융털돌기로 뒤덮인 거대한 생물의 내장 같은 모습을 드러냈다. 그럼에도 공포도 분노도 혐오도 솟구치지 않는 건 무엇 때문일까.

그는 서재에 가서 스케치북을 가져왔다. 다시 침실과 리쿠의 방에 들어가 버섯의 종류를 확인했다. 최근 며칠 사이에 웬만한 버섯은 보기만 해도 이름을 알게 되었다. 그 결과, 한 가지 사실을 알아냈다. 새로운 버섯은 그렇게 많지 않다는 것이다.

눈에 띄게 종류가 늘어난 건 보라색 버섯으로, 가지버섯과 자주방 망이버섯아재비에 제비꽃끈적버섯과 푸른끈적버섯, 꼽사리끈적버 섯이 새로 추가되었다. 주황색의 등색가시비녀버섯과 적갈색의 마 귀곰보버섯도 새로운 얼굴이었다.

그는 일단 침실 천장과 리쿠 방의 벽을 스케치하기로 했다. 지금 까지는 버섯을 정확하게 표현하기 위해 윤곽은 선 하나로 그리고, 음영을 주지 않는 이과 방식으로 스케치를 했다. 하지만 이번에 스 케치하는 목적은 막연한 이미지를 종이 위에서 재구성하는 것이다. 그는 머리를 비우고 가슴이 느끼는 대로 연필을 움직였다. 예전에 딱 한 번, 아내에게서 그림을 배운 적이 있었다. 그가 그린 그림을 보자마자 아내는 웃음을 터뜨렸다.

"뭐랄까, 좌뇌만으로 그린 그림이라고나 할까? 생각하지 않아도 되니까 머리를 비우고 눈에 보이는 대로 그려봐."

연필을 가볍게 쥐고 재빨리 짧은 선을 몇 개 그린 다음, 필요 없는 부분을 지우개로 지웠다. 그래도 어색한 선은 좀처럼 고쳐지지 않았 지만 이윽고 머리의 스위치가 바뀌었는지, 연필이 매끄럽게 움직이 기 시작했다.

아내가 가르쳐준 간단한 테크닉을 떠올리면서 같은 방향으로 선 을 겹치는 '해칭'이나 선을 교차시키는 '크로스 해칭'으로 명암과 농 담을 표현하고, 거기에 점묘를 섞어서 꼼꼼하게 마무리했다.

한 시간 정도 정신을 집중해서 그림을 그렸다. 이렇게까지 푹 빠져서 그림을 그린 적은 한 번도 없었다. 침실 천장의 그림이 완성에 가까워지자 무언가가 보인 듯한 느낌이 들었다.

마치 UFO 모선母船을 밑에서 보는 듯한 광경. 무엇일까.

그는 이 모양을 알고 있다. 분명히 어디선가 본 적이 있다. 하지만 아무리 머리를 쥐어짜도 생각나지 않는다. 이 스케치는 대상의 본질에 접근한 듯하지만 무언가가 다르다. 그가 그리고 싶은 건 버섯이 아니라, 그것이 표현하고 싶어 하는 원래의 광경이다. 그러기에는 빛의 상태가 제대로 묘사되지 않은 것 같다. 그러데이션을 넣고 싶은 마음이 솟구쳤다. 수채화 물감이라면 간단하지만 색연필로 그릴 때는 어떻게 해야 될까. 함부로 문지르면 지저분해질 텐데.

그는 자리에서 일어섰다. 색연필의 안료는 유성이라서 용제가 필요하다. 면봉에 살짝 묻혀서 톡톡 두드리면 빛이 번지는 모습을 멋지게 표현할 수 있을지도 모른다.

아내의 제광액을 쓰면 되지만 어디에 있는지 모른다.

차고에 벤진이 있을 것이다. 그는 1층으로 내려가 차고로 가는 문을 열었다. 짧은 복도 끝에 차고 문이 있었다. 하지만 그곳에는 불길한 실루엣을 가진 무언가가 빽빽이 자리하고 있는 것이 보였다.

그는 한 걸음 더 다가갔다. 적외선 센서의 조명이 켜진 순간, 번들번들 빛나는 빨간 고추 같은 색깔이 눈을 찔렀다. 마치 문에서 무수한 빨간 손가락이 자라난 듯했다.

붉은사슴뿔버섯이다…….

활활 타오르는 불꽃처럼 생긴 버섯이다. 독성은 파괴의 천사라는 독우산광대버섯보다 강하고, 반수 치사량피실험동물에 실험대상물질을 투여할 때 피실험동물의 절반이 죽게 되는 양은 고작 3그램이다. 다른 독버섯과 달리 만지기만 해도 손이 짓무르고, 포자를 마시기만 해도 증상이 나올 가능성이 있다. 맹독임에도 독우산광대버섯보다 중독사가 적은 이유는 척 봐도 독버섯처럼 보이는 데다가 입에 넣기만 해도 점막이 상해서 토하기 때문이라고 한다.

그는 뒷걸음질 쳐서 문을 닫았다. 심장이 불쾌할 정도로 빠르게 쿵쾅거렸다. 경고 표시임은 지금까지보다 더 명백하다. 차고에는 절대로 들어가서는 안 된다. 도대체 무엇 때문인가. 2층으로 돌아가서 계속 스케치할 마음도 들지 않았다.

그때 인터폰이 울렸다.

"실례하겠습니다. 직접 말씀을 듣고 싶다고 하셔서, 마쓰모토 씨를 모셔왔습니다."

인터폰 화면에는 며칠 전에 찾아온 스에히로 다쿠미라는 탐정이 보이고, 그 뒤에는 스기히라의 장모인 마쓰모토 미치코의 모습이 있었다. 평소에는 얼굴에 미소가 끊이지 않는 사교적인 여성이지만 지금은 침통한 분위기에 감싸여 있었다.

"정원에서 말씀을 나누지 않겠습니까?"

마음은 내키지 않았지만 그는 스에히로의 제안에 따라 정원으로 나갔다.

형형색색의 페어리 링은 짙은 초록색 잔디 위에서 페르시아 카펫 같은 기묘한 모양을 만들었다. 그는 되도록 그 모습을 보지 않고, 벽돌이 깔린 가든체어로 두 사람을 안내했다.

"그동안 격조했습니다."

마쓰모토 미치코는 도저히 믿을 수 없다는 얼굴로 정원을 바라보면서, 스기히라의 인사에도 약간 고개를 끄덕일 따름이었다.

스에히로가 스기히라를 정면으로 바라보면서 말했다. "스기히라 씨, 단도직입적으로 말씀드리겠습니다. 정원을 조사하고 싶습니다."

말투는 정중했지만 눈빛은 칼날처럼 날카로웠다.

"무슨 말씀이죠?"

그는 순간적으로 당황했다. 물론 지금 정원이 이상한 상태이긴 하지만.

"이보게, 히로코와 리쿠는 어디에 있지?" 마쓰모토 미치코가 갈라진 목소리로 물었다.

"도쿄에 있겠지만, 구체적인 장소는 저도 모릅니다."

"연락은 없나?"

"지금은 라인뿐입니다."

그는 스마트폰을 가져와 라인의 대화창을 열고, 아내가 보내온 메시지를 두 사람한테 보여주었다. 아내 사진을 보면 안도할 줄 알았더니, 마쓰모토 미치코는 미간에 깊은 주름을 잡고 스에히로와 서로 마주 보았다.

"이 사진을 제 스마트폰으로 보내주시겠습니까?"

스기히라는 싫다고 할 수 없어서, 그 자리에서 스에히로의 스마트폰에 사진을 전송해주었다.

"……내일 사람을 데려오겠습니다. 정원을 조사한 후에, 필요한 경우에는 조금 파도 되겠습니까? 아무것도 나오지 않은 경우에는 물론 원상 복구를 해드리겠습니다."

히로코의 사진을 봐도 정원을 조사하고 싶다는 마음은 바뀌지 않는 듯했다.

"그건 상관없지만 무엇 때문이죠?" 스기히라는 최대한 항의를 담아서 물었다.

"며칠 전에 왔을 때, 버섯을 채취했습니다."

스기히라는 한순간 자신의 귀를 의심했다. 그런 일이 가능할 리 없다. 버섯은 모두 환영이고, 실체는 아무것도 없었다. 눈에는 보여도 손으론 만질 수 없었는데.

"이겁니다."

스에히로는 벨트용 파우치에서 지퍼가 달린 비닐봉지를 꺼냈다. 안에는 갈색 갓에 가느다란 자루가 달린 하얀 버섯이 들어 있었다. 스기히라는 떨리는 손으로 비닐봉지를 받았다. 지금 무슨 일이 일어나고 있는지 짐작도 되지 않았다. 하지만 비닐봉지 안에서는 분명히 버섯의 부드러운 감촉이 느껴졌다.

"이 버섯을 보건소에 가져가서 감정을 받았습니다. 독버섯은 아닌 것 같지만, 보통 여름에서 가을 사이에 자라는 버섯이고……."

스에히로의 설명은 스기히라의 귀를 스쳐 지나갈 뿐이었다. 이 남자는 아까부터 무슨 말을 하는 걸까. 도무지 이해할 수 없었다. 정신이 들었을 때는 스기히라 혼자 망연히 가든체어에 앉아 있었다. 두 사람은 이미 돌아간 뒤였다.

하늘에서 후드득후드득 빗방울이 떨어졌다. 그는 안채로 들어가 유리문을 닫았다. 우울한 빗소리가 집 안에 메아리쳤다. 머릿속이 마비되었는지, 조금 전까지 무엇을 했는지조차 떠올릴 수 없었다.

상관없다. 어차피 시시한 일이리라. 그래, 틀림없다. 그보다 더 중요한 일이 있다.

그는 계단을 올라가 침실로 들어갔다. 그러다 만 스케치북이 바닥에 그대로 놓여 있었다. 이제 조금 남았다. 마저 그리자. 그는 스케치북을 무릎에 올리고 천장을 올려다보았다. 그 순간, 기묘한 사실을 알아차렸다.

컬러풀하고 아름다운 문양이 동심원 모양으로 퍼져 있지만, 스케치와는 색조가 완전히 다르다. 아까 그렸을 때는 파란색 부분이 압도적으로 많고, 하얀색과 황록색, 노란색이 포인트 컬러로 자리하고 있었다. 그런데 지금은 꽃을 본뜬 듯한 빨간색 문양이 천장 전체를 지배하고, 그 사이사이에 나뭇잎 같은 초록색과 황록색이 보였다. 순식간에 색깔과 문양이 극적으로 바뀐 것이다. 마치 천장에 투영한 플라네타륨이나 프로젝션 매핑 같았지만, 수많은 버섯이 자아내는 선명한 색채는 만화경을 떠올리게 할 정도였다.

아, 이건!

그는 숨을 쉴 수 없을 만큼 경악에 휩싸였다. 생각났다. 이건 아내와 같이 갔던 추억의 장소…… 아타미 MOA 미술관의 원형 전시장이다.

지하에 있는 돔 모양의 전시장으로, 바닥에는 대리석이 기하학 모양으로 깔려 있고, 꽃잎처럼 짜맞춰진 천장에는 만화경의 영상이 나오고 있었다. 그때는 둘 다 말을 잊은 채, 한동안 천장을 멍하니 바라보았다.

뜨거운 기운이 천천히 그의 온몸을 감싸고 마음을 채웠다. 동시에 오한과 비슷한 감동을 받고 온몸에 소름이 돋았다. 그런데 설마, 설마 그런 일이. 그렇다면 아내는 이미…….

눈물이 뺨을 타고 흘러내렸다. 아니, 거짓말이다. 믿을 수 없다.

시간이 얼마나 지났을까. 조각처럼 굳어 있던 그는 겨우 정신을 차리고, 스케치북과 색연필을 들고 리쿠의 방으로 갔다. 이제 스케치할 필요가 없다. 벽을 가득 메운 버섯 태피스트리를 본 순간, 마치 세찬 물줄기처럼 기억이 넘쳐흘렀다.

이것은 형형색색의 풍선과 축구공이다. 세 사람이 도시락을 둘러싸고 야외 돗자리에 앉아 있다. 리쿠가 세 살쯤 됐을 때 그렸던 그 그림이다. 가족 셋이 놀러 갔을 때였다. 공원과 놀이동산이 뒤섞여 있는 점이 너무나 리쿠다웠다.

"슛!" 하는 리쿠의 목소리가 귓가에서 되살아났다.

그럴 수가. 거짓말이다. 그런 일은 있을 수 없다. 이렇게 말도 안 되는 일을 어떻게 믿으란 말인가…….

그는 바닥에 무릎을 꿇고 흐느껴 울었다.

8

빗소리가 울려 퍼졌다. 작은 시냇물 소리 같기도 하고, 복잡한 거리의 소란스러움 같기도 하고, 조용히 귀를 기울이니 집에 살고 있는 정체 모를 요괴들의 속삭임 같기도 했다.

또 아침이 찾아왔다. 아무리 괴롭더라도 살아 있는 한, 지구가 돌고 있는 한 반드시 아침은 돌아온다.

스기히라는 눈을 떴다. 침실 천장을 뒤덮고 있던 버섯은 모두 사라졌다. 어떻게 된 걸까. 놀라움과 의문이 솟구쳤지만 머리의 중심이 마비된 것 같아서 생각하는 걸 거부했다.

그는 일어나서 양치를 하고 세수를 했다. 세면장에도 어제까지는 버섯이 살고 있었지만 지금은 어디에서도 보이지 않았다.

계단을 내려갔다. 벽을 온통 메웠던 버섯도 거짓말처럼 모습을 감춰 갈색 나무벽이 보였다.

계단의 발판 위에 길고 가느다란 종이가 떨어져 있었다. 버섯신사의 호부다. 몸을 숙여서 주웠지만 부적이라서 함부로 처리할 수 없었다. 설날에 신사에 가서 화톳불에 태우는 수밖에 없으리라.

식욕은 없었지만 오늘 하루를 이겨내려면 에너지가 필요하다는, 가슴 떨림 같은 예감이 있어서 억지로 토스트를 먹었다.

인터폰이 울렸다.

시계를 보니 겨우 8시가 지난 시각이었다. 스에히로 일행이 벌써 온 걸까. 하지만 인터폰 화면에 비친 사람은 비에 젖은 갈색 우산을 쓴 이구치 하나였다. 그녀의 뒤에는 한 사람이 더 있는 것 같았지만, 검은색 후드가 있는 레인코트를 입고 있어서 얼굴은 알아볼 수 없었다.

"너무 일찍 와서 미안해. 꼭 지금 말해두어야 한다고 하셔서."

주어가 없어서 누가 그렇게 말했는지는 알 수 없다.

그는 현관으로 가서 문을 열어주었다. "들어와."

하나는 우산의 빗방울을 털고 우산꽂이에 꽂았다. 그때 그녀의 뒤에 있던 사람이 후드를 벗어서 얼굴이 보였다. 체구가 작은 여성이었지만 언뜻 봤을 때는 중년인지 초로인지 알 수 없고, 판타지 영화의 캐릭터를 연상시키는 기묘한 얼굴이었다. 놀라울 정도로 큰 눈에서 기이하리만큼 강한 빛이 뿜어 나왔다.

여성은 수정구슬 같은 눈으로 그를 뚫어지게 쳐다보면서 말했다. "안녕하세요. 가모 레이코예요. 버섯들이 모두 제 역할을 마친 것 같군요."

지금의 모습에서 그 무시무시한 상태를 상상할 수 없는 것도 무리는 아니리라.

"어제까지는 버섯이 온 집 안을 뒤덮고 있었습니다."

"네, 그런 것 같군요." 가모 레이코는 고개를 끄덕였다.

그는 두 사람을 응접실로 안내하고 커피 메이커에 물과 원두를 넣었다. 한동안 원두 가는 소리가 응접실을 가득 메웠다.

가모 레이코가 먼저 도화선에 불을 붙였다. "오늘, 지금 이 시간부터 모든 진상이 밝혀질 겁니다. 그 전에 드릴 말씀이 있습니다."

"잠깐만요. 영능력자시라고 들었습니다만, 유감스럽게도 전 그쪽에 관해선 아무것도 모릅니다. 당신은 대체 뭘 알고 계십니까?"

그냥 내버려두면 이야기가 계속 앞으로 나아갈 것 같아서 그는 일단 상대의 말을 제지했다. 원두를 다 갈았는지, 커피 메이커의 소리는 물이 끓는 다정한 소리로 바뀌었다.

하나가 대신 대답했다. "스기히라, 이분은 믿어도 돼. 가모 선생님은 진짜 영능력자니까. 자세한 건 말할 수 없지만 십 년 전에 산에서 여자가 실종된 사건이 있었어. 그때 선생님이 영시를 해서 찾아주지 않았다면 그대로 죽었을 거야. 그때부터 모든 야마부시가 전폭적으로 믿고 있어."

그 말을 들어도 가모 레이코를 믿어도 될지 어떨지, 그는 판단이 서지 않았다. 하나가 어리석은 거짓말을 하리라곤 여겨지지 않지만.

커피 메이커가 잘게 간 원두 위에 뜨거운 물을 내리자 그윽한 향기가 피어올랐다.

"스기히라 씨는 영혼이나 사후 세계를 믿으세요?" 가모 레이코가 온화한 목소리로 물었다.

"그건……."

그는 말문이 막혔다. 얼마 전이었다면 믿지 않는다고 곧바로 대답했겠지만. 천장의 문양과 리쿠 방의 그림이 뇌리에서 깜빡였다.

"어떻게 말씀드려야 좋을지 모르겠습니다."

가모 레이코는 고개를 끄덕였다. 눈에서는 깊은 연민이 느껴졌다.

"귀신이 존재한다면 왜 좀 더 이해하기 쉬운 메시지를 보내지 않는지, 살인의 피해자는 왜 직접적으로 가해자를 가르쳐주지 않는지 의아하게 여기는 사람도 있겠지요. 하지만 그건 잠든 사람한테 왜 계산 문제를 풀지 못하느냐고 야단치는 것과 똑같아요."

"영혼이 수면 상태에 있단 건가요?" 머리가 딱딱한 이과계 출신인 탓인지 그런 비유밖에 나오지 않았다.

"뭐라고 할까, 반쯤 꿈을 꾸는 상태라고 생각하는 편이 좋을지도 모르겠군요."

당신이 그런 걸 어떻게 아느냐고 묻고 싶었지만, 지금은 따질 마음이 들지 않았다.

"육체를 잃어버린 후에는, 영혼의 의식은 넓은 공간으로 확산돼요. 그래서 사리에 맞게 생각하기 힘들죠. 감정도, 감각도, 살아 있었을 때하고는 완전히 달라지니까요."

"다시 말해…… 인간성을 잃어버리는 건가요?" 목이 막혀서 그의 말이 흐려졌다.

"아니요. 세상을 떠난 사람들의 사랑과 증오, 그건 살아 있었을 때와 다르지 않아요." 가모 레이코는 단호하게 말했다. "하지만 영혼이 맥락 있게 생각하려고 하면 엄청난 에너지가 필요하죠. 생전에 상당히 강렬한 마음을 가지고 있었을 때, 영혼은 소멸할 위험을 감수하면서까지 일시적으로 응집해요. 따라서 사람이 보는 귀신이란 건 죽은 사람이 버리지 못한 이 세상에 대한 미련, 사랑이나 증오 같은 강한 감정이, 손가락 사이로 빠져나가는 모래를 계속 퍼올리는 듯한 필사적인 노력으로 만든 거예요."

사랑과 증오, 강한 감정. 그 말이 스기히라의 가슴에 스며들었다.

"우리가 잠에서 깨자마자 꿈을 잊어버리는 것처럼, 죽은 자 또한 살아 있었을 때의 기억을 급속하게 잊어버려요. 산 자와 죽은 자의 진정한 이별이란, 산 자가 죽은 자를 잊는 게 아니에요. 죽은 자가 산 자를 잊는 거죠."

가모 레이코의 목소리가 그의 의식에 깊숙이 스며들었다.

"그런 와중에 마지막까지 남아 있는 기억에는 상당히 강한 감정이 깃들어 있어요. 그들이 보내는 메시지는, 영혼에 남아 있는 마지막 에너지를 다 사용해서라도 전하고 싶은 것이겠지요."

그것이 그 버섯이었다면, 그곳에 담겨 있는 감정은 무엇이었을까.

"스기히라 씨는 지금부터 매우 괴로운 사실을 알게 되실 거예요."

가모 레이코의 목소리는 빗소리와 겹쳐져서 멀리서 들리는 것 같았다.

"그걸 받아들이는 건 상상도 할 수 없을 만큼 어려운 일이겠지요. 그래도 당신은 앞으로의 인생을 포기해선 안 돼요. 당신에게 왜 그런 메시지를 보냈는지, 다시 한번 잘 생각해보세요."

잠시 침묵이 찾아왔다.

가모 레이코는 그 이상 아무 말도 하지 않았다. 스기히라 또한 말을 할 수 없었다. 하나도 가만히 고개를 숙인 채 생각에 잠겨 있었다. 그는 일어서서 커피 메이커에서 컵에 커피를 따라 두 사람 앞에 놓았다. 무언가 묻고 싶었지만 입이 떨어지지 않았다. 알고 싶지만 알고 싶지 않다는 상반된 마음으로 나뉘어져서, 그저 망연히 서 있을 수밖에 없었다.

인터폰이 울렸다.

마침내 왔다. 그는 잠시 눈을 감았다가 떴다.

"잠깐 실례하겠습니다."

그는 현관으로 가서 문을 열어주었다.

"아침 일찍 찾아와서 죄송합니다."

밖에는 회색을 띤 하얀색 비옷을 입은 스에히로 다쿠미가 서 있었다. 등 뒤에는 역시 비옷을 입고 커다란 삽을 든 두 남성과, 짙은 갈색 우산을 쓴 마쓰모토 미치코가 서 있었다.

"지금부터 정원을 파도 되겠습니까?"

단도직입적인 통보에 그저 고개를 끄덕이는 수밖에 없었다.

"시간이 꽤 걸릴 것 같은데, 그동안 마쓰모토 씨는 집 안에서 기다리셔도 될까요?"

"네, 물론입니다."

스기히라는 겨우 말을 짜내고 한 걸음 물러섰다. 마쓰모토 미치코는 우산을 접어서 우산꽂이에 꽂은 뒤, 약간 고개를 숙이고 들어왔다. 응접실로 들어간 그녀는 먼저 온 두 손님, 특히 가모 레이코를 보고 깜짝 놀란 표정을 지었다.

"이쪽에 앉으시죠."

가모 레이코가 일어서서 마쓰모토 미치코에게 맨 안쪽 소파를 가리켰다. 마쓰모토 미치코는 이 사람은 뭐하는 사람일까, 하는 얼굴로 쳐다보았지만 시키는 대로 소파에 앉았다.

스기히라는 응접실로 들어가려고 하다가 도저히 가만히 있을 수 없어서 양산 겸용인 하얀 우산을 쓰고 밖으로 나왔다. 두 남성은 정원의 맨 안쪽에서 삽으로 잔디를 가리키며 이야기를 나누고 있었다. 그들과 떨어져서 차고 앞에 우두커니 서 있던 스에히로가 스기히라를 보더니 차고의 셔터 앞을 가리켰다.

　"정원의 버섯은 거의 없어진 것 같은데, 여기엔 아직 남아 있군요."

　차고의 셔터 앞에는 죽은 사람의 손가락을 연상시키는 빨간 버섯이 무리 지어 자라나 있었다. 붉은사슴뿔버섯이다. 비가 오는데도 비에 젖은 색이 아니라 빗방울이 통과한 것처럼 보였다.

　"잠깐 차고 안을 봐도 되겠습니까?"

　"아니, 그러시지 않는 게 좋을 겁니다."

　스기히라가 그렇게 말하자 스에히로는 의아한 표정을 지었다.

　"이건 경고 같습니다. 차고 안에는 들어가지 말라는……."

　코끝으로 비웃으리라고 여겼는데, 스에히로는 말없이 붉은사슴뿔버섯 앞에 몸을 숙이고 손을 내밀었다. 붉은사슴뿔버섯을 만지려고 했던 손은 그대로 통과해버렸다.

　"……그렇군요." 스에히로는 한숨을 쉬면서 말했다. "정원에 온통 자라난 버섯과 똑같네요. 눈에는 보이는데 막상 사진을 찍으면 무엇 하나 찍히지 않았죠. 저는 오컬트 종류는 믿지 않지만, 이 집에서 초자연 현상이 일어나고 있다는 건 인정할 수밖에 없군요."

　겨우 이 현상을 믿어준 것 같지만 이제 와서 무슨 소용이 있는가 하는 생각이 들었다.

"차고로 들어가는 다른 입구는 없습니까?"

스에히로의 눈길에선 요전에 왔을 때처럼 화살 같은 날카로움은 없어졌다.

"안채에서 가는 문이 있지만, 그 앞에도 이런 식으로 붉은사슴뿔버섯이 자라나 있습니다."

스에히로는 잠시 생각에 잠긴 표정을 지으며 주변을 둘러보았다. "저쪽에 창문이 두 개 있군요. 창문을 깨고 차고 안으로 들어가고 싶은데, 허락해주시겠습니까?"

황당한 말을 듣고 스기히라는 깜짝 놀랐지만, 그 역시도 차고 안의 모습이 계속 마음에 걸렸기에 순순히 허락했다.

"네, 괜찮습니다."

스에히로가 붉은사슴뿔버섯을 내려다보면서 물었다. "혹시 차고 안에 가연성 물체가 있습니까?"

아아, 그러고 보니…….

"휴대용 연료통에 휘발유가 들어 있습니다."

이 주변에는 주유소가 많지 않아서, 차의 연료통에서 휴대용 연료통에 휘발유를 옮겨서 만일의 자연재해에 대비하고 있었다. 40리터 이상은 소방법에 의해 관할 소방서에 신고해야 해서, 두 개 있는 20리터 금속 용기의 한쪽에는 절반 정도 들어 있다.

"알겠습니다."

스기히라한테서 자세한 설명을 들은 스에히로는 밴에서 사다리와 공구 상자를 꺼내 차고의 반대편으로 돌아갔다. 스기히라는 그의 뒤를 따라가 우산을 쓴 채 상황을 지켜보았다. 스에히로는 차고에 사다리를 걸치고 천장에 공구 상자를 올렸다. 그러곤 아랫단에 서서 쇠망치를 휘둘러 높은 곳에 있는 창문의 유리를 깼다. 다시 몇 번을 때려서 구멍을 넓히더니 손을 집어넣어 창문을 열었다. 그렇게 작은 창문으로 들어갈 수 있을까. 하지만 스에히로는 다람쥐처럼 상체를 집어넣더니 순식간에 모습을 감추었다.

스기히라가 잠시 기다리고 있자 차고 정면에서 덜컹덜컹 셔터가 열리는 소리가 들렸다. 황급히 그쪽으로 돌아가자 스에히로가 심각한 표정으로 나왔다.

"스기히라 씨, 섣불리 들어가셨으면 큰일 날 뻔했습니다."

"뭐가 있었나요?"

스에히로가 바닥에 있는 처음 보는 자동차용 배터리와 코드 종류를 가리키며 말했다. "문이나 셔터를 열면 몇 초 후에 발화해서, 휴대용 연료통에 불이 붙도록 되어 있더군요. 그렇게 되면 불에 타 죽어도 이상하지 않겠죠. 신고가 늦으면 소방차가 오는 데 시간이 걸리고, 증거는 모두 불에 탔을지도 모릅니다."

경고가 현실이 되었다는 걸 알고 스기히라는 전율했다.

"이제 위험하진 않나요?"

"괜찮습니다. 그 증거로 경고 버섯도 모두 사라졌습니다."

스에히로의 말처럼 그토록 빼곡히 자리했던 붉은사슴뿔버섯은 순식간에 하나도 보이지 않았다. 스에히로는 잠시만 기다리라고 하더니, 정원의 작업 상황을 확인하러 갔다가 곧바로 돌아왔다.

"드릴 말씀이 있습니다. 안에서 말씀드려도 될까요?"

스에히로의 표정을 보지 않아도 좋은 이야기가 아니라는 건 금세 알 수 있었다. 싫다, 듣고 싶지 않다. 스기히라는 그렇게 생각했지만 피할 수는 없으리라.

응접실로 들어가자 세 여성의 시선이 그들을 맞이했다.

스에히로가 심각한 표정으로 입을 열었다. "마쓰모토 미치코 씨에겐 이미 조사 결과를 보고했습니다. 마쓰모토 씨께서 스기히라 씨한테도 말씀드리라고 하셔서 지금부터 설명해드리겠습니다."

왔다. 스기히라는 눈을 꼭 감았다.

그때 가모 레이코가 스에히로의 말을 제지했다. "잠시만 기다려주실 수 있겠습니까?"

"왜죠?" 스에히로가 의아한 얼굴로 가모 레이코를 보았다.

"이제 곧 배우가 모두 모이니까 그다음에 말씀하시는 게 좋을 것 같아서요." 가모 레이코는 공허해 보이는 커다란 눈으로 허공을 바라보며 말했다. "지금 빠른 속도로 이쪽으로 오고 있습니다."

"실례지만 누구시죠?" 스에히로는 황당한 얼굴로 가모 레이코를 쳐다보았다.

마쓰모토 미치코가 조용히 말했다. "스에히로 씨, 죄송하지만 이분 말씀대로 해주시겠어요? 이분 눈에는 우리 눈에 보이지 않는 게 보이는 것 같아요."

가모 레이코는 짧은 시간에 마쓰모토 미치코의 신뢰를 얻은 모양이다. 스에히로는 어안이 벙벙한 표정을 지었지만 시키는 대로 입을 다물었다.

잠시 후, 밖에서 자동차 엔진 소리가 들렸다. 스포츠카다운 날카로운 포효였다. 그 소리를 자주 들었던 스기히라는 곧바로 그것이 렉서스 LFA의 엔진 소리란 걸 알았다.

설마, 그럴 리가……. 스기히라는 어이가 없었다. 믿을 수 없었다. 하지만 역시, 그런 것인가.

렉서스 LFA가 집의 정면에 멈추고, 잠시 후 인터폰이 울렸다.

9

"괜찮아. 내가 나갈게."

충격으로 꼼짝도 할 수 없는 스기히라에게 손짓을 하고, 하나가 자리에서 일어섰다. 이윽고 쓰루타를 데리고 응접실로 돌아왔다.

"신야, 이게 무슨 난리야?" 쓰루타는 평소와 달리 동요한 모습으로 스기히라를 힐책했다.

"쓰루타 씨, 지금부터 스에히로 씨가 모든 걸 설명해줄 거예요." 마쓰모토 미치코가 낮은 목소리로 중얼거리듯 말했다.

"히로코 씨의 어머님이시군요." 쓰루타가 눈썹을 치켜올리며 말했다. "무슨 꼬임에 넘어가셨는지 모르겠지만, 여기에 있는 야마부시들은 모두 사기꾼입니다. 전부 한통속이 돼서 당신을 속이려고 할 가능성도 있습니다."

"됐으니까 입 다물고 거기에 앉아 얘기를 들어, 이 멍청아!" 하나가 날카롭게 일갈했다.

"뭐야?"

쓰루타는 분노로 눈을 희번덕거렸지만, 이내 상황을 파악할 때까지는 가만히 있기로 했는지 조용해졌다.

"……그럼 관계자가 다 모인 것 같으니까 시작하겠습니다." 스에히로가 기묘한 눈으로 가모 레이코를 보고 나서 다시 입을 열었다. "처음에 스기히라 씨께 얘기를 들었을 때는 히로코 씨와 리쿠 군이 가출했다고 했습니다. 그런데 조사하는 사이에 의문점이 여럿 발생했죠."

"의문점이라니, 어떤 거죠?" 벌써 잠자코 있을 수 없었는지, 쓰루타가 끼어들었다.

"하나하나 열거하면 끝이 없습니다. 가장 결정적이었던 건 히로코 씨가 보낸 라인에 첨부된 사진이었죠."

스에히로는 스마트폰을 들고 전원에게 사진을 보여주었다. 너무 작아서 잘 보이지 않았지만, 히로코와 쓰루타의 애프터눈티 때 사진인 듯했다.

"처음에 히로코 씨 모습에 위화감을 가진 분은 마쓰모토 씨였습니다."

전원의 시선이 마쓰모토 미치코에게 향했다.

"히로코는 패션에도 계절감을 중요하게 여겼습니다. 똑같은 카디건이라도 봄 색과 가을 색은 확실히 구별했어요. 이 사진에 있는 주황색 카디건은 아무리 봐도 가을용이에요. 이 계절에 입을 리 없어요." 마쓰모토 미치코는 가라앉은 목소리로 말했다.

"그래서 사진 분석 소프트웨어에 넣어봤더니 히로코 씨 사진에는 보정의 흔적이 있었습니다. 다른 사진에서 잘라내 복사한 것이었죠."

스에히로가 보충 설명을 하자 침묵이 찾아왔다. 전원의 시선이 쓰루타에게 향했다.

"그런 사진은 몰라. 적어도 내가 보낸 건 아니야." 쓰루타는 괴로운 얼굴로 짜내듯이 중얼거렸다.

"그러신가요? 그렇다면, 히로코 씨를 만난 건 사실인가요?"

"그날 만난 건 사실이야. 하지만 카페에는 가지 않았어."

"그건 이상하군요." 스에히로는 곧바로 두 번째 화살을 쏘았다. "실은 결정적인 의문점이 또 있는데, 오히려 이쪽이 더 문제였습니다. 그건 당신의 모습에는 사진 보정의 흔적이 없었다는 것이죠."

스기히라는 한순간 그게 왜 문제인가 생각했지만, 서서히 이해가 되었다. 그렇다면 위조한 사진을 보낸 사람은 쓰루타일 수밖에 없지 않은가.

"아마 누군가가 내 사진을 입수해서, 거기에 히로코 씨 모습을 덧붙였겠지. TV에 출연해서인지, 처음 보는 사람들도 나만 보면 사진을 같이 찍자고 하거든. 그게 언제 적 사진인지는 기억나지 않는군." 쓰루타는 아슬아슬하게 빠져나갔다.

"그런데 라인의 메시지 자체는 히로코 씨 계정에서 보낸 겁니다.

그렇다는 건 히로코 씨 본인이 일부러 위조한 사진을 보냈든지, 또는 계정을 탈취당한 게 되죠. 계정을 탈취당한 경우에는 원래의 스마트폰에서 로그인할 수 없게 되니까, 히로코 씨는 금세 알아차렸을 겁니다."

스에히로는 여전히 추궁의 끈을 늦추지 않았다.

"그럴 수도 있지만 히로코 씨가 직전에 스마트폰을 잃어버렸을 수도 있잖아? 어쨌든 난 그것까진 몰라." 쓰루타는 태연하게 호언장담을 했다.

스기히라가 저도 모르게 소리를 쳤다. "아니, 그렇지 않아요. 라인의 메시지는 처음부터 가짜였습니다! '릿키가 외로워하고 있어'라는 메시지를 봤을 때, 가짜란 걸 알았어야 했어요. 그래도 믿고 싶지 않았죠……. 그래서 일부러 모르는 척을 했습니다."

"무슨 말이야? 이 메시지가 왜 가짜라는 거야?" 쓰루타가 미간에 주름을 잡고 물었다.

"릿키는 가루이자와에 오기 전에 길렀던 개의 이름이었어요. 조부가 몇 대나 길렀던 시바견의 후예로, 조부께서 '리키'라고 이름 지었지만 집에서는 어느새 릿키라고 부르게 되었죠." 스기히라가 힘없이 말했다. "전 가끔 장난으로 리쿠를 릿키라고 부르곤 했어요. 하지만 그때마다 아내는 아들과 개를 똑같이 대한다면서 화를 냈습니다. 릿키가 사고로 죽은 후에는 저도 그 이름으로 부른 적이 한 번도 없었죠."

허를 찔렸는지 쓰루타는 그대로 딱딱하게 굳었다. 아마 옛날에 그렇게 부른 걸 우연히 듣고 인상에 남아 있었던 것이리라.

"쓰루타 형, 형은 내게 이렇게 말했죠. 히로코가 릿키도 건강하다고 말했다고. 하지만 히로코가 리쿠를 릿키라고 부를 리 없어요."

쓰루타는 잠시 침묵했다가 천천히 입을 열었다. "미안하지만 난 그렇게 말한 적이 없어. 네가 착각한 거 아니야?"

무서운 침묵이 그 자리를 지배했다. 바야흐로 쓰루타를 제외하고 모든 사람이 똑같은 의혹에 휩싸였다.

"……스기히라 세이조 씨는 스기히라 씨와 쓰루타 씨의 할아버님이시죠? 팔 년 전에 돌아가셨지만요." 스에히로가 수첩에 시선을 떨구면서 말했다.

"그게 어째서? 그게 이 문제와 무슨 관계가 있지?"

스에히로에게 덤벼드는 쓰루타의 표정에서는 이미 TV에 나오는 지적인 정신과 의사의 이미지는 털끝만큼도 느낄 수 없었다.

"스기히라 가문은 대대로 이어온 산림 지주로, 상당히 유복했다고 하더군요. 하지만 자식들이 잇따라 세상을 떠나고, 상속인은 삼남의 아들인 스기히라 씨와, 데릴사위로 간 장남의 아들인 쓰루타 씨, 두 분뿐이었습니다."

"그러니까 그게 무슨 관계가 있느냐고!" 쓰루타는 이제 조바심을 감추려고도 하지 않았다.

"유산의 평가액은 약 7억 엔으로, 그걸 두 분이 똑같이 나눠서 상속받았다고 하더군요. 그 덕분에 스기히라 씨는 가루이자와에 큰 별장을 사고, 쓰루타 씨는 클리닉을 개업해서 성공의 발판으로 삼을 수 있었죠."

그렇다. 그랬었다. 스기히라는 눈을 감았다. 가루이자와로 이사 와서 행복했다. 오랜 꿈이 이루어졌으니까. 무엇보다 히로코와 리쿠의 웃는 얼굴을 볼 수 있어서 기뻤다. 그런데 그런 유산이 없었더라면, 아직……

"쓰루타 씨는 직설적으로 말하는 정신과 의사로서 TV에 자주 나오시면서, 그 분야의 전문가라는 지위를 굳혔습니다. 그와 동시에 타고난 나쁜 습관인 낭비벽이 고개를 치켜들었죠. 차는 페라리급 가격의 일본제 슈퍼카이고, 가루이자와와 도쿄를 왕복할 때는 신칸센 그란 클래스를 이용하고 있죠. 더구나 한 병에 백수십만 엔이나 하는 '가루이자와' 위스키로 축배를 들기도 하고요. 그런 식으로 살면 돈이 아무리 많아도 부족할 겁니다."

"당신은 남의 주머니 사정을 훔쳐보는 일을 하나 보군." 쓰루타는 신랄한 말투로 공격으로 전환했다. "매일 도촬이나 도청, 쓰레기를 뒤지고 있다고 어머니에게 당당하게 말할 수 있나? 한밤중에 문득 잠에서 깨면 인생이 허무해지는 일이 한두 번이 아니지?"

"쓰루타 씨 말처럼 매일 더러운 것만 보고 들으면 정말이지 지긋지긋합니다. 하지만 세상 사람들이 다 알도록 진정한 악을 밝혀냈을 때는 피로가 멀리 날아가죠." 스에히로는 꿈쩍도 하지 않고 당당하게 말했다. "당신이 어떤 한심한 곳에 돈을 낭비하든, 그 결과 파산하든, 그건 제가 알 바 아닙니다. 하지만 그로 인해 범죄에 손을 대면 이야기는 다르죠."

"범죄? 내가 무슨 짓을 저질렀다는 거지? 계속 생트집을 잡으면 명예훼손으로 고소하겠어!" 쓰루타는 지금까지 본 적이 없는 험악한 표정을 드러냈다.

하지만 스에히로는 쓰루타의 협박에 눈썹 하나 까딱하지 않았다.

"목적은 단 하나, 스기히라 씨가 할아버님에게서 상속받은 유산이었습니다. 스기히라 씨는 약 3억 5000만 엔을 상속받았습니다만, 이 집을 산 것 말고는 대부분 건전한 곳에 투자했습니다. 가루이자와의 부동산 가격은 최근에 조금 회복되어서, 전체적으론 약간의 마이너스밖에 나지 않았을 겁니다."

스에히로는 짧은 시간에 이 집의 재산 상태까지 조사한 듯했다.

"지금 상황에서 스기히라 씨가 돌아가시면 어떻게 될까요?" 스에히로의 말이 급속히 불길한 느낌을 띠기 시작했다. "법정 상속인은 히로코 씨와 리쿠 군, 두 사람입니다. 그런데…… 만약, 그 두 사람이 먼저 사망하면 상황은 완전히 달라지죠."

이제 그만해! 스기히라는 목이 터져라 소리치고 싶었다. 그다음 말은 듣고 싶지 않았다.

"배우자에게는 대습상속 추정 상속인을 대신해 그 사람의 직계 비속이 재산을 상속하는 일이 인정되지 않습니다. 즉, 히로코 씨의 어머님인 마쓰모토 미치코 씨는 상속인이 될 수 없단 뜻이죠. 따라서 상속인은 스기히라 씨의 친족으로 넘어가는데, 이 경우에 유자격자는 쓰루타 씨 한 사람뿐입니다."

응접실에 충격이 내달렸다.

"당신은 그걸 알고 히로코 씨와 리쿠 군을 이 집에서 무자비하게 살해했습니다. 스기히라 씨가 회의하러 도쿄에 간 직후에 말이죠. 그런 다음에 적당한 기회를 보고 스기히라 씨도 살해해서, 히로코 씨와 리쿠 군을 살해한 죄를 뒤집어씌우려고 했겠죠."

거짓말이야. 그런 건, 거짓말이야…….

스기히라는 의자에서 축 늘어져, 무의식중에 쓰루타의 얼굴을 보았다. 분노에 휩싸인 탓인지, 쓰루타의 얼굴이 창백해졌다.

"이 자식, 웃기지 마! 그렇게까지 말하는 건 확실한 증거가 있기 때문이겠지?"

"당신이 스기히라 씨를 살해하려고 한 증거를 조금 전에 차고에서 발견했습니다." 스에히로는 차가운 목소리로 말했다. "자동차 배터리를 이용한 자동 발화장치죠. 차고 문이나 셔터를 열면, 몇 초 후에 휴대용 연료통에 있는 휘발유에 불이 붙는 구조로 되어 있더군요."

"그런 게 무슨 증거가 되지? 내가 그렇게 했다는 걸 증명할 수 있어?" 쓰루타는 발화장치를 발견했다는 말에도 놀라지 않고, 새하얀 래미네이트 치아를 드러내며 마구 떠들어댔다. "이 인간이 직접 만들어서 연기한 게 아니라는 근거가 있다면 말해봐. 이 인간이 자기 마누라와 자식을 죽이고 나한테 죄를 뒤집어씌우려고 한 게 아니라고, 어떻게 장담할 수 있지?"

손가락질을 당한 스기히라가 천천히 일어섰다. 절망의 소용돌이 속에서 지금까지 한 번도 느껴본 적이 없는 격렬한 분노가 그를 움직이게 하고 있었다.

"스기히라 씨, 괜찮으세요?" 스에히로가 걱정스러운 목소리로 말을 걸었다.

스기히라는 눈을 감은 채 이를 악물고, 필사적으로 스스로를 억제했다. 안 돼. 일단 진정해. 지금은 냉정해져야 해.

"……나를 죽이려고 한 증거는 한 가지가 더 있습니다."

그는 크게 심호흡을 하고는 응접실 캐비닛을 열고 위스키 병을 꺼냈다.

전원이 숨을 들이마셨다.

목 부분이 잘록한 독특한 형태의 병에는 진한 호박색 위스키가 절반 넘게 남아 있었다. 병뚜껑 위에는 여전히 키가 큰 순백의 버섯이 오만하게 갓을 크게 펼치고 우뚝 솟아 있었다.

"'가루이자와'군. 버렸다는 말은 거짓이었나……?" 쓰루타는 뒷말을 잇지 못했다.

"버릴 생각이었어요. 귀찮아서, 당신에게는 이미 버렸다고 했지만요. 하지만 도저히 버릴 마음이 들지 않더군요."

"왜지? 갑자기 아까워졌나?"

"아니요, 이겁니다." 스기히라는 순백의 버섯을 가리키며 말했다. "여기에는 반드시 어떤 의미가 있을 것이다, 메시지를 알 때까지는 그냥 놔두는 게 좋겠다, 라고 생각을 바꿨어요."

"무슨 말이야? 이거라니, 그게 뭔데?" 쓰루타는 정말로 이해가 되지 않는 듯했다.

절규하는 쓰루타를 그곳에 있는 모든 사람이 불신의 눈으로 바라보았다.

지금까지 조용히 듣고 있던 가모 레이코가 대신 대답했다. "지금 이 사람은 시치미를 떼는 게 아닙니다. 이 사람의 눈에는 정말로 보이지 않는 거죠."

"네? 이게 보이지 않다니, 어떻게 그럴 수 있죠?" 하나가 얼빠진 목소리로 물었다.

"이 버섯은 전부 영체靈體이고, 실체가 없는 환영에 불과해요. 육친이나 영감이 강한 사람의 눈에는 더 확실하게 보이는 것 같지만요." 가모 레이코는 시선을 옆으로 돌리면서 물었다. "마쓰모토 미치코 씨, 이 집에 오셨을 때 정원의 버섯이 보이셨죠?"

마쓰모토 미치코는 고개를 끄덕이며 말했다. "네. 등줄기가 오싹할 정도로 깜짝 놀랐어요."

"사자死者의 감정이 응축된 영체는 버섯의 포자 같은 미립자 위에서 희미한 빛을 내뿜어요. 하지만 그건 보는 사람의 감정을 자극해서, 자세한 부분을 상상력으로 보충하게 함으로써 겨우 영상으로 인식할 수 있죠." 가모 레이코는 유리구슬 같은 눈을 쓰루타에게 향했다. "하지만 감정이 빈약한 사이코패스 눈에는 보이지 않는 것 같더군요."

쓰루타는 멍한 표정을 지었다. 가모 레이코가 무슨 말을 하는지 이해할 수 없는 듯했다.

스에히로가 스기히라를 향해 말했다. "그 위스키는 그대로 경찰에 제출해주십시오. 향정신성 의약품 중에는 부정맥이나 호흡 부전을 일으켜서 자살에 사용하는 아모키사핀 같은 극약도 있습니다. 아마 위스키에서 약물이 검출될 겁니다."

"이건 전부 나를 함정에 빠뜨리기 위한 조작이야!" 쓰루타는 '가루이자와'를 가리키면서 말했다. "난 그 위스키를 같이 마시려고 가져온 것뿐이야. 약물을 넣은 적은 없다고! 저자가 말한 것처럼 아모키사핀이 나온다면, 자세히 검사도 하기 전에 약물 이름을 맞힌 자를 의심해야 하지 않아?"

이 말에는 스에히로도 어이없는 표정을 지었다.

"끝까지 버티려고 하는군요. 이제 그만 포기하는 게 어때요? 당신의 범행이라고 가리키는 상황 증거는 산더미처럼 많습니다."

"하지만 그걸 증거로 만드는 건 한 사람의 증언이지." 쓰루타는 스기히라를 노려보면서 말을 이었다. "이 녀석의 행동에는 시종일관 기이한 죄책감이 감돌고 있었어. 정신과 의사로서 확실하게 말하지. 이 녀석이 아내와 자식을 죽인 건 이미 의심할 여지가 없어. 실종되기 전날에 심하게 말다툼을 한 건 본인도 인정하고 있고."

"스기히라 씨 증언만이 아닙니다. 쓰루타 씨는 저에게도 명백하게 거짓말을 했습니다. 범인이 아니라면 할 필요가 없는 거짓말을." 스에히로는 무거운 목소리로 단언했다.

"거짓말? 무슨 말이지? ……난 거짓말을 한 적이 없는데?" 쓰루타는 예상치 못한 상황에 낭패스러운 표정을 지었다.

"당신은 조금 전에 도쿄에서 히로코 씨를 만났다고 하셨죠? 하지만 히로코 씨는 실종된 당일에 사망하셨습니다."

"무슨 말이야? 그건 단순한 억측, 아니 망상이야! 난 분명히 히로코 씨를 만났다고!"

"물론 현시점에서 두 사람의 사망은 아직 확인되지 않았습니다." 스에히로는 팔짱을 끼면서 말했다. "단, 두 사람의 시신이 발견되면 사망한 시기를 정확하게 추정할 수 있겠죠."

"발견되면, 이라고?"

쓰루타는 조롱하듯 으르렁거렸지만 스에히로는 동요하지 않았다.

"가령 말이죠, 당신이 시신을 어느 산속에 묻었다면 발견하기 쉽지는 않았겠죠. 하지만 당신은 그렇게 하지 않았을 겁니다."

"……어떻게 그렇게 단정할 수 있죠?" 마쓰모토 미치코가 손으로 입을 가리고 물었다. 손수건을 쥐고 있는 손이 파르르 떨렸다.

"두 사람이 먼저 사망했다는 게 증명되지 않으면, 스기히라 씨의 유산을 전부 상속받을 수 없기 때문이죠. 따라서 시신을 발견하기 쉬운 곳에 묻을 필요가 있었습니다."

스에히로는 벨트용 파우치에서 지퍼가 달린 비닐봉지를 꺼냈다. 안에는 갈색 갓에 하얗고 가느다란 자루가 달린 버섯이 들어 있었다.

"여기 정원에서 채취한, 환영이 아닌 진짜 버섯입니다. 쓰루타 씨, 이거라면 당신의 눈에도 보일 것 같은데요?"

쓰루타는 더는 참을 수 없는지 버럭 화를 냈다. "고작해야 버섯 나부랭이잖아? 그게 뭔데 그래?"

"이건 긴꼬리자갈버섯이라는 암모니아를 좋아하는 균이죠." 스에히로는 전원에게 보이도록 비닐봉지를 높이 들어 올리며 말했다.

"숲에 동물의 사체나 분뇨가 있을 때 종종 발생한다고 합니다. 미국에서 사체 발견에 도움이 돼서 '사체 발견자'라고 불리는 버섯의 근연종에 해당한다더군요."

그 말의 의미가 전원의 의식에 서서히 침투했다.

"며칠 전에 이 버섯이 정원 구석에 무리 지어 자라난 걸 발견했습니다. 지금 그곳을 파고 있습니다. 아주 깊이 파묻지 않았으면 지금쯤 발견했을 텐데요."

그 말이 끝나기 전에 인터폰이 울렸다.

10

스기히라는 평소처럼 혼자 잠에서 깼다.

양치질과 세수를 하고 1층 주방에서 아침 식사를 했다. 커피가 든 머그잔을 한 손에 들고 작업실이 있는 2층으로 올라갔다.

고독이 마음을 좀먹고 있었다. 그 이후, 어떤 것에도 흥미를 가질 수 없고, 삶의 보람을 느낄 수 없었다. 새로운 자전거를 만들겠다는 정열도 사라졌지만, 일을 맡은 이상 끝까지 해내야 한다는 의무감으로 작업을 계속했다.

……이런 날들이 언제까지 이어질까. 혼자 감옥에 남겨진 듯한 허무한 날들이.

하지만 복도 창문에서 정원을 내려다본 순간, 그는 깜짝 놀라 머그잔을 떨어뜨렸다.

저건…… 설마. 그는 창문에 얼굴을 가까이 댔다.

빗방울이 투둑투둑 유리창을 때리다가 천천히 미끄러지며 떨어졌다.

선명한 초록색 안에 오도카니 자리 잡은 작은 붉은 점이 보였다. 그는 안경 안쪽의 눈을 가늘게 뜨고 빨간 점에 초점을 맞추었다. 이번에는 확실히 알 수 있었다. 모자母子 버섯이다. 갓이 펼쳐져 있는 엄마 버섯은 오렌지색이고, 둥글고 사랑스러운 아기 버섯은 선홍색이다.

달걀버섯이다. 아내가 생전에 가장 좋아했던 버섯이다.

한순간이라도 눈을 떼면 사라져버리는 게 아닐까. 그런 생각이 들어서 정원으로 뛰어 내려갈 수도 없었다. 그는 유리창에 이마를 붙이고 한동안 버섯을 바라보았다.

작별 인사라는 건 알고 있다. 산 자와 죽은 자의 진정한 이별은 산 자가 죽은 자를 잊는 게 아니다. 죽은 자가 산 자를 잊는 것이다. 두 사람은 이제 이 세상에서 있었던 일을 잊어버리고 여행을 떠나야 하는 것이리라.

지켜줘서 고마워.

이제 됐어. 난 괜찮아.

나는 잊어버려…….

가랑비를 뚫고 동쪽 산자락 끝에서 비추는 아침 햇살이 잔디에 닿으며 한순간 스포트라이트처럼 버섯을 비추었다. 모자 달걀버섯

은 서서히 색이 희미해지면서 윤곽이 무너지더니, 연기처럼 사라져
버렸다.

여
름
비

이
야
기

인간의 광기와 욕망이 극에 달하면 어떻게 될까?
당신의 죄가 당신을 죽인다!

    호러의 귀재 기시 유스케가 10년에 걸쳐 그려낸 작품이자 '비 시리즈'의 문을 열었던 《가을비 이야기》가 인간의 무기력함과 절망감을 적나라하게 그려내며 공포를 극대화했던 기담집이라면, 이번에 소개되는 《여름비 이야기》는 '비 시리즈'의 두 번째 이야기이자 시리즈의 문을 닫는 작품으로서, 〈5월의 어둠〉 〈보쿠토 기담〉 〈버섯〉이라는 세 편의 호러 미스터리를 통해 인간의 광기와 욕망이 극에 달하면 어떻게 되는지 극명하게 보여주고 있다. 시대도, 상황도, 주인공도 각각 다르지만, 이 세 편의 작품에는 몇 가지 공통점이 있다.

    하나, 거대한 독수리의 날카로운 발톱이 목을 조이는 듯한 소름 끼치는 공포.

    둘, 끝까지 결말을 알 수 없는 반전에 반전을 거듭하는 수수께끼 풀이.

셋, 결말이 드러난 순간, 온몸을 감싸는 허무함과 애절함.

넷, 하이쿠, 곤충, 버섯이란 각각의 소재에 대한 방대한 지식.

〈5월의 어둠〉에는 혼자 사는 육십대 노인인 사쿠타 노부오가 등장한다. 그는 예전에 중학교 선생이자 하이쿠부 지도교사였다. 하이쿠는 그의 가장 소중한 취미이자 마음을 털어놓을 수 있는 유일한 친구였다. 그런데 최근에는 머릿속이 텅 비는 일이 많아졌다. 그토록 좋아했던 하이쿠도 잘 떠오르지 않는다. 장맛비가 투둑투둑 떨어지던 어느 날, 십여 년 전의 제자였던 하기와라 나오가 찾아온다. 스스로 삶을 마감한 오빠의 시집을 들고서. 오빠가 왜 스스로 삶을 마감했는지 알고 싶다면서, 그에게 오빠의 하이쿠를 해석해달라고 부탁한다. 오늘따라 그의 머리는 매우 맑고 깨끗하다. 최근 들어 이렇게 머리가 맑고 기억이 잘 떠오르는 날이 있었던가. 그는 옛 제자인 나오를 위해, 그녀의 오빠가 지은 하이쿠를 한 편씩 해석해나간다.

〈보쿠토 기담〉은 혼란스럽기 그지없는 1930년대의 일본 사회를 배경으로 펼쳐진다. 일본의 유복한 젊은이들은 술과 여자, 그리고 새로운 외국 문물에 빠져 있었다. 기노시타 요시타케도 그런 젊은이 중 한 명이었다. 최근, 그런 그의 꿈에 검은 나비가 나타나서 그를 어딘가로 데려가려고 한다. 영험한 힘을 가진 닛사이 스님은 그에게 검은 나비는 죽은 자의 영혼이고, 검은 나비가 이끄는 곳은 지옥이라고 하는데…….

〈버섯〉은 프리랜서 공업 디자이너인 스기히라 신야를 둘러싸고 벌어지는 기이한 이야기다. 그는 몇 년 전에 고급 주택과 별장들이

즐비한 가루이자와로 이사 왔다. 하나뿐인 아들을 대자연 속에서 자유롭게 키우기 위해서다. 그런데 요즘은 아들의 교육 방침을 두고 아내와 말다툼하기 일쑤다. 아내는 결국 그를 이해하지 못한 채, 아들을 데리고 집을 나간다. 가족을 위해 이곳으로 이사 왔지만, 지금 이곳에는 사랑하는 아내도, 아들도 없다. 그러던 어느 날, 아침에 일어난 그의 눈에 들어온 것은 넓은 마당을 가득 메운 형형색색의 버섯이었다. 버섯은 시시각각 영역을 확대하더니 어느새 그의 침실까지 침범한다. 그런 버섯에서 하나의 규칙성을 알아낸 그는 이런 사태에서 누군가의 의도를 느낀다.

나는 예전에 호러 작품을 그렇게 좋아하지 않았다. 시각적인 자극이 강렬한 호러 영화는 아예 보지도 못했다. 그런 내게 호러의 재미를 가르쳐준 작품이 바로 기시 유스케의 《검은 집》이었다. 그때부터는 목을 길게 빼고 그의 신간을 기다렸지만, 다작을 하는 다른 일본 작가와 달리 그가 내놓는 건 겨우 몇 년에 한 권. 기시 유스케는 명성에 비해 책을 많이 내놓지 않는 작가로 유명하다. 일본의 출판사와 팬들이 나처럼 그의 책을 애타게 기다리고 있고, 결코 게으름을 부리는 작가도 아닌데 말이다. 이유는 그의 책을 한 권만 읽어봐도 곧바로 알 수 있다. 책을 많이 내놓고 싶어도 내놓을 수 없는 것이다.
이번 《여름비 이야기》도 그러하다. 책을 펼치고 몇 장만 읽어도 그의 엄청난 지식에 입을 다물 수 없게 된다. 하이쿠에 대해서, 곤충에 대해서, 버섯에 대해서, 이렇게까지 방대한 지식을 얻으려면 얼마나 많은 시간을 투자해야 할까? 또한 각각의 방대한 지식을 각각의 미스터리와 촘촘히, 그리고 절묘하게 연결시키려면 얼마나 많은 세월이 필요할까?

지난번《가을비 이야기》에서 오컬트 호러의 재미를 살짝 보여준 그는 이번《여름비 이야기》에서 오컬트 호러의 진수를 보여준다. 이번《여름비 이야기》는 특히 더 재미있다! 정말 재미있다! 너무너무 재미있다! 번역을 끝내고도 몇 번을 다시 읽어본 작품은 이 책이 처음이 아닐까?

음침하고 우울하며, 불쾌하고 끈적끈적한 장마. 〈5월의 어둠〉이 장마의 시작이라면, 〈보쿠토 기담〉은 장마의 절정, 〈버섯〉은 장마가 끝나고 다시 조용한 일상으로 돌아가는 것처럼 구성되어 있다. 평범한 사람에게 조용한 일상은 얼마나 소중한가!

새로 내놓는 작품마다 다양한 공포를 보여주는 기시 유스케. 다음엔 또 어떤 작품으로 독자들을 즐거운 공포의 늪에 빠뜨릴지 자못 기대된다.

이선희

옮긴이 **이선희**

부산대학교 일어일문학과를 졸업하고 한국외국어대학교 교육대학원 일본어교육과에서 수학했다. KBS 아카데미에서 일본어 영상번역을 가르쳤으며, 외화 및 출판 번역작가로 활동하고 있다. 옮긴 책으로는 기시 유스케의 《가을비 이야기》《검은 집》《푸른 불꽃》《신세계에서》와 히가시노 게이고의 《공허한 십자가》, 나쓰카와 소스케의 《책을 지키려는 고양이》, 이케이도 준의 《한자와 나오키》《루스벨트 게임》《민왕》, 사와무라 이치의 《보기왕이 온다》《즈우노메 인형》《시시리바의 집》《나도라키의 머리》《젠슈의 발소리》등이 있다.

여름비 이야기

1판 1쇄 인쇄 2025년 9월 11일 **1판 1쇄 발행** 2025년 9월 26일

지은이 기시 유스케 **옮긴이** 이선희
펴낸이 박강휘
편집 박정선 **디자인** 윤석진
마케팅 박유진 **홍보** 박상연 이수빈

발행처 김영사
주소 경기도 파주시 문발로 197(문발동) 우편번호10881
등록 1979년 5월 17일(제406-2003-036호)
주문 및 문의 전화 031)955-3100 **팩스** 031)955-3111
편집부 전화 02)3668-3291 **팩스** 02)745-4827 **전자우편** literature@gimmyoung.com
비채 블로그 blog.naver.com/viche_books
인스타그램 @drviche @viche_editors **트위터** @vichebook
ISBN 979-11-7332-360-7 03830 책값은 뒤표지에 있습니다.

비채는 김영사의 문학 브랜드입니다.